JN176585

院政鎌倉期説話の文章文体研究

藤井俊博 著

和泉書院

目次

第二部　説話の文章・文体・表記に関する論

序章　本書の目的と方法

一　院政鎌倉期の言語の研究

筆者は、前著『今昔物語集の表現形成』（和泉書院）において、『今昔物語集』の出典である『法華験記』との関わりを中心に研究し、和漢混淆文としての『今昔物語集』の表現形成の問題を明らかにしようとした。本書はそれをうけて、院政鎌倉期の説話集に見られる文章文体を中心とした日本語の動態について取り上げ、鎌倉期に本格化する和漢混淆文に至る文章文体の動態を解明することを大きな目的としている。院政鎌倉期は、古典語と近代語を分かつ大きな節目の時期であり、連体形終止法の一般化、係り結びの崩壊現象などがあり、平安時代に用いられた多くの助動詞も、鎌倉期ごろから形骸化しはじめ室町期になると近代語的な助動詞に交代する。語彙の上でも、院政時代頃から文章の中に漢語や漢文訓読語と和文語や俗語が混在しはじめ、鎌倉期になると和漢混淆文が本格的に開花する。文字・表記もこの文体の変動に関わっており、院政期から漢字片仮名交じり文が多く見られるようになり、鎌倉期には一般化する。これらの日本語の大きな変化の中で、本書では和漢混淆文の生成という観点に焦点を当てる。ただし、和漢混淆文の中身はまだ未解明であるということから言えば、この時期の「和漢混淆現象」の動態を明らかにすると言い変えてもよい。和漢混淆現象は古く『続日本紀宣命』などに見られるものであるが、漢字仮名交じり文の形で本格化するのは院政期からである。本書で多く取り上げる『今昔物語集』は、和漢の典拠を用いる編纂過程で和漢混淆を実現していった作品である。本書では、院政期の代表的な説話集である『今昔物語集』を起点として捉え、そこに見られる文章・文体上の特徴を把握し、さらには、院政鎌倉期の説話集を対象にして、文章・文体や語彙・表記等について特徴や変化について考察していく。

本書は、第一部で「けり」が文章構造の枠として果たす機能を論じ、第二部で文章・文体・語彙・表記などの面から和漢混淆文の生成に関わる諸問題を論じるものである。次に、本研究の目的と方法について述べておく。

二　説話作品を取り上げる意図

本書では、『今昔物語集』をはじめとする説話作品を資料として用いる。本書が説話作品を用いるのは、その資料としての特性に研究の利点を見出すからである。一つには言語資料の扱いやすさの面が挙げられる。一般的に平安時代の長編の和文は主題や文章構造が捉えにくいものが多く、それ自体が研究対象になるほどである。これに対し、説話作品は、各話の長さが短く、また文意が明瞭であるものが多いため、文章全体の趣旨をふまえて個々の語句の解釈も容易であるものが多い。語意が捉えやすく、全体の文脈も捉えやすいことは、文法や語彙の研究において優位な点であると言える。『今昔物語集』では、千話を超える説話集であることもあり、文章構造が定型的になっており、各説話の主題や文章構造の類型的な把握もしやすく、物語の文章のお手本のような趣がある。

いま一つの理由は、本書の目的である和漢混交現象あるいは和漢混淆文の生成の問題を具体的に明らかにするために優位な条件を持つことである。説話集が各種の異なった文体の出典を用いて説話を構成するという面を持つ結果、説話は和文語、漢文訓読語、漢語、変体漢文特有語などの諸要素を含むことになった。従来の研究ではそれらを使用実態の面から記述するのが文体研究の主流であった。しかし、和漢混淆現象は、説話集の作成という具体的な作業の中から生じた現象である点に特徴がある。本書では、そのような特徴をふまえ、先行文献の表現の影響や撰者独自の叙述方法を分析し、説話の文章文体がいかに形成されたかを具体的に明らかにしていこうとする。

三 「けり」による「テクスト機能」と「視点」の研究

本書第一部では、和文体の物語の基調を成す助動詞「けり」の用法を扱う。古典語における助動詞の「けり」の用法については、テンス・モダリティ研究のなかで古くから多くの論が見られる[1]。筆者は、文学的言語の中で助動詞「けり」の用法を把握するのには、物語の構成を検討する文章論的な手法が有効であると考えた。

「けり」研究に関わって本書が大きく取り上げたのは、文章構成上の機能すなわち「テクスト機能」の問題である。テクスト機能とは、主体の立場を表す助動詞が、その文法的な意味から転じ、文章の区切りや纏まりをつける目印となる機能のことである[2]。テクスト機能について日本語学の中で検討したのは、阪倉篤義[3]の「けり」の『竹取物語』についての研究が嚆矢であり、近年では鈴木泰[4]の「ぬ」の研究が知られる。その後、『源氏物語』の「けり」を検討したものもあるが、その後の研究史において、本格的に分析・検証されたとは言いがたい。阪倉は、「けり」が『竹取物語』の段落や物語全体を枠づける機能を持ち、冒頭や末尾に偏って用いられるという特徴を指摘した。『竹取物語』は話題の纏まりごとにテクスト機能の分析がしやすいが、これを長編物語で実証するには多くの問題が出てくる。その後この機能の分析が本格的な形で進まなかったのはこの点に要因があると思われる。そこで筆者は、「けり」のもつテクスト機能について、文章構造の分析がしやすい説話の短編作品を用いて、その諸相を実証的に検証することを目的としたのである。

「けり」が冒頭や末尾の目印になるのは、冒頭や末尾に語り手による解説的な叙述が多いことと関連する。しかし、語り手の視点が現れやすいために「けり」文が集中して用いられるということと、物語の始発や終結の指標として「けり」が使われることとは区別すべきである。語り手の視点に立った表現であることを有標的に示す「けり」の使用は、文章の始発や終結を表すテクスト機能と関わる面はあるが、単に「けり」を使用するだけでは十分テクスト機能は発揮されないからである。文中で用いるよりは文末用法で用いる方が有効であり、「けり」単独よりは「にけり」「ぞ〜ける」などのように複合して強調的な形態をとることでその機能が発揮される。本書第一部においては一章から七章に渡って、院政鎌倉期の説話の中でどのような箇所に「けり」が用いられているかを実証的に明らかにするとともに、始発や終結の指標となる用法がどのような形式の広がりを持つかを検討する。その中で強調的な「にけり」の用法や係り結び・連体形終止法などの用法が、文章構成の中でいかに活用されているかについて見ていきたい。これを通して、院政鎌倉期の説話の「けり」による文章構成法の面から通史的な把握を試みる。

次に、これを論じる中で説話の文章構造をどのように捉えるか、筆者の基本的な立場を述べておきたい。『今昔物語集』や『宇治拾遺物語』の文章は、説話と評語の組み合わせで一話が成り立っているが、基本的には説話が主体で、評語は添えられたものである。ところが、『発心集』や『沙石集』など鎌倉期の説話集になると評語の部分の量が拡大し、単なる話へのコメントを超えて撰者の教説を述べるようになってくる。この場合、説話部分は教説を述べるための材料としてむしろ教説部に対して従属的なものになっている。鎌倉時代の説話集に見られる法語化というべき変化であるが、そのような文章構造の変化は、説話の終局部つまりは評語の直前の部分に用いる表現形式に大きな変化をもたらす。説話が主体である『今昔物語集』や『宇治拾遺物語』では、文章の末尾は一話のクライマックスとして完結を印象づける強調的な表現が用いられやすい。一方、撰者の教説が主体となる鎌倉期の説話集では、教説に重点が置かれるため、強調的な話末表現が必ずしも必要でなくなる。第一章〜第五章では、『今昔物語集』『宇治拾遺物語』『古本説話集』のような説話中心型の説話集から典型的な説話の枠づけ表現を明らかにする。六章では鎌倉期以降の説話集として『発心集』を分析し、終結表現において係り結びの使用が類型化し、口語の世界で衰退した「なむ〜ける」が多く活用されていることを述べる。第七章では『沙石集』を分析し、教説を主とする説話集において枠づけの表現が多様化していることを指摘する。また、係り結びが文法機能の面からは形骸化する一方で、文章機能の面からは大きな役割を持つようになり、文章の中の構成や展開において大きな役割をはたしていることを論じていく。

第二部では、説話の中での「けり」のとる「視点」の問題を論じた。物語を叙述する「けり」がいかなる意味を持つかは議論のあるところであるが、基本的には、語り手が表現主体となり物語世界を「あなたなる場」（竹岡正夫説）として捉え解説的に叙述するというのが基本的な筆者の立場である。日常言語では言語主体＝現実の書き手であるため言語主体の視点が融通無碍に変わることは許されない。物語では「語り手」が言語主体となるという文学言語に特有の条件があるため、そのことを踏まえた文法の記述が必要となる。本書第十一章では、そのような文学的文章の特殊性をふまえつつ、視点理論による文章の解析を行う一つの実例を提示したい。また、第十二章では、筆者の理論的な視点分類に基づいて、実際の文章の文末表現にどのような文法形式が現れているのかを巻一六の説話を対象として検討する。

四　説話の語彙・意味の研究

説話文学の中でも仏教説話の文章は、漢文の出典による話が多く、それを翻案する中で和漢混淆文としての特徴を獲得している作品が多い。仏教説話の多くは漢字片仮名交じり文で書かれるが、その起源は古く平安初期の『西大寺本金光明最勝王経古点』の欄外注記や纏まったものとして『東大寺諷誦文稿』などが見られる。これらは漢文的な返読表記を基本にしつつ片仮名の助詞助動詞や送り仮名を本行に取り入れた片仮名宣命体形式を基盤とする。そのような一種の訓み下し文的な表記の文章では、漢文訓読的な用語・語法が多く用いられた。仏教説話の表記や文体の特徴は、このような特徴を持つ漢文仏教説話の翻案の中から生み出されたと思われる。源為憲による『三宝絵』のようにもとは平仮名書きであったと想定されるものもある。これが、『日本霊異記』の仏教説話の訓読に基づいた漢文訓読調の影響が強い文体である。『今昔物語集』では、『日本霊異記』と『三宝絵』が出典として利用され、さらに和文の要素を加え和漢混淆文としての性格を深めている。一方、貴族説話などでも変体漢文の流れから生じた和漢混淆文も見られる。例えば変体漢文を基本にしながら片仮名を交えて書いたために漢字片仮名交じり文になった『古事談』や『江談抄』などが典型である。和文体的な文体を基本とする『宇治拾遺物語』でも『古事談』を出典としている話があり、変体漢文的要素を取り入れている。変体漢文は当時の実用文であったことから影響が及ぶ範囲が広く、『宇治拾遺物語』のような和文的な文体にも、『今昔物語集』のような訓読調の強い文体にも影響が及んでいる。このように説話の類では、漢文や変体漢文を起源とし、漢文訓読語や変体漢文の用語を基盤に和漢混淆文として文体を成長させていったものが多く見られる。本書はこれらを和漢混淆文の本流をなすものと考え、その語彙の性質を明らかにしようとする。

もちろん説話によって和文語・漢文訓読語・変体漢文特有語の取り入れ方は異なる。その文体要素の影響度の多様性のために、和漢混淆文を一つの類型的文体としてとらえにくいという面もある。ただ、平安期の和文や漢文訓読文のような純度の高い文体に比べて、和の要素と漢の要素が入り交じった文体が存在することは事実であり、それを類型として把握することもあながち無理とは言えない。ある作品の文体基調はその作品の主たる出典の文体に左右される面が多いという面も窺えるが、『今昔物語集』では『日本霊異記』やそれを翻案した『三宝絵』を利用しており、さらに『日本霊異記』と『三宝絵』を同時に利用し翻案して作られたと思われる説話も見られる。『法華験記』を翻案した話は、出典が明らかな話では最も例が多いものである。これら『日本霊異記』『三宝絵』『法華験記』などは『今昔物語集』の文体基調に影響を与えた作品であり、これらの出典の影響による語彙や各語の意味・用法の検討が必要である。また、『今昔物語集』の中でも、出典の文体とその取り入れ方により一話一話の文体は一様ではない。『宇治大納言物語』系統の作品と『冥報記』などの和漢の典拠を同時に用いた可能性のある説話もある（巻九ノ一三・巻九ノ一八等）。和漢の出典が多く判明している『今昔物語集』は、出典をいかに継承したかを検証することができ、それを通して和漢混淆現象がどのように起こったかその現場を見せてくれる貴重な研究対象と言えるであろう。しかし、単に和漢の要素の割合を表面的に見るのでなく、出典の性質を勘案しながらその文体形成の方法を辿るレベルの研究が求められるのである。

漢文の出典をもとに和文化して成立した説話の多い『今昔物語集』の文体は、『宇治拾遺物語』などのように和文を基本に訓読語的要素を取り入れた文体と異なり、和漢混淆文の本流をなすものと考えられる。本書の第九章では、『今昔物語集』で漢語の翻読語として多数の複合動詞が生み出されて、今昔ひいては和漢混淆文の文体の特徴を成す語彙になっていることを指摘する。第十章においては、仏教漢文の影響を受けた「カナシブ」「アハレブ」の用法を取り上げて、仏教漢文に特有な意味用法が『今昔物語集』をはじめとする仏教説話に受け継がれていることを指摘する。第十二章では『今昔物語集』巻一六の説話の文末表現の特徴を出典未詳話と出典の判明しているものとで比較する。第十四章では、『宇治拾遺物語』の語彙について出典の『古事談』の影響を検討し、その語彙が『宇治拾遺物語』の文体に影響を与えたことを述べる。

五　宣命書きの変遷の研究

表記研究は文体研究と極めて密接な関連がある分野である。類型的文体は表記の傾向と連動していることが多く、いわば文章を盛る器である表記によって文体が拘束される。漢字・片仮名を多く用いた文章が漢文訓読的文体と結びつきやすく、平仮名を多く用いた文章が和文的文体と結びつきやすいというのは、例外的存在をいくつか指摘できても、大きな傾向としては認められる。中でも特徴的な表記方法である宣命書きは、古代の『続日本紀宣命』に見られる日本語語順の表記様式であり、自立語の大書、送り仮名や付属語の万葉仮名小書という特徴を持つ。これは、漢文詔勅や漢籍仏典の影響を受けながら成立した古代の和漢混淆文であった。一方、平安初期に生じた片仮名宣命体は、『西大寺本金光明最勝王経古点』などに見られるような、仏典訓読の際の注記の書き入れに用いたものが古く、独立したものとして『東大寺諷誦文稿』などがあったが、そこでは返読表記を多く用いていた。これら万葉仮名と片仮名の二系統の宣命書きはいずれも和漢混淆文を盛る器として用いられた。その後、おそらくは万葉仮名の宣命書きが影響し、院政時代には『今昔物語集』のような国語の語順による片仮名宣命体が完成したものと思われる。さらに院政期から鎌倉時代にかけて、宣命書きが形式化しながら鎌倉時代に和漢混淆文を記す漢字片仮名交じり文が形成されていく。第十五章と第十六章では、院政期の『打聞集』『法華百座聞書抄』を取り上げ、その特質と『今昔物語集』から鎌倉期の文章へつながる宣命書きの過渡的様相について検討したい。

注

（1）加藤浩司『キ・ケリの研究』（和泉書院　一九九八）に「き」「けり」の研究の経過がよく整理されている。

（2）　樫尾頌子「ロシア語テクストに現れるアスペクトの実例とその分析機能（試論）」（『高崎経済大学論集』47-3　二〇〇四・四）は、ロシア語においてアスペクト表現がテクスト機能を持つことがあると推測している。樫尾のテクスト機能は、試論段階のようであるが多くの言語に通じる機能として今後検討される必要がある。樫尾は、作者の「視点・見解・解説」とアスペクト・テンスの関係を考察し、その形態の配列・組み合わせ・相関関係によってテクスト機能を発揮すると推論していて、筆者の「けり」を用いた見解と近い点があり興味深い。

（3）　阪倉篤義「竹取物語における「文体」の問題」（『国語国文』25-11　昭和三一年一一月『文章と表現』角川書店一九七五所収）以降に出た「けり」の枠機能に関連する研究は、天野恵子「竹取物語における文体―助動詞「けり」」（『平安文学研究』54　一九七五・一二）、中川正美「源氏物語の本文と「けり」」（『源氏物語研究』1　一九九一・五）、須藤明「『源氏物語』における文末「けり」について―宇治十帖における「けり」の役割―」（『文学論藻』69　一九九五・二）、西田隆政「源氏物語横笛の巻の段落構成―助動詞「けり」による段落構成の巻々―」（『大分大学教育福祉科学部研究紀要』22-1　二〇〇〇・一〇）など源氏物語に限定されており形態的な分析も十分ではない。

（4）　鈴木泰『改訂版　古代日本語動詞のテンス・アスペクト―源氏物語の分析―』（ひつじ書房　一九九九）

第一部　「けり」のテクスト機能をめぐる論

第一章　今昔物語集の「けり」のテクスト機能

——冒頭段落における文体的変異について——

一　問題の所在

ここに言うテクスト機能は、ある語が、使われた一文の範囲を超えて文章中のあるまとまりにおいて現れる意味機能と定義できる。ここに取り上げる「けり」については、文法論的な観点の研究とともに、文章論的な観点から物語文における機能を論じた一連の研究がある。この研究の端緒は、阪倉篤義（一九五六）が『竹取物語』の段落の冒頭と結末に「けり」が集中して用いられていることに着目し、「けり」が段落を「枠」づける役割を持つと指摘したことにある。また、竹岡正夫（一九六三）は、話し手の視点から「あなたなる場」を表すという説を出してその後の研究に大きな影響を与えた。さらに、これらを受けて、塚原鉄雄（一九八七）が物語文では「けり」文によって「非けり」文を統括しているとする説を唱え、近年では渡瀬茂（一九九八）や大木一夫（一九九八）井島正博（二〇〇二）を始め、「けり」の平安期の物語文章中での機能を論じた研究が多く見られる。

これら先学の明らかにした「けり」のテクスト機能の検討を踏まえ、『今昔物語集』の巻毎の文体の変異を「けり」の使用実態の面から明らかにしていきたい。

二 「けり」の文章論的研究

言語事象の様々な意味を考えるときに留意すべき点として、それが日常言語（ここでは、会話の他、フィクションでないことを前提とする言語表現を指す）であるかフィクションであることを前提とする物語文であるかという点がある。物語文においては、「現実世界」に属する筆者が架空的に生み出した「語り手」が、架空的な「物語る場」における表現主体となる。この「語り手」は「視点の移動」が自由であって、「物語の場」や登場人物の「心的世界」にも自由に行き来できる。例えば「花子は悲しかった」のような文は日常言語では非文であるが、物語文ではこのような「語り手」の自由な「視点の移動」を前提として成立する。文法的な語句の意味を検討する場合にもこの点は重要であり、物語文を対象とする研究では「語り手」の有りようがどのようなものであるかを前提に議論を進める必要がある。物語地の文の「けり」に対しても、表現主体である「語り手」が「物語る場」と「物語の場」の中で自由に視点を移動するという点を踏まえた解釈が求められる。

竹岡が唱えた、「けり」が「話し手」から見て「あなたなる場」を示すという説は、このような虚構の世界を映し出す「語り手」の存在を踏まえて捉え直す必要がある。竹岡は、「物語中の現場」から見る用法を「けり」の本義としつつも、「現実の作者・読者のいる現場からはかけ離れた『あなたなる』架空の世界、つまり物語の世界の叙述」を指摘した。この竹岡の説明は、「日記」などに見られる場合を述べたものであるため、主体を「現実の作者」としているが、物語での表現主体は架空の存在である「語り手」である。竹岡の論の出た時点では「語り手」の概念は十分解明されていない状況であったが、物語地の文の「けり」は、表現主体である「語り手」が、「物語る場」から、「物語の場＝あなたなる場」を把握した表現であると解される。このような理解は、テンス的な把握ではない。「語り手」が「物語る場」を離れ、「物語の場」に留まったり、登場人物の心的世界に同化したりするときは、「語り手」の属する「物語る場」の時空は「無化」している。また、「語り手」が「物語る場」にあるときは「物語の場」は、時空の異なる世界（あなたなる場）として把握される。同じ時空のなかでこそ、未来・現在・過去の関係が成り立つが、確たる時空の基盤のない「物語る場」と時空の異なる「物語の場」との間で時間関係（テンス的把握）は成り立たないのである。物語地の文の「けり」は糸井通浩（一九七二）が述べたように、聴き手への「素材の事実に対する確認」の表現と考えるべきであろう。[1] いわば、語り手が「物語の場」の「過去・現在・未来」を対象的に把握したときのマーク付けとして「けり」は使用される。このようなマーク付けとしての性質から、「けり」の使用は文法規則と言うより、それを選択するか否かという文体的な側面が強い。文法的なカテゴリーでは、「つ」「ぬ」「たり」「り」や動詞終止形などの文末諸形式との表現内容の違いを見ることが主になり、とりわけ「き」と「けり」が対応する文法形式と見なされる。しかし、テクスト機能の分析においては、どのような位置や内容で「けり」や「非けり」が選択されるのかという文体的な観点が課題となってくるのである。

加藤浩司（一九九八）は、竹岡説を批評して、物語文の地の文のような、主体・場面・素材の三条件の不明なものを第一の対象として「けり」を検討したのは本末転倒であるとし、「けり」の用法は、三条件の明らかな会話文を検討し、その仮説により三条件の不明な地の文を説明することが可能か否か試みるのがあるべき順序であるとした。しかし、地の文と会話文とで言語条件が異なることを前提とするなら、地の文の検討は会話文と別個に行うことも可能なのではないか。近年、日本語学の分野でも、「語り手」「物語る場」「物語の場」などの概念も詳しく検討されるようになってきた。[2] そのような成果を前提に、「けり」の持つ機能について、様々な議論が行われている。とりわけ、語り手の立場から「あなたなる場」について述べる「けり」叙述が、阪倉篤義（一九五六）が述べたように、物語の段落の冒頭と結末に集中的に用いられ、あたかも「枠」のような機能を持つとする論が多い。阪倉の言う「枠」説を承けた論として、天野恵子（一九七五）は、『竹取物語』において、説明的導入機能（冒頭部）・完結機能（結末部）を指摘している。辻田昌三（一九七九）も、初期物語について、「けり」の使用を主体と素材の心理的時間的距離から説明し、対話的な「語り」部分に「けり」が用いられるとした。須藤明（一九九四）（一九九五）では、物語で段落の始まりや終わりを示す役割とともに「話の途中で事柄を挿入または強調する」用法を挙げている。渡瀬茂（一九九三）は、『栄花物語』について回顧的・周辺的な記事や系譜・人物関係の記述に用いられているとした。また、渡瀬茂（一九九八）は、『今昔物語集』の「枠」の機能を検討し、巻を追って「けり」の枠構造が拡大し叙述の内部に浸透していると説く。大木一夫（一九九〇）は、中世軍記物語において「けり」は地の文の文末に多く、物語をすすめる基調であるほか、故事や批評の部分に用いられムード的な性質が強いとし、語り手の解説的な表現に用いられやすい傾向を指摘している。さらには、現代の物語文においても、曽我松男（一九八四）が、主筋的事象は「た」で副次的事象は「る」で述べるとする論も、関連する事象を捉えた論と言えよう。

これらの論では、冒頭や結末、あるいは周辺的記事や批評等で、解説・説明の機能を指摘しているものが多い。[3]既述のように、「けり」の物語地の文での意味は、聴き手への「素材の事実に対する確認」であるとする説を支持したいが、このような「けり」の意味は、解説・説明するための文に用いるのに相応しい。「けり」文による解説的な叙述は、おおむね、冒頭や結末では人物・事物の解説部分、展開部では主筋的な表現や周辺記事などで多く見られる。これに対し「非けり」文は、「物語る場」に留まっての解説（いわゆる草子地）で用いる場合もあるが、「物語の場」に留まって「描写」する場合に用いることが多い。このような「けり」のもつ性格から、歌物語や説話では、冒頭・結末、展開部における主筋的部分を「けり」文で叙述し、「描写」的に描きたい場面に「非けり」文を用いるという傾向がある。このような叙述方法では、展開部に「けり」文を多く用いた場合でも「描写」的な部分に「非けり」文が残るため、結果的に「枠」が形成されるように見える。しかし、問題なのは、「枠」現象そのものより、「枠」を形成する叙述の内容である。

では、解説・説明の機能を持つとされる「けり」は、具体的にどのような叙述内容の文に現れるのであろうか。次節では、『今昔物語集』を用いて、語り手の立場が現れやすい冒頭段落を対象に、どのような表現内容の文に「けり」が用いられる傾向があるかを調査・検討する。また、前述のように、「けり」を用いるかどうかは、表現内容による傾向だけでなく、撰者の文体的な選択によって変異する側面もあると考えられる。そこで次に、各表現内容毎に、巻による文体的な傾向の違いに焦点を当てて検討していきたい。

三　「けり」の用いられる巻の傾向と変異

本章では『今昔物語集』(岩波日本古典文学大系本)の冒頭段落から、解説的な内容を持つものとして、「人物・事物の存在提示」・「名称説明」その他の解説的表現・「日常的行為」・「移動表現」を取り上げ、「けり」使用の実態を調査・考察する。ただし、これらの内容の区分は解釈によって揺れる可能性もあるので、分析に際しては文末形式の実態による記述を優先した。なお、「あり」「けり」の文末の認定には、テキストで読点を付している場合でも終止形の文末として処理した場合がある。また、冒頭段落の選定に際しては、右のような内容を持つ文が、「而ル間」「而ルニ」「其ノ時ニ」など、次段落冒頭に用いられる接続詞に先行することを目印とした。これにより、対象とした全1040話から冒頭段落として3933文を抽出し(1話から最低1文以上抽出。右の内容以外の文も含む)基本的なデータとしている。これを通して、叙述内容毎の使用実態を検討しつつ、『今昔物語集』の文体に見られる特徴として、巻一〇を境に使用状況の変異が見られることを指摘したい。

ここではまず、「けり」使用を概観し、これに関わる事象として「係り結び」「連体形終止」について冒頭段落での使用状況を見たのち、叙述内容別に文末形式を検討していく。

三・一　「けり」使用の概観

まず、「けり」の使用を概観すると、（表1）に示したように、天竺部では全話数に対する「けり」の比率が少ないが、震旦部、本朝仏法部、本朝世俗部になると徐々に使用量が多くなる。しかし、全体的には漢文訓読調の強い巻にも広く用いられていることがわかる。

三・二　「係り結び」「連体形終止」使用の概観

次に、「けり」において用いられやすい係り結びについて概観する。阪倉篤義（一九五六）は、『竹取物語』では「解説的ないし説明的な叙述の態度」を持つ「けり」と「聞き手への確かめ」を意味する「なむ」と合わさって「なむ〜ける」という「物語る」形式を採るとする。『今昔物語集』でもこの形式が多いが、巻によっては「ぞ〜ける」の比率も高くなっている。いずれの形式をとるにせよ、「けり」の使用と「係り結び」の使用は極めて相関性が高いことが窺える。なお、結びはほとんどが文末に「けり」を採るものであるが、その他「き」を採る例6例が含まれている。また、分布の上では（表1）に示したように、係り結びは、全220例のうち巻一〇以前には8例のみで、大半が本朝仏法部以降すなわち、巻一〇以降に偏ることがわかる。連体形終止も巻一一以降にのみ見られる。ほとんどが「けり」による例である。係り結びと連体形終止は、巻の分布から見ると近い傾向が見られる。

三・三　「人物・事物の存在提示」

ここでは、冒頭第一文において、その話の中心人物・事物を提示する場合を取り上げる。

○今昔、提婆達多ト云フ人有ケリ。此ハ、佛ノ御父方ノ従父也。（巻一ノ一〇）

○今昔、佛ノ御弟ニ難陀ト云フ人有リ。（巻一ノ一八）

○今昔、弘法大師ト申ス聖御ケリ。（巻一一ノ九）

天竺震旦部では、

○今昔、釈迦如来ノ御弟子舎利弗尊者ハ、本、外道ノ子也。（巻一ノ九）

○今昔、佛、婆羅門城ニ入テ乞食シ給ハムトス。（巻一ノ一一）

のように、仏教史上で著名な人物には「あり」「ありけり」による存在提示は行わない例も見られる。しかし、右の例のように、著名な人物に対しても「あり」「あり（おはし）けり」を用いており、主要な登場人物・事物の存

（表1）冒頭段落の「けり」と「係り結び」の総用例数

	けり	全話数	係り結び	なむ~ける	ぞ~ける	連体形終止
巻一	6	36	1		1	
巻二	9	41				
巻三	6	35	1		1	
巻四	17	41	4	2	2	
巻五	34	32				
巻六	38	48				
巻七	36	40				
巻九	52	46				
巻一〇	45	40	2		2	
巻一一	34	33	1	1		1
巻一二	33	40	2	2		3
巻一三	56	44	3		3	2
巻一四	68	45	12	1	11	
巻一五	117	54	4	1	3	
巻一六	66	39	4	1	3	
巻一七	75	50	14	3	11	
巻一九	87	41	20	10	10	4
巻二〇	70	44	4		4	1
巻二二	23	8	10	3	7	
巻二三	25	14	5	1	4	3
巻二四	84	55	21	17	4	5
巻二五	18	12	3	2	1	
巻二六	52	23	17	5	10	2
巻二七	60	45	16	5	7	1
巻二八	78	44	31	17	9	1
巻二九	58	39	13	6	7	
巻三〇	37	14	10	5	4	
巻三一	62	37	22	15	7	2

（表注）係助詞を用いながら「係り結び」不成立の例は、巻二〇ノ一二（ぞ~けり）、巻二四ノ六・巻二八ノ二九（なむ~けり）

（表２）冒頭第一文の文末の「けり」（人物・事物の存在提示）

	あり	ありけり	おはす	おはしけり	まします	ましましけり	けり合計	比率（％）
巻一	14	4					4	67
巻二	23	6					6	67
巻三	16	2			1	1	3	50
巻四	19	4		5	4	1	10	59
巻五	11	7	1	6			13	38
巻六	14	24			1	4	28	74
巻七	8	22				1	23	64
巻九	1	36				1	37	71
巻一〇	2	34		1		1	36	80
巻一一	5	4		3		7	14	41
巻一二	6	23					23	70
巻一三	9	33					33	59
巻一四	11	26		2			28	41
巻一五	8	39		1			40	34
巻一六	8	24					24	36
巻一七	20	19			5		19	22
巻一九	6	23		1	1		24	28
巻二〇	9	30					30	43
巻二二			5	2		2	4	17
巻二三	1	7	1				7	28
巻二四	5	28	1				28	33
巻二五	1	8					8	44
巻二六	1	16			1		16	31
巻二七	1	21	1				21	35
巻二八	1	26	1				26	33
巻二九	1	25					25	43
巻三〇		13					13	35
巻三一	5	17	2				17	27

（表注）「比率」は、（表１）の「けり」の総数に対する（表２）の「けり合計」の数の占める比率

在を提示してから物語を始める表現は広く全巻に渡っている。「あり」の例は天竺震旦部に用例が偏っているのに対し、「ありけり」「おはしけり」などの例は、（表２）に示したように和文調の巻（巻一〇以降）に比較的多く見られるものの、「けり」の総数自体が少ない巻一〇以前においても広く分布している。特に「ましましけり」などは天竺震旦部の方に多いのである。これらを（表１）の「けり」総数との「比率」で見ると、巻一〇以前では、「けり」全体のなかで第一文の存在提示の文に用いる割合が高くなっていることがわかる。「けり」使用が少ない天竺震旦部でも、冒頭第一文には使用率が高いことは、第一文の存在提示の文に「けり」を用いるべきという意識が、

全巻に渡って認められることを示すのではないかと思われる。

なお、第一文の存在提示の場合に「けり」が係り結びになる例は見られない。係り結びは、第二文以降において、ある状況（……線部）を説明するための存在表現に用いられる。

○母獨ナム有ケル。（巻二七ノ三三）

○馬船一ツゾ有ケル。（巻三〇ノ一〇）

三・四　「名称説明」その他の解説的な表現

解説的な表現の代表的なものとして、存在提示の直後に多い名称説明を取り上げる。

（表3）名称説明の表現

	いふ	いひけり	いひき	いへり	いふなり	いふなりけり	いふなるべし
巻一	23						
巻二	17			1			
巻三	9			2			
巻四	5						
巻五	7						
巻六	16						
巻七	15						
巻九	2						
巻一〇	3	2					
巻一一	5						
巻一二	7	1			1		1
巻一三	13					1	
巻一四	6	4					
巻一五	8	3					
巻一六							
巻一七	14	5			1		
巻一九	2	2					
巻二〇	3	3					
巻二二	1						
巻二三		2					
巻二四		5					
巻二五		2					
巻二六		3				1	
巻二七			1				
巻二八		4	2				
巻二九		2					1
巻三〇		2					
巻三一	1	2					

○名ヲバ武蔵ノ介紀ノ用方ト云フ。（巻一七ノ二）

○字ヲバ佐太トゾ云ケル。（巻二四ノ五六）

のような名称の説明部分は巻を問わず多く見られる。（表3）を見ると名称説明の表現形式としては「といふ」「といひけり」が大部分を占める。「といふ」の形式は主に巻二〇以前の漢文訓読調の巻に見られる。「といひけり」は巻一〇以降に見られ、42例中28例（67％）が「とぞ（なむ）いひける」のような、係り結びの形式で用いられている。その他、表によると漢文訓読調の「ト云リ」は巻一〇以前に、「ト云也」「ト云也ケリ」「ト云ナルベシ」など解説口調の強い表現はいずれも巻一〇以降に例が見られる。

　このように巻一〇以降には係り結びの例が多く、また「なり」「べし」を用いた主観的判断の助動詞を用いるが、これにはどのような事情が考えられるであろうか。名称の表現には、「其ノ名及ビ住所ヲ不知ズ」（巻七ノ一一）「其ノ姓名未ダ不詳ズ」（巻七ノ二〇）「何レノ所ノ人ト不知ズ」（巻七ノ二四）「誰人ト語リ不傳ヘズ」（巻一六ノ一五）「誰トハ聞癰ケレバ不書ズ」（巻二八ノ一二）「誰トハ不知ズ」（巻二九ノ三）「其ノ人ノ妻トハ故ニ不云ズ」（巻二九ノ二二）「誰トハ不云ズ」（巻三〇ノ一二）のように名称を書かないことをことわる草子地的表現が多くある。このことは、名称説明の文自体が草子地に近い意識で書かれていることを示していると思われる。「けり」を伴わない場合でも「名ヲバ〜ト云フ」と強調的な「は」を伴うのが原則的で、このように係り結びが多いのは、名称については特に丁寧に解説すべき要素であるという意識があるのであろう。これは、いわゆる意識的欠字が名称の部分に多いこととも関わる点である。

　次に、名称説明の表現以外で、人間関係や人物・事物の性質・行動などについて解説的に述べた表現を概観しておく。

　名詞文によるものでは、（表4）によると全巻を通じて「名詞＋なり」を基本とするが、「名詞＋なりけり」がほぼ本朝仏法部・本朝世俗部の巻一〇以降に偏って見られる。この形式に係り結びの例は見られず、これは天竺震旦部で特有の文末である「とあり」も同様である。これに対し、係り結びになるのが原則的な名詞文の形式もある。

○加賀ノ掾ニテゾ有ケル。（巻一七ノ四七）

○弟子ニナム有ケル。（巻一二ノ三六）

のように「にてあり」「にあり」などに「なむ」「けり」を組み合わせて係り結びになる「にてなむ（ぞ）ありける」（33例）「になむ（ぞ）ありける」（7例）の例が見られる。「にてあり」が係り結びにならない例は、連体形終止になる5例を除くと3例（巻一六ノ六・巻一六ノ九・巻二四ノ六）しかない。また「にあり」の例は2例（巻九ノ二一・巻一七ノ三七）のみである。連体形終止と係り結びの表現効果が近いとすると、「にてあり」「にあり」は「なり」の強調形のような存在で、「なむ」「ける」を伴って「なり」の強調形の働きをしているようである。この形式を分布から見ると、天竺部で出典に和文的要素があると言われる巻四に少数の例があるが、それを除けばすべて本朝部の用例である。(4) 以上、「なりけり」「にてなむ（ぞ）ありける」「になむ（ぞ）ありける」のような語り口調の強い形式はほとんどが巻一〇以降の本朝部に用いられていることを指摘した。

（表4）名詞文による解説

	名詞＋なり	名詞＋なりけり	名詞＋なるべし
巻一	9		
巻二	13		
巻三	8		
巻四	10	1	
巻五	6		
巻六	17		
巻七	12		
巻九	11	1	
巻一〇	9		
巻一一	17		
巻一二	25		
巻一三	20		
巻一四	17	1	1
巻一五	17	2	
巻一六	6	2	1
巻一七	20		
巻一九	11	1	
巻二〇	14	1	
巻二二	6		
巻二三	10	1	
巻二四	14	1	
巻二五	3	1	
巻二六	3	1	
巻二七	10	1	
巻二八	8		
巻二九	3	1	
巻三〇		1	
巻三一	9		

（表5）形容詞文による解説

	形容詞	形＋なり	形＋けり	形＋なりけり
巻一	15			
巻二	42			
巻三	15	1		
巻四	44			
巻五	13			
巻六	20			
巻七	23			
巻九	26			
巻一〇	25			
巻一一	13	2	4	
巻一二	19		1	
巻一三	25		2	
巻一四	19		5	
巻一五	18		11	
巻一六	11		5	
巻一七	28		10	
巻一九	13		3	
巻二〇	12		9	
巻二二	3		4	
巻二三	2		2	
巻二四	4		2	
巻二五	2		2	
巻二六	1		1	
巻二七	6		2	
巻二八	3		4	1
巻二九	1		5	
巻三〇	1		3	
巻三一	3		4	

（表注）「形容詞」の項には形容動詞と「ごとし」を含む。「形＋なり」の項には「ごとし」を含む。

（表6）動詞文による解説

	動詞＋たり・り	動詞＋なり	動詞＋たりけり	動詞＋なりけり	動詞＋る・たるなり	動詞＋たりけるなり	動詞＋たるなりけり	動詞＋けるなりけり
巻一	16							
巻二	33							
巻三	24	2						
巻四	28	1						
巻五	7	1	1					
巻六	14		1	1				
巻七	9				1			
巻九	18							
巻一〇	3							
巻一一	17		2		1			
巻一二	14	2		1	1			
巻一三	12			1				
巻一四	12		2					
巻一五	12		1		1	1		
巻一六	5		3					
巻一七	4	1		1	1		1	
巻一九	6		4		2		1	
巻二〇	7			1				
巻二二			1					
巻二三			1					
巻二四	1	1	4		3		1	
巻二五	1							
巻二六	1	1	2	1				
巻二七	2		2			1		
巻二八	3		5		1			
巻二九	4		2					
巻三〇	1							
巻三一	2		4		2		1	1

形容詞文では、（表5）によると、「形容詞＋けり」の形式は完全に巻一〇以降のみに分布していて、明確な傾向が見られた。「心ふかし」を例にすると「心深シ」（巻二・三・四・七・九・一七）に対し「心深カリケリ」（巻一二・一四・一五）のように分布している。

動詞文による解説の形式は多岐にわたる。ここでは「真言モ吉ク知タリケリ」（巻一四ノ四四）「末田地大阿羅漢ト云フ人ノ造レル也」（巻四ノ三九）のように形式的に「たり・り」「なり」が動詞に付く場合を扱った。（表6）によると、天竺震旦部に多いのは、「けり」を伴わない「たり・り」によるものである。これに対して、「動詞＋たりけり」「動詞＋なりけり」「動詞＋る・たるなり」などのように「なり」「けり」を付した形は巻一〇以降に主に見られる。また、より複雑な複合形式である「動詞＋たりけるなり」「動詞＋たるなりけり」「動詞＋けるなりけり」は巻一〇以降に例が限られる。さらに表以外にも、解説的な表現で、係り結びを伴うことを原則とする形式がある。

〇人ニ勝レテナム有ケル。（巻二四ノ三九）

のような「てぞ（なむ）ありける」は16例（分布は巻四1例、一〇1例、一五1例、一七1例、一九4例、二三1例、二四1例、二六3例、二九2例、三〇1例）があり、やはり巻四の例（巻四ノ三一、出典未詳）を例外として、巻一〇以降に偏って見られる。

以上、名詞文・形容詞文・動詞文のいずれにおいても解説的な表現は、巻一〇以降に偏って見られることを指摘した。

三・五　「日常的行為」の解説

以上の他に、主人公の人物像や舞台背景についての解説の意味を持つ表現として、その人物や事物が日常的に行っている行為を述べた表現を取り上げる。具体例としては、

（表7）日常的動作の解説

	動詞終止形	動詞＋けり
巻一	8	
巻二	14	
巻三	11	
巻四	15	
巻五	6	8
巻六	10	2
巻七	15	1
巻九	25	4
巻一〇	7	2
巻一一	4	1
巻一二	17	1
巻一三	40	6
巻一四	34	8
巻一五	8	23
巻一六	2	14
巻一七	9	14
巻一九	6	11
巻二〇	4	8
巻二二		1
巻二三		1
巻二四		2
巻二五	1	1
巻二六		5
巻二七		2
巻二八		7
巻二九		3
巻三〇		2
巻三一		6

○常ニ帝釈ト合戦ス。（巻一ノ三〇）

○若ヨリ道心有テ弥陀佛ヲ念ジ奉ケリ。（巻一五ノ四八）

などのように、「いつも〜していた」と解せる内容を取り上げた。これには「明暮」「必ズ」「常ニ」「時々」「年来」「日夜」「昼夜」「毎日」「毎月」「若ヨリ」などを伴う事を目印にしたほか、筆者の解釈により認定した。

日常的動作について（表7）では、「動詞終止形」の場合と「動詞＋けり」の場合に絞って比較した。これによると「動詞終止形」の例は、天竺震旦部と本朝仏法部までに偏って見られる。これは（表6）で見た「動詞＋たり・り」に似通った分布を示している。一方「動詞＋けり」（係り結びを含む）では、巻五以降に偏って用いられていて、やはり「動詞＋たりけり」の分布に似通っている。このように、巻六以降の震旦部から次第に「けり」による解説的な表現が増える傾向が見られる。巻一〇が境ではなく緩やかに交代する表現である。ただし、この場合でも「けり」で係り結びになる例が133例中32例（24％）見られ、解説的な口調が強く現れることがわかる。詳細は省くが、やはり係り結びは巻一〇以降にのみ用いられている。

三・六　「移動表現」による場面解説

冒頭の解説的内容の一つとして、次例のように主人公が事件の起こる場所に移動することを表す表現がある。これは、「其ノ比」「而ル間」のような次段冒頭の接続詞の前に置かれており、その場所が物語の舞台となることを解説する表現になっていると考えられる。移動を表す動詞は、完了の「ぬ」が続く場合が多いので、ここでは「ぬ」を採るか「にけり」を採るかについて比較しておきたい。

○今昔、比叡ノ山ニ陽信ト云フ僧有ケリ。學生ノ方モ賢ク、真言モ吉ク知タリケリ。年来、山ニ有ケル程ニ、阿闍梨、下﨟ニ被超ニケレバ、世ノ中冷ジガリテ、「山ヲ去ナム」ト思フ心付ニケル事□有ケルニ依テ、伊与ノ国ノ方ヘ行ナムト思テ行ク程ニ、幡磨ノ國、明石ノ津ト云フ所ニ宿ヌ。
其ノ比、其ノ国ニ大疫盛ニ莅ケリ。　（巻一四ノ四四）

○今昔、佛ノ道ヲ行ヒ行僧有ケリ。何クトモ无行ヒ行ケル程ニ飛驒国マデ行ニケリ。
而ル間、山深入テ迷ニケレバ……　（巻二六ノ八）

（表8）移動表現

	動詞終止形	動詞＋ぬ	動詞＋にけり	動詞＋り・たり	動詞＋たりけり
巻一	8	2			
巻二	4	6	2	1	
巻三	2	2	1		
巻四	2	1			
巻五	3	2		1	1
巻六	3	5		4	
巻七	1	3			
巻九	3	2			
巻一〇	2	1	1		
巻一一	2	2	2	3	11
巻一二	2		1		
巻一三	1				
巻一四	5	4			
巻一五		2	1		
巻一六		2	1		
巻一七					
巻一九	1		4		
巻二〇		3	1		
巻二二					
巻二三			2		
巻二四	1	1	3		
巻二五	1		1		
巻二六			5		
巻二七			5	2	
巻二八		2	2		
巻二九		1	2	1	
巻三〇		1	2		
巻三一		4	5		

（表8）によると、「ぬ」は全般的に用いているが、「動詞終止形」は巻一〇以前に偏り、逆に「にけり」は巻一〇を境に多く見られるようになることがわかる。特に巻一一には多様な表現が混在していて変換点のように見える。なお、係り結びになる例はほとんど見られず[5]、同じ動詞文であっても、三・五で見た日常的動作などに比べて、異なる傾向を見せている。係り結びを用いないのは、三・三で見た「存在提示」の場合と通じる特徴である。

四　まとめ

以上、『今昔物語集』の冒頭段落に用いられた「けり」を取り上げ、その実態の記述を試みた。これにより、「けり」の持つ文章・文体上の特徴として次の点を指摘することができる。

冒頭第一文の「人物・事物の存在提示」の「けり」は、巻による多寡はあるが全巻に広がりを持っていることがわかった。天竺震旦部では、第一文を「ありけり」で始めつつも第二文以降に「けり」を用いない例も多い。周知の人物で特別に措定する必要のない場合や、「物語の場」に入り込んだ表現を冒頭から採る場合などでは第一文にも用いられないことがあるが、全体の使用傾向から見ると、説話の叙述は「（あり）けり」で始め「けり」で終わるものだという意識があったのではないかと思われる。これは、内容による「けり」の使用というよりも、「枠」としての機能の側面がこの場合に強く現れやすいと言ってよいであろう。この「枠」という言い方は比喩的なものであるが、「物語の場」の中心となる人物・事物等を、語り手の客観的・遠景的な立場から措定することを示すと言い換えてもよい。これによって物語の始まりを告げるのであり、展開部の結末部分に配される「けり」と応じて、全体を語り手の立場から叙述することを宣言する機能を持つと考えられる。

第二文以降においては、巻一〇以降に「けり」使用が偏って見られ、語り手が解説を行うという趣が強くなる。

とりわけ、係り結びによる語り手の立場が強く現れた表現は、冒頭第一文ではなく第二文以降の解説的内容に現れ、分布の上ではほとんど巻一〇以降にのみ見られた。このような「けり」による係り結びは、「名称説明」や「にてあり」「にあり」「てあり」などの形式を持つ解説的な内容の文、その他「日常的動作」などの表現内容において多く見られた。第二文以降における「けり」文の役割は、具体的な事件に入る前に、人物・場所等の背景を聞き手に確認させるところにある。このような解説的な叙述内容は、いきおい係り結びによる「けり」を伴う文になりやすく、語り手の立場による「けり」使用が現れている。これは係り結びで強調しようとする叙述の姿勢すなわち文体的な問題でもある。巻一〇で語り手の姿勢が大きく変わる理由としては、天竺震旦部の内容がある程度史実的なものと意識されたために話の世界にいきなり入り込む表現になりやすいのに対し、本朝の説話はフィクションによる説話的な内容が意識されたために解説的に述べる意識が強くなるのではないかと推測している。

従来、『今昔物語集』の文体は巻二〇を境にして漢文訓読調から和文調に変化するとされてきた。しかし、これは主として、出典の影響を受けた文体（類型的文体）としての変異である面が強いと思われる。しかし、本章で指摘したような「けり」の選択傾向において、巻一〇に大きな境があるのは、編者の主体的表現の現れであり、より根深い文体（個性的文体）に基づく変異として見るべきではなかろうか。本朝仏法部（巻一〇〜二〇）がもともと「けり」を含まない『日本霊異記』『法華験記』『日本往生極楽記』など漢文出典が多い巻であり、そこに「けり」が付加された例が多いのは、「けり」使用の意図的な拡大と見ることができよう。このような巻一〇を境とする変異は「けり」の使用面に留まらない。山口佳紀（一九九三）の指摘を受け、拙稿（二〇〇三）では、『今昔物語集』の巻一〇以降に本集独自の宛字表記が用いられることを指摘したが、[6]語りの姿勢の面にも独自性が見られたのである。このような巻一〇を境とした文体的変異についても今後さらに検証していく必要がある。

本章では『今昔物語集』の冒頭段落において「存在提示」と「解説」と二つの側面から「けり」の持つ機能を考

察したが、展開部や結末部の「けり」使用の実態については第二章、第三章で詳しく論じる。

注

（1）　物語地の文の「けり」を過去・回想と見る説として、竹岡の説を文章論的な観点から評価する大木一夫（一九九八）の論がある。大木は「語り手の時間から物語をみている」用法を指摘し、「語り手の時間」から「過去の事態」を描く場合に「けり」を用いるとする。一方、大木は「「けり」の使われている部分は『物語中の現場』からは他者の『あなたなる場』」であるような「挿入的部分」「場面外の部分」にも用いるのであり、解説的な「副次的筋（移動展開など）が主筋に対しては『あなたなる場』という理解が可能である」とする。この他にも、甲斐睦朗（一九八〇）が物語る世界から見た「不定の昔」とし、吉岡曠（一九九六）が「語り手の立場を表現するもの」であるが、「非体験ないしは不確実な事柄を回想する」とし、井島正博（二〇〇二）が未来に位置する語りの時間から見た回想として理解している。ここでは個別の批判はしないが、筆者がこれらを採らない基本的な理由については本論で述べておいた。

筆者のように物語地の文の「けり」を過去・回想と見ない説として、鈴木泰（一九九九）は、地の文の用法は「脱テンス」であり「出来事どうしの関係の仕方に一旦反省が加えられた関係」について「反省的関係」を表すとする。竹岡を積極的に評価する立場では、糸井通浩（一九七一）は、物語の地の文の例はアスペクト・テンスの助動詞として機能していないとし、中川美奈子（一九七九）にも同趣の主張がある。糸井によれば、素材によって過去であることが表されるのであり、「けり」は聴き手への「素材の事実に対する確認」を表出するとする。片桐洋一（一九六九）は、「『けり』という助動詞が、その用いる主体から離れた事象を、用いる主体の側に引き寄せ、内面化し、みずからの立場から改めて説明し、解釈し、詠嘆するという機能を持っていた」とし竹岡説の立場を深化させる。藤井俊博（二〇〇三）は、「けり」を「語り手の視点から出来事や人物を対象化した表現」としている。

（2）　糸井通浩（一九七一）をはじめ糸井に一連の論考がある。その他、甲斐睦朗（一九八〇）や、最近では、井島正博（二〇〇二）拙稿（二〇〇三）福澤将樹（二〇〇四）がある。文学研究では片桐洋一（一九六九）をはじめ多くの論がある。

（3）大木一夫（一九九八）では、『源氏物語』の中で「けり」の用いられやすい箇所として「解説・背景説明」をはじめ、思考感情表現・発話伝達表現・移動表現・時間展開・物語展開などの類型を挙げている。このうち、移動表現・時間展開・物語展開などは主筋的な内容であろう。思想感情表現や発話伝達表現が主筋的な内容になるかどうかは、説話においては、話全体の叙述の仕方によって左右される要素であると思われる。

（4）森正人（一九七五）は、巻四に含まれる『大唐西域記』の記述が、『今昔物語集』の表現と乖離することから、同書の和訳本が介在したことを推定している。「継母デゾ有リケル」（巻四ノ四）「広大ニナム御ケル」（巻四ノ二四）の2例が同書を出典にしている例である。岩波日本古典文学大系の補注によると「ニテ」が「デ」となった例は『今昔物語集』全体では6例有るというが、4例は本朝部の例である。「におはす」の例は他には巻三一ノ二九話だけである。なお、全体の内訳は、「にてなむ（ぞ）ありける」（天竺部は巻四に1例、本朝部では巻一四2例・一七3例・一九3例・二二2例・二三1例・二四2例・二六1例・二七3例・二八3例・二九4例・三〇1例・三一7例がある）「になむ（ぞ）ありける」（天竺部は巻四に2例、本朝部は巻一二・一四・二五・二八・三一に各1例）である。

（5）時間表現を伴って解説的に述べる場合に限る。「暁ニゾ火燈シテゾ人ハ参ケル」（巻二七ノ九）「時々ゾ本国ニハ来ケル」（巻二七ノ三四）など。

（6）山口佳紀（一九九三）は、広く分布する「此ク」に対し、片仮名表記「カク」の例は巻一二以前に集中していることを指摘した。これは、仮名書き表記から漢字表記に統一するという表記方針の変更を意味している。拙稿（二〇〇三）においても、天竺震旦部に用いられる「奇異也」「目出シ（メデタシ）」「イミジ（仮名書き）」が、巻一〇以降から「奇異シ（あさまし）」「微妙シ（めでたし）」「極ジ（いみじ）」等の今昔独自の表記に変化することを述べた。

参考文献

天野恵子（一九七五）「竹取物語における文体―助動詞「けり」」（『平安文学研究』54）
井島正博（二〇〇二）「中古和文の表現類型」（『日本語文法』2-1　『中古語過去・完了表現の研究』ひつじ書房　二〇一一所収）

糸井通浩（一九七一）「「けり」の文体論的試論―古今集詞書と伊勢物語の文章―」（『王朝』４）

大木一夫（一九九〇）「中世後期の軍記物における「き」「けり」について」（『文芸研究（東北大学）』124）

大木一夫（一九九八）「古代語「けり」の意味機能とテクストの型―語の意味とテクストとの関わりをめぐって」（『国語論究』７　明治書院）

甲斐睦朗（一九八〇）『源氏物語の文章と表現』（桜楓社）

片桐洋一（一九六九）「物語の世界と物語る世界」（『言語と文芸』66）

加藤浩司（一九九八）『キ・ケリの研究』（和泉書院）

阪倉篤義（一九五六）「竹取物語における「文体」の問題」（『国語国文』25―11『文章と表現』角川書店　一九七五所収）

須藤　明（一九九四）「助動詞「けり」の地の文における文末用法―平安末期物語を中心として―」（『文学論藻』68）

須藤　明（一九九五）「『源氏物語』における文末「けり」について―宇治十帖における「けり」の役割―」（『文学論藻』69）

鈴木　泰（一九九九）『改訂版　古代日本語動詞のテンス・アスペクト―源氏物語の分析―』（ひつじ書房）

曽我松男（一九八四）「日本語の談話における時制と相について」（『言語』13―4）

竹岡正夫（一九六三）「助動詞「けり」の本義と機能―源氏物語・紫式部日記・枕草子を資料として―」（『言語と文芸』5―6）

塚原鉄雄（一九八七）『王朝初期の散文構成』（笠間書院）

辻田昌三（一九七九）「物語る「けり」」（『島大国文』８）

中川美奈子（一九七九）「「けり」は過去の助動詞か―物語の叙述様式から―」（『論叢』１）

福澤将樹（二〇〇四）「語りの諸類型」（『愛知県立大学文学部論集（国文学科編）』52）

藤井俊博（二〇〇三）『今昔物語集の表現形成』（和泉書院）

森　正人（一九七五）「大唐西域記と今昔物語集の間」（『国語と国文学』52―12）

山口佳紀（一九九三）『古代日本文体史論考』（有精堂）

吉岡　曠（一九九六）『物語の語り手　内発的文学史の試み』（笠間書院）

渡瀬　茂（一九九三）「『栄花物語』の「けり」―その多用される記事をめぐって―」（『中古文学』52）
渡瀬　茂（一九九八）「『今昔物語集』の枠構造における「けり」の古代的特質とその変容」（『富士フェニックス論叢』中村博保教授追悼）

【補説】山本真吾「『今昔物語集』話末評語の漢語の性格について」（『国語国文』84-1　平成二七年一月）は、従来の「表現的様相」から見ての「変化」「不変」と、「表現態度」における「変化」「不変」を分けて考察すべきことを説いている。本章で指摘した巻一〇を境とする変化は、係り結びの使用という叙述態度に関わるものであり、山本のいう表現態度の大きな変化と関わる点である。

第二章　今昔物語集の「けり」のテクスト機能
――終結機能を中心に――

一　問題の所在

物語地の文に用いられる過去・完了の助動詞には、文章構造の区切りや纏まりの徴表として機能する、いわゆるテクスト機能としての意味が認められるものがある。中古・中世の物語の文章において助動詞「けり」がテクスト機能を持つ場合があることは、阪倉篤義[1]の指摘以来、定着している観点と思われる。阪倉は、「けり」が『竹取物語』の各章あるいは作品全体の冒頭や末尾に用いられ「枠づけ」の機能を持つと説いた。しかし、従来の「けり」の研究は文法論の観点からテンス・ムードの問題として扱われることが多く、「枠づけ」という文章論的な観点からの具体的な分析は、阪倉以来活発に行われたとは言いがたい。また、「枠づけ」の具体相は『竹取物語』や『源氏物語』のような中・長編の物語が研究対象とされ、短編物語の説話の分析は極少ないのが現状である[2]。筆者は、阪倉説をふまえ、文章史的な観点から「枠づけ」の具体相について個別作品の詳しい分析が必要であると考える。

ここで取りあげる『今昔物語集』（以下「今昔」とする）は、一千余話の短編物語を集めた説話集であるため、一話の枠のあり方を様々な型として捉えることができる。また、内部の文章構造が明快であるため、「けり」の持つ典型的な枠機能を検討しやすい。筆者は、今昔の「けり」のテクスト機能のあり様について検討するため、すでに前稿で[3]（以下「前稿」は同論文）今昔の冒頭段落の始発機能について論じている。ここではその結果を踏まえ、終結機能に焦点を当てて論じるものである。今昔において、物語の終結部分とは、どの箇所であるのか、また、どのような表現形式で用いられやすいのか。これらの点から、「けり」の枠機能について具体的な様相を明らかにしながら、今昔において「枠」を作るとはどういうことであるのかを考えるのが本章の目的である。

二　今昔物語集説話の話型と枠構造

今昔の文章の冒頭や末尾に「けり」が枠を作ることについては、渡瀬茂[4]の論がある。渡瀬は、天竺震旦部・本朝仏法部を中心に一話の冒頭と末尾に枠として「けり」が用いられるが、本朝部では枠が拡大し枠内の叙述部分にも「けり」が浸透する傾向があることを指摘した。また、筆者は[5]、今昔各巻の採る文体の傾向や出典の表現の影響によって「けり」使用の度合いに差は見られるものの、今昔では全般的に「けり〜非けり〜けり」の構成を志向する傾向が強く見られ、冒頭に「今は昔」をとる物語・説話全般に共通する性質を持っていると考えた。

ところで、今昔の文章において、「けり」の作る枠構造とはどのようなあり方を指すのであろうか。筆者は前稿で、冒頭段落では、第一文の人物・事物の存在提示の文では「けり」を使用するのが全巻に渡って多く見られる傾向であるが、第二文以降の「名称説明」「日常的行為」「移動表現」などの解説的な記述は、天竺震旦部では必ずしも「けり」が使用されず、本朝部以降に偏って「けり」が付される傾向があることを指摘した。このことは、今昔の文章の枠の意味を考えるのに重要な観点を提供している。「けり」が主人公の「名称説明」などに用いられるのは、語り手の立場から解説的な叙述を行うという「けり」の文法的な意味機能に関わっていると考えられる[6]。このような解説的な叙述が冒頭段落に用いられるが、展開部では「けり」使用が見られず、再び末尾の評語部において解説的な叙述で「けり」が用いられるならば、冒頭段落と評語部の「けり」使用は枠のような様相を呈していると見なせる。

これに対し、冒頭段落の第一文は、多くは主人公や事物の存在を提示する文であるから、そこに用いる「有ケリ」の用法も解説的な用法の一つであると言えるのであるが、同時に、始発機能を担う文として特別な意味を担っていると考えられる。すなわち、「けり」が巻を問わず第一文に用いられるのは、物語の始めや終わりに枠組みを設定しようという意識の元に用いられているためではないかと推測されるのである。

筆者は、「名称説明」等の解説的叙述は枠をなしているように見えたとしても、意識的というよりは結果的にできたものであり、広義の枠にすぎないと考える。これに対し、冒頭第一文に用いられた「けり」は意識的な選択によるもので、このような意識的な使用が狭義の枠づけに関わっていると考えられる。筆者は、「けり」が作る狭義の枠とは、ある内容（場面や事件全体）の冒頭や末尾の箇所であることの徴表として意識的・積極的に用いられたものであり、その内容の纏まりを示したり、またそれを他の場面や評語などと区分したりする機能を有するものであると考える。

右のような立場から、冒頭第一文の存在提示の文に用いられる「けり」が狭義の枠を作る部分であるとすると、この始発機能に対応する終結機能は、文章展開の上でどのような位置にどのような表現で使用されているかが問題となる。本章では第一文に見られる始発機能に対応して用いられる終結機能の「けり」について検討し、今昔説話の文章構造のあり方について考察していきたい。

今昔の文章構造については、夙に坂井衡平[7]が、今昔の文章を、起首・記述・批評に分けて捉えた。また、小川輝夫[8]が、導入、語り、結語としているのもほぼ同内容を指すものと思われる。これら起首や導入とされる部分（以下「冒頭部」と呼ぶ）の叙述内容について、小川は、主人公の紹介を中心内容と捉え、「人物細密描写」「行動細密描写」「状況細密描写」「行跡細密描写」などを挙げている。そのような内容面とともに、それに次ぐ説話本体（以下、小川に倣い「語り部」とする）の冒頭に「而ル間」「其ノ時ニ」などの接続語が使用されるのを手がかりに、冒頭部と語り部とを区分できる。今昔の冒頭部は、中心的な事件を述べる語り部に前置される導入的な部分である。

一方、これまで、批評・結語・話末評語などと呼ばれた部分（以下「評語部」と呼ぶ）は、「此ヲ思フニ」などの語句によって区切られた部分で、語り部と区分される部分である。話に積極的に評語を付与しなかったと思われる[9]『宇治拾遺物語』に対し、今昔では、長短はあるが評語部がひと纏まりの内容として付される話が大部分を占めており、文章構造上の大きな特色となっている。

今昔の評語部の内容について論じたものとして、松尾拾[10]が「解説」「教訓」「批判」「出自」の四種に分け、小川輝夫[11]が「後日譚」「解説（説明・教訓・称賛）」「伝承」に分けている。松尾が「後日談」を含めていないのは、撰者の思想がわかる注文を取り出すことに主眼を置いたためと思われるが、文章構成の上では、語り部と区別して評語部に含めるべきと考える。「後日談」は、冒頭部の「出来事の起こる現場に至るまでの行蹟」に対応する筋書き的な叙述であって、迫真的な表現をとる語り部と異なる性質を持っている。また、語り部の末尾と連続する場合が多い一方、他の評語内容の後に位置する例があることも、評語部の一部と見なす理由である。ここでは、語り部を一話の中心事件について迫真的・現場的に叙述した部分とし、語り部が終了した後、「其ノ後」などの語句を用いてある時間の経過を経た後の出来事を筋書き的に記した部分を「後日談」として扱う。「後日談」以外の内容については、「解説」「批評」「伝承」「教訓」に分類して考察する。

以上をふまえて、本章では、今昔説話の文章構造を次のように捉え分析・記述することにする。

冒頭部　主人公や事物の存在提示、名前・氏素性・性質・日常的な行動の解説、事件の現場に至るまでの行跡の叙述。

語り部　中心的な事件として、主人公が事件の現場でとる行動を継起的・迫真的に描く箇所。
評語部　中心的な事件終了後の後日談、事件の内容の解説や批評、話の伝承、話から得られる教訓など補足的な叙述。

右の区分に従い、語り部の末尾の場合と、評語部の場合とを中心に、「けり」の使用状況を調べることにした。ここでは、小川に倣い語り部を発端・発展・終局の三部に分け、これを発端と発展の部分（以下では、この二つを指して「展開部」と称する）と、終局の部分（以下、「終局部」と称する。語り部の末尾の部分で連続する最大三文以内を対象とする）とに分けて考える。このように、語り部の発端と発展を一括して扱うのは、終局部の「けり」に焦点を当て、一話の枠としての「けり」があるか判断することに主眼を置くためである。

ここでは、一話の文章構造を次のように四部に分け、「けり」がどの部分に用いられているかを考察することにする。

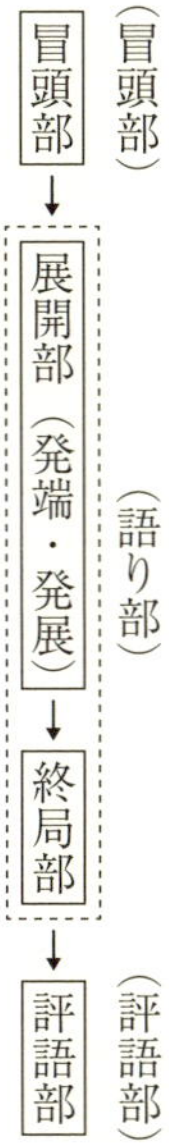

（冒頭部）　　　　（語り部）　　　　　　　　　（評語部）
冒頭部 → 展開部（発端・発展） → 終局部 → 評語部

次に、右の区分に基づき、終局部と評語部の「けり」の使用状況を巻別に集計してみる。対象は一話の後半部分を欠く話を除いた総数1033話を取り上げて、それらの話型について、（一）展開部に「けり」を用いないもの520話、（二）展開部に「けり」を用いた部分のある461話と、（三）「けり」の用例自体を用いない52話に分けた。さらに（一）を冒頭部に例のあるA～Dと、冒頭部に例のないE～Gに分ける。同じく（二）を冒頭部に例のあるH～Kと、冒頭部に例のないL～Oに分けた。巻ごとの内訳を（表1）に示しておいた。

（一）展開部に「けり」を用いないもの　　総計　520話

A　冒頭部と評語部に用いるもの　105話
B　冒頭部と終局部に用いるもの　87話
C　冒頭部と終局部と評語部に用いるもの　110話
D　冒頭部にのみ用いるもの　80話
E　終局部にのみ用いるもの　75話
F　評語部にのみ用いるもの　41話
G　終局部と評語部に用いるもの　22話

(二)　展開部に「けり」を用いるもの　総計　461話

H　冒頭部と展開部と評語部に用いるもの　31話
I　冒頭部と展開部と終局部に用いるもの　82話
J　冒頭部と展開部と終局部と評語部に用いるもの　238話
K　冒頭部と展開部に用いるもの　34話
L　展開部と終局部に用いるもの　17話
M　展開部と評語部に用いるもの　8話
N　展開部と終局部と評語部に用いるもの　42話
O　展開部にのみ用いるもの　9話

(三)　一話のうちに「けり」を用いないもの　総計　52話

次に、右に示した文章構造を示す具体例を、冒頭部と終局部に「けり」を用いたBの例によって示しておく。[12]

（表1）

(三)	(二)								(一)							
ナシ	O	N	M	L	K	J	I	H	G	F	E	D	C	B	A	
3				3				1	1	7	16	1	1	2	2	巻一
4		1					1		1	1	23	1	1	7	1	巻二
10	1		1	1	1				1	5	11	3	1			巻三
14	1				1	1			1	5	8	3		3	4	巻四
			1		1	1	3		1	1	3	8	3	7	3	巻五
6	1				1		1	2	1	5	3	8	5	1	14	巻六
2						1	1		1	2	2	11	5	1	13	巻七
1					3		1	2	1	1	2	11	6	4	14	巻九
		3				5	2	5				6	3	2	14	巻一〇
40	3	4	2	4	7	8	9	10	8	27	68	52	25	27	65	小計
2	2	1		1	3	4	3			5		8	1	1		巻一一
5	1		1	1	7	4	2	1		3	1	3	2	3	6	巻一二
1					1	5	9			1		5	9	9	4	巻一三
2	1	1	1			4	1	3		3		5	2	7	15	巻一四
						17	6	1		1	1	1	16	11		巻一五
	1	1	1	1	3	11	1	5			2		9	2	1	巻一六
1	1	2	1		2	5	6	1	4	1		2	10	4	9	巻一七
		6		1		18	5	4	1				2	2	1	巻一九
		6		2	1	8	9		1		1	2	3	9	2	巻二〇
11	6	17	4	6	17	76	42	15	6	14	5	26	54	48	38	小計
				1	1	3	1	1								巻二二
		1		1	1	9	2									巻二三
1		2	1	2	1	21	10	1	3		1		6	6		巻二四
		1			1	6	1						2		1	巻二五
		1		1	2	16	1	1					2			巻二六
		4		1		23	2	1	3		1	1	5	2	1	巻二七
		5				24	2	1					10	1		巻二八
		5		1		24	4		1				2	2		巻二九
					2	7	3		1				1			巻三〇
		2	1		2	21	5	1				1	3	1		巻三一
1	0	21	2	7	10	154	31	6	8	0	2	2	31	12	2	小計
52	9	42	8	17	34	238	82	31	22	41	75	80	110	87	105	合計

【冒頭部】
今昔、震旦ノ□代ニ厚谷ト云フ人有ケリ。（存在提示）
楚ノ人也。其ノ父、不孝ニシテ父ノ遅ク死スル事ヲ常ニ厭フ。（解説）
【語り部】
展開部・発端 而ル間、厚谷ガ父、一ノ輿ヲ造テ、老タル父ヲ乗セテ、此ノ厚谷ト共ニ此レヲ荷テ、深キ山ノ中ニ将テ行テ、父ヲ棄置テ家ニ返ヌ。
展開部・発展 其ノ時ニ、厚谷、此ノ祖父ヲ乗セタリツル輿ヲ家ニ持返タリ。父、此レヲ見テ厚谷ニ云ク、「汝ヂ、何ノ故ニ、其ノ輿ヲバ持返ルゾ」ト。厚谷、答テ云ク、「人ノ子ハ、老タル父ヲバ輿ニ乗セテ山ニ棄ツル者也ケリト知ヌ。然レバ、我ガ父ヲモ老ナム時ニ、此ノ輿ニ乗セテ山ニ棄テム。亦、更ラニ輿ヲ造ラムヨリハ」ト。
終局部 父、此レヲ聞テ、「然ラバ、我モ老ナム時、必ズ被棄レナムズ」ト思テ、怖レ迷テ、即チ、山ニ行テ父ヲ迎テ将返ニケリ。
【評語部】
其ノ後ハ、厚谷ガ父、老父ニ孝養スル事不愚ズ。（後日談）
此レ、偏ニ、厚谷ガ謀ニ依テ也。（解説）
然レバ、世挙テ、厚谷ヲ誉メ感ズル事无限シ。祖父ノ命ヲ助ケ、父ニ孝養ヲ令至ムル、此ヲ賢キ人ト可云シトナム語リ伝ヘタルトヤ。（批評）（巻九ノ四五）

この例では、冒頭部の存在提示の文と、終局部の二箇所に「けり」を用いて事件内容を枠づけており、後続の評語部には「けり」を用いていない。冒頭部と終局部で枠構造を作った典型例である。[13]

説話の文章の枠を考える際には、右の例のように、展開部に「けり」が用いられない話型に着目する必要がある。そこで次に、展開部の中に「けり」を使用しない（一）の話型を中心に見ていく。

終局部にも評語部にも「けり」を用いない例は、（一）D、（二）K・O、（三）であり、これらの総計175話は対象とした全1033話の17％である。これらを除くと、八割以上で終局部か評語部に「けり」を使用していることになる。この中で、「けり」の枠の機能が明瞭に現れているのは、展開部に「けり」が用いられない（一）の話型である。（表1）によると（一）の分布傾向は、全巻に例の多いCを除けば、漢文系統の出典が大部分を占める天竺震旦部と本朝仏法部に偏っていることがわかる。また、「けり」が全く用いられない（三）の場合でも、天竺震旦部と本朝仏法部に多いことを併せ考えると、「けり」のもともと用いられない漢文を出典とする話に対して、今昔撰者は「けり」を付加しない場合もあったが、付加する場合は冒頭部・終局部・評語部に「けり」を付加している場合が多いと推測できる。この中で、冒頭部のみに用いるDの場合も天竺震旦部と本朝仏法部を中心に80話と多く見られるが、割合から言えば終局部や評語部のみに用いるE・F・Gの総計138話の方が多く見られる。このことから、冒頭部より、終局部や評語部に「けり」が用いられやすいことが窺える。

（一）の話型の中で、冒頭部と対応して用いるのは、終局部で対応して用いるB・Cであり（総計197話）、全1033話の約二割を占めている。これに対して、評語部で対応するAは105話で、B・Cの総数よりは少ない。また、冒頭部に「けり」を用いない場合でも、終局部でのみ用いるE（75話）の方が評語部でのみ用いるF（41話）よりも優勢である。このように、終局部と評語部との比較では、数の上では終局部の方が優勢である。この点では、（二）の話型においても、評語部に用いるH・M（総計39話）よりも、終局部の例を含むI・L（総計99話）の例が優勢であり、終局部に「けり」が用いられる率が高いことが窺える。

（一）の話型では、「けり」を冒頭部・終局部・評語部に用いるCが、本朝仏法部以降にも広く分布している。C

に近いものとして、（二）Ｊが挙げられる。Ｊは、Ｃとともに、冒頭部と対応して終局部・評語部に用いるタイプで、展開部に例数が多い点に相違があるものの、全巻に渡って広く見られる点で共通する傾向が見られる。Ｊのように展開部に「けり」を用いやすいのは本朝世俗部の傾向であると考えられ、Ｊを初めとする（二）の話型が全般的に本朝仏法部以降に多い。この点は前稿(14)でも指摘したように、天竺震旦部の文体傾向と本朝部のそれとでは質的相違があることを示していよう。またＣも、本朝仏法部を中心に幅広く分布している。枠構造を作る場合は、Ｃのように冒頭部・終局部・評語部に「けり」を用いる話型が今昔説話のモデルと見なせよう。このようなモデルの分析は三節で行い、Ｃの具体例は四節に示す。

三　枠構造のモデル

前節では、（一）のような枠構造と見なしやすい話型において、終局部に「けり」が使用される傾向があることを指摘した。このように、中心的な出来事の終局部に「けり」が用いられていることは、終結機能をもたらす狭義の枠の位置を考える際に示唆する点が大きいと考える。一方で、評語部の「けり」の使用例も多かったことはどのように解されるであろうか。そこで、次に評語部に含まれる評語の種類の面から使用傾向を確認しておきたい。

まず、（表2）では、Ａ・Ｃ・Ｆ・Ｇ・Ｈ・Ｊ・Ｍ・Ｎの評語部に用いられた評語の種類毎の使用頻度を各部に分けて示した（一つの評語部に同じ種類の評語の文が複数あっても1例とした。つまり話数と同じ。なお、「けり」を含まない文は除く）。これによると、後日談は本朝仏法部に多いのに対し、解説は本朝世俗部において多く見られることがわかる。また、批評は巻一〇を境に増加する傾向が強く、特に本朝仏法部に多い。教訓・伝承は用例自体が少ない。これらの傾向により、後日談は解説よりは例がやや少ないものの、評語部の中心的な内容の一つと見ることができる。次にこれらの評語の内容と、終結機能の「けり」との間でどのような相関を認めることができるのかを確認しておきたい。

（表3）では枠構造を作っている（一）のA・C・F・Gに絞って、評語部の「けり」文の評語の種類の内訳を示した（数え方は表2と同じ）。全体の傾向を示す（表2）では解説が多かったのであるが、（表3）のように、枠構造をなす（一）に絞ると後日談の方が優勢である。とりわけ、「けり」が終局部になく評語部のみにあるAとFで、後日談が多いことが注目される。これは、行動の描写の最終点である後日談に「けり」を用いて叙述を終結している場合である。一方、終局部と評語部に「けり」を用いるCとGでは、後日談より解説の比率が上回っている。評語部が解説になるのは、事件の最終点が終局部にある場合である。

次に、冒頭部と評語部で「けり」を用いたAの例から、評語部で後日談と解説に「けり」を用いた例を挙げておく。

（表2）

	天竺震旦部	本朝仏法部	本朝世俗部	合計
後日談	69	124	70	263
解説	64	72	156	292
批評	24	78	41	143
伝承	3	3	3	9
教訓	2	1	3	6

（表3）

	後日談	解説	批評	伝承	教訓
A	62	29	21	3	1
C	41	51	36	1	1
F	24	17	4	1	0
G	6	16	3	0	0
合計	133	113	64	5	2

【冒頭部】今昔、天竺ニ一人ノ婆羅門有ケリ。

【語り部】多ノ死人ノ古キ頭ヲ貫テ、王城ニ入テ音ヲ高クシテ叫テ云ク、「我レ、死人ノ古キ頭ヲ貫キ集テ持タリ。人有テ我ガ持タル頭ヲ可買シ」ト。如此ク叫ブト云ヘドモ、一人トシテ買人有ラムヤ。婆羅門、頭ヲ不売得ズシテ悲ムヲ、見ル人、多ク集テ罵リ咲コト无限シ。

　其ノ時ニ、一人ノ智有ル人出来テ、此ノ頭ヲ買取ル。婆羅門ハ耳ノ穴ニ緒ヲ通シテ持タリ、此ノ買フ人ハ耳ノ穴ニ不通ズシテ持還ル。其ノ時ニ、婆羅門、買フ人ニ問テ云ク、「何ノ故ニ耳ノ穴ニ緒ヲ不通ザルゾ」ト。答テ云ク、「法花経ヲ聞ケル人ノ耳ノ穴ニ緒ヲ不貫ザル也」ト云テ、買取テ持去ヌ。

【評語部】其ノ後、塔ヲ起テ、、此ノ多ノ頭ヲ置テ供養シケリ。其ノ時ニ天人下テ其ノ塔ヲ礼拝シテ去ニケリ。

　婆羅門ノ願ヲ満テムガ為ニ、用无シト云ヘドモ、頭ヲ買取テ塔ヲ起テ、頭ヲ籠メテ供養スルヲ、天人モ歓喜シテ降テ礼拝スル也ケリトナム語リ伝タルトヤ。（巻四ノ三〇）

　この例は、終局部の「持去ヌ」で現場的な叙述が終わり、評語部に後日談として「供養シケリ」「去ニケリ」と述べてから「礼拝スル也ケリ」（解説）が続く例であると解される。

　右の例では、解説の内容に先行して終局部と解説とを繋ぐ位置に後日談が用いられているが、一方では、評語部の他の内容の後ろに後日談が位置する場合もある。これらの評語の内容には使用される順序に傾向があるだろうか。そこで次に、評語部の中に複数の評語の種類がある話について使用順序を調査した（一種類の評語文しか含まない話は数えない。同じ評語内容の文が連続しても分割しないが、他の種類を挟む場合は二つに分ける。〈　〉内には（一）と（二）に分けた内訳の数を示す）。

【後日談が先行するもの】　55話〈（一）22話（二）33話〉
　後日談→解説　26話〈（一）10話（二）16話〉

後日談→批評　21話〈（一）8話（二）13話〉
後日談→批評→解説　2話〈（一）0話（二）2話〉
後日談→解説→批評　2話〈（一）2話（二）0話〉
後日談→批評→伝承　1話〈（一）0話（二）1話〉
後日談→解説→後日談　1話〈（一）1話（二）0話〉
後日談→伝承　1話〈（一）0話（二）1話〉
後日談→教訓　1話〈（一）1話（二）0話〉
【後日談が後続するもの】24話〈（一）10話（二）14話〉
解説→後日談　16話〈（一）9話（二）7話〉
解説→後日談→批評　2話〈（一）0話（二）2話〉
批評→後日談　2話〈（一）0話（二）2話〉
解説→後日談→解説　2話〈（一）0話（二）2話〉
解説→批評→後日談　1話〈（一）1話（二）0話〉
教訓→解説→後日談　1話〈（一）0話（二）1話〉
【後日談を含まないもの】25話〈（一）7話（二）18話〉
解説→批評　12話〈（一）3話（二）9話〉
批評→解説　6話〈（一）2話（二）4話〉
伝承→解説　2話〈（一）1話（二）1話〉
解説→伝承　1話〈（一）1話（二）0話〉

批評→教訓　1話〈（一）0話（二）1話〉
批評→教訓→批評　1話〈（一）0話（二）1話〉
解説→教訓　1話〈（一）0話（二）1話〉
教訓→批評　1話〈（一）0話（二）1話〉

これによると、事件の延長である後日談が先行する場合が最も多く（53％）、次いで、解説（34％）、批評（10％）が先行する場合が続く。また、終局部に「けり」がなく評語部において「けり」を用いるAとFに絞って、どの評語の内容が評語部の始めの文に用いられているかについて話数を調査し（表4）に示した（括弧内の数はその中で評語が単独で用いられている話の数）。

（表4）

	後日談	解説	批評	伝承	教訓
A	61（53）	25（23）	17（17）	2（2）	0
F	23（21）	15（14）	2（2）	1（1）	0

これによると、評語が単独の場合も含め、後日談で用いることが多いことがわかる。このような評語での後日談の使用量の多さは、先に示した後日談が先行するという使用順序の傾向と並行している。これらのことから、枠づけに関わる度合いも、概ね（表4）に示した順序で高いものと推定できる。すなわち、終局部と後日談が「けり」使用の頂点であり、それ以下の内容では「けり」使用が漸減し、枠の意味は弱まっていくと見られるのである。

以上、終局部と後日談に「けり」が多く用いられ、枠を作る比率が高いことを指摘した。ただし、これは（一）の話型を中心に分析した結果であり、（二）の話型では異なる傾向が見られる。（二）でも終局部と後日談の「けり」の比率は高いが[15]、展開部に「けり」使用が拡大しているため枠としての役割は弱まってくる。また、全話数では（一）の方が多いのだが、前掲のように複数の評語を含む例の総数では（一）39例（二）65例で（二）の方が多い。とりわけ後日談が後続する例が（一）10例（二）14例、後日談を含まない例が（一）7例（二）18例で、（二）

では後日談以外に「けり」が拡大する。これらから、本朝世俗部に多い（二二）の話型では、「けり」の枠機能は弱まる傾向があると見られよう。

以上、今昔撰者にとって、典型的な「けり」の枠構造の終結部分は、現場的な事件の最終部分である終局部や、事件の延長線上の最終点である後日談にあるという意識が強いことを述べた。

後日談の他では、解説の内容が枠づけに関わる場合も比較的多く見られる。次に、冒頭部と評語部で「けり」を用いたAの例から、「けり」の文が解説の内容になる例を挙げておこう。

【冒頭部】今昔、天竺ニ一ノ林有リ。其ノ林ノ中ニ一ノ盲タル母象有ケリ。一ノ子ノ象有テ、其ノ母ノ盲ニシテ行ク事モ无クテ居タルヲ養ヒケリ。菓・蓏ヲ求テ令食メ、清キ水ヲ汲テ令飲ム。

【語り部】如此ク養テ年来ヲ経ル程ニ、一人ノ人有テ此ノ林ノ中ニ入テ忽ニ道ニ迷テ出ル事ヲ不得ズシテ、悲ビ歎ク事无限シ。此ノ象ノ子、此ノ人ノ道ニ迷ヘルヲ見テ、哀ビノ心ヲ発シテ道ヲ教ヘテ返シ送リツ。此ノ人、喜テ既ニ山ヲ出ヌレバ家ニ返ヌ。国王ニ申ス様、「我レ、香象ノ住ム林ヲ知レリ。此レ、見モ不知ズ、世ニ无キ象也。速ニ彼レヲ可捕給シ」ト。国王、此ノ事ヲ聞テ自ラ軍ヲ引将テ彼ノ林ニ行給フ。此ノ申ス人ヲ指南ニテ行テ象ヲ狩ル。此ノ人、象ノ有ル所ヲ指テ王ニ申ス。

其ノ時ニ、象、二ノ臂自然ラ折レテ地ニ落ヌ、人ノ切リ落ガ如ク也。王、此レヲ見テ驚キ恠シミ給フト云ヘドモ、猶、象ノ子ヲ捕ヘテ宮ニ将至テ繋ツ。象被繋レテ後、更ニ水・草ヲ不食ズ。厩ノ者、此レヲ見テ恠ムデ、国ノ王ニ申ス、「此ノ象、水・草ヲ不食ズ」ト。国王、自ラ象ノ所ニ行テ此ノ事ヲ問給フ、「汝ヂ何ナレバ水・草ヲ不食ザルゾ」ト。象答テ云ク、「我ガ母、盲シタルニ依テ行ク事无シ。然レバ年来、我ガ養フニ依テ命ヲ持ツ。而ルニ、カク被捕ヌレバ、母ハ、養フ者无クシテ日来ニ成ヌレバ、定メテ餓ヌラム。此レヲ思フニ、悲ビノ心深シ。我レ、何デカ水・草ノ食ヲ噉ハム」ト申ス時ニ、国王、此レヲ聞テ哀ノ心ヲ発シテ象ヲ放チ遣ツ。

象、喜テ林ニ返ヌ。
【評語部】其ノ象ノ子ト云ハ今ノ釈迦仏ニ在マス。菩提樹ノ東ニ尼連禅那河ヲ渡テ大ナル林有リ。其ノ中ニ卒都婆有リ。其ノ北ニ池有リ。其ノ所ニナム此ノ盲象ハ住ケルトナム語リ伝ヘタルトヤ。（巻五ノ二六）

右の例は、『大唐西域記』（巻九　摩掲陀国下）を出典とするが、「住ケル」を含む末尾の評語は、主人公（盲象）についての解説の内容である。この評語は、出典の『大唐西域記』では話の冒頭に「菩提樹東渡尼連禅那河大林中有窣堵波。其北有池。香象侍母處也。如来在昔修菩薩行為香象子。」（大正新脩大蔵経本）とある。出典の冒頭部の解説が今昔で評語部の解説に利用された例であるが、このような例は『宇治拾遺物語』との対比でもいくつか例が見られる。(16) 今昔では、冒頭部の解説と評語部の解説が同等の意味を持つようであり、この例のように、解説の部分が枠づけに関わる場合も比較的多く見られる。

ここで、説話の各要素の傾向を踏まえた枠構造のモデルを図示しておく。太枠は強い枠を、細枠は弱い枠を表している。

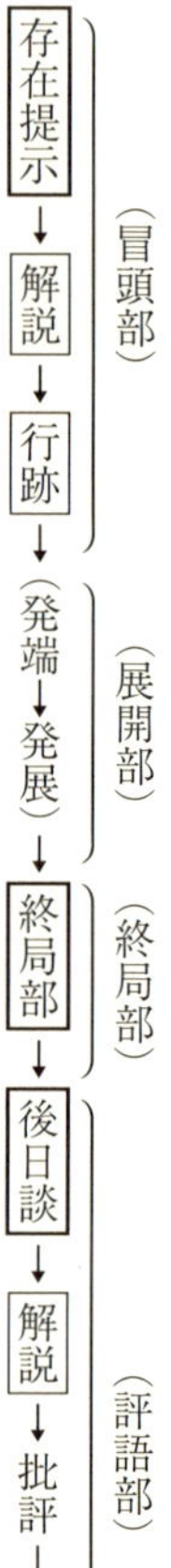

（冒頭部）［存在提示］→［解説］→［行跡］→（展開部）（発端→発展）→（終局部）［終局部］→（評語部）［後日談］→［解説］→批評→伝承→教訓

図のように、冒頭の存在提示文を始発機能の「けり」として、それに応じる終結機能の「けり」は、多くは終局部および評語部の後日談の部分に用いられ、その他に解説が多く関わっていると考えられる。図のような三つの強い枠を備えた話型は、（二）Cが該当し、本朝仏法部を中心に今昔全体に幅広く分布している。

これに対して、批評では、「けり」による場合は「皆人悲ビ合ヘリケリトナム語リ伝ヘタルトヤ」（巻一四ノ二六）、「人貴ビケルトナム語リ伝ヘタルトヤ。」（巻一五ノ三）、「主の維時極ク惜ミテ歎ケリ」「悪キ事トゾ聞ク人云謗ケルトナム語リ伝ヘタルトヤ。」（ともに巻二九ノ三〇）などのように、登場人物やそれを聞いた世の人による評価の行動に対し「けり」が付される場合があるが、例はやや少なく枠づけとの関わりは弱くなる。

伝承では、「語リ伝タル也ケリ」（巻一七ノ四四・巻二六ノ一九）「伝フル也ケリトヤ」（巻七ノ九）「伝ヘタル也ケリトヤ」（巻七ノ四二）「伝ヘ語ケルト也」（巻二八ノ一〇）など、「也けり」「けり」の例が少数見られる。説話最終部では通常「トナム語リ伝ヘタルトヤ」と「たり」を用いるのが通常である。「也けり」とするものは、伝承の過程自体を解説する表現であり、今昔の中では例外的である。

教訓では、「可副奉キ也ケリ」（巻一四ノ四二）のように「けり」を伴う例はあるが、「べし」「べからず」「まじ」「事なかれ」等の「非けり」表現を用いる方が通常である。

このように、伝承・教訓など物語世界の現場を離れた叙述（語りの場に戻っての叙述）になるに従い「非けり」が多くなる。今昔の文章構造では、物語の場を枠づける「けり」の叙述（「昔」の叙述）から、語りの場の表現である「たり」の叙述（「今」の叙述）に移行して一話は完結するのである。

四　終局部・後日談の慣用表現

ところで、終局部に「けり」が用いられやすいのはどのような表現形式であろうか。また、右に見たような後日談との関連は見られるであろうか。ここでは、終局部・後日談に用いられる特徴的な動詞を取り上げて傾向を考察しておく。

次に終局部の「けり」に付属する動詞で例数が10例以上の語を意味別に挙げる（〈　〉内に評語部の後日談の例数を示した）。

変化 失す〈71例〈20例〉他に「失せ畢つ」2例〉止む〈51例〈21例〉〉死ぬ〈24例〈12例〉〉
成る〈19例〈11例〉〉行く〈13例〉絶ゆ〈10例〈4例〉〉
移動 返る・還る〈67例〈7例〉〉去る〈39例〈2例〉〉入る〈14例「入滅す」6例〈2例〉「絶え入る」1例を含む〉
行動 説く〈37例〉云ふ〈32例〈4例〉〉咲ふ〈13例〈3例〉〉供養す〈14例〉思ふ〈11例〉
評価 貴ぶ〈23例〈7例〉〉讃む〈11例〈5例〉〉
状態 有り〈35例〈32例〉〉

中心となるのは、主人公の変化を表す「失す」「死ぬ」「成る」や、移動を表す「返る」「去る」「入る」(「入滅す」「絶え入る」は実質的には死亡の意味の変化動詞)で、主人公が物語世界から退場することを意味するものが多く見られる。また、事件の終結を表す「止む」も多く見られる。これらの動詞には「けり」ではなく「にけり」が共起している点が共通し、完了の「ぬ」の意味が加わり物語の終結を強く印象づける効果があると考えられる。

また、評価の行為を表す「貴ぶ」「讃む」や、人物の状態を表す「有り」なども多く見られる。「貴ぶ」「讃む」は事件に対する人々の「批評」の表現に関わり(他に「恐づ・怖る」も8例ある。内訳は「恐る・怖る」4例「恐づ」1例「恐ぢ怖る」2例「恐れ歎く」1例)、「有り」は人物の状況を「解説」的に述べる表現で用いられやすく、いずれも評語部に用いられる比率も高い。

さらに、これらの終局部に多い表現は後日談においても多く見られる点にも注目しておく。前節で述べたように、後日談が終局部とともに終結機能に関わることはこのような点からも窺える。

次に、「失ニケリ」「止ニケリ」のような物語の終結に強く関わる慣用的な表現を取り上げる。これらは、本朝仏法部の漢文の出典に基づいて枠構造を作った説話に典型的に見られる。まず、冒頭部と終局部・評語部に「けり」

を用いたCの例を挙げる。

【冒頭部】今昔、加賀ノ国ニ翁和尚ト云フ者有ケリ、心正直ニシテ永ク諂曲ヲ離レタリ。日夜寤寐ニ法花経ヲ読誦シテ更ニ餘ノ思ヒ无シ、形、俗也ト云ヘドモ、所行貴キ僧ニ不異ズ。然レバ、其ノ国ノ人、此レヲ名付テ、翁和尚ト云フ。

　衣食ノ便无クシテ、人ノ訪ヒヲ期スレバ、常ニ乏キ事无限シ。若シ、食物有ル時ハ、即チ山寺ニ持行テ、其レヲ便トシテ籠居テ法花経ヲ読誦ス。食物失ヌレバ、亦里ニ出デ、居タリト云ヘドモ、経ヲ読ム事不怠ズ。如此クシテ十餘年ヲ過ルニ、身貧クシテ一塵ノ貯ヘ无シ。只、身ニ随テ持タル物ハ法花経一部也。只、山寺・里ニ往返シテ棲ヲ不定ズ。

【語り部】而ル間、和尚、法花経ヲ読誦スル事隙无クシテ、心ニ請ヒ願ヒケル様、「我レ、年来、法花経ヲ持チ奉ル。此レ、現世ノ福寿ヲ願フニ非ズ、偏ニ後世菩提ノ為也。若シ、此ノ願所可叶クハ、其ノ霊験ヲ示シ給ヘ」ト。而ル間、経ヲ誦ツレ時ニ、我ガ口ノ中ヨリ一ノ歯缺ケテ経ノ上ニ落タリ。驚テ取テ見レバ、歯ノ缺タルニハ非ズシテ、仏ノ舎利一粒也。此レヲ見テ、泣々ク喜ビ貴テ、安置シテ礼拝ス。其後、亦、経ヲ誦スル時ニ、如此クノ口ノ中ヨリ舎利出給フ事、既ニ両三度ニ成ヌ。然レバ、和尚、大ニ喜テ、「此レ偏ヘニ、法花読誦ノ力ニ依テ、我菩提ヲ可得瑞相也」ト知テ、弥ヨ読誦不怠ズ。

　而間、遂ニ最後ノ時ニ臨テ、和尚、往生寺ト云フ寺ニ行テ、樹ノ下ニ独リ有テ、身ニ痛ム事无ク、心ニ乱ルヽ事无クシテ、法花経ヲ誦ス。命終ル時ニハ、寿量品ノ偈ノ終リ、「毎自作是念、以何令衆生、得入无上道、速成就仏身」ト云フ所ヲ誦シテ、心不違ズシテ失ニケリ。

【評語部】此レヲ見聞ク人、「此レ偏ニ、法花経ヲ年来読誦スル力ニ依テ、浄土ニ生レヌル人也」トナム云ヒケル。然レバ、出家ニ非ズト云ヘドモ、只心ニ可随キ也トナム語リ伝ヘタルトヤ。

（巻一三ノ一四）

右の例は、『大日本国法華経験記』巻下ノ一〇九話に基づく話で、「けり」による枠づけが典型的な形で見られる。末尾部分では「此レヲ見聞ク人～云ヒケル」の文にも「けり」があり、これを岩波日本古典文学大系本の段落設定では終局部のように解しているが、出典にない記述を撰者が付加した箇所であり、かつ直前の文の「失ニケリ」との間に時間の経過があると見られるので、解説の評語部として扱うのが妥当と考える。

終局部で「けり」を用いているのは、主人公の死の表現「失ニケリ」の部分である。「失ニケリ」という表現は冒頭の「有ケリ」と呼応して、主人公の登場と退場を表している。「失ニケリ」の箇所は『大日本国法華経験記』では「即以入滅矣」（岩波日本思想大系本）となっているが、今昔では右の例のように慣用的に「失ニケリ」を終局部に用いる例が多い。そのうち「有ケリ」と対応する例は52例で、とりわけ『大日本国法華経験記』を出典とする巻一三と『日本往生極楽記』を出典とする巻一五には主人公の死を意味する例が各々10例・32例が見られるのが顕著な使用箇所である。[17]「失ニケリ」は、巻五の1例を除くと、この両巻を中心に本朝部以降に見られるが、本朝仏法部では死亡の意味（59例中53例）で、本朝世俗部の説話ではどこかへ消え去ったという意味（13例中11例）になるのが一般である。意味の差はあるが、主人公の現場からの退場を表す点は同じである。

次に、冒頭部と評語部（後日談）に「けり」が一例ずつ用いられたAの例を挙げておく。

【冒頭部】今昔、紀伊国ノ名草ノ郡、三上ノ村ニ一ノ寺ヲ造テ、名ヲ薬王寺ト云フ。其後、知識ヲ引テ、諸ノ薬ヲ儲テ、其ノ寺ニ宜テ、普ク人ニ施シケリ。

而ル間ダ、聖武天皇ノ御代ニ、其ノ薬ノ料物ヲ、岡田ノ村主ト云者ノ姑ノ家ニ宿シ置ク。而ルニ、其ノ家ノ主、其ノ物ヲ酒ニ造テ、其ヲ人ニ与ヘテ、員ヲ増シテ得ムト為ルニ、其ノ時ニ、斑ナル小牛出来テ、薬王寺ノ内ニ入テ、常ニ塔ノ本ニ臥ス。寺ノ人、此ヲ追出スト云ドモ、猶返来テ臥テ不去。人、此ヲ恠テ、「此ハ誰ガ家ノ牛ゾ」ト、普ク尋レドモ、一人モ我ガ牛ト云フ人无シ。然レバ、寺ノ内ノ人、此レヲ捕テ、繋テ飼フニ、牛、年ヲ経テ長大シテ、寺ノ雑役ニ被仕ル。而ル間、既ニ五年ヲ経タリ。

【語り部】其時ニ、寺ノ檀越岡田ノ石人ト云者ノ夢ニ、「此ノ牛、石人ヲ追テ角ヲ以テ突キ倒シテ、足ヲ以テ踏ム。石人恐迷テ叫ブニ、牛、石人ニ問テ云、『汝、我レヲバ知レリヤ否』ト。石人、『不知』ト答フ。牛、放退テ、膝ヲ曲メテ地ニ臥テ、涙ヲ流テ云ク、『我ハ此レ、桜村ノ物部麿也。我、前世ニ此寺ノ薬ノ料ノ酒二斗ヲ貸用シテ、未其ノ直不償シテ死キ。其後、牛ノ身ト生テ、其事ヲ償ムガ為ニ被仕ル也。可被仕コト八年ニ限レリ。而ルニ、既ニ五年ニ成ヌ、残今三年也。寺ノ人哀ノ心无クシテ、我ガ背ヲ打テ責仕フ。此レ、甚痛ム。汝檀越ニ非ズヨリハ誰ノ人カ此ヲ哀ム。此ノ故ニ我示ス』。石人問云ク、『此ク示ト云ヘドモ、実否何ヲ以テカ可知』ト。牛ノ云ク、『桜村ノ大娘ニ問テ云、此虚実ヲ可知シ』ト。其大娘ト云ハ酒造ル主也、即チ石人ガ妹也」。

如此ク見テ、夢覚テ後、大キニ驚キ恠テ、妹ノ家ニ行テ、此夢ノ事ヲ語ル。妹、此ヲ聞テ云ク、「此レ実也。云カ如ク、其人酒二斗ヲ貸用シテ、未不償シテ死ニキ」ト。石人、此ヲ聞テ、普ク人ニ語ニ、寺ノ僧、浄達、此ヲ聞テ、牛ヲ哀テ、為ニ誦経ヲ行フ。

【評語部】其ノ後、牛既ニ八年畢テ失ヌ。更ニ行所ヲ不知シテ、永ク不見シテ止ニケリ。

　実ニ此レ、奇異ノ事也。

此ヲ思ニ、人ノ物ヲ借用シテハ、必可償キ也。況ヤ仏寺ノ物ヲバ、大ニ可恐ベシ。後ノ世ニ、如此ク畜生ト生レテ償也、極テ益无事也トナム語リ伝トヤ。　（巻二〇ノ二二）

右の例は、『日本霊異記』巻中ノ三二話に基づく話で、典型的な枠構造をなしている。この例では、冒頭段落で主人公が紹介されないため主語は曖昧であるが段落末尾に「施シケリ」が用いられている。「而ル間ダ」に始まる冒頭部の第二段落の行蹟の内容と、「其時ニ」で始まる語り部の内容でも「けり」は用いられず、終局部は「誦経ヲ行フ」で閉じられる。「其ノ後～止ニケリ」は、「其ノ時」の段落から時間の経過があり後日談と考えられる。

この例は『日本霊異記』（岩波日本古典文学大系本）の「不知所去、亦更不見」を出典とする箇所で「更ニ行所ヲ不知シテ、永ク不見シテ止ニケリ」のように「止ニケリ」という表現を付加している。前述の「失ニケリ」が人物の行動の表現であるのに対して、「止ニケリ」は、「お仕舞いになった」という物語の終結についての語り手の把握を含意する表現である。「甲斐无クテ止ニケリ」（巻一九ノ二）「不叶ズシテ止ニケリ」（巻二一ノ二三）のように「无くて」「ずして」等を受ける例が多く、「苦咲シテ止ニケリ」（巻二八ノ二二）「誰トモ不被知デ止ニケリ」（巻二九ノ二）などのように「ある状況（否定的な状況が多い）のままで事が終わってしまった」という意味で用いる。今昔では、分布の上ではほぼ本朝部以降に限られる。[18] 今昔の文章と関係の深い『宇治拾遺物語』でも、「やむ」で話や段落を閉じる例は、「やみにけり」「やみにし」「やみにけん」などの形式で総計12例が見られる。内訳は、話末の「やみにけり」8例と「やみにし」1例を含めて9例があり、その他、段落末尾に「やみにけり」2例「やみにけん」1例がある。このように「やみにけり」を話末や段落末に用いて内容を閉じる用例は、中古の長編物語にはほとんど見られないが、『伊勢物語』『大和物語』『平中物語』など短編の歌物語や『古今著聞集』『撰集抄』『十訓抄』などの中世の説話集には見られ、歌物語や説話等の短編物語での慣用的な表現と思われる。[19]

以上のように、「失ニケリ」や「止ニケリ」のような慣用的な表現が見られ、漢文の出典の翻案にも用いられている。「失ニケリ」は、冒頭部の人物の提示表現「有ケリ」に対応する人物の退場表現と位置づけられ、テクスト機能に関わっている。また、「止ニケリ」も、歌物語等の短編物語から引き継がれた慣用的な表現として、話の終結を端的に表している点で、やはりテクスト機能が強く現れた表現であると評することができる。さらに、これらの表現が一定の意味の制約を持ってはいるものの、終局部や評語部に広く見られることは、枠の終結部分が終局部と後日談との両方において認められることをも示唆している。

五　「けり」の終結機能

物語の叙述において、中核となる事件の前後に配される、人物・事物の存在提示・行蹟や、後日談・解説などの各要素に「けり」を採るか否か、また、事件の中核である語り部の叙述に「けり」を採るか否かは、いずれも文体上の選択に関わる問題である。阪倉篤義は、[20]『伊勢物語』が文章全体に物語る様式の「けり」文を用いるのに対して、『竹取物語』では各章の（また、作品全体の）冒頭や末尾に「けり」文による「枠づけ」を作り、その中に訓読文的な別種の文章（非けり文）を導入した所に創作態度の違いを認めた。今昔においては、冒頭部では第一文の存在提示の文に「けり」を用いることは安定的だが、冒頭部の他の要素で「けり」を用いるかどうかは巻によって変動し、展開部の「けり」使用も巻を追う毎に多くなる変動的な要素である。一方、終局部や評語部の後日談の文では「けり」を用いることはこれらの場合に比して最も安定的である。これらのことから、冒頭第一文の存在提示の文から終局部や後日談などのストーリーの終結を表す文までを「けり」によって枠づける意識を撰者が持っていると推定される。

今昔の本朝仏法部以降の巻では、評語部に解説・批評・教訓等の評語が付される量が多くなり、展開部の「けり」も徐々に増加してくる。本朝世俗部になるとさらにこの傾向は著しくなり、そこでは事件の内容を枠づける表現が、事件と評語内容との区切りを明確にする徴表として必要とされる。「止ニケリ」「失ニケリ」のように端的に事件の終結を表す表現が積極的に用いられる背景にはこのような事情が考えられる。それと同時に、本朝仏法部以降の冒頭部と終局部・評語部に係り結びや連体形終止の「ける」が多くなり、強調的な表現を採るようになる。これは、展開部に「けり」が増加する話でも、なお「ける」によって枠を保とうとしたのではないかと推測される。[21]

今昔には「今昔〜トナム語リ伝ヘタルトヤ」という、一話全体を囲む形式上の大枠があるが、細かく見ると、「今ハ昔」のごとく「は」を表記せず単に「今昔」と表記していること、最末尾の「トヤ」を宣命書きにせず大書していることなど、表記の面にもこの大枠を意識した工夫が見られる。また、冒頭部や評語部は、語り部を囲む広義の枠を作り、さらに展開部の中には「云ク〜ト。」のような発話範囲を明示する枠や、「夢ニ〜ト見テ夢覚ヌ」のような夢の叙述の枠など、枠を意識した慣用表現(22)が多く見られる。「けり」の使用も「而ル間」「其ノ時ニ」「其ノ後ニ」「此レヲ思ニ」などの接続語の使用と相俟って、段落や説話全体の枠を作る方法として機能している。また、段落の枠を作る際には、「けり」の他に「場面起こし」「場面閉じ」の機能を持つとされる「ぬ」(23)も大きな役割をはたしている。今昔の文章は、これら各種の枠を動員して構成されているのであって、阪倉篤義の言う「閉じた構造(24)」を徹底して志向している点に一大特色が認められるのである。

「けり」は、中世以降に「着（ッ）きにけり」「けりをつける」などの慣用句で用いられ「仕舞い・結末・結局」の意味を持つようになる。これは「けり」の終結機能が自覚された結果、「けり」自身が「終結」の意味を担うに至ったことを意味するのであろう。このような「けり」の意味・機能について文章史的あるいは語史的観点からの見通しをつけるためにも、中古から中世へかけての諸作品について更なる分析・検討が必要である。

注

（1）阪倉篤義「竹取物語における「文体」の問題」（『国語国文』25-11　一九五六・一一）（『文章と表現』角川書店　一九七五所収）。また、塚原鉄雄『王朝初期の散文構成』（笠間書院　一九八七）同『伊勢物語の章段構成』（新典社　一九八八）は「けり」による文章の統括を論じる。

（2）枠機能に関連する研究は、天野恵子「竹取物語における文体—助動詞「けり」」（『平安文学研究』54　一九七五・一一）、中川正美「源氏物語の本文と「けり」」（『源氏物語研究』1　一九九一・五）、須藤明「『源氏物語』における文末「けり」について―宇治十帖における「けり」の役割―」(『文学論藻』69　一九九五・二)、西田隆政「源氏物語横笛の巻の段落構成―助動詞「けり」による段落構成の巻々―」(『大分大学教育福祉科学部研究紀要』22―1　二〇〇〇・一〇)同「平安和文における『段落』明示の形式―源氏物語を資料として―」(『甲南国文』50　二〇〇三・三)などがある。

(3)拙稿「今昔物語集の「けり」のテクスト機能―冒頭段落における文体的変異について―」(『古典語研究の焦点』武蔵野書院　二〇一〇)本書第一章参照。

(4)渡瀬茂「『今昔物語集』の枠構造における「けり」の古代的特質とその変容」(『富士フェニックス論叢』中村博保教授追悼　一九九八・一一)

(5)拙著『今昔物語集の表現形成』(和泉書院　二〇〇三)第三章第二節・第三節において述べた。

(6)「けり」の物語文における意味機能について、筆者は注(5)の拙著で「語り手の視点から出来事や人物を対象化した表現」と規定した。この用法は物語世界の外に視点を置いた解説的な叙述で用いられる。

(7)坂井衡平『今昔物語集の新研究』(誠之堂書店　一九二三)二三四頁

(8)小川輝夫「今昔物語集の表現」『表現学大系　各論編第六巻　軍記と説話の表現』(教育出版センター　一九八八・一一)

(9)拙稿「『宇治拾遺物語』説話の文章構造―話末評語を手がかりに―」(『同志社国文学』66　二〇〇七・三)で、『宇治拾遺物語』の評語部は先行作品を伝承する面が強いことを指摘した。本書第十三章参照。

(10)松尾拾『今昔物語集の注文の研究』(桜楓社　一九八二)同『今昔物語集読解1』(笠間書院　一九九〇)

(11)注(8)の小川論文を参照。なお、松尾拾注(10)の前者の著書では、「出自」として「その話の伝えられた経路」「話題になっている寺とか仏像とかの由来」「その話に出てくる人物の卒年」等を含めている。ここでは、話の伝承経路を「伝承」と扱い、由来や卒年の記述は各々「解説」「後日談」とした。また、最終部分の慣用句「トナム語リ伝ヘタルトヤ」に「けり」を含む場合は「伝承」として数えた。

(12)今昔の用例の調査・引用はすべて、岩波日本古典文学大系本による。引用に際して、漢字は新字体に改め、片仮名は大書に改めた。ただし、大系本の形式段落の区分には拘泥しない。筆者の扱いによると評語部に該当する内容が、大系本の扱いでは語り部の末尾にある場合もある。

(13)　終局部に「けり」でなく「き」を採る例も巻二九ノ八（評語部にも有り）と巻一二ノ二三に見える。他の説話集では、『観智院本三宝絵』（上）の13話中、第四話を除く12話に終局部で使用した例が目につく（第四話では評語部に「き」を用いている）。『観智院本三宝絵』では、終局部に使用している12話中7話は冒頭部にも「き」を用いており、冒頭部と終局部で枠を作る。これに対し、今昔では、終局部での「き」の使用は例外的である。今昔でも、「き」は展開部には用いず冒頭部（25例）と評語部（10例）に偏ることや、冒頭部では後続の「けり」に先行して第一文に「き」（「有キ」の形）を用いるのを原則とすることから、「き」が枠と意識されていることは認められる。しかし、終局部よりも評語部に多く、また後日談の例も見られない（伝承6例、解説3例、批評1例）点など、「けり」とは相違した傾向が見られる。

(14)　注（3）の拙論で、冒頭部の「けり」の使用傾向では本朝仏法部以降に、叙述の変化が見られることを指摘し、巻二〇を境とする以外に巻一〇を境とする文体の変化があることを主張したが、展開部の「けり」の使用傾向もこれと関連する事実である。

(15)　（一）では、終局部（B・C・E・G）において「けり」を用いる294例と、評語部の後日談（A・C・Fの後日談）において「けり」を用いるもの129例で、重複するCの43例を除いた合計380例は、（一）の総計520例の73％を占める。（二）では、I・J・L・Nのような終局部に「けり」があるもの379例、評語部の後日談（H・J・M・Nの後日談）に「けり」があるもの134例で、重複するJNの110例を除いた合計403例は、（二）の総計461例の87％を占める。

(16)　『宇治拾遺物語』で冒頭部の解説に用いた表現を、今昔が評語部の解説に回した類例を挙げると、『宇治拾遺物語』一四〇の冒頭の「内記上人寂心といふ人ありけり」を、今昔巻一九ノ三が評語部で「内記ノ上人ト云テ知リ深ク道心盛リニシテ止事无カリケリトナム語リ伝ヘタルトヤ」としている。『宇治拾遺物語』の一三二では、冒頭部で「今は昔、駿河前司橘季通が父に陸奥前司則光といふ人ありけり」とあるのを、今昔巻二三ノ一六では評語部で「此ノ季通ハ陸奥前司則光朝臣ノ子也」としている。また、巻一九ノ一八では、同話の冒頭部と評語部で「円融院ノ天皇ノ御代に后ニ立セ給テ微妙ク」の内容が繰り返されている。撰者にとって、冒頭部の解説と評語部の解説は語り部を囲む部分として同等に意識されていると言える。

(17)「失す」の用法については注(5)の拙著第二章第五節を参照。なお、「失ニケリ」は消え去ったことを意味する和文的な表現として広く用いられるため展開部にも用例はあり、必ずしも終局部には限らない。

(18)「止ニケリ」の分布は、終局部では、天竺震旦部1例、本朝仏法部11例、本朝世俗部38例。評語部(後日談)では、天竺震旦部0例、本朝仏法部4例、本朝世俗部17例である。なお、「止ニキ」の形でも、巻二六ノ一六(評語部)巻二九ノ八(終局部)で本朝世俗部に見られる。

(19)「やみにけり」を段落末や文章末で用いる例は、『伊勢物語』3例、『大和物語』2例、『平中物語』12例が見える。中・長編の物語では『源氏物語』に場面末尾の例(手習)が一例見られるのみで、『竹取物語』『宇津保物語』『夜の寝覚』『浜松中納言物語』『栄花物語』『保元物語』『平治物語』には表現自体が見られない。『大鏡』『栄花物語』に各1例のみ見られるが、段落末や文章末の例ではない(検索はいずれも岩波日本古典文学大系本による)。中世の説話集にも、『古今著聞集』(岩波日本古典文学大系本)に「やみにけり」7例「やみてけり」1例、『撰集抄』(『撰集抄校本篇』笠間書院)に「やみにけり」2例「やみはべりけり」1例、『十訓抄』(『十訓抄本文と索引』笠間書院)に「やみにけり」11例が見られる。

(20)注(1)の阪倉論文、および塚原論文の指摘がある。

(21)連体形終止と係り結びによる「ケル」を併せて部毎の分布を見ると、終局部では、天竺震旦部6話、本朝仏法部40話、本朝世俗部109話である。評語部では、天竺震旦部26話、本朝仏法部69話、本朝世俗部159話でともに巻を追う毎に増加する。一方、展開部の「ケル」は、天竺震旦部1例、本朝仏法部3例、本朝世俗部51例であり、本朝仏法部までは「ケル」が僅少である。また注(3)の拙論では、冒頭部でも、本朝仏法部以降に「ケル」が多いことを述べた。このように、本朝仏法部では、展開部に「ケル」が少ないのに対し、冒頭部と終局部・評語部で「ケル」が用いられるている点は、少なくとも本朝仏法部までは「ケル」が枠機能に大きく関わっていることを示唆している。

(22)会話引用については、稲垣瑞穂「漢文訓読文の引用形式と今昔物語集」(『遠藤博士還暦記念国語学論集』中央図書一九六六・五)を参照。夢の引用については、注(5)の拙著第一章第四節を参照。

(23)鈴木泰『改訂版　古代日本語動詞のテンスとアスペクト―源氏物語の分析―』(ひつじ書房　一九九九)西田隆政「源氏物語における助動詞「ぬ」の文末用法―場面起こしと場面閉じをめぐって―」(『文学史研究』40　一九九九・

一二）

(24) 阪倉篤義「「開いた表現」から「閉じた表現」へ―国語史のありかた試論―」（『国語と国文学』47-10　一九七〇・一〇『文章と表現』角川書店　一九七五所収）による。この論では、「けり」の連体形終止の表現が冒頭部や評語部に用いられる現象を、「表現内容をまとまった一体の事がらとして明確に提示する」「閉じた構造」であると位置づけている。

第三章　今昔物語集の「にけり」
――テクスト機能の諸相――

一　問題の所在

テクスト機能とは、ある語の語彙的意味・文法的意味を基礎に、文章展開に関わって（時として）発現される機能である。これまでの成果として、過去の助動詞とされる「けり」が物語に「枠づけ」をするテクスト機能を持つことを阪倉篤義（一九五六）が論じ、完了の助動詞「ぬ」が「場面閉じ」の機能を持つことを鈴木泰（一九九九）が指摘した。この「ぬ」「けり」が合わさった「にけり」にはいかなるテクスト機能が考えられるであろうか。鈴木泰（一九九九）は、「にけり」がアスペクト的にはパーフェクトを表しつつ動作主体の「消失」を示す特徴を指摘したが、文章論的観点から更に考察すべき点がある。

筆者は拙稿（二〇一一）で、『今昔物語集』（以下、「今昔」と略称する。用例は岩波日本古典文学大系本）の天竺震旦部、本朝仏法部において「けり」が話の冒頭部と終局部に用いられ、「枠づけ」の役割を果たしている場合が多いことを指摘した。また、拙稿（二〇一一）では、事件の終局部に「にけり」をとる例（失ニケリ・止ニケリ等）が最も多いことを指摘し、また拙稿（二〇一二）（二〇一三）で、『宇治拾遺物語』『古本説話集』でも同様の傾向が見られることを指摘した。これらを通して、「にけり」はテクスト機能として終結機能を最も顕著に表す表現であることが明らかになってきた（本書第二章・第四章・第五章を参照）。これらの論で指摘した終結機能は、事件の終局部を示す目印になる用法である。天竺震旦部・本朝仏法部までは、「にけり」は一般に展開部に用いず、冒頭部の「有ケリ」とともに話の枠を作る例が多い。ところが、本朝世俗部では「にけり」は展開部にも多く見られる。このような展開部の用例は、終結機能と関わりつつも別の機能を持っていると予測される。

ここでは、本朝世俗部などで展開部に多く用いられる「にけり」の用例を検討し、終結機能のバリエーションとしての段落構成機能・場面連結機能や、場面焦点化機能などの観点から分析を試みる。

二　説話の文章構造と「にけり」

小川輝夫（一九八八）は、今昔の文章構成を冒頭部・語り部・評語部の三部構成として捉えた。本章は、小川の説をふまえ今昔の文章構造を以下の要素に分け分析する。

冒頭部→語り部（展開部［段落冒頭・段落途中・段落末尾］終局部）→評語部

冒頭部は、主人公や事物の存在提示、名前・氏素性・性質・日常的行動等の解説、事件に至る行動・行跡についての解説的な叙述である。

語り部は、主人公の行動を迫真的に描く中心的な叙述部分である。冒頭部や評語部では人物の行動が概略的・解説的に描かれるのに対して、語り部での人物の行動は、会話を含み、継起的・具体的に描かれる部分として特徴づけられる。語り部は、展開部と終局部（語り部の末尾2文）に分けるが、さらに展開部が複数段落（時間の経過で区切られる各場面）に分けられる場合がある。その場合、各段落を「段落冒頭」「段落途中」「段落末尾」に細分し、最終段落のみ「段落冒頭・段落途中」・「終局部」とする。

評語部は、「後日談」「解説」「批評」「伝承」「教訓」等の補足的内容である。

今昔では、このような冒頭部・語り部・評語部を区分する目印として接続語が多用される。展開部や評語部の冒頭に慣用的に配される接続語（展開部の「而ル間」「而ルニ」「其ノ時ニ」など、評語部の「其ノ後ニ」「此ヲ思フニ」など）である。また展開部が複数段落の纏まりになる場合にも接続語は段落区分の目印になっている。本章の論じる「にけり」は、このような接続語の直前に用いられることが多いため、文章構造との関わりを考察する手がかりにできる。

三　「にけり」の文末用法の特質

そこで次に、「にけり」が文末用法に偏るという構文上の特質と、「にけり」に続く接続語の傾向を明らかにしたい。

（表1）文中・文末の例数

	文中	文末
にけり	294	948
けり	4910	3516

（資料1）文末用法

にけり＝874　にける＝67　にける也けり＝7　けり＝2285　ける＝1104　ける也＝75　ける也けり＝52

（資料2）文中用法

にければ＝240　にけるに＝20　にけれども＝5　にける＋名詞＝14　にけるを＝8　にけるが＝5　にけるは＝2　ければ＝1791　ける＋名詞＝1284　けるに＝1034　けるを＝368　けれども＝271　けるが＝116　けるは＝28　けるも＝9　けるより＝9

まず、構文上から「にけり」は「けり」と比較し文中用法よりも文末用法へ大きく傾斜している点に注目する。文を続ける用法である文中用法に対して、文末用法は文章の流れを切る用法である。終局部や段落の切れ目を示す機能を持つ「にけり」の構文上の傾向として注目される。（表1）は、「けり」と「にけり」の文中用法と文末用法の例数を示したものである。また資料1・2には、文末用法と文中用法の表現形式の例数を示した。

（表1）に纏めたように「けり」単独では文中用法は文末用法の約一・四倍が用いられているが、逆に「にけり」では文中用法は文末用法の三分の一弱しかなく、文末用法への傾斜が著しい。このような傾向は、終結機能を担う「にけり」の性質に関わり、文末に用いて文章の切れ目を作る形式として強く意識される要因になると考えられる。

また、（資料1）と（資料2）との比較から「にけり」系統の文中用法にも特徴が窺える。まず文中で「にければ」が比較的多いものの、その他の例がかなり少ない点が挙げられる。「けり」系統では「ければ」が多いだけでなく、「ける＋名詞」「けるに」「けるを」「けれども」「けるが」などにも相当数の例があるのと対照的である。その「にければ」も終止形の「にけり」の27％しか見られず、「ければ」が終止形の「けり」の78％に当たる数が見られるのに比べると極めて少ない。

「にけり」系統では、例の少ない文中用法にも特徴が見られる。「にける＋名詞」の場合は、名詞の種類に偏りがあり「事（4例）・者（2例）・時・夢・許・程・中・後・様・終道（各1例）」などで、形式名詞や時間や場所に関わる語など抽象的なものに限られる。「事」「者」は、「成ニケル事」（巻一二ノ二八）「来ニケル者カナ」（巻二七ノ四五）のように詠嘆的に用いる文末の用法である。これを含めて、これらの名詞と連体修飾節との関係はいわゆる「ソトの関係」で、連体修飾節が独立的であることが指摘できる。この点、単独の「ける」が登場人物や事物などに係る例が多く、「天竺ヨリ渡ラムトシケル仏法」（巻六ノ一）のような「ウチの関係」を作る例が多いのと対照的である。

以上のような文末に多く見られる傾向は、内容を区切る終結機能を担うテクスト機能の背景になる性質と解される。

さらに、「にけり」の終結機能を明確にする要素として、区切れの目印となる接続語が続く点を挙げておきたい。今昔では、「にけり」の後続語句に内容を区切る指標となる表現が多く見られる。例数の多いものは次の語句である。

そののち(99)、しかれば(65)、となむかたりつたへたるとや(57)、これをみる・きく(41)、さて(34)、そのときに(32)、しかるあひだ(27)、これをおもふに(19)、しかるに(13)

「となむかたりつたへたるとや」が続く場合は、話全体の終結を表す用法である。「これをみる・きく」が続く場合は、見聞きした周囲の人々の反応を続けて記す表現であり内容を区切る指標にはならない。これら以外の例は、「にけり」と合わさって内容の切れ目を明確にする接続語の類である。最も多い「そののち」が続く場合は、段落末尾や終局部に「にけり」を用いたあとに別の段落や評語部(後日談)が続く場合で、内容の大きな区切りを作るものである。話末評語の慣用句「しかれば」「これをおもふに」が続く場合も、話末評語の直前の終局部に「にけり」が使われる場合であり、終局部の区切りを明示する終結機能に関わる場合である。その他、「さて」「そのときに」「しかるあひだ」「しかるに」等のように、展開部の区切りを示すものが多く見られる。

以上、「にけり」が文末用法に多く用いられ、また、その後に接続語が多く用いられることを指摘した。これらのことから、「にけり」は段落末尾の文に用いられ、後続の接続語と組み合わさり、次の段落との区切りなる場合が多い事が展開部の特徴として予測される。以下には、この観点を手がかりにして、テクスト機能の種々相について考察していきたい。

四　段落構成機能・場面連結機能

次に展開部の各段落の冒頭・途中・末尾に見られる用法について述べる。

（表2）は、展開部の各段落の冒頭、途中、末尾のいずれに用いたかを、三部によって分けた数値である。いずれも本朝部とりわけ世俗部に例が多く見られる。

（表2）

	天竺震旦	本朝仏法	本朝世俗
段落冒頭	6	25	68
段落途中	9	56	103
段落末尾	11	36	105

①段落構成機能

まず、段落（時間の経過で区切られる大場面）の末尾に「にけり」と接続語を用いた典型例を挙げる（——線は「にけり」、------線はその他の文末を示す）。

（1）今昔、深草ノ天皇ノ御代ニ、蔵人ノ頭右近ノ少将良峯ノ宗貞ト云フ人有ケリ、大納言安世ト云ケル人ノ子也。形チ美麗ニシテ心正直也ケリ、身ノ才人ニ勝タリケレバ、天皇殊ニ睦マシク哀レニ思食シタリケリ。

然レバ、傍ノ人此レヲ憎ムデ、不宜ズ思ケリ。

（2）其ノ時ノ春宮ハ天皇ノ御子ニ御マシケルニ、此ノ憎ム人々、事ニ觸レテ、此ノ頭ノ少将ヲ、春宮ニ、便无キ様ニ常ニ申ケレバ、天皇春宮ト祖子ノ御中ニテ在スト云ドモ、春宮、此ノ頭ノ少将ヲ、事ニ觸テ便无キ者ニ思食シ積タリケリ。頭ノ少将、其ノ御氣色ヲ心得タリケレドモ、天皇ノ、此ク哀レニ睦マシキ者ニ思シ食タリケレバ、其事ヲモ不顧ズシテ、日夜朝暮ニ宮仕ヘ怠ル事無クシテ過ケル程ニ、天皇、身ニ病ヲ受テ、月来悩ミ煩セ給ルニ、頭少将、肝砕ケ心迷テ歎キ悲ムト云ヘドモ、天皇遂ニ失セサセ給ヒニケレバ、暗ノ夜ニ向ヘル心地シテ、身更ニ置キ所无ク思エテ有ケルニ、心ノ内ニ「此ノ世不幾ズ。法師ニ成テ、仏道ヲ修行セム」ト思フ心深ク付ニケリ。

（3）而ルニ、此ノ少将ハ、宮原ノ娘也ケル人ヲ妻トシテ、極ク哀レニ難去ク思ヒ通シテ過ケル程ニ、男子一人・女子一人ヲナム産セタリケル。妻獨身ニシテ我レヨリ外ニ可憑キ无人シト思ケレバ、少将極テ、心苦シク哀レニ思ト云ヘドモ、出家ノ心不退シテ、天皇ノ御葬送ノ夜、事畢テ後、人ニ此クト告グル事无クシテ失ニケレバ、妻子眷属泣キ迷テ、聞キ及ブ所ノ山々寺々ヲ尋ネ求ムト云ヘドモ、露、其ノ所ヲ不知ザリケリ。然テ少将ハ、御葬送ノ暁ニ、比叡ノ山ノ横川ニ只獨リ登リ、慈覚大師ノ、横河ノ北ナル谷ニ大ナル椙木ノ空ニ在マシテ、如法経書キ給フ所ニ詣デ、、法師ニ成ヌ。其ノ時ニ少将獨リ事ニ云ク、タラチネハカ、レトテシモ、ムバタマノ、ワガクロカミヲナデズヤアリケムトナム云ケル。其ノ後、慈覚大師ノ御弟子ト成テ、法ヲ受ケ習テ、其レヨリ今少シ深ク入テ、勤ニ仏道ヲ行フ程ニ、聞ケバ、今ノ天皇ノ、位ニ即セ給テ、諒暗ナド畢テ、世ノ人皆衣ノ色替リヌラムト押シ量リテ、物哀ニ思ケレバ、入道獨リ事ニ、ミナ人ハ花ノ衣ニナリヌラム、コケノタモトハカハキダニセズトナム云ケル。如此クシテ行ヒケル程ニ、年月ヲ経ニケリ。

（4）而ル間、十月許ニ笠置ト云フ所ニ詣デ、、只獨リ礼堂ノ片角ニ、蓑ヲ打敷テ行ヒ居タル程ニ、見レバ、人参ル。主ト見ユル女一人、女房立タル女一人、侍ト思シキ男一人、下ノ男女合二三人許ナム見ユル。居タル所ニ間許ヲ去キテ、此等ハ居ヌ。我レハ暗キ所ニ居タレバ、人有トモ不知シテ、忍テ仏ニ申ス事共粗聞ユ。吉ク聞ケバ、此ノ女人申ス様、「世ニ失ニシ人ノ有様知ラセ給へ」ト泣キ氣ハヒニテ哀ニ申ヲ、耳ヲ立テ吉ク聞ケバ、我ガ妻ニテ有シ人ノ氣ハヒニ聞キ成シツ。「我ヲ尋ネム為ニ此ク行フ也ケリ」ト思ヒ、哀レニ悲シキ事无限シ。「我レ此ニ有リトヤ云ハマシ」ト思ドモ、知セテハ何ニカハセム、仏ハ此ル中ヲバ別ネトコソ返々ス教へ給ケル事ナレバ、思ヒ念ジテ居タル程ニ、夜モ暛方ニ成ヌレバ、此ノ詣タル人々出ヅトテ、礼堂ノ方ヨリ歩ビ出タルヲ見レバ、男ハ、我ガ乳母子ニテ帯刀ニテ有リシ者也ケリ、七八歳許有シ我ガ男子ヲ背ニ負テゾ有ル。女ハ四五歳許也我ガ女子ヲ抱キタリ。礼堂ヨリ出デ、、霧ノ降タルニ歩ビ隠レケル程ニ、吉ク心不強ザラム人ハ被知ナムカシトゾ思エケル。

（5）如此クシテ修行スル程ニ、霊験実ニ強ク成ニケルハ。病ニ煩人ノ許ニ念珠・独鈷ナドヲ遣タルケレバ、物ノ気現レテ、霊験掲焉ナル事共有ケリ。

（6）而間ダ、恐レ奉シ春宮、位ニテ文徳天皇ト申ケルニ、御悩有テ既ニ失セ給ニケリ。其後、其御子ノ清和天皇、位ニ即給ヒテ、世ヲ政チ給フ間、御悩有テ、諸ノ止事无キ験有ル僧共ヲ召テ、様々ノ御祈共有ケレドモ、露ノ験不御ザリケルニ、人有テ奏シテ云ク、「比叡ノ山ノ横川ニ慈覚大師ノ弟子トシテ、頭少将宗貞法師、懃ニ仏道ヲ修行シテ、霊験掲焉也。彼レヲ召テ可令祈給シ」ト。天皇、此レヲ聞食シテ、「速ニ可召ベシ」ト度々宣旨有ケレバ、参タルニ御前ニ参テ御加持ニ参ル程、忽其ノ験有テ、御病癒セ給ヒケレバ、法眼ノ位ニ被成ニケリ。

（7）其ノ後行ヒ緩ム事无クシテ有ケルニ、陽成院ノ天皇ノ御代ニ成テ、亦、霊験掲焉ナル事有テ、僧正ニ被成ニケリ。其ノ後ハ花山ト云フ所ニナム住ケル。名ヲバ遍照トナム云ケル。年来其ノ花山ニ住テ有ケル。封戸ヲ給ハリ、輦車ノ宣旨ヲ蒙テ、遂ニ寛平二年ト云年ノ正月ノ十九日ニ失ニケリ、年七十二也ケリ。花山ノ僧正ト云、此也。

（8）然バ、出家皆機縁有ル事也。年来深草ノ天皇ノ寵人トシテ、文徳天皇ニ恐セ奉ルニ依テ、忽ニ道心ヲ発シテ出家スルヲ以テ、出家ノ縁有ケリト可知キ也トナム語リ伝ヘタリトヤ。

（巻十九ノ一）

良峯宗貞が修行を深め、僧位を高めていく様が段落を追って描かれている。（2）段落以前が冒頭部、（7）段落以降が評語部と解される。展開部に至るまでの行跡を描いている（2）段落末尾の「にけり」には接続語「而ルニ」が続いており、展開部との区切りになっている。

展開部では（3）段落と（6）段落で「にけり」を段落末尾に用い「而ル間」「其ノ後」を続けている。（6）段落の末尾の「被成ニケリ」は、語り部の終局部における終結機能の例である。なお（6）段落冒頭の「失セ給ニケリ」で終わる一文は、直後が「其後」で区切られており短小だが内容の纏まりをなしている。

評語部の（7）段落冒頭の「被成ニケリ」で終わる一文も、「其ノ後」で区切られており短小だが後日談の内容の一部として纏まりを作っている。（7）段落末尾の「失ニケリ」も後日談の例であるが、冒頭の「有ケリ」と対応し話全体の大枠を作っていると解される。

以上のように、最末尾の「失ニケリ」以外は、接続語「しかるに」「しかるあひだ」「そののち」が続いており、「にけり」と接続語によって段落を区切る典型例となっている。点線を付した「ケリ」「ケル」の文末には接続語が続いていない場合がほとんどであるのと対照的である。また、この用法は、説話全体を纏める終結機能の用法とも連続的である点が窺える。

②場面連結機能

次に、接続語を伴わない例を挙げる。次のように、「にけり」で終わる文を連続的に使用し、小場面を連結させているものである。これは、（表2）に示したように、本朝世俗部に多い用法である。

（1）今昔、比叡山ノ西塔ニ実因僧都ト云人有ケリ、小松ノ僧都トゾ云ケル。顕蜜ノ道ニ付テ止事无カリケル人也。其レニ、極ク力有ル人ニテ有ケル。

（2）僧都昼寝シタリケルニ、若キ弟子共、師ノ力有ル由ヲ聞テ試ムガ為ニ、胡桃ヲ取リ持来テ、僧都ノ足ノ指十ガ中ニ胡桃八ヲ交ミタリケレバ、僧都ハ虚寝ヲシタリケレバ、打任テ被交テ後、寝延ビヲ為ル様ニ打ウムメテ足ヲ交ミケレバ、八ツノ胡桃一度ニハラハラト砕ニケリ。

（3）而ル間、天皇ノ、僧都、内御修法行ヒケル時、御加持ニ参タリケルニ、伴僧共ハ皆通ニケリ。僧都ハ暫ク候テ夜打深更ル程ニ罷出ケルニ、従僧・童子ナドハ有ラムト思ケルニ、履物許ヲ置テ、従僧・童子モ不見ザリケレバ、只獨リ衛門陣ヨリ歩ミ出ケルニ、月ノ極テ明カナレバ、武徳殿ノ方様ニ歩行ケルニ、軽カニ装ゾキタル男一人寄来テ、僧都ニ指向テ云ク、「何ゾ独ハ御マスゾ。被負サセ給ヘ。己レ負テ将奉ラム」ト云ケレバ、僧都「糸吉カリナム」ト云テ、心安ク被負ニケレバ、男掻負テ西ノ大宮二条ノ辻ニ走リ出テ、「此ニ下給ヘ」ト云ヘバ、僧都「我ハ此ヘヤ来ムト思ツル、壇所ニ行ムト思ツル」ト云ケレバ、男、然許力有ル人トモ不知ラ、「只有ル僧ノ衣厚ク着タルナリ」ト思テ、「衣ヲ剝ム」ト思ケレバ、麁カニ打振テ、音ヲ瞋ラカシテ、「何デカ不下シテハ云フゾ。和御房ハ命惜クハ无キカ。其着タル衣得サセヨ」ト云テ、立返ラムト為ルニ、僧都「否ヤ、此クハ不思ザリツ。我ガ独行クヲ見テ糸惜カリテ負テ行カムト為ルナメリトコソ思ヒツレ。寒キニ、衣ヲコソ否不脱マジケレ」ト云テ、男ノ腰ヲヒシト交ミタリケレバ、大刀ナドヲ以テ腰ヲ交ミ切ラム如ク、男難堪ク思ヘケレバ、「極テ悪ク思ヒ候ヒケリ。錯申サムト思給ヘルガ愚ニ候ケル也。然ラバ御マスベカラム所ニ将奉ラム。腰ヲ少シ緩ベサセ給ヘ、目抜ケ腰切候ヌベシ」ト術无気ナル音ヲ出シテ云ケレバ、僧都「此コソ云ハメ」トテ、腰ヲ緩ベテ軽ク成テ被負タリケレバ、男負上テ、「何チ御マサムズル」ト問ヘバ、僧都、「宴ノ松原ニ行テ月見ムト思ツルヲ、汝ガサカシクテ此ヘ負テ将来レバ、先ヅ其ニ将行テ月見セヨ」ト云ケレバ、男、本ノ如クニ、宴ノ松原ニ将行ニケリ。

（4）其ニテ「然ラバ下サセ給ヒネ。罷候ヒナム」ト云ヘドモ、尚不免シテ、被負乍ラ、月詠メウソ吹テ、時賛マデ立テリ。男侘ル事无限リドモ、僧都「右近ノ馬場コソ恋ケレ。其ヘ将行テ」ト云ヘバ、男「何デカ然マデハ罷候ハム」ト云テ、只ニ居ルヲ、僧都「然ラバ」トテ、亦腰ヲ少シ交ニケレバ、「穴難堪キ。罷リ候ハム」ト侘ビ音ニ云ケレバ、亦腰ヲ緩ベテ軽ク成ニケレバ、負上テ右近ノ馬場ニ将行ニケリ。其ニテ亦被負乍、无期ニ歌詠メナドシテ、其ヨリ亦「喜辻ノ馬場ニテ下様ニ永ク遣ラム、其将行ケ」ト云ヘバ、可辞クモ无ケレバ、侘テ亦将行ヌ。其ヨリ亦云随テ西宮ヘ将行ヌ。如此クシツ終夜被負ツ行テ、暁方ニゾ場所ニ将返テ遁テ去ニケリ。

(5) 男、衣ヲ得タレドモ、辛キ目ヲ見タル奴也カシ。此僧都ハ此ク力ゾ極ク強カリケルトナム語伝ヘタルトヤ。

（巻二三ノ十九）

実因という僧都が追い剝ぎの男を怪力で締めつけあちこち連れ回す話である。

(2) 段落は、挿話的な冒頭部と解され、末尾に「砕ニケリ」を用い「而ル間」へ続けている。(3) 段落冒頭の「通ニケリ」とともに「場面起こし」の例でと解される（次節参照）。展開部の（3）段落では、僧都と男の会話のやりとりを含む極めて長い文の末尾を「将行ニケリ」とする。その後（4）段落の展開部でも「将行ニケリ」「将行ヌ」「将行ヌ」「去ニケリ」とあちこち連れ回す場面を「にけり」で区切って連続して描いている。(2)～(4) 段落の文は一文を除き全て移動動詞に「にけり」「ぬ」が付いた文末で構成されている。

「ぬ」「にけり」で展開部を構成する例は、次のように短い話にも見られる。

然テ、二条ヨリ西様ニ遣セテ行クニ、美福門ノ程ヲ過ル間ニ、盗人傍ヨリハラハラト出来ヌ。車ノ轅ニ付テ、牛飼童ヲ打テバ、童ハ牛ヲ棄テ逃ヌ。車ノ後ニ雑色二三人有ケルモ皆逃テ去ニケリ。盗人寄来テ、車ノ簾ヲ引開テ見ルニ、裸ニテ史居タレバ、盗人奇異ト思テ、「此ハ何カニ」ト問ヘバ、史、「東ノ大宮ニテ如此也ツル。君達寄来テ、己ガ装束ヲバ皆召シツ」ト笏ヲ取テ、吉キ人ニ物申ス様ニ畏マリテ答ツケレバ、盗人咲テ棄テ去ニケリ。其ノ後、史音ヲ挙テ牛飼童ヲモ呼ケレバ、皆出来ニケリ。其ヨリナム家ニ返ニケル。（巻二八ノ十六）

阿蘇の史が宮中から帰る途中で盗人に出会った話の展開部の全体である。盗人が「～出来ヌ」を受け、史一行が次々と姿を消す場面が「～逃ヌ」「～逃テ去ニケリ」と連続して描かれる。話の中心部である史の言葉を聞いた盗賊達は「去ニケリ」となり、「其ノ後」に史の一行も「皆出来ニケリ。其ヨリナム家ニ返ニケル。」と続け展開部は終わる。「出来ヌ」「逃ヌ」「去ニケリ」「去ニケリ」「出来ニケリ」「返ニケル」の各文は、短文ながら小場面を構成しており、場面展開を明確に印象づけている。

このように、長文の場合から短文の場合まで幅があるが、「にけり」が場面の切れ目を作っている点は共通している。この②の用法は、内容の切れ目はやや弱くなるものの、①の段落構成機能の用法とも連続していると言えよう。

このように今昔には「ニケリ」と接続語を合わせて大きな段落の切れ目を作る例や、文末の「ニケリ」の連続で場面を展開させる例も見られた。いずれも展開部の内容の区切りとして「にけり」が使用された例と解される。

五　テクスト機能の背景と広がり

このような内容の区切りとなる機能は、「にけり」のどのような文法的意味を背景にしているのであろうか。前節で指摘したように、段落・場面の末尾に「にけり」が多く用いられるのは、「に」の用法によるところが大きいと思われる。前節の巻二三ノ一九の（3）段落は会話を含む長い一文で叙述されている例であるが、このように展開部の極めて長い一文の文末を「にけり」で纏める例は、巻三一ノ二八にも見られ、拙稿（二〇一二）（二〇一三）で述べたように『宇治拾遺物語』や『古本説話集』にも見られる。また、長文を纏める用法は「ぬ」にも見られる。

郡司ノ男ノ云ク、「（会話略）」ト云ヘバ、教円、「（会話略）」ナド云ヘバ、郡司ガ云ク、「（会話略）」ト云ヘバ、教円供奉ノ云ク、「（会話略）」ト云ヘバ、郡司喜テ、「（会話略）」ト云テ、去ヌ。（巻二八ノ七）

この例では、動作の連続する先行文脈を纏める位置に「ぬ」が使用されている。「ぬ」を含む「にけり」もこの点同様で、「にけり」に含まれる「に」が場面を纏め統括する機能を担っていると考えられる。前掲の巻二三ノ一九の（4）段落の「……将行ニケリ。……亦将行ヌ。……将行ヌ。……将返テ遁テ去ニケリ。」の例では、「～ニケリ～ヌ～ヌ～ニケリ」のように「ヌ」と「ニケリ」が同じ移動動詞を伴って交互に用いられているが、このような用い方からも、「にけり」が「ぬ」と近い機能を持ちながら、大きな区切りを作っていることが窺える。

このように「ぬ」「にけり」が長文を纏める例が多い点は注目すべきである。「ぬ」は文法的意味としては動作の完成を表すが、単に上接動詞の動作の完成を意味するのではない。表現としては「ぬ」を含む文の事態の完成を表すと解される。そのため長文に用いられた「ぬ」「にけり」は一つの場面を纏め統括することにもなりやすい。「～して、～して、～してしまった」のように文章展開の纏まりをつけるのが「ぬ」の特質であると言えよう。特に和文的な本朝世俗部では、長文が多いため、場面を纏める用法が多くなる。長い一文を纏める用法は、叙述内容が複数の文に分割された場合にもその機能が発揮される。「ぬ」は、事態の完成という文法的意味を基礎に、その動作に関わる叙述全体を統括する文章機能を持ち、その統括によって内容を区切り終結させる効果をも持っている。

鈴木泰（一九九九）の言う「ぬ」の「場面閉じ」は移動動詞に付く場合に偏り、「ぬ」の機能は動詞の移動の意味によって生じるという面がある。これに対して、「にけり」の語形は、移動動詞のみならず変化動詞など広がりがある。広く動詞につく「にけり」が強い終結機能を持ち得るのは、場面の統括を表す「に」の意味に、話・場面の終結を詠嘆的に表す機能を持つ「けり」が合わさることで、より強調的な終結表現になるためと考えられる。さらに接続語が加われば、より明確な段落・場面の区切りができる。すなわち、「ぬ」＜「けり」＜「にけり」＜「にけり＋接続語」の順で纏め区切る機能は強まると考えられるであろう。

このような強調機能のために、次のように冒頭部の途中や末尾に「にけり」を用いる場合も見られる。この場合は、展開部との区切りを示しつつ、事件の発端を強調する面が強くなると解される。

（1）今昔、奈良ノ京ニ下毛野寺ト云フ寺有リ。其ノ寺ノ金堂ノ東ノ脇士ニ観音在マス。

（2）聖武天皇ノ御代ニ、其ノ観音ノ御頭、其ノ故无クシテ、俄ニ頸ヨリ落給ヒニケリ。檀越、此レヲ見テ、即チ、「継ギ奉ラム」ト思フ間ニ、一日一夜ヲ経テ朝ニ見奉レバ、其ノ頭、人モ継ギ不奉ザルニ、自然ニ本ノ如ク被継給ヒニケリ。

（3）檀越、此レヲ見テ、「此ハ誰ガ継ギ奉タルゾ」ト尋ヌルニ、更ニ継ギ奉レル人无シ。然レバ、「奇異也」ト思フ間ニ、観音、光ヲ放テ、檀越、驚テ、此レ、何ノ故ト云事ヲ不知ズ。但シ、智リ有ル人ノ云ク、「『菩薩ノ御身ハ常住ニシテ、滅スル事无シ』ト云フ事ヲ、愚癡・不信ノ輩ニ令知メ給ハムガ為ニ、其ノ故无クシテ頭落給テ、人継ギ不奉ザルニ、本ノ如ク成リ給フ也」ト。

（4）檀越、此レヲ聞テ、悲ビ貴ブ事无限シ。亦、此レヲ見聞ク人、皆貴ビテ、「奇異ノ事也」トテ語リ伝ヘタルトヤ。

（巻一六ノ一一）

（1）段落では「今昔、～観音在マス」と現在形で解説的に叙述する。続く（2）段落の「落給ヒニケリ」「被継給ヒニケリ」は、発端となる出来事を提示した冒頭部の用例である。語り部の（3）段落の展開部で、観音の頭をめぐる放光の奇跡や「智リ有ル人」の説明を聞いてその意味を檀越が理解するまでの場面を描き、（4）段落で「奇異ノ事也」と周囲の批評を記して一話が完結するが、（3）段落以降には「けり」は用いていない。

この例のように、冒頭部の途中や末尾の例は、本朝世俗部を中心に各々40例・50例が見られる。この例では「落つ」「継ぐ」に付いているが、移動や変化を表す動詞に付く場合が典型的である。使用度数上位の動詞は、「なる」11例、「のぼる・ゆく・わたる」各3例、「うす・すぐ・やむ」各2例などがある。また、前掲の巻一九ノ一や巻二三ノ一九の冒頭部のように、「にけり」に続けて「しかるあひだ」（8例）や「そののち」（4例）など展開部の冒頭に接続語を続ける形が典型的と見られる。

何クトモ无行ヒ行ケル程ニ、飛弾国マデ行ニケリ。而ル間……（巻二六ノ八）

然テ即チ垣ノ内ニ投入テ過ニケリ。其ノ後……（巻二六ノ二）

これらの用法は、冒頭部で発端となる行動や現場への移動を完成相で纏め、展開部に導入する用法である。西田隆政（一九九九）の言う「場面起こし」の用法であるが、これらのような典型例においては、「にけり」の冒頭部を纏め区切る機能が顕著に表れている。

六　場面焦点化機能

ところが、本朝世俗部においては場面の統括や終結の機能が弱まり、むしろ事態を強調する用法の例が見られる。五節に挙げた巻一六ノ一一の「落給ヒニケリ」「被継給ヒニケリ」など冒頭部の例にも、展開部との区切りの面とともに、場面を強調する側面があると思われる。ここでは、強調機能の一つとして、展開部で一瞬の動作に焦点をあてる場面焦点化機能を付け加えておきたい。

……守ノ答フル様、「落入ツル時ニ、馬ハ疾ク底ニ落入ツルニ、我レハ送レテフメキ落行ツル程ニ、木ノ枝ノ滋ク指合タル上ニ、不意ニ落懸リツレバ、基ノ木ノ枝ヲ捕ヘテ下ツルニ、下ニ大キナル木ノ枝ノ障ツレバ、基レヲ踏ヘテ大キナル胯木ノ枝ニ取付テ、基レヲ抱カヘテ留リタリツルニ、基ノ木ノ平茸ノ多ク生タリツレバ、難見棄クテ、先ヅ手ノ及ビツル限リ取テ、旅籠ニ入レテ上ツル也。未ダ残ヤ有ツラム、云ハム方无ク多カリツル物カナ。極キ損ヲ取ツル心地コソスレ」ト云ヘバ、郎等共、「現ニ御損ニ候」ナド云テ、其ノ時ニゾ集テ散ト咲ヒニケリ。守、「僻事ナ不云ソ、汝等ヨ。宝ノ山ニ入テ、手ヲ空クシテ返タラム心地ゾスル。『受領ハ倒ル所ニ土ヲ摑メ』トコソ云ヘ」ト云ヘバ、長立タル御目代、心ノ内ニハ「極ク憎シ」ト思ヘドモ、「現ニ然カ候フ事也。手便ニ候ハム物ヲバ、何カ取セ不給ハザラム。誰ニ候フトモ、不取デ可候キニ非ズ。本ヨリ御心賢ク御マス人ハ、此ル不死キ極ニモ、御心ヲ不騒サズシテ、万ノ事ヲ皆只ナル時ノ如ク、用ヒ仕ハセ給フ事ニ候ヘバ、不騒、此ク取ラセ給ヒタル也。然レバ国ノ政ヲモ息コヘ、物ヲモ吉ク納メサセ給テ、御思ノ如クニテ上ラセ給ヘバ、国ノ人ハ夫母ノ様ニ恋惜ミ奉ツル也。然レバ、末ニモ万歳千秋可御マスベキ也」ナド云テゾ、忍テ已等ガトヒ咲ヒケル。

（巻二八ノ三八）

この例は、谷底に転落した藤原陳忠が平茸をもって生還した話である。冒頭を「有ケリ」で始め、以降は現在形の文末で進み、展開部中に「咲ヒニケリ」が用いられ、終局部は「咲ヒケル」で終わる。この「咲ヒニケリ」の直後には、目代らとの問答が続いており、時間・空間の切れ目というわけではない。ここでは、「其ノ時ニ」と読者を引きつけてた上で、つい笑ってしまったことを述べる。谷底の平茸を拾い損なったと言う陳忠に郎等が「現ニ御損ニ候」と応えたが、直後に「散ト咲ヒニケリ」とあるため、郎等の発言は軽い冗談と理解される。しかし、「咲ヒ」をきっかけに守の態度が変わる、その切れ目に用いた例である。これは、展開上もっとも注目すべき一瞬の動作を「其ノ時ニゾ」と「ニケリ」によって焦点化し、読者に印象づけ、笑いの場面から緊張した場面に空気を転換する機能であると言えよう。

このような一瞬の動作に焦点をあてる用法は、事態の変化・推移に焦点を当てる「ぬ」のアスペクト的特質によると思われる。さらに「ぬ」に「けり」と合わさった場合には、動作の完成を強調する語感が生じる。その強調的語感によって話や場面を切る終結機能も発生するが、終結部分に用いない場合には、本来の強調的語感が前景化して「こんなことをしてしまった」という意味を表すのだと考えられる。

このような場面焦点化機能の例は、本朝世俗部に多いが、「にけり」の用法の広がりを示すものと言えよう。

七　まとめ

以上、今昔の「にけり」のテクスト機能について考察した。部毎の傾向から言うと、天竺震旦部の巻までは終局部の終結機能の用法が中心であるが、本朝部に至ると冒頭部から語り部へ導入する用法や、展開部の段落構成機能の用法などが多く見られるようになる。本朝世俗部では展開部の用法が拡大し、「にけり」文によって小場面を続ける場面連結機能の用法や、場面に焦点をあてる場面焦点化機能の用法などの広がりが見られる。

これらの諸機能は、場面を終結させる機能と強調する機能を備える「にけり」の特徴によるが、今昔では、巻を追って、全体の枠を作る用法から、小さな枠を作る用法へと変遷が認められる点が注目される。

参考文献

小川輝夫（一九八八）「今昔物語集の表現」『表現学大系第6巻　軍記と説話の表現』（教育出版センター）

阪倉篤義（一九五六）「竹取物語における「文体」の問題」（『国語国文』25-11）

鈴木　泰（一九九九）『改訂版　古代日本語動詞のテンス・アスペクト　源氏物語の分析』（ひつじ書房）

西田隆政（一九九九）「源氏物語における助動詞「ぬ」の文末用法―場面起こしと場面閉じをめぐって―」（『文学史研究』40）

藤井俊博（二〇一一）「今昔物語集の「けり」のテクスト機能（続）―終結機能を中心に―」（『国語国文』80-10）

藤井俊博（二〇一二）「宇治拾遺物語の「けり」のテクスト機能―今昔物語集・古事談との比較―」（『同志社国文学』76）

藤井俊博（二〇一三）「古本説話集の「けり」のテクスト機能―「にけり」「係り結び」の終結機能」（『同志社国文学』78）

第四章　宇治拾遺物語の「けり」のテクスト機能
――今昔物語集・古事談との比較――

一　はじめに

助動詞「けり」の「枠づけ」の機能について阪倉篤義[1]が指摘して以来、「けり」の持つテクスト機能は今日広く認められていると思われる。この「けり」の「枠づけ」機能の検討は、物語の文章構造を分析する際に有効な観点であり、多くの作品の分析を通じて、作品や時代毎の傾向を幅広く検証していく必要がある。

筆者は、前稿[2]で『今昔物語集』（以下、「今昔」とする）を対象に「けり」の「枠づけ」機能を検討した。その結果、「けり」が始発機能として冒頭第一文の存在提示文に用いられ、また終結機能として事件の終局部や評語部の後日談に使用され、この枠によって事件を纏めるとともに、評語部と区別しようとしていることを明らかにした。

これを受けて、ここでは『宇治拾遺物語』（以下「宇治」とする）の「けり」が「枠づけ」にどのように関与しているかについて検討していく。宇治は、和文的文体の傾向が強く、今昔のような漢文訓読的要素を含む説話集とは異なる特徴を持っている。ここでは今昔の傾向や出典の『古事談』の本文と比較して、この点を考察していく。

なお、本文は今昔と宇治は岩波日本古典文学大系本を用い、『古事談』は岩波新日本古典文学大系本によった。漢字は新字体に改め、宣命体も通行体に改めて引用した。

二　宇治拾遺物語における枠構造の検証

まず、宇治の全一九七話について、文末の「けり」（終止形・連体形）の位置によって話型を類別してみる。話型の分析方法は、今昔について論じた前稿の方法に準じ、次のように冒頭部・語り部（展開部と終局部）・評語部に分けて文章構造を考えることにする。

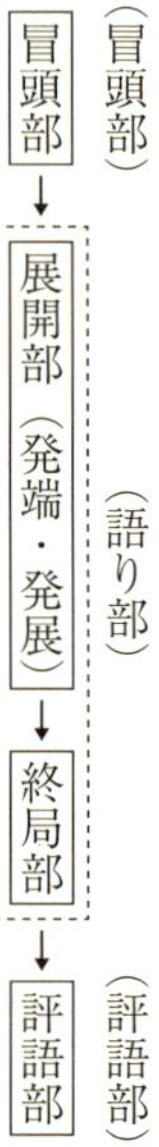

（冒頭部）　　（語り部）　　（評語部）
冒頭部→展開部（発端・発展）→終局部→評語部

今昔の文章では、冒頭部と語り部とは、「而ル間」などで区切られるという形式の面や、「けり」叙述の有無など文体の面で区分できるところに特徴があるのだが、宇治の文章では、冒頭部の段落が形式や文体の面で今昔ほど独立的ではなく、展開部と連続的になっている傾向が強い。しかし、内容面から主人公や事物の存在提示、名前・氏素性・性質・日常的行動等の解説、事件に至るまでの行動・行跡の叙述を冒頭部として扱うことはなお可能であるため、右の内容面から冒頭部を認定する。続いて、中心的な事件として、主人公が事件の現場でとる行動を継起的・迫真的に描く叙述を語り部として捉え、それをさらに展開部と終局部（末尾の二文）に分ける。それに続く評語部は、中心的な事件終了後の「後日談」、事件の内容の「解説」や「批評」、話の「伝承」、話から得られる「教訓」など補足的な叙述を含む内容である。ただし、宇治では冒頭部と展開部が連続した一文の例が多い。展開部の文末に「けり」が使われている場合は、冒頭部と展開部の両方に「けり」が使われているものとして扱う。また、短小な一文で構成される第六一話・第一四九話・第一五〇話および長文の語りを含む一文の第一二三話は、冒頭部・展開部・終局部の要素に「けり」が使われているものとして扱う。

以上の内容について、「けり」が使用される位置を基準に話型を分類する。分類方法は、今昔を分析した前稿に準じて、展開部の「けり」の有無を大きな基準とし、枠構造をなす（一）展開部に「けり」を用いないものと、（二）展開部に「けり」を用いるものとに分ける。この（一）（二）の区分は、文末用法の「けり」を基準としたものである（以下「けり」は文末用法を指す）が、後述するように、宇治では今昔と異なり展開部の文中に「けれ」「ける」の形が用いられる点に特徴がある（以下「けれ」「ける」は文中用法を指す）。そこで、文末用法の位置によって分類しつつ、展開部での文中用法を含む場合の例数は（　）内に分けて示すことにした。したがって、（一）での括弧内の数字は展開部に文中用法はあるが、文末用法がない場合を示すことになる。なお、「けり」の他に、「き」が冒頭部・終局部・評語部の枠の位置に用いられる場合がある（詳細は本節で後述）ため、「き」を「けり」に準じて集計した。

（一）	展開部に「けり」を用いないもの	総計	26話（49話）
A	冒頭部と評語部に用いるもの		5話（3話）
B	冒頭部と終局部に用いるもの		1話（12話）
C	冒頭部と終局部と評語部に用いるもの		6話（16話）
D	冒頭部にのみ用いるもの		3話（4話）
E	終局部にのみ用いるもの		1話（6話）
F	評語部にのみ用いるもの		6話（4話）
G	終局部と評語部に用いるもの		4話（4話）
（二）	展開部に「けり」を用いるもの	総計	11話（106話）

H　冒頭部と展開部と評語部に用いるもの　0話（6話）
I　冒頭部と展開部と終局部に用いるもの　2話（34話）
J　冒頭部と展開部と終局部と評語部に用いるもの　3話（47話）
K　冒頭部と展開部に用いるもの　0話（3話）
L　展開部と終局部に用いるもの　2話（2話）
M　展開部と評語部に用いるもの　1話（6話）
N　展開部と終局部と評語部に用いるもの　2話（7話）
O　展開部にのみ用いるもの　1話（1話）
（三）一話のうちに「けり」を用いないもの　総計　1話（4話）

全般の傾向としては、（一）の中ではC「冒頭部と終局部と評語部」が多く、（二）の中ではJ「冒頭部と展開部と終局部と評語部」が多い点など、前稿で指摘した今昔と共通している面が見られる。

しかし、（一）（二）（三）の比率では、今昔の場合と比較してやや異なる点も認められる。今昔で枠構造をなす（一）の比率が説話総数の50％であるのと比較すると、宇治では（一）の比率は総数の38％であり、枠構造をなす話型がやや少ない点が窺える。

次に、枠構造をなす（一）の場合を中心に考えると、宇治ではB「冒頭部と終局部」・C「冒頭部と終局部と評語部」に用いる場合が特に多く、やはりA・B・Cを中心に用いていた今昔と類似した傾向が窺える。全体として（一）の例は今昔よりも使用は少ないものの、枠構造を作り出す機能を持った「けり」の使用は宇治においても認められる。次に枠づけの典型としてAを挙げておく。

【冒頭部】内記上人寂心といふ人ありけり。道心堅固の人也。「堂を造り、塔を立る、最上の善根也」とて、勧進せられけり。材木をば、播磨の国に行てとられけり。

【語り部】（展開部）こゝに法師陰陽師、紙冠をきて、祓するをみつけて、あわてて馬よりおりて馳よりて、「なにわざし給御坊ぞ」と問へば、「祓し候なり」といふ。「何しに紙冠をばしたるぞ」と問へば、「祓戸の神達は、法師をば忌給へば、祓する程、しばらく、して侍也」といふに、上人声をあげて大に泣て、陰陽師にとりかゝれば、陰陽師、心得ず仰天して、祓をしさして、「是はいかに」といふ。祓ひせさする人も、あきれて居たり。上人、冠を取て引破て、泣くこと限なし。「いかにしりて、御坊は、仏弟子となりて、祓戸の神達にくみ給といひて、如来の忌給事をやぶりて、しばしも無間地獄の業をば、つくり給ぞ。まことに悲しきことなり。たゞ寂心を殺せ」といひて、とりつきて泣事おびたゝし。陰陽師のいはく、「仰らるゝ事、もとも道理なり。世の過がたければ、さりとてはとて、かくのごとく仕る也。しからずは、なにわざをしてかは、妻子をばやしなひ、我命をも続侍らん。道心なければ上人にもならず、法師のかたちに侍れど、俗人のごとくなれば、後世のこといかゞと、かなしく侍れど、世のならひにて侍れば、かやうに侍なり」といふ。（終局部）上人のいふやう、「それはさもあれ。いかゞ三世如来の御首に冠をば著給。不幸にたへずして、か様のことし給はば、堂作らん料に勧進しあつめたる物共を、なんぢになん賜ぶ。一人菩提にすゝむれば、堂寺造に勝たる功徳なり」といひて、弟子どもをつかはして、材木とらんとて、勧進しあつめたる物を、みなはこびよせて、此陰陽師にとらせつ。

【評語部】（後日談）さてわが身は京に上給にけり。

（一四〇話）

右の例では、冒頭部で「ありけり」（人物存在提示）、「勧進せられけり」「とられけり」（行跡）、評語部で「上給にけり」（後日談）に「けり」が文末に用いられ枠構造を作っている。以下、冒頭部・終局部、評語部の各部の特徴を見ておく。なお、展開部の傾向については、文中の「ける」「けれ」の使用を含めて次節で論じる。

冒頭部では、右の例にあるように、第一文に「けり」が用いられる比率は高いが、第一文に人物の存在を提示して「けり」により話を開始する比率は今昔に比べやや少ないようである。すなわち、宇治の第一文に「けり」が用いられた例数の総計は116話で、全197話中の59％を占め、このうち人物存在提示の文は、「ありけり」（60例）、「おはしけり」（9例）、「おはしましけり」（2例）、「さぶらひけり」（1例）の総計72例が見られた。これら人物存在提示の文は、全197話の37％（第一文の「けり」使用の総数116話の62％）を占めている。これに対し、今昔では、「ありけり」（521例）「おはしけり」（21例）「ましましけり」（18例）の総計560例は、調査対象の総説話数（1033話）の54％であるのに比べ、宇治での比率は低いと言える。

次に、全197話の終局部の文末表現を、頻度順に並べる。

「にけり終止形」43話・「けり終止形」41話・「ぬ終止形」23話・「けり（係結）連体形」20話・「てけり終止形」13話・「動詞終止形」12話・「けり連体形」10話・「形容詞」6話・「けり（係結）已然形」5話・「つ」4話・「たりけり連体形」3話・「にけり（係結）已然形」2話・「たりけり（係結）連体形」2話・「り」2話・「りけり」2話・「たりけり（係結）已然形」1話・「りけり（係結）已然形」1話・「にけり（係結）連体形」1話・「てけり（係結）連体形」1話・「なりけり」1話・「たり」1話・「たり（係結）已然形」1話・「き（係結）已然形」1話・「うんうん」1話

「けり」を含む表現が147話（75％）にも上る。今昔でも、冒頭部よりも終局部の方に「けり」が用いられる傾向が強かったように、始発機能よりも終結機能が現れやすいことが宇治においても窺える。単独の「けり」の他「ぬ」も多く、これを合わせた「にけり」も「けり」単独の場合と同数で最も多く用いている。また、語り手の立場から叙述を強調する表現である係り結びの形が34話、連体形終止の形が13話と多くの例が見られることも注意される。係り結びの中でもとりわけ強調的とされる已然形による「こそ〜けれ」の形は、終局部9例の他、評語部に

2例（後日談1例・解説1例）で、使用箇所がほとんど終局部と評語部に偏っている。

（終局部）……うらうへに瘤つきたる翁にこそなりたりけれ。

（評語部）ものうらやみはせまじきことなりとか。　（第三話）

終局部は、「にけり」「てけり」「たりけり」のような複合形式も多く、強調的な表現で描写を終えようとする意識があると考えられる。

最後に評語部の「けり」の使用を種類別に見ておく。次に各内容毎の文数とそこに含まれた「けり」文の数を挙げた。括弧内にそのうちの係り結び（連体形・已然形）と連体形終止の例数を示した。

後日談　118文　「けり」文90例（係結28例　連体形終止13例）
解説　119文　「けり」文62例（係結15例　連体形終止9例）
批評　44文　「けり」文17例（係結4例　連体形終止5例）
伝承　21文　「けり」文9例（係結3例　連体形終止1例）
教訓　17文　「けり」文2例（係結1例　連体形終止1例）

右の「けり」の使用の順位は、前稿で見た今昔の場合と全く同じであり、後日談・解説を中心に「けり」文を用いていることが確認できる。評語部の係り結びや連体形終止に注目すると、係り結びの51例と連体形終止の29例の総数80例は、先の終局部の総数47例と合わせて127例に上る。係り結びと連体形終止は、その他に128例があるが、展開部より冒頭部の例がやや多く見られる。

冒頭部　「けり」75例（係結50例　連体形終止25例）
展開部　「けり」53例（係結36例　連体形終止17例）

展開部にもある程度用いているが、語り手の立場が現れやすい冒頭部・終局部・評語部（後日談・解説）に用いる例が多いと言えよう。

なお、「き」が枠を作る場合について述べておく。文末の「き」の例は宇治で23例が見られたが、冒頭部14例（うち第一文8例）、終局部1例、評語部5例、展開部3例である。展開部の3例は回想文や心話文の例外で、それを除くと展開部には用いられず、枠に関わる位置にのみ用いている。第一〇九話・第一一〇話では、冒頭部と評語部で枠を造る。展開部の例とした第一二三話も、冒頭の「けるが〜いふやう」末尾の「とかたり侍りけり」と「けり」で回想部分を括る一文による説話であるが、回想部分の内部は冒頭部に「なんいひし」、展開部に現在形、終局部に「道心おこりにき」を用いる枠構造をとっている。終局部とした1例（第二八話）は、係り結びによる已然形であり、評語部の5例も係り結びによる連体形もしくは連体形終止である（「語りし」が第五六話・第八二話・第一二二話、「聞きし」が第一〇九話・第一一〇話）。このように「き」は、使用位置や表現形式の点で枠づけの特徴が明瞭である。「き」で一話の枠を造る例は『観智院本三宝絵』（上）に典型的に見られる他、「けり」を基調とする今昔や『落窪物語』『法華百座聞書抄』の冒頭部に（今昔では終局部・評語部にも）用いており[3]、「き」の枠は一定の広がりを持つ。「けり」でなく「き」をとる場合には、助動詞の意味自体にも違いが生じるであろうが、機能としては話の始発や終結を印象づける効果があると思われる。

三　今昔物語集との比較

前節で述べたように、宇治では（二）はもとより（一）であっても、展開部の文中に「けれ」「ける」を用いる例が多く、厳密には枠構造が成立していると言えない場合が多い。文中用法を含む例は、（一）の中でも52話・66％を占め、文章構造の面で大きな特徴となっている。本節では、この点を今昔の叙述と比較しておきたい。

次に宇治でも今昔でもCになる類話の例で、展開部に「けれ」「ける」を用いた例を挙げる（〰〰線は共通使用の「けり」、――線は独自使用の「けり」、┈┈線は対応箇所の「けり」と「非けり」を示す）。

○【冒頭部】昔、愛宕の山に、ひさしくおこなふ聖有けり。とし比行て、坊をいづる事なし。西の方に猟師あり。此聖を貴て、つねにはまうでて、物たてまつりなどしけり。

【語り部】ひさしく参らざりければ、餌袋に干飯など入て、まうでたり。聖、悦て、日比のおぼつかなさなどのたまふ。その中に、ゐよりてのたまふやうは、「此ほど、いみじく貴き事あり。此年比、他念なく経をたもち奉りてあるしるしやらん、この夜比、普賢菩薩、象にのりてみえ給。こよひとどまりて拝み給へ」といひければ、この猟師、「よに貴きことにこそ候なれ。さらば、とまりて拝奉らん」とて、とゞまりぬ。

さて、聖のつかふ童のあるに問ふ。「聖のたまふやう、いかなる事ぞや。おのれも、此仏をば拝み参らせたりや」と問へば、童は「五六度ぞみ奉りて候」といふに、猟師「我も見奉ることもやある」とて、聖のうしろに、いねもせずしておきゐたり。九月廿日のことなれば、夜もながし。今や〳〵と待に、夜半過ぬらんと思ふ程に、東の山の嶺より、月のいづるやうに見えて、嶺の嵐もすさまじきに、この坊のうち、光さし入たるやうにて、あかくなりぬ。見れば、普賢菩薩、象に乗て、やう〳〵おはして、坊のまへにたち給へり。

聖、なくなく拝みて、「いかに、ぬし殿は拝み奉るや」といひければ、「いかゞは。この童も拝み奉る。おいおい、いみじう貴し」とて、猟師思ふやう、聖は、年比経をもたもち、読給へばこそ、其目ばかりに見え給はめ、此童、我身などは、経のむきたるかたも知らぬに、みえ給へるは、心は得られぬこと也と、心のうちにおもひて、此事試みてん。これ、罪うべきことにあらずと思ひて、とがり矢を、弓につがひて、聖の拝み入たるうへより、さしこして、弓をつよく引て、ひやうと射たりければ、御胸の程にあたるやうにて、火を打消つごとくにて、光もうせぬ。谷へとゞろめきて、逃行音す。

聖、「是はいかにし給へるぞ」といひて、なきまどふ事限なし。男申けるは、「聖の目にこそみえ給はめ。わが罪ふかき者の目にみえ給へば、試奉らむと思て射つる也。実の仏ならば、よも矢い立ち給はじ。さればあやしき物なり」といひけり。夜明て、血をとめて行て見ければ、一町斗行て、谷の底に、大なる狸、胸よりとがり矢を射通されて、死してふせりけり。

【評語部】聖なれど、無智なれば、かやうにばかされける也。獵師なれども、おもんぱかりありければ、たぬきを射害、其ばけをあらはしける也。　　（一〇四話）

○【冒頭部】今昔、愛宕護ノ山ニ久ク行フ持経者ノ聖人有ケリ。年来、法花経ヲ持奉テ他ノ念无シテ坊ノ外ニ出事无ケリ、智恵无シテ法文ヲ不学ケリ。

而ニ、其山ノ西ノ方ニ一人ノ猟師有ケリ、鹿・猪ヲ射殺スヲ以役トセリ。然ドモ、此ノ猟師、此ノ聖人ヲナム懃ニ貴ビテ、常ニ自モ来リ、折節ニハ可然物ヲ志ケル。

【語り部】而ル間、猟師、久ク此ノ聖人ノ許ニ不詣ザリケレバ、餌袋ニ可然菓子ナド、入テ、持詣タリ。聖人喜テ日来ノ不審キ事共ド云ニ、聖人居寄テ、猟師ニ云ク、「近来、極テ貴キ事ナム侍ル。我レ、年来、他ノ念无ク、法花経ヲ持チ奉テ有ル験ニヤ有ラム、近来、夜々、普賢ナム現ムジ給フ。然レバ、今夜ヒ留テ礼ミ奉リ給ヘ」ト。猟師、「極テ貴キ事ニコソ候ナレ。然ラバ、留テ礼ミ奉ラム」ト云テ、留ヌ。

而ル間、聖人ノ弟子ニ幼キ童有リ。此ノ猟師、童ニ問テ云、「聖人ノ、『普賢ノ現ムジ給フ』ト宣フハ。汝モヤ其普賢ヲバ見奉ル」ト。童、「然カ、五六度許ハ見奉タリ」ト苔。猟師ノ思ハク、「然バ我モ見奉ル様モ有ナム」ト思テ、猟師、聖人ノ後ニ不寝ズシテ居タリ。九月廿日余リノ事ナレバ、夜尤モ長シ。今ヤ〳〵ト待テ居タルニ、夜中ハ過ヤシヌラムト思フ程ニ、東峯ノ方ヨリ、月ノ初メテ出ガ如テ、白ミ明ル、峯ノ嵐ノ風吹掃フ様ニシテ、此坊ノ内モ、月ノ光ノ指入タル様ニ明ク成ヌ。見レバ、白キ色ノ菩薩、白象ニ乗テ、漸下リ御マス。

其有様、実ニ哀レニ貴シ。菩薩来テ、房ニ向タル所ニ近ク立給ヘリ。

聖人、泣々礼拝恭敬シテ、後ニ有猟師ニ云ク、「何ゾ、主ハ礼ミ奉給ヤ」ト猟師、「極テ貴ク礼ミ奉ル」ト荅テ、心ノ内ニ思ハク、「聖人ノ、年来法花経ヲ持チ奉リ給ハム目ニ見エ給ハムハ、尤可然シ。此童・我ガ身ナドハ、経ヲモ知リ不奉ヌ目、此ク見エ給フハ、極テ恠キ事也。此ヲ試ミ奉ラムニ、信ヲ発サムガ為ナレバ、更ニ罪可得事ニモ非」ト思テ、鋭鴈矢ヲ弓ニ番テ、聖人ノ礼ミ入テ、低シ臥タル上ヨリ差シ越シテ、弓ヲ強ク引テ射タレバ、菩薩ノ御胸ニ當ル様ニシテ、火ヲ打消ツ様ニ光モ失ヌ。谷サマニ動テ迯ヌル音ス。

其時ニ聖人、「此ハ何ニシ給ヒツル事ゾ」ト云テ、呼バヒ泣キ迷フ事无限シ。猟師云ク、「穴鎌給へ。心モ不得ズ恠思ヱツレバ、試ムト思テ射ツル也。更ニ罪不得給ハジ」ト懃ニ誘へ、云ヒケレバ、聖人ノ悲ビ不止ズ。夜明テ後、菩薩ノ立給ヘル所ヲ行テ見レバ、血多流タリ。其血ヲ尋テ行テ見バ、一町計下テ、谷底ニ大ナル野猪ノ、胸ヨリ鋭鴈矢ヲ背ニ射通シテ死ニ臥セリケリ。聖人、此ヲ見テ、悲ビノ心醒ニケリ。

【評語部】然レバ、聖人也ト云ドモ、智恵无キ者ハ、此ク被謀ル也。役ト罪ヲ造ル猟師也ト云ヘドモ、思慮有レバ、此ク野猪ヲモ射顕ハス也ケリ。

此様ノ獣ハ、此ク人ヲ謀ラムト為ル也。然ル程ニ、此ク命ヲ亡ス、益无キ事也トナム語リ伝ヘタルトヤ。


（巻二〇ノ一三）

両話の「けり」の使用箇所を対比すると、冒頭部・展開部・終局部・評語部に共通部分がある。また、語り部第二段落の菩薩の登場場面を「けり」を用いず迫真的描写にしている点も両話に共通する。相違点は、今昔の冒頭部に3例、終局部に1例「けり」を付加増補した箇所が見られる点と今昔の展開部で文中の「けれ」が省かれる点である。特に今昔の終局部に付加された「醒ニケリ」は結末を印象づける効果を挙げている。このように今昔では「けり」を増補している一方で、展開部と評語部では対応箇所に「けり」が使われない部分がある。「けり」「ける」「けれ」が文章全般に散在する宇治に対して、今昔の「けり」の使用箇所には偏りが大きいのである。

これらの異同を文中・文末の別から見ると、宇治では文末用法が6例、文中用法が6例で偏りがないが、今昔では文末用法が8例、文中用法が2例で、文末用法に偏っているという違いがある。すなわち、宇治の文中用法6例のうち1例は今昔でも対応する箇所で「ケレ」を使用しているが、他の5例は「非けり」となっている。文中用法について、宇治と今昔の異同のある箇所を列挙すると、

「……いひければ……」→「……ト。……」

「……いひければ、……射たりければ……」→「……ト……射タレバ……」

「……申けるは……(いひけり)」→「……云ク……(云ヒケレバ)……」

「……ありければ……」→「……有レバ……」


となり、今昔では文中の「けり」を省く傾向があることがわかる。今昔で文中に共通して「けれ」をとる例は、次の部分が見られる。

「……参らざりければ……」→「……不詣ザリケレバ……」


これは展開部の第一段落の例であり、冒頭部の「つねにはまうでて」を受けた解説的な内容であるための例外的な部分である。

右のように、文中用法の「けれ」「ける」が多く使用されるのは宇治の大きな傾向である。今昔では、全体の五割を占める(一)の例は、展開部の文中用法を用いないで枠構造を作る傾向があるが、宇治では、(一)においても展開部に文中用法が見られる話が多くを占める。それらの話を除いた純粋な枠構造が認められるものは26話(全話の約13%)にすぎず、全体に占める比率は少ない。

(表1)(表2)は、文中の「ければ」「けれど」「けるに」「ける程」が含まれる文が、文末に「けり」を用いてい

るか否かを宇治と今昔巻二〇（全44話）とで調査したものである。今昔では、巻二〇以前と以降とで文体が漢文訓読調から和文調へ変異するとされ、巻二〇はその交錯点として、今昔の中間的な傾向がある。(4)

　これによれば、宇治でも今昔でも同様の傾向が見られ、「けれ」「ける」は文末が「非けり」である場合に多いことがわかる。ただ、話数が巻二〇の約四・五倍になる宇治には、その比率を大きく超える（九倍程度）文中用法の数が含まれており、使用比率が高い。具体的な表現としては、会話引用の表現に差が見られる。宇治では「いひければ」102例であるのに対して、今昔巻二〇では「云ケレバ」4例で大きな差が見られる。(5) これは、右の例話のように、今昔では会話引用部の末尾が「ト。」となる例が多いためである。

　このように、巻二〇においては、文中に「けれ」「ける」が用いられている点で、宇治と共通する傾向が見られた。ところが、今昔の巻二〇以降の諸巻では文中用法を用いる傾向が強くなり、使用傾向は宇治を上回ってくる。

（表1）宇治拾遺物語の文中「ける」「けれ」と文末「けり」

	文末「けり」	文末「非けり」
文中「ければ」	278	291
文中「けれど」	54	35
文中「けるに」	84	64
文中「ける程」	23	27
文中の合計	338	349

（表2）今昔（巻二〇）の文中「ける」「けれ」と文末「けり」

	文末「けり」	文末「非けり」
文中「ければ」	15	35
文中「けれど」	5	1
文中「けるに」	14	19
文中「ける程」	5	3
文中の合計	25	51

（表注）これらの表現は一文中に同時に用いられる場合もあるため、「文中の合計」はこれらの四表現が一文にいずれか一つでも存在した場合の文末別の数値であり、四表現の単純な合計ではない。

今昔では、枠構造をなす（一）の典型例は巻二〇以前に多く見られ、文中の「ければ」「けれど」「けるに」「ける程（時）」の用例自体が少ない。これを「ケレバ」の使用回数（会話・和歌を除く）によって見ると、天竺震旦部92例、本朝仏法部394例、本朝世俗部1631例で、一話当たりの使用回数は各々、〇・二六回、一・〇一回、五・六二回と、巻二〇以前と以降とでは展開部に「ケレバ」が用いられる比率に大きな差が見られる。宇治でも、本朝世俗部ほどではないが「ければ」の使用は一話当たり二・八八回と多く、（一）のように展開部の「文末」に「けり」を用いず枠構造をとる場合でも、展開部の文には「ければ」などの文中用法が多く用いられる。

宇治では、（一）においても（ ）内に示したように展開部に「けれ」「ける」を取る場合が数多く見られた。このような叙述方法に対して、今昔の天竺震旦部や本朝仏法部では、終止用法の「けり」を冒頭部と終局部・後日談に多く用い、展開部に「けれ」「ける」を用いない叙述方法を採っている。今昔の天竺震旦部や本朝仏法部は、「非けり」叙述による迫真的描写を説話の核としつつそれを解説叙述で囲い込む構造を志向する態度である。[6] 一方、宇治や今昔の本朝世俗部で展開部に「けれ」「ける」を用いる傾向があるのは、説話の中心部分の描写までを語り手が解説的に叙述しようとする態度と言えよう。ただし、後者のような展開部の文中に「ける」「けれ」を用いる場合でも、必ずしも枠づけを意識していないとは言い切れない。終止法の「けり」や係り結び・連体形終止の「ける」は、冒頭部や終局部に多く用いる傾向が保たれているためである。

四　古事談との比較

「けり」のテクスト機能である始発機能や終結機能は、一話や段落を枠づけてまとめる働きであり、冒頭や終局の文末に終止法「けり」で用いた時に効果が発揮される。一方、「けれ」「ける」などの文中用法は、条件節や連体修飾節を作るものであり、解説的に話を進めるときに効果を発揮する用法である。筆者は、物語の「けり」の基本機能は、語り手の場から物語世界の事態を確認し、それを読み手（聞き手）に解説する機能であると考える。[7] テクスト機能は、その機能を基本にしながら、文章中での配置や活用形によって発揮される副次的な機能であると考えられる。

ここでは、宇治の直接的な出典とされる『古事談』の本文と比較しながら、宇治の文章中での「けり」の機能について検証しておきたい。次に、岩波日本古典文学大系本で同文の度合いが強いとされる14話を対象としてどのような話型をとっているか分類した。〈展〉は、展開部の文中に「ける」「けれ」をとる場合を注記したものである。

（一）B（一一五話〈展〉）C（六六話〈展〉）D（六〇話・六三話・六四話）E（六一話〈展〉・六八話〈展〉・一一六話〈展〉）F（一三五話）

（二）I（六七話〈展〉）L（九話）N（六五話〈展〉・六九話〈展〉）

（三）四話〈展〉

『古事談』による説話にも（一）の例が多いが、展開部の文中に「ける」「けれ」を用いる場合が多いことがわかる。次例は、D「冒頭部にのみ用いるもの」の例である。〈　〉内は『古事談』の本文である。

【冒頭部】是も今は昔、後朱雀院、例ならぬ御事大事におはしましける〈危急之〉時、後生のこと、おそれおぼしめしけり〈怖畏思食ケリ〉。

【語り部】それに御夢に、御堂入道殿参りて申給ていはく、「丈六の仏をつくれる人、子孫において、更に悪道におちず。それがし、おほくの丈六を作り奉れり。御菩提において、うたがひおぼしめすべからず」と。是によりて、明快座主におほせあはせられて、丈六の仏をつくらる。

【評語部】件の仏、山の護仏院に安置し奉らる。

（六三話）

冒頭部の後朱雀院の状況説明の部分に「ける」「けり」があるが、「おはしましける」は宇治で「ける」を加えたものである。語り部で事件の中心である夢の再現部分は、会話による迫真的描写であり『古事談』と同様「けり」は用いられていない。評語部の「安置し奉らる」も、今の状況の解説であるため、「けり」は用いられない。

次の例は、F「評語部にのみ用いるもの」(ただし、文中では冒頭部、展開部の「ける」がある)の例である。

【冒頭部】これも今は昔、丹後守保昌、国へくだりける〈下向任国之〉時、與佐の山に、白髪の武士一騎あひたり。

【語り部】路のかたはらなる木のしたに、うち入りて立たりける〈立タリケル〉を、国司の郎等共「此翁、など馬よりおりざるぞ。奇怪なり。とがめおろすべし」といふ。爰に国司のいはく、「一人当千の馬の立てやうなり。たゞにはあらぬ人ぞ。とがむべからず」と、制してうち過ぐる程に、三町ばかり行て、大矢の左衛門尉致経、數多の兵を具してあへり。国司会釈する間、致経が云、「爰に老者一人合奉りて候つらん。致経が父、平五大夫に候。堅固の田舎人にて、子細をしらず。無礼を現じ候つらん」といふ。

【評語部】致経、過てのち、「さればこそ」とぞいひけるとか〈云ケリ〉。　(一一三五話)

右の説話で一文目の文末は「たり」だが、文中を「くだりける時」と「ける」を補い、二文目の語り部の文にも『古事談』を踏襲し文中に「ける」を用いている。これらは、会話部分に入る前の説明的な箇所(行跡の記述)である。その後会話を交わす迫真的な部分では「けり」を用いないが、評語部の後日談の部分では、『古事談』の「けり」を「ぞいひける」と係り結びに変えて強調しつつ、さらに話の終結部分の目印となる伝承表現「とか」を付して話を終わっている。

これら2話の場合は、会話を中心とした部分を「非けり」とし、それを囲む説明的な箇所に「けり」が用いられたものである。一方、展開部に文中用法が多い(二)C「冒頭部と終局部と評語部に用いるもの」(文中では展開部にも「ける」「けれ」がある）もある。

【冒頭部】これも今は昔、白河の院、御とのごもりてのち、物におそはれさせ給ひける（ヲソハレ御坐ケル比）。

【語り部】「しかるべき武具を、御枕の上に置べき」と沙汰ありて、義家朝臣にめされければ（被召ケレバ）、まゆみの黒ぬりなるを、一張参らせたりける（一張進タリケル）を、御枕にたてられて後、おそはれさせおはしまさざりけれ（ヲソハレサセ御坐サザリケレ）ば、御感ありて、「この弓は、十二年の合戦のときや、もちたりし」と御尋ありければ（有御尋之処）、覚えざるよし申されけり（申ケレバ）。

【評語部】上皇しきりに御感有けりとか（有御感ケリ）。（六六話）

『古事談』では一文の話であるが、宇治では三文に分割される。冒頭文の文末は、『古事談』の連体用法を連体形終止として転用している。語り部では、「ける」「けれ」が多用されるが、宇治で付け加えた「御尋ありければ」を除くと、すべて『古事談』の表現の踏襲である。終局部では『古事談』の「申ケレバ」を「申されけり」とし終止形で閉じる。最終文は人物の言を借りた「批評」の評語部と考えられ（岩波新日本古典文学大系本の段落分けを参照）、『古事談』の「けり」を踏襲しつつ、「とか」を付して話の終結を印象づけている。

これらの例では、宇治で1例ずつ「ける」「けれ」を補足したり、出典の「ける」「けれ」「けり」をそのまま踏襲する一方で、冒頭部や評語部で係り結びや連体形終止に変更したり「とか」を付加したりする点に、枠づけを志向する部分も見られる。

ところで、右の第六三話・第一三五話の宇治の冒頭文では「時」に係る部分に「ける」を補っているのであるが、今昔では冒頭文で人物の存在を表すとき「有ケリ」のように終止形で一旦文を切るのが定型である。すなわち、一文目の初出用法が「ける」となるか「けり」となるかで見ると、類話間で次のような形式の違いが見られる。

今は昔、高忠といひける越前守の時に……（第一四八話）

今昔、越前ノ守藤原孝忠ト云フ人有ケリ。其ノ人ノ任国ニ有ケル間ニ……
（巻一九ノ一三）

冒頭部や終局部・評語部に見られる終止形、係り結び、連体形終止、「にけり」など、文を「切る」表現形式で用いるときに枠機能は発揮されやすい。一方、「続ける」文中用法の表現形式は、冒頭文に用いた場合でも解説機能に傾きやすい。冒頭文の初出用法の比較で、宇治では「ける」が、今昔では「けり」が用いられやすいことは、今昔に比べ宇治が冒頭部の枠づけ意識が弱いことを示しているのではないかと推測される。(8)

今昔では、冒頭部や終局部にこのような「切る」用法の「けり」を積極的に配し、展開部の「非けり」を囲む構造をとろうとする態度がある。宇治の例話でも、『古事談』の冒頭部や展開部に用いた「ける」「けれ」の「続ける」用法を踏襲・増補する一方で、冒頭部や終局部・評語部等で「切る」表現に改変する場合も見られた。前掲の第六六話などでは、「ける」「けれ」「けり」が全体に多く、「けり」による枠づけは一見放棄された話のようにも見える。しかし、『古事談』説話を三文に切って文末用法に用いた「ける」「けり」は、同時に段落分けの目印になっているとも評せる。今昔ほど徹底した形では現れないにしても、枠づけの意識は潜在的には宇治撰者においても認めることができるのではあるまいか。

五　まとめ

以上、宇治の「けり」の持つテクスト機能を検討した。冒頭部の「けり」に始発機能が認められる場合も見られるが、今昔に比べると限定的な面があった。一方、終局部・評語部（後日談・解説）では終止形「けり」の他、係り結び・連体形終止・「にけり」など、終結機能に関わる面が強く認められた。このような表現が多いのは、文末を強く「切る」ことにより事件の終結部分を強調・明確化するための表現の工夫であると思われる。

これを文章構造の面から見ると、文末用法の「けり」による分類では（一）の枠を造る話型も多く見られたが、（一）であっても展開部に文中用法の「ける」「けれ」が散在するという現象が見られた。このため、宇治には、今昔の天竺震旦部・本朝仏法部のように、冒頭部や終局部の文にのみ「けり」を使うような典型的な枠構造の例は少数しか見られなかった。宇治では、冒頭部や終局部の文末に「けり」を用いて枠づける表現と、展開部の文中の解説的な内容に「ける」「けれ」を使う表現とが、一話の中で併存する場合が多いためである。しかし、「き」では枠構造をなす例がほとんどであることにも照らすと、「けり」の枠づけの機能も潜在的には意識されていたと思われる。ただ、枠構造を「けり」の配置によって意図的に作ろうとする面のある今昔に対し、宇治では解説的な「けり」が冒頭部や終局部に集中し自ずと枠が出来た場合も多いと思われる。そのような宇治の中にあって、「こそ～けれ」のように終局部に偏った表現が見られることは、撰者が積極的に終局部を枠づけようとする意識を持っていたことの証しと言えるであろう。

注

（1）阪倉篤義「竹取物語における「文体」の問題」（『国語国文』25-11　昭和三一年一一月）

（2）拙稿「今昔物語集の「けり」のテクスト機能―冒頭段落における文体的変異について―」（『古典語研究の焦点』武蔵野書院　二〇一〇）拙稿「今昔物語集の「けり」のテクスト機能（続）―終結機能を中心に―」（『国語国文』80-10　二〇一一・一〇）本書第一章と第二章を参照。

（3）今昔と『三宝絵』については注（2）の第二論文の注13を参照。『落窪物語』については塚原鉄雄『国語構文の成文機構』（新典社　二〇〇二）は「き」を挿入表現とし、『法華百座聞書抄』については、小松英雄「助動詞キの運用で物語に　誘い込む」（『日本語学』第二四巻一号　二〇〇五・一）は直接体験の表現による導入効果を指摘する。本章では始発機能・終結機能の面を指摘した。

（4）岩波日本古典文学大系『今昔物語集四』の解説にあるように、文体の目印語は巻一九・二〇を境に漢文訓読調から和文調へ交代するが、『日本霊異記』を典拠とする話が20話あるため、全体の文体基調は、中間的からやや訓読調に傾く。「ければ」が巻二〇以降の巻に比べ少ないのは出典が関連する。

（5）「云ケレバ」の例は、今昔では、天竺震旦1例、本朝仏法23例、本朝世俗213例で、本朝世俗部は宇治と似た傾向がある。

（6）拙著『今昔物語集の表現形成』（和泉書院　二〇〇三）第三章第三節「今昔物語集の『けり』叙述」で、今昔本朝世俗部では、宇治にない箇所にまで「けり」を増補する傾向を指摘した。ただし「けり」の枠が肥大することは、必ずしも枠の崩壊を意味しない。「けり」をほとんどの文で用いながらクライマックス場面の文末にのみ「非けり」を用いることで、場面に焦点を当てる「越前守藤原孝忠侍出家語」（巻一九ノ一三）「池尾禅珎内供鼻事」（巻二八ノ一〇）などの例のように、「けり」が多くとも「非けり」と対比的に用いることで枠が保たれる場合が多い。

（7）糸井通浩「「けり」の文体論的試論―古今集詞書と伊勢物語の文章―」（『王朝』第四冊　一九七一）が、「けり」は聴き手への「素材の事実に対する確認」を表出するという説に基づき、聴き手に確認し解説する機能とした。

（8）冒頭第一文で「けり」の初出の活用形を調べると、宇治では文中の「ける」「けれ」初出話が69例（「ける」62例「けれ」7例）、「けり」初出話は80例（係結1例、連体形終止6例を含む）で拮抗している。今昔では、「ケル」「ケレ」初出話が152例（「ケル」147例「ケレ」5例）、「ケリ」初出話が632例（係結2例、連体形終止2例を含む）で、文中用法で始める率は低い。

第五章　古本説話集の「けり」のテクスト機能
――「にけり」「係り結び」の終結機能――

一　問題の所在

　これまで筆者は、拙稿（二〇一〇）（二〇一一）（二〇一二）（以下「前稿」とする）で『今昔物語集』と『宇治拾遺物語』を取り上げ、「けり」が話の冒頭部と終局部・評語部に多く用いられて、枠づけのテクスト機能をもつ場合があることを明らかにした（本書第一章・第二章・第四章を参照）。大きな傾向としては、『今昔物語集』においては天竺震旦部・本朝仏法部などで「けり」で枠を作り、展開部が「非けり」となる典型例が多く見られる。『宇治拾遺物語』では、典型的な枠構造をなさない例も多く、展開部において文中に「ける」「けれ」が用いられる傾向がある。しかし、『宇治拾遺物語』においても、冒頭部や終局部において係り結び・連体形終止や「にけり」などの強調的な表現を用いて、なお「けり」による枠組みを保とうとする傾向があることを述べた。

　これらを承け、本章では『古本説話集』における「けり」のテクスト機能について検討する。『古本説話集』は、『今昔物語集』や『宇治拾遺物語』との類話を含んでおり、これら三書は、散佚『宇治大納言物語』を共通祖本とする説話群とされている。『古本説話集』は、主に和歌説話を集めた上巻（一話～四六話）と、仏教説話を集めた下巻（四七話～七〇話）に分かれる。これらの話柄の違いによって、文章構成の違いも見られる。上巻の和歌説話では、歌物語的な内容が中心であり、和歌の提示により説話の終結となる場合が多い。下巻の仏教説話は物語の標準的な構成になる傾向が強く、『古本説話集』の「けり」の使用傾向を検討するに際しては、これら上・下巻の差異を勘案する必要がある。このような点を踏まえつつ、本章では、「けり」の終結機能をめぐって、係り結び・連体形終止文・「にけり」「てけり」を考察する。なお、『古本説話集』の本文は岩波新日本古典文学大系本による。

二 話型の分類と枠構造

まず、『古本説話集』における「けり」の用法を、これまで『今昔物語集』や『宇治拾遺物語』を分析したのと同じ基準で話型を分類する。説話の文章構造と「けり」の分布傾向を分析するために、前稿で『今昔物語集』の話型を基本として考え、冒頭部・語り部（展開部と終局部）・評語部にわけて検討した。それにより、文末の「けり」がこのような内容のどの箇所に分布しているかによって話型を分析した。

（冒頭部）　（語り部）　（評語部）
冒頭部 → 展開部（発端・発展） → 終局部 → 評語部

『古本説話集』においても同じ基準で話型分析を考え、これらの説話集と比較することにする。これらの要素の内容を簡単に確認しておくと、冒頭部は、主人公や事物の存在提示、名前・氏素性・性質・日常的行動等の解説、事件に至るまでの行動・行跡の叙述である。続いて、中心的な事件として、主人公が事件の現場でとる行動を継起的・迫真的に描く叙述を語り部として捉え、それをさらに展開部と終局部（末尾の2文）に分ける。それに続く評語部は、中心的な事件終了後の「後日談」、事件の内容の「解説」や「批評」、話の「伝承」、話から得られる「教訓」など補足的な叙述を含む内容である。ただし、『古本説話集』では、上巻の和歌説話を中心とした話では、冒頭部と語り部が文によって分けられず、一文の形で一体化した場合も多く見られる。その場合、語り部の文末に「けり」が使用されていれば、冒頭部と語り部の両方において「けり」が用いられていると見なすことにする。

右のような基準により、『古本説話集』の文章の型を調査すると、次のようである。なお括弧内は、展開部に文中用法を含む話数である。

（一）展開部に「けり」を用いないもの　総計　4話（14話）
A　冒頭部と評語部に用いるもの　1話（1話）
B　冒頭部と終局部に用いるもの　0話（2話）
C　冒頭部と終局部と評語部に用いるもの　0話（1話）
D　冒頭部にのみ用いるもの　1話（2話）
E　終局部にのみ用いるもの　1話（2話）
F　評語部にのみ用いるもの　1話（1話）
G　終局部と評語部に用いるもの　0話（5話）
（二）展開部に「けり」を用いるもの　総計　6話（34話）
H　冒頭部と展開部と評語部に用いるもの　2話（3話）
I　冒頭部と展開部と終局部に用いるもの　1話（10話）
J　冒頭部と展開部と終局部と評語部に用いるもの　1話（11話）
K　冒頭部と展開部に用いるもの　1話（4話）
L　展開部と終局部に用いるもの　0話（1話）

M　展開部と評語部に用いるもの　0話（1話）
N　展開部と終局部と評語部に用いるもの　1話（2話）
O　展開部にのみ用いるもの　0話（2話）
（三）一話のうちに「けり」を用いないもの　総計　5話（7話）

『古本説話集』では、冒頭部と終局部・評語部で枠を作る（一）の型には文末用法のみで文中用法が見られない枠構造の例が4例見られる。しかし、これらはいずれも短小な和歌説話の例であり、ある程度の長さの説話では、展開部にも文中用法をも全く用いない、完全な枠構造をとる説話は一例も見られないのである。典型例に近い例として、文中用法が展開部に用いられるものの、「けり」の文末用法が冒頭部・終局部にのみ偏って見られるものが少数見られる。まず、冒頭部と終局部に文末の「けり」を用いたBの例を挙げておく（——線は文末用法。……線は文中用法）。

【例1】今は昔、丹後の国は北国にて、雪深く、風けわしく侍山寺に、観音験じ給。そこに貧しき修行者籠りにけり。冬のことにて、高き山なれば、雪いと深し。これにより、おぼろけならずは人通ふべからず。この法師、糧絶へて日来経るまゞに、食ふべき物なし。雪消えたらばこそ出でて乞食をもせめ、人を知りならばこそ「訪へ」とも言はめ、雪の中なれば、木草の葉だに食ふべき物もなし。五六日請ひ念ずれば、十日ばかりになりにければ、力もなく、起き上がるべき心地もせず。寺の辰巳の隅に破れたる蓑うち敷きて、木もえ拾はねば、火もえ焚かず、寺は荒れたれば、風もたまらず、雪も障らず、いとわりなきに、つくづくと臥せり。物のみ欲しくて、経も読まれず、念仏だにせられず。たゞ今を念じて、「今しばしありて、物は出で来なん、人は訪ひてん」と思はばこそあらめ、心細き事限りなし。今は死ぬるを限りにて、心細きまゝに、「この寺の観音、頼みてこそは、かゝる雪の下、山の中にも臥せれ、たゞひとたに声を高くして「南無観音」と申すに、もろくの願ひみな満ちぬることとなり。年来仏を頼み奉りて、この身いと悲し。日来観音に心ざしを一つにして頼み奉るしるしに、今は死に侍なんず。同じき死にを、仏を頼み奉りたらむばかりには、終りをもたしかに乱れずとりもやするとて、この世には、今さらにはかぐしき事あらじとは思ながら、かくし歩き侍。などか助け給ざらん。高き位を求め、重き宝を求めばこそあらめ、たゞ今日食べて、命生くばかりの物を求べて賜べ」と申程に、戌亥の隅の荒れたるに、狼に追はれたる鹿入り来て、倒れて死ぬ。

こゝにこの法師、「観音の賜びたるなむめり」と、「食ひやせまし」と思へども、「年来仏を頼みて行ふこと、やうく年積りにたり。いかでかこれをにわかに食わん。聞けば、生き物みな前の世の父母也。我物欲しといひながら、親の肉を屠りて食はん。物の肉を食ふ人は、仏の種を絶ちて、地獄に入る道也。よろづの鳥けだ物も、見ては逃げ走り、怖ぢ騒ぐ。菩薩も遠ざかり給べし」と思ども、この世の人の悲しきことは、後の罪もおぼえず、たゞ今生きたる程の堪へがたさに堪へかねて、刀を抜きて、左右の股の肉を切り取りて、鍋に入れて煮食ひつ。その味はひの甘きこと限りなし。

さて、物の欲しさも失せぬ。力も付きて人心地おぼゆ。「あさましきわざをもしつるかな」と思て、泣くくゐたる程に、人ぐあまた来る音す。聞けば、「この寺に籠りたりし聖はいかになり給にけん。人通ひだる跡もなし。参り物もあらし。人気なきは、もし死に給にけるか」と、口ぐに言ふ音す。「この肉を食ひだる跡をいかでひき隠さん」など思へど、すべき方なし。「又食ひ残して鍋にあるも見苦し」など思程に、人ぐ入り来ぬ。

「いかにしてか日来おはしつる」など、廻りを見れば、鍋に檜の切れを入れて煮食ひたり。「これは、食ひ物なしといひながら、木をいかなる人か食ふ」と言ひて、いみじくあはれがるに、人ぐ仏を見奉れば、左右の股を新しく彫り取りたり。「これは、この聖の食ひだるなり」とて、「いとあさましきわざし給へる聖かな。同じ木を切り食ふ物ならば、柱をも割り食ひてん物を。など仏を損ひ給けん」と言ふ。驚きて、この聖見奉れば、人人言ふがごとし。「さは、ありつる鹿は仏の験し給へるにこそ有けれ」と思ひて、ありつるやうを人〳〵に語れば、あはれがり悲しみあひたりける程に、法師、泣く泣く仏の御前に参りで申。「もし仏のし給へることならば、もとの様にならせ給ね」と返々申ければ、人〳〵見る前に、もとの様になり満ちにけり。

されば、この寺をば成合と申侍なり。観音の御しるし、これのみにおはしまさず。（下の五三）

この例では冒頭部と終局部において「にけり」が用いられ、枠をなしている。展開部や終局部の文中に「ける」「けれ」が一部見られるが、典型的な枠構造に近い例である。次に、冒頭部・終局部・評語部の文末に「けり」を用いるCの例を挙げる。

【例2】今は昔、大和の国に長者ありけり。家には山を築き、池を掘りて、いみじきことどもを尽くせり。門守りの女の子なりける童の、真福田丸といふありけり。

春、池のほとりに至りて、芹を摘みけるあひだに、この長者のいつき姫君、出でて遊びけるを見るに、顔貌えもいはず。これを見てより後、この童、おほけなき心つきて、歎きわたれど、かくとだにほのめかすべき便りもなかりければ、つゐに病になりて、その事とかく臥したりければ、母怪しみて、その故をあながちに問ふに、童、ありのまゝに語る。すべてあるべきことならねば、わが子の死なんずる事を歎く程に、母も又病になりぬ。その時、この家の女房ども、この女の宿りに遊ぶとて、入りて見るに、二人の物病み臥せり。怪しみて問ふに、女の言ふやう、「させる病にはあらず。しかしかのこと八侍を、思ひ歎くによりて、親子死なんとするなり」と言ふ。女房笑ひて、このよしを姫君に語れば、あはれがりて、「やすき事也。早く病をやめよ」と言ひければ、童も親もかしこまりて、喜びて、起き上がりて、物食ひなどして元のやうになりぬ。

姫君言ふやう、「忍びて文など通はさむに、手書かざらん、口惜し。手習ふべし」。童喜びて、一二日に習ひ取りつ。またいはく、「わが父だゝ死なむこと近し。その後、何事をも沙汰せさすべきに、文字習はがらん、わろし。学問すべし」。童、又学問して、物見明かす程になりぬ。又いはく、「忍びて通はんに、童、見苦し。法師になるべし」。すなはちなりぬ。又いはく、「その事となき法師の近づかん、怪し。心経、大般若など諦かべし。祈りせさするやうにもてなさん」と言ふに、言ふに従ひて誦みつ。又言はく、「なを、いさゝか修行せよ。御しんするやうにて近づくべし」と言へば、又修行に出で立つ。姫君あはれみて、藤袴を調じて取らす。片袴をば、姫君身づから縫いつ。これを翦て修行し歩く程に、この姫君、はかなく煩ひて失せにけり。かくし廻りて、いつしかと帰りたるに、「姫君失せにけり」と聞くに、悲しきこと限りなし。それより道心深く発りければ、ところぐ行ひ歩きて、貴き上人にてぞをはしける。名をば智光とて申ける。つゐに往生してけり。

あとに弟子ども、後の業に、行基菩薩を導師に請じ奉りけるに、礼盤に上りて、「真福田丸が藤袴、我ぞ縫いし片袴」と言ひて、異事も言はで下り給にけり。弟子ども怪しみて、問ひ奉りければ、「亡者智光、かならず往生すべかりし人也。はからざるに惑ひに入りにしかば、我、方便にて、かくは誘へたる也」とこそのたまひけれ。

行基菩薩、この智光を導かんがために、仮に長者の娘と生れ給へる也けり。行基菩薩は文殊なり。真福田丸は智光が童名なり。されば、かく、仏、菩薩も、男女となりてこそ道びき給けれ。　（下の六〇）

この例では、展開部に文末用法の「けり」が用いられないが、冒頭部に「ありけり」があり、終局部に「にけり」（失せにけり）があり、その後の評語部に、「ける（連体形終止）」「ぞ～ける・こそ～けれ（係り結び）」「てけり」「にけり」「なりけり」が用いられている。展開部には、3例の「ければ」2例の「ける＋名詞」が見られるが、このような文を繋ぐ用法の「ければ」は切れ目を作りにくく、文を切る用法である文末用法の方が枠を形成する用法と見ることができる。このように、右の例でも「にけり」や係り結びが枠構造の形成に関わることが指摘できる。[1]

『古本説話集』では、右のような枠構造の例も見られるが、それよりは（二）のように展開部にも文末の「けり」がある例がⅠ・Ｊの話型を中心に見られ、（一）の倍以上の用例が見られる。これらは文中用法を展開部に含んでいる例も多く、『古本説話集』全体としては、枠構造をとる意識は『今昔物語集』などに比べて希薄な印象を受ける。しかし、これらの例にも枠に関わる特徴は認められる。次に冒頭部、展開部・終局部・評語部の文末に「けり」をとるＪの例を挙げる。

【例3】今は昔、人の女の幼かりける、継母にあひて、憎まれて、わびしげにて有けり。継母、我方に人のもとより、讃岐の小鍋を多く得て、前にとり並べて、見沙汰しけるを、この子に一もとらせざりけり。「心憂し」と思ひて、南面の人もなき方に出でて、うち泣きてながめゐたれば、鶯、同じ心にいみじく鳴きければ、

鶯よなどさは鳴くぞ乳やほしき牛鍋やほしき母や恋しき

とぞ詠みたりける。

容貌、心ばへもうつくしかりけれども、継母になりぬれば、かく憎みける也。（上の一六）

和歌説話は、右のような短小な話が多く、冒頭部と展開部と終局部の境界が明確ではないため、このように展開部に「けり」が用いられる例が多くなる。右の例では、冒頭第一文が「わびしげにて有けり」で始まる。続く文の末尾「とらせざりけり」は冒頭部でいきさつを述べる「行跡」とも展開部の一部ともとられる。分類上は展開部と終局部を兼ねた文が「ぞ詠みたりける」の文であるためＪに分類したものである。この例では展開部の和歌が話のクライマックスであり、それを承けた終局部の叙述が「ぞ〜ける」で締め括られ、叙述の切れ目を明示している。これに続く解説の評語部に「ける也」と叙述され、内容が区別される。また、次の例、

【例4】今は昔、この四五年ばかりの程のことなるべし、人の許に宮仕へしてある生侍ありけり。することのな

きまゝに、清水に人真似して、千度詣で二度ぞしたりける。

其後いくばくもなくて、主の許にありける同じやうなる侍と、双六を打ち合ひにけり。おほく負けて、渡すべき物なかりけるを、いたく責めければ、思ひわびて、「わが持たる物なし。たゞ今貯へたる物とては、清水に二千度参りたることのみなんある。それを渡さん」と言ひければ、傍にて聞く人〴〵は、「うち謀るなり」と、烏滸に思ひて笑ひけるを、この打ち敵の侍、「いとよきこと也。渡さば得ん」と言ひければ、この負け侍、「さは、渡す」と、微笑みて言ひければ、「いな、かくては受け取らじ。三日して、このよし申て、をのれに渡すよしの文書きて渡さばこそ、受け取らめ」と言ひければ、「よきことなり」と契りて、その日より精進して、三日といひける日、「さは、いざ清水へ」と言ひければ、この負け侍、「烏滸の痴れ者に会ひたり」と思ひて、よろこびて参りにけり。言ひけるまゝに文書きて、御前にて、師の僧呼びて、事の由申させて、「二千度参りつること、それがしに双六に打ち入れつ」と書きて、取らせたりければ、受け取り、よろこびて、伏し拝みて、まかり出でにけり。

其の後、いく程もなくして、この打ち入れたる侍、思ひかけぬことにて捕へられて、獄にゐにけり。打ち取りたる侍は、思ひかけぬたよりある妻まうけて、いとよく徳つきて、司などなりて、楽しくてぞ有ける。「目に見えぬものなれども、まことの心をいたして受け取りたりければ、仏、あはれとおぼしめしたりけるなめり」とぞ人言ふなる。このある人のこと也。（下の五七）

右の例では、冒頭部に「ありけり」と係り結びの「ぞしたりける」の例が見られる。展開部では、「打ち合ひにけり」ではじまり終局部が「参りにけり」「まかり出でにけり」で終わり「にけり」文が語り部の枠になっていると解される。「参りにけり」で終わる文は、長文の一文で展開部を構成しており、その中に「けるを」「ければ」「ける＋名詞」の文中用法を含んでいる。さらに「ゐにけり」「ぞ有ける」の後日談が続く。「参りにけり」の文が展開部であるため、分類としては展開部に「けり」が含まれるJの例とした。

三　文章構造における「けり」の使用状況

前節で見たように、枠構造に関わる表現として「けり」のほか、「にけり」「ぞ〜ける」等が指摘できた。ここでは文章の各要素ごとに、これらの表現の使用状況について、他作品と比較しつつ詳しく見ておきたい。

まず、冒頭部の文末の「けり」の使用について述べる。ここで、『古本説話集』の各話の冒頭第一文に着目すると、

【例5】今は昔、御荒の宣旨といふ人は、優にやさしく、容貌もめでたかりけり。（上の八）

【例6】今は昔、西三条殿の若君、いみじき色好みにておはしましけり。（下の五一）

のように、文末に「けり」の用いられた例数の総計は28話である。これは総話数70話の40％であり、『宇治拾遺物語』で総話数の59％であるのに比べると少ない値である。さらに、第一文の使用例のうち、例2に見られた「今は昔、大和の国に長者ありけり」や、

【例7】今は昔、五条わたりに、古宮原の御子、兵部の大輔なる人おはしけり。（上の二八）

のような人物存在提示の文は19例・27％で、『宇治拾遺物語』の37％あるいは『今昔物語集』の54％よりは少ない。ただし、人物存在提示の文数は、『宇治拾遺物語』では第一文の「けり」使用の総数116話の62％であるのに対して、『古本説話集』では同総数28話の68％を占めていて、「けり」を採る場合に占める比率はやや高い。このように人物存在提示文をとる傾向は『古本説話集』では特に下巻において特徴的なものである。人物の存在提示文は、上巻46話の和歌を中心とした話には6話・13％にすぎないが、仏教説話の下巻24話では、13話・54％にもなる。なお、第

一文の用法別では、「けり」28話「こそ〜けれ」1話「連体形終止」6話で、終止形の「けり」が多く用いられるが、「ぞ〜ける」「なむ〜ける」の係り結びの例は見られない（ただし後述のように、冒頭部二文目以降には見られる。『今昔物語集』なども同様）。

次に、展開部に見られる文中用法の「ける」「けれ」の使用率について見ておく。『古本説話集』では展開部の文中に「ける」「けれ」が用いられる説話は55話・79％が見られる。これは、『宇治拾遺物語』の同80％とほぼ同じ比率である。例1・2に挙げたように、（一）のような枠構造を取る場合においても多くの説話にこれが見られる。これに対して、『今昔物語集』では、文中用法は天竺震旦部などでは用例が極限られており、本朝仏法部の後半部分から増え、特に本朝世俗部（巻二二〜巻三一）においては多く見られる傾向である。和文的な文体の説話になるほど、「けり」の使用が完璧な枠構造にならず、続ける用法である文中用法が含まれる傾向が見られる。

次に、終局部に用いられた「けり」の特徴について見ておく。終局部の文末表現を用例の多い順に示す。

和歌（22話）、「にけり」（12話）、「ける（係結）」（7話）、「けり」（6話）、「てけり」（4話）、「なし」（4話）、「ける（連体形終止）」（3話）、「動詞終止形」（2話）、「ぬ」（2話）、「けれ（係結）」（1話）、「動詞已然形」（1話）、「しか（「き」已然形・「ぞ〜しか」の係結）」（1話）、「たり」（1話）、「けむ」（1話）、「なりけり」（1話）、「なり（断定）」（1話）、「る（「り」の連体形終止）」（1話）

最も多い和歌で終わる場合は、上巻の特徴である。終局部に配された和歌が文章の中心であり、それ以前の叙述はそれに続く解説的な内容となる。和歌を中心としない話では、終局部は、事件の結末部分となる。話末評語との境目でもあるため、文章を切る「けり」の用法が特徴的に見られる。具体的には、単独の「けり」よりも、「にけり」「てけり」や、係り結び（連体形・已然形）、連体形終止などが多く見られ、強調的な表現が多い。例1・2・4などに見たように、「にけり」「てけり」が多い点が特徴的であるが、これらについては節を改めて述べることにする。また、冒頭第一文では連体形終止は見られたものの「ぞ」「なむ」の係り結びは見られなかったが、逆に終局部では係り結びが多く見られることが注目される。

最後に、評語部の「けり」について、内容別に文数を上げておく。全文数の下の括弧内に、文末に「けり」を用いた文数を示した。

後日談　54例（「ける（係結）」10例・「けり」8例・「にけり」6例・「ける（連体形終止）」3例・「てけり」2例・「けれ（係結）」2例・「けるなり」1例、総計32例）

解説　51例（「ける（係結）」8例・「けり」7例・「ける（連体形終止）」4例・「たりけり」1例・「けれ（係結）」1例・「りけるなりけり」1例、総計22例）

教訓　11例（「けり」1例）

批評　10例（「けり」1例・「なりけり」1例）

伝承　1例（「ける（係結）」1例）

後日談と解説の内容においては「けり」を含む例が多く、とりわけ「ける（係結・連体形終止）」や「けれ（係結）」の用例が多い点が終局部と共通している。後日談や解説が多く「けり」文に傾く点は『今昔物語集』や『宇治拾遺物語』にも同様の傾向が見られた。[2] 例2の「こそのたまひけれ」（後日談）「こそ道びき給けれ」（解説）や、例4の「楽しくてぞ有ける」（後日談）のような例が挙げられる。また、特に後日談の場合は終局部と共通する傾向として「にけり」「てけり」の使用が挙げられる。後日談が事件の最終的な終局部であるため、断止性の強い表現として用いたと思われる。例2の「往生してけり」（後日談）「下り給にけり」（後日談）や、例4の「ゐにけり」（後日談）などが具体例である。

四　係り結び・連体形終止文の作る枠構造

本節では、枠構造に関わる表現として多く用いられる係り結びと連体形終止文とを取り上げる。係り結びは、『古本説話集』で59例が見られるが、その中で54例が「けり」の関わる形である。「けり」の連体形終止文も27例が見られる。（表1）に、展開部の実態を詳しく見るために、さらに段落冒頭・段落途中・段落末尾（ただし、終局部の段落は除く）に三分類し、これらが話のどの位置に用いているかを調査し、その内訳を示した。

（表1）を見ると、文章の枠となる冒頭部、終局部、評語部の用例が54例で展開部に用いる27例の倍の例が見られる。特に評語部（後日談15例・解説11例・教訓1例・批評1例）と展開部途中に例が多い。

（表1）

	ぞ～ける	なむ～ける	こそ～けれ	連体形終止	合計
冒頭部	3	2	1	8	14
展開部段落冒頭	1	0	1	0	2
展開部段落途中	10	2	1	7	20
展開部段落末尾	3	2	0	0	5
終局部	5	2	2	3	12
評語部	11	5	3	9	28

展開部途中に用いる例は枠を作る機能とは関わらない用法と見られるが、本作では用例が多く見られる。展開部途中の例を巻別に見ると、上巻に15例、下巻に5例である。このことは、上巻には段落を切る機能を含まない係り結びが多いことを示唆している。これに関連する事実として、上巻には、次のように展開部の係り結び・連体形終止文の連続使用の例が特徴的に見られる。

【例8】……例は本院に帰らせ給て、人〴〵に禄など賜はするを、これは河原より出でさせ給ひしかば、思ひかけぬ事にて、さる御心設けもなかりければ、御前に召し有て、御対面せさせ給ひて、たてまつりたりける御小袿をぞ、被けたてまつらせ給ける。入道殿聞かせ給て、「いとをかしくもし給へるかな。禄なからんも便なく、取りにやりたらむもほど経ぬべければ、とりわき給へるさまを見せ給へる也。えせ物ば、え思ひよらじかし」とぞ、殿は申させ給ひける。

後一条院・後朱雀院、まだ宮たちにて、幼くおはしましけるとき祭見せたてまつらせ給けるに、御桟敷の前過ぎさせ給ほど、殿の御膝に、二所ながら据ゑたてまつらせ給て、「この宮たち見たてまつらせ給へ」と申させ給へば、御輿の帷より、赤色の御扇のつまをこそ差し出ださせ給たりけれ。殿をはじめまいらせて、「なを心ばせめでたくおはする院なりや。か丶るしるしを見せさせ給はずは、いかでか見たてまつらせ給ふとも知らまし」とぞ、感じたてまつらせ給ける。院より大殿に聞こえさせ給ける。

ひかり出づるあふひのかげを見てしかば年経にけるもうれしかりけり

（上の一）

【例9】今は昔、元良の御子とて、いみじうをかしき人おはしけり。通ひ給ところ〳〵に、

来や〳〵と待つ夕暮と今はとて帰る朝といづれまされり

同じやうに書かせ給て、あまた所へ遣はしたりける。本院の侍従の君のぞ、あるが中にをかしうおぼされける。

夕暮は頼む心になぐさめつ帰る朝は消ぬべき物を

（上の三五）

【例10】今は昔、小野宮殿の御子に、少将なる人おはしけり。佐理の大弐の親なり。はかなく煩ひて失せにければ、小野宮殿、泣きこがれ給事限りなし。さて、忌み果て方になる程に、この少将の御乳母の、陸奥国の守の妻になりて行きたりけるが、「若君かく失せ給へり」とも知らで、恋しくわびしきよしを書きて、馬たてまつりたりけるに添へて、御文まいらせたりける。返り事、小野宮殿ぞ書きてつかはしける。「その人は、この程に、はかなく煩ひて失せにしかば、こ丶には今まで生きたることをなん、心憂くおぼゆる」とばかり書きて、

歌をなん詠みてつかはしける。

まだ知らぬ人もありけり東路に我も行きてぞ過ぐべかりける

と書きてつかはしけるを見て、乳母、いかなる心地しけむ。（上の四六）

その他、係り結びや連体形終止文が2文以上連続して使用される箇所は、三五話・五〇話・五四話の例があるが、三五話と五〇話は和歌説話的な内容である。

このような傾向の一方で、展開部でも段落末尾の例が見られる。

【例11】……そのをりの人、「なを、御門はかたことにおはします物也。たゞ人はその大臣に逢ひて、さやうにすくよかに言ひてむや」とぞ言ひける。

かくて、院失せさせ給て後、住む人もなくて、荒れゆきけるを、貫之、土左より上りて、まいりて見けるに、あはれにおぼえければ、ひとりごちける。（上の二七）

【例12】……京童、谷を見下して、あさましかりて、立ち並みてなん見下しける。

又、いつごろのことにかありけん、女の、児を抱きて、御堂の前の谷をのぞきて立てる程に、いかにしたるにかありけん、児を取り外して谷に落し入れつ。（下の四九）

これらの段落末尾の例（その他、二八・五〇・六一）は、叙述を区切る機能を持っており、枠機能に関わるものと考えられる。

和歌説話においては、地の文において語り手が前面に出る叙述法を採りやすい。それらは、語り手が背景に退いて迫真的描写を展開するのとは異なり、語り手が前面に出て行う解説的な叙述法であると見られる。上巻の和歌を中心とした文章では、例8・9・10のように、展開部や終局部等に和歌が提示される場合、それを解説する叙述の部分に係り結び・連体形終止文が多く用いられる。これらは「けり」の持つ解説的な意味をさらに強める用法と解される。また、例２「こそのたまひけれ」「こそ道びき給けれ」、例４「楽しくてぞ有ける」のような下巻の後日談の例も、解説的な箇所の例である。

　これに対し、終局部や展開部の段落末尾に用いられる例は、解説強調の意味よりは、終結機能が発揮される場合である。小松英雄[3]は、係り結びの本来の機能は、係助詞で叙述を切ることを予告し、結びで叙述の切れ目を作ることであると指摘している。文章論的な機能の解釈として興味深い指摘であるが、すべての例がその機能で説明できるのではなく、内容の切れ目に用いた時に発揮されやすい文章機能の一つとして捉えるべきであろう。

　前稿で、『今昔物語集』や『宇治拾遺物語』では、展開部の中には文を「続ける」用法の「ける」「けれ」が含まれている場合、展開部を囲い込む冒頭部や終局部・評語部に文の流れを「切る」係り結びが用られることで枠構造が保たれることを指摘した。終局部や評語部で終止形の「けり」よりも係り結びが用いられやすいのは、このような区切りの機能を持つためであろう。『古本説話集』でも、これらと同様の文章構成の方法を窺うことができるのである。

五　「にけり」「てけり」の作る枠構造

　前節で述べた係り結び・連体形終止文とともに、枠構造を作る表現として「にけり」「てけり」を挙げることができる。

　（表２）は、前節と同様に、話のどの位置に用いているかを調査したものである。巻別では「にけり」は上巻には20例、下巻には33例が見られ、下巻のような典型的な説話の文章構成に多く見られることが分かる。

　（表２）によると、係り結びの例が多かった冒頭部と評語部には少なく、逆に係り結びの例が少なかった展開部段落末尾と、終局部に用例が多い点が特徴である。終局部の「にけり」の例は、例1・2・4のように枠構造の典型的な例を作る場合であった。展開部段落末尾の例にも、次のように終結機能に関わる例を挙げることができる。

【例13】かく過ぐる間に、年月も過ぎにけり。

【例14】すべき方もなかりけるまゝに、「観音、助けさせ給へ」とて、長谷に参りて、御前にうつぶし臥して申けるやう、「この世にかくてあるべくは、やがてこの御前にて干死にに死なん。又をのづからなる便りもあるべくは、そのよしの夢見がらん限りはまかり出づまじ」とて、うつぶし臥したりけるを、寺の僧見て、「こはいかなる物の、かくては候ぞ。物食ふ所見えず、かくてうつぶし臥したれば、寺のため穢らひ出で来て、大事なりなん。誰を師にはしたるぞ。何処にてか物は食ふ」など問ひければ、「かく便りなき人は、師取りもいかにしてかし侍らん。物食ぶる所もなく、あはれと申人もなければ、仏の給はん物を食べて、仏を師と頼みたてまつりて候也」と答へければ、寺の僧ども集りて、「この事、いと不便のこと也、寺のために大事なり。観音をかこち申人にこそあめれ。これ集りて養ひて候はせん」とて、かはる〲物を食はせければ、持て来たる物を食ひつゝ、御前に立ち去らず候ける程に、三七日になりにけり。

三七日の果てて明けんずる夜の夢に、……と見て、起きて、「あれ」と言ひける僧のもとに寄りて、物うち食ひて、かく嚢かけて、まかり出でける程に、大門につまづきて、うつぶしに倒れにけり。（下の五八）

任果てての年、いつしか上らむとするに、常陸の守なる人の、はなやかなるあり。……（上の二八）

（表2）

	にけり	てけり	合計
冒頭部	4	1	5
展開部段落冒頭	6	0	6
展開部段落途中	9	3	12
展開部段落末尾	14	3	17
終局部	14	4	18
評語部	6	2	8

【例15】物を食ふ〳〵、ありつる柑子を、「何にならんずらむ。観音導かせ給ことなれば、よも空しくてはやまじ」と思ひたる程に、白くよき布を三疋取り出でて、「これ、あの男に取らせよ。この柑子の喜びは、言ひ尽くすべき方もなけれども、かゝる旅にては、嬉しと思ふばかりの事はいかゞはせむずる。これはたゞ心ざしの初めを見する也。京のおはしまし所はそこそこになんをはします。かならず参れ。この柑子の代りの物は賜ばんずるぞ」と言ひて、布三疋を取らせたれば、喜びて、布を取りて、「藁筋一つが布三疋になりぬること」と思ひて、脇に挟みてまかる程に、その日は暮れにけり。

道面なる人の家に泊りて、明けぬれば、鶏とともに起きて行く程に、……（下の五八）

これらはいずれも「にけり」の後続段落の冒頭に時間の経過を示す表現があり、展開部の場面の切れ目に用いていることがわかる。ここで注意すべきは、例14・例15の五八話の例では「にけり」で終わる文は会話部分を含む長大な一文であり、それを一場面として纏める表現になっている点である。先に挙げた例4も終局部の「参りにけり」で終わる文が長い一文であり、「にけり」は一場面を一文で纏める例が見られる。この類例は、次のように「てけり」にも見られる。

【例16】多気の大夫、つれ〴〵におぼゆれば、聴聞に参りたりけるに、御簾を風の吹き上げたるに、なべてならずうつくしき人の、紅の単襲ね着たるを見るより、「この人を妻にせばや」と、いりもみ思ければ、その家の上童を語らひて問ひ聞けば、「大姫御前の、紅は奉りたる」と語りければ、それに語らひつきて、「我に盗ませよ」と言ふに、「思ひかけず。えせじ」と言ひければ、「さは、その乳母を知らせよ」と言ひければ、「それはさも申てむ」とて知らせてけり。さて、いみじく語らひて、金百両取らせなどして、「この姫君を盗ませよ」と責め言ひければ、さるべき契にや有けむ、盗ませてけり。

やがて、乳母うち具して、常陸へ急ぎ下りにけり。……（上の二〇）

「知らせてけり」の文は、会話を含む一場面の長い描写であり、その纏めに「てけり」があり、「さて」を介し「盗ませてけり」の文に繋ぎ、「やがて」を介し次段落の「下りにけり」に繋いでいる。「てけり」を含む文は、各々が独立性のある一場面と解される。

このように見ると、終局部に「にけり」を用いた例1・2・4と、展開部の一場面を纏めた「にけり」の例13・14・15・16は、内容の纏まりを作る点で連続的と言える。前節で検討した係り結び・連体形終止文には、このような長文の一場面を纏める用法は認められない。それに対し、「にけり」が特に段落末尾や終局部に用例が多いのは、内容を纏める機能があることを示唆している。「にけり」に含まれる「ぬ」について鈴木泰（一九九九）西田隆政（一九九九）が文章機能を検討し、場面起こし、場面閉じの機能を指摘している。これと枠づけの機能を持つ「けり」が合わさり、文章の枠を作る機能が生じる。また、拙稿（二〇一二）で、『今昔物語集』では事件の終結を意味する慣用句「止みにけり」が多いことを述べたが、『古本説話集』でも第五話（終局部）と第六五話（展開部段落末尾）に例がある。「止みにけり」を始め段落末尾や終局部で「にけり」が多いのは、内容を纏める終結機能を発揮しやすい「にけり」の特徴に関わると考えられよう。

六　まとめ

本章では、『古本説話集』の「けり」のテクスト機能について分析した。その結果、展開部に文中の「ける」「けれ」を多く含む説話が多いが、終局部の文末には、文章の流れを切る係り結び・連体形終止文や、文章を纏める機能を持つ「にけり」「てけり」などを用い枠構造を作る傾向が特徴的に認められた。この傾向は、『宇治拾遺物語』や『今昔物語集』本朝世俗部と近いものである。

文章の切れ目を作る諸形式の中でも、特に「にけり」が『今昔物語集』や『宇治拾遺物語』と同様に多くの例が見られたことは注目される。場面や話を纏めつつ終結させる特徴を持つ表現として、「にけり」が重要な表現であることがわかる。

本章で指摘した「けり」「にけり」「てけり」などのテクスト機能について、さらに中古・中世の物語・説話の諸作品の用法を広く探っていく必要がある。また、文末に用いられるアスペクト表現である「ぬ」「つ」や「たり」「り」がどのようなテクスト機能を持っているのかについて考えることも、今後の重要な課題である。

注

（1）拙稿（二〇一二）で指摘している。

（2）拙稿（二〇一一）および拙稿（二〇一二）で指摘している。

（3）小松英雄（二〇〇二）は、接続詞が未発達の時代において係り結びは「ココデ切ルヨと予告してディスコースの途中に断続を作り、その展開にメリハリをつける」とし、「係助詞ゾが、ヒトマズ、ココデ切ルヨ、という予告であるのに対して、係助詞ナムの機能は、ココデ大キククキルヨ、という予告である。したがって、そのあとは、話題が転換するか、短い補足がそれに続くか、さもなければ、そこでディスコースが途切れている。」とする。ただし、ゾとナムの切る度合いの差は、本作品で明確には読み取れなかった。

参考文献

小松英雄（二〇〇二）『日本語の歴史　青信号はなぜアオなのか』（笠間書院）
鈴木　泰（一九九九）『改訂版　古代日本語動詞のテンス・アスペクト―源氏物語の分析―』（ひつじ書房）
西田隆政（一九九九）「源氏物語における助動詞「ぬ」の文末用法―場面起こしと場面閉じをめぐって―」（『文学史研究』40）

藤井俊博（二〇一〇）「今昔物語集の「けり」のテクスト機能―冒頭段落における文体的変異について―」（『古典語研究の焦点』武蔵野書院）
藤井俊博（二〇一一）「今昔物語集の「けり」のテクスト機能（続）―終結機能を中心に―」（『国語国文』80-10）
藤井俊博（二〇一二）「宇治拾遺物語の「けり」のテクスト機能―今昔物語集・古事談との比較―」（『同志社国文学』76）

第六章　発心集の「けり」のテクスト機能

――係り結びの使い分け――

一　はじめに

阪倉篤義（一九五六）が指摘したように、助動詞「けり」は、物語の始発部や終局部に用いられ物語の文章を枠づけるテクスト機能をもっている。筆者は、拙稿（二〇一一）（二〇一二）（二〇一三）で、この点に注目し、『今昔物語集』『宇治拾遺物語』『古本説話集』などの説話集の文章を通して「けり」のテクスト機能を検討してきた（本書第二章・第四章・第五章を参照）。これにより「けり」の枠づけ機能はこれらの説話集に広く認められるが、具体的には終止形の「けり」とともに、「にけり」や係り結びによる「ける」など、「けり」のバリエーションとなる用法を運用し、文章に区切りをつける表現を作っていることが明らかになってきた。具体的には、終止形の「けり」は冒頭第一文に用い始発機能を発揮するのに対して、「にけり」は段落の末尾や事件の終局部に多く用いられる場合が多いこと、また、係り結びによる「ける」が冒頭部や終局部・評語部に多く用いられ、枠づけに関与していることなどがこれらの説話集に見られる顕著な傾向と言えるものである。

本章では、これらの成果を受け、鎌倉時代の仏教説話集である『発心集』を取り上げ検討する。『発心集』は、事件の本体と話末評語の組み合わせによる文章構造を持つ点に特徴があり、全102話のうちの92話に長短様々な話末評語が付されている。このような文章構造では、説話本体と話末評語の区切りをつける表現が必要とされ、説話の纏まりを作る「けり」の用法が重要となる。特に終結機能の形式は、筆者がこれまで扱った『今昔物語集』『宇治拾遺物語』『古本説話集』では「にけり」が主たる表現形式であるのに対して、『発心集』では、係り結びの「ぞ〜ける」「なむ〜ける」の表現が多く用いられるため、係り結びのテクスト機能を見る好適の作品であると言える。そこで本章では、係り結びの使い分けの面を中心に用法を検討したい。

方法としては、これまでの筆者の論考と同様に、文末の「けり」の話中での使用位置に着目し、とりわけ文章の区切りをつける段落末尾や終局部において「なむ〜ける」「ぞ〜ける」「にけり」などがどのように用いられているかを検討する。なお、『発心集』の成立過程は不明な点が多く、古写本の数も多くない。資料には、寛文十年（一六七〇）刊の平仮名交じり整版本八巻[1]を用いるが、流布本であるため鴨長明の原テキスト（建保四年〈一二一六〉）からの改変部分もあると思われる。そこで、異本とされる室町期書写の神宮文庫本（全62話）を必要に応じて参照し併せて考察する。本章では、これらの資料を鎌倉期以降に成立した文語の資料と位置づけた上で、『今昔物語集』などの平安期の作品に見出された用法が、どのように受け継がれているかという観点から考察をしたい。

二　「けり」の分布

まず、『発心集』の「けり」（本節では、終止形だけでなく全ての活用形を含む）が話中のどの位置に用いられているかという面から話型の傾向を見ておく。「けり」の分布の記述はこれまで筆者が用いた次の基準による。すなわち、一話を説話本体と評語部に大きく分け、さらに説話本体を冒頭部と展開部・終局部に分ける。具体的な事件の叙述部分が展開部でありその最終部分が終局部である。冒頭部は、主人公の出自・性質・事件に至るまでの行跡などを記した部分である。評語部は、展開部終了後の後日談、批評、教訓、解説、伝承の内容である。『発心集』では、評語部が長い話が多くあり、中には主題に関連した挿話的な説話を引用する場合もあるが、挿話的な説話は評語として扱うため用例に含めない。また、冒頭部は展開部と明確な区分がない話もある。右のような冒頭部の内容であっても、文が切れずに展開部に続く場合は展開部の例として扱う。

『発心集』の全話を対象に、文末の「けり」が展開部に用いられるかいなかによって大きく（一）〜（三）にわけ、右に示した使用位置によって話型を細分すると次のようになる。

（一）展開部に「けり」を用いないもの　総計　29話

A　冒頭部と評語部に用いるもの　0話

B　冒頭部と終局部に用いるもの　19話

C　冒頭部と終局部と評語部に用いるもの　3話

D　冒頭部にのみ用いるもの　2話

E　終局部にのみ用いるもの　3話

F　評語部にのみ用いるもの　1話

G　終局部と評語部に用いるもの　1話

（二）展開部に「けり」を用いるもの　総計　70話

H　冒頭部と展開部と評語部に用いるもの　2話

I　冒頭部と展開部と終局部に用いるもの　43話

J　冒頭部と展開部と終局部と評語部に用いるもの　18話

K　冒頭部と展開部に用いるもの　2話

L　展開部と終局部に用いるもの　2話
M　展開部と評語部に用いるもの　0話
N　展開部と終局部と評語部に用いるもの　3話
O　展開部にのみ用いるもの　0話

(三)　一話のうちに「けり」を用いないもの　総計　3話

展開部に「けり」を用いない(一)のタイプは約三割であるが、その中でも冒頭部と終局部に「けり」を用いる典型的な枠構造を作るBに集中しているのは、AとCが多い『今昔物語集』や『宇治拾遺物語』などと異なる傾向である。[2]これは、『発心集』の批評的傾向の強い評語部に「けり」が用いられにくい傾向があるためである。次に典型例としてBの例を挙げておく。なお、――線は文末の「けり」「ける」、……線は文中の「ける」「けれ」、〰〰線は文末で「けり」等を使わない部分に付した。

【冒頭部】近き比、近江の池田と云ふ所に、賤き男ありけり。おのが身は年たけて若き子をなむもちたりける。

【展開部】二人相具してなすべき事ありて、奥山に入りたりけるに、谷深く道嶮しくていと苦しかりければ、本の陰にやや久しく休み居たり。比は十月の末にやありけん、木枯すさまじく吹きて、木々の本の葉、雨の如く乱れたり。

父、これを見て云ふやう、「汝、此の本の葉の散るを見るや。是を静かに思ひつづくれば、我が身のありさまにいささかもかはらぬなり。其の故は、春はみるみると若葉さしそめたりと見し程に、やうやうしげりて、夏は皆盛に成りにき。八月ばかりより青き色、黄に改めて、後には紅深くこがれつつ今は少し風吹けばもろく散る。落ちてはつひに朽ちなんとす。我が身も又是におなじ。十歳ばかりの時、譬へば春の若葉なり。二三十にて盛なりし時は、夏の木ずゑ、かけしけりて心地よげなりし比に似たり。今六十にあまり、黒髪やや白く、皺たたみ、はだへ変り行く。即ち、秋の色づくに異ならず。未だ嵐に散らずと云ふばかり也。それ、又今日明日の事なるべし。かくあだなる身を知らず、世を過ぐさんとて、朝夕と云ふばかり苦しき目を見て、走りいとなむ事こそ、思へばよしなけれ。我は、今は家へも帰るまじ。法師になりてここに居て、此の木の葉の有様など思ひつづけつつ、のどかに念仏してをらんと思ふ。わ主は、年も未だわかし。末はるかなれば、とく帰りね」と云ふ。

此の男の云ふやう、「誠にたがはず、云はれたる所はのたまふやうなれど、庵一つもなし。田畠つくるべき便もなし。すべて雨風の苦しみ、けだ物の怖れ、一つとしてたへ忍ぶべき所にもあらず、いかにしてか、独は住み給はん。さらば、我も具し奉りて本の実をも拾ひ、水をも汲みて、いかにもなり給はむ様にこそはならめ、今齢盛なりと云へども、たとへば、夏の木の葉にこそ侍るなれ。つひに紅葉して散らん事、疑ひなし。いかに況や、木の葉は色づきてこそ散るなれ。人は若くて死ぬるためし多かり。やや木の葉よりもあだなりと云ひつべし。さらに古郷へ帰るべからず」と云ひければ、哀に思ひたり。「さらば、いとうれしき事」とて、人もかよはぬ深山の中に、ちひさき庵二つ結びて、それにひとりつつ朝夕念仏してぞ過ぐしける。

【評語部】むげに近き世の事なれば、皆人知りて侍りとなん。或人の云はく、「父已に往生しをはりぬ。息今に現存」と云々。（巻三ノ八）

冒頭段落で「ありけり」「なむもちたりける」、終局部で「ぞ過ぐしける」を枠に用いている。後述する冒頭部の「ありけり」「なむ〜ける」、終局部の「ぞ〜ける」で枠づけた典型例である。この始めと終わりの枠の内側には、文中に「ける」「けれ」をとる文があるが、いずれも文末は「たり」をとっている。さらにその内側には終止形の「云ふ」があるという構造である。文中用法よりも終止形や係り結び・連体形終止法などの文末用法が文章の枠づけにとっては重要である。単に「けり」を用いるというだけではなく、係り結びなどの強く切る文末表現が枠づけに関与するのである。

一方、展開部に文末の「けり」を用いる(二)の構造の話が多くを占めるが、この場合でも、展開部の段落末にのみ「けり」が用いられ、実質的に(一)の構造に近い例が多い。筆者の調査で(二)I・Jとした中で、右の例のように展開部の「けり」が段落末尾のみにあり、実質的に(一)のような枠構造の例に近い話は、Iの総数43話中27話、Jの総数18話中6話が見られた。次に、例の多いIから典型例を挙げておく。

【冒頭部】薬師寺に証空律師と云ふ僧ありけり。

【展開部】齢たけて後、司なんど辞して久しく成りにけるを、彼の寺の別当重く煩ひける時、律師弟子共に言ひける様、「今度一別当の闕に望み申さんと思ふはいかがあるべき」と、弟子どもにかたるに、同じさまに、「あるまじき事也。御年たけ給ひたり。つかさを辞し給へるに付けても、必ず覚す所あらんかしと、人も心にくく思ひ申したるを、今更さやうに望み申し給はば、思はずなる事にて、人も心おとりつかまつるべし」と、理を尽くしていみじういさめけれど、更に「げにも」と思へる気色なし。いかにもその心ざし深き事と見えければ、すべて力及ばず。弟子、寄り合ひて此の事を歎きつつ云ふ様、「此の上には、いかに聞こゆとも聞き入らるまじ。いざ、空夢を見て、身もだえ給ふばかり語り申さん」とぞ定めける。

日比へて後、静なる時、一人の弟子云ふやう「過ぎぬる夜、いと心得ぬ夢なん見え侍りつる。此の庭に、色々なる鬼のおそろしげなるあまた出来て、大きなる釜をぬり侍りつるを、あやしく覚えて問ひつれば、鬼の云はく、『此の坊主の律師の料也』と答ふるとなん見えつる。何事にかは、深き罪もおはしまさむ。此の事心得ず侍る也」と語る。即ち驚き恐れんと思ふほどに、耳もとまでゑみまげて、「此の所望の叶ふべきにこそ。披露なせられそ」とて、拝みければ、すべて云ふはかりなくてやみにけり。

【評語部】智者なればこそ此の律師までものぼりけめ。年七十にて此の夢を悦びけん、いと心うき貪欲の深さな

りかし。かの無智の翁が独覚のさとりを得たりけんには、たとへもなくこそ。（巻三ノ九）

この例では、段落の途中には「気色なし」「及ばず」「語る」などの形容詞や動詞の終止形が用いられ、また、文中には「にける」「ける」「けれ」が用いられるが、段落末尾や終局部の文末には「ぞ～ける」「にけり」が用いられ、文章の切れ目が示されているのである。

右のような典型例が多く見られることから、『発心集』は、『宇治拾遺物語』や『古本説話集』などと比べ「けり」による枠づけの傾向が強く見られる作品であると評することができる。

三　冒頭部の様相

まず、冒頭部の様相を、冒頭第一文と冒頭段落末尾文の傾向を中心に述べる。適宜、『宇治拾遺物語』『古本説話集』と比較する。なお表にあげる項目は、種類が多い場合、「けり」を含む表現と、その他の使用率上位の表現のみをあげることにする。

冒頭第一文では、『発心集』では、第一節で典型例に挙げたような人物の存在提示文の「ありけり」62例だけで六割をしめており、冒頭文の類型になっている（神宮文庫本でも62話中40話冒頭文に「ありけり」が見られる）。その他「動詞けり」が10例あり、合わせて72話（70・5%）が見られる。これは、『古本説話集』28話で総話数70話の40%、『宇治拾遺物語』116話で総話数197話の59%に比べても、例が多い。その他、冒頭第一文では

（表1）冒頭第一文

表現	例数
ありけり	62
動詞けり	10
あり	9
名詞なり	7
動詞終止形	5
にけり	2
き	2
たりけり	1
なむ～ける	1
ぞ～ける	1
ぬ	1
形動終止形	1
合計	102

(表2)　冒頭段落末尾

動詞けり	10
なむ～ける	9
ぞ～ける	4
ず	4
なむ～たりける	3
名詞なり	3
にけり	3
その他	10
合計	46

「あり」「名詞なり」「動詞終止形」を始め終止形の文末が一般的で、係り結びの「なむ～ける」「ぞ～ける」は例外的である。典型例に「ありけり」を用いた例を前節に挙げたので、次に「動詞けり」の例を挙げておく。

【例1】或る聖、船に乗りて近江の水うみを過ける程に、網船に大きなる鯉をとりて、もて行きけるが、いまだ生きてふためきけるを哀れみて、著たりける小袖をぬぎて、買ひとりて放ちけり。（巻八ノ一三）

冒頭段落末尾とは、冒頭段落が二文以上にわたり、展開部と境目を作る場合である。『今昔物語集』などでは冒頭段落を区切る意識が強いが、『発心集』では展開部と融合する場合も多いためか、筆者の観察では46話にとどまった。その中で、「けり（終止形）」が10例で最も多く見られるが、その他、典型例に示した「なむ～ける」の9例の他、「なむ～たりける」3例など「なむ」の係り結びが多く見られる。これに対して、「ぞ」は、「ぞ～ける」4例に止まり、終局部に多い「にけり」も3例に止まる。

後述のように、展開部の段落末尾や終局部においては少ない「なむ～ける」が冒頭部の段落末尾には比較的多いことは、「ぞ～ける」に比べて文章を断止する力が相対的に弱く、この形式が文章の途中で軽く纏まりをつける機能を担っていることを示すと考えられる。次の例は、「ぞ～ける」を冒頭段落末尾に用いた例であるが、その前には「なむ～ける」が用いられており、相対的に小さい切れ目で使用している点が窺える。

【例2】永観律師と云ふ人ありけり。年比念仏の心ざし深く、名利を思はず世を捨てたるが如くなりけれど、さすがに君にもつかまつり、知れる人をわすれざりければ、殊更ふかき山を求むる事もなかりけり。東山禅林寺と云ふ処に籠居しつつ、人に物を貸してなむ日を送るはかり事にしける。借る時も返す時も、唯来る人の心にまかせて沙汰しければ、中々仏の物をとていささかも不法の事はせざりけり。いたくまづしきものの返さぬをば、前によびよせて物の程に従ひて、念仏を申させてぞあがはせける。

東大寺別当のあきたりけるに、白河院此の人を成し給ふ。……

（巻二ノ二）

神宮文庫本でも、右の箇所は「永観律師年来念仏ノ志深クテ……借シテナン日ヲ送ル計リコトニシケル。……念仏申サセテゾアガセケル」とある。なお、神宮文庫本と寛文本とが対応する「なむ～ける」は右を含め3例のみであるが、神宮文庫本に見える「なむ」16例の使用箇所から見ると、冒頭部6例、展開部6例、終局部4例で、終局部より冒頭部や展開部に多い傾向が確認され、流布本の使用傾向と一致していることがわかる。

四　展開部の様相

次に、展開部の「けり」使用の実態について、段落冒頭、途中、段落末尾、終局部の順に特徴を述べていく。

展開部の段落冒頭は、前節で見た冒頭段落に続く展開部の冒頭段落の場合と、展開部途中に切れ目があり、それに続く新たな段落の冒頭の場合がある。これに該当するのは総計214例である。動詞終止形58例が多く、「ぬ」20例「ず」16例「動詞けり」16例「あり」13例「ありけり」12例などの終止形による表現が多い。一方、係り結びは、「ぞ～ける」4例「ぞ～たりける」3例、「なむ～ける」5例など少数である。次に「なむ～ける」の例を挙げておく。

（表3）展開部段落冒頭

動詞終止形	58
ぬ	20
ず	16
動詞けり	16
あり	13
ありけり	12
なし	9
つ	7
にけり	7
り	7
たりけり	6
なむ～ける	5
ぞ～ける	4
ぞ～たりける	3
たりける	1
その他	30
合計	214

【例3】中務の宮の文習ひける時も、

（表4）展開部途中

動詞	188
なし	46
ぬ	44
動詞けり	31
にけり	29
り	22
なむ～ける	18
名詞なり	15
ぞ～ける	14
つ	13
たりけり	10
たり	10
その他	157
合計	597

少し教へ奉りては、ひまひまに目をひさぎつつ、常に仏をぞ念じ奉りける。

有る時、彼の宮より馬をたまはらせたりければ、乗りて参りける道のあひだ、堂塔の類ひはいはず、いささか卒都婆一本ある処には、必ず馬より下りて恭敬礼拝し、又、草の見ゆる処ごとに、馬の食みとまるに心に任せつつ、こなたかなたへ行く程に、日たけて、朝に家を出る人、未申の時までになむ成りにける。……　（巻二ノ三）

右の例は、段落末尾で「ぞ～ける」を用い、次段落の冒頭文を「なむ～ける」で始めた場合である。

展開部の途中は総計597例であるが、典型例に示した動詞終止形が188例と多く見られ、「けり」の枠で囲まれた展開部分には動詞終止形が基本的な表現として用いられる。以下、「なし」「ぬ」「動詞けり」「にけり」「り」など終止形の用法が上位を占めている。

係り結びでは「なむ～ける」18例「ぞ～ける」14例で、やや「なむ」が多いが、次のように終局部の直前の位置で「なむ」を用いている例がある。

【例4】「そのていの事にあらず」とて、事のいはれをよくよく云ひきかせければ、「しからば畏まり侍り」とて、此田を、二人もちたりける子に分けとらせてなん、食物をば沙汰せさせける。

かくて猿沢の池のかたはらに一肌なる庵結びて、いとど他念なく念仏して居たりければ、本意の如く臨終正念にして、西に向ひて、掌を今わせて終りにけり。　（巻三ノ一）

【例5】妻子ありけれど、か程に思ひ立ちたる事なれば、留むるに　かひなし。空しく行きかくれぬる方を見や

りてなん、なき悲しみける。是を、時の人、「心ざしの至りあさからず、必ずまゐりぬらん」とぞおしはかりける。（巻三ノ四）

右の例では、「なむ～ける」が終局部の「にけり」「ぞ～ける」に近接する位置で用いている。同様の例が、巻四ノ一二・巻八ノ八にあり、「なむ～ける」→「にけり」「ぞ～ける」の順序が窺える。

展開部の段落末尾の総計156例中、係り結びは「ぞ～ける」16例「なむ～ける」8例を併せると総数24例で最も多い。次いで動詞終止形23例、「にけり」18例が続く。「にけり」の系統では、その他に「なむ～にける」2例「ぞ～にける」1例「にける」1例など、係り結び・連体形終止文が見られる。また、完了の「ぬ」がいわゆる場面閉じと言われる用法で見られ、完了の助動詞「り」「つ」などにもそれに準じる用例がある。「なし」「ず」など打ち消し系統の表現にも、場面の切れ目の例が見られる。

このように段落末尾の表現は多様であるが、「なむ～ける」「ぞ～にける」の例を、Iの話から補っておく。

【例6】主もいささか道心ある者にて、「事がらを心えず覚ゆれば申すばかりぞ。云はるる処も又理也。さらば静に居給へ」とて、事の心を問ひ、我が心ざしある様など云ひける程に、やがて此の僧得意に成りて、山の中の大離れたる所をきりはらひて、形の如くいほを結び住みそめたるになむありける。（段落末尾）

かくて貴くおこなひて年比に成りければ、近き程にて、福原入道此の聖の事を聞き給ひて「実に貴き人哉。事ざま見よ」とて、盛俊を使ひにて消息し給ひたりけり。……（巻二ノ六）

【例7】かくて、帰りなんとする時云ふやう「三月十

（表5）展開部段落末尾

動詞終止形	23
にけり	18
ぞ～ける	16
ぬ	14
なし	14
なむ～ける	8
ず	7
たり	4
り	4
つ	4
ぞ～たりける	3
その他	41
合計	156

（表6） 終局部

ぞ～ける	26
にけり	25
なむ～ける	9
けり	6
けるとぞ	4
たりけり	3
なむ～たりける	3
ぞ～たりける	2
その他	24
合計	102

八日に竹生嶋と云ふ処にて、仙人集まりて楽をする事侍るに、琵琶を引くべき 事の侍るが、え尋ね出し侍らぬなり。貸し給ひなんや」と云ふ。「安き事也。いづくへか奉るべき」と云へば、「ここにて給はらん」と云ひて、ともに去りぬ。琵琶を送りたりけれど、その時は人もなし。ただ木の本に置きてぞ帰りにける。（段落末尾）

さて、此の法師は三月十七日に竹生嶋へ詣でたりけるに、十八日暁の寝覚に、遥にえもいはれぬ楽の声きこゆ。雲にひびき風に 随ひて、よのつねの楽にも似ず覚えて目出たかりければ、涙こぼしつつ聞き居たる程に、やうやうちかくなりて、楽の声とどまりぬ。……（巻三ノ一一）

終局部では、係り結びが多く、「ぞ」の例が、典型例にあげた「ぞ～ける」の26例と、「ぞ～たりける」2例「ぞ～にける」1例を合わせた29例と最も多い。終局部では段落末尾の場合と同様に「ぞ」が優勢であるが、この点は次節で詳説する。また、「にけり」も25例と多い。室町期書写の神宮文庫本を参看すると、終局部の「にけり」の一致箇所が16例見られる他、流布本の「ける」「なむ～にける」に対応する箇所の「にけり」が各1例見られた。他の説話集で見たのと同様に、『発心集』でも「にけり」が終局部における特徴的な表現であることが確認できる。これらの「ぞ～ける」「にけり」の総計51例は全話の五割を占めていることから、長明の終局部における傾向を示す表現であると考えられよう。

このように、終局部では係り結びの例が多いことが注目される。『宇治拾遺物語』では終局部の係り結びの例（「ぞ」16例「なむ」8例、総計24例）は「にけり」43例の〇・五六倍であるが、『発心集』の総計42例は、「にけり」の総数25例の一・六八倍にも上る。

その他、「にけりとぞ」4例、「けるとぞ」4例、「となむ」2例、「けるとかや」1例、「けるとなむ」1例、「けりとなむ」1例など「と」を含む形式が多いのも特徴である。これらの「と」が続く場合の「ける」はすべて係助詞がない連体終止の用法であり、あたかも「と」のあとの「なむ」「ぞ」がその表現性を補完しているかのようである。このような点からも、「と」を含む表現や「ぞ」「なむ」などが終局部の目印になっていることが窺える。(3)

五　終局部における「ぞ」「なむ」の選択

以上の結果をもとに、文末表現を話の位置によって分類し、使用頻度順に掲出すると、次のようである。

冒頭部　(第一文)けり(ありけり)
　　　　(段落末尾)なむ〜ける・ぞ〜ける・にけり
展開部　(冒頭)動詞終止形・ぬ・けり・なむ〜ける・ぞ〜ける
　　　　(途中)動詞終止形・なむ〜ける・ぞ〜ける
　　　　(段落末尾)動詞終止形・にけり・ぞ〜ける・ぬ・なむ〜ける
　　　　(終局部)ぞ〜ける・にけり・なむ〜ける

「けり」による文末表現に絞ると、冒頭部では、
　「けり」(第一文)→「なむ〜ける」(冒頭段落末尾)
展開部では、
　「けり」(冒頭の書き出し)→「なむ〜ける」(段落の途中)→「ぞ〜ける」「にけり」(段落の末尾・終局部)
という傾向が窺える。このように、終止形の「けり」は説話の冒頭部や展開部の冒頭に用いられやすく、係り結び

の「なむ〜ける」は説話の冒頭部や、展開部の途中の叙述に多く用いられ、「ぞ〜ける」は、展開部の段落末尾や終局部に偏る傾向がある。叙述内容との対応から言うと、「なむ〜ける」は展開部を説明的に進める叙述に使用されやすいのに対して、「ぞ〜ける」は事件の終結部分に用いられやすいと捉えられるであろう。

また、『発心集』でも、『今昔物語集』『宇治拾遺物語』『古本説話集』などと同様に、「にけり」が冒頭部や展開部の段落末や終局部に用いられやすい傾向を窺うことができた。さらに『発心集』に特徴的に見られたのは、「にけり」以上に、係り結びの「ぞ〜ける」が終結機能を担う表現として用いられ、係り結びの「なむ〜ける」よりもより強いテクスト機能を担っているという傾向である。そこで次に、『発心集』の「ぞ」「なむ」の使用傾向について、『宇治拾遺物語』『古本説話集』と比較してみる。

総話数は『宇治拾遺物語』197話、『古本説話集』70話、『発心集』102話であるが、「ぞ」「なむ」による係り結びの総数を見ると、『宇治拾遺物語』164例（「ぞ」124例「なむ」40例）、『古本説話集』47例（「ぞ」33例「なむ」14例）、『発心集』170例（「ぞ」90例、「なむ」80例）で、『宇治拾遺物語』と『古本説話集』では一話に1例以下であるのに対し、『発心集』では係り結びが一話につき1・7例で、飛び抜けて使用が多い事が窺える。ただ、『発心集』の例数は、話末評語に多く含まれる挿話的内容の例数をも含む数であるので、次に評語部の例数を除いた「ぞ」「なむ」の使用数を比較してみる。

『宇治拾遺物語』では説話本体の「ぞ」「なむ」の総数は123例で、各語の使用比率は「ぞ」89例（72・4％）「なむ」34例（27・6％）で、「ぞ」が三倍近く用いられている。『古本説話集』でも、総数31例で、「ぞ」22例（71・0％）「なむ」9例（29・0％）が見られ、『宇治拾遺物語』とほぼ同じ比率の差である。これに対し、『発心集』では、総数144例で「ぞ」78例（54・2％）「なむ」66例（45・8％）と、「ぞ」と「なむ」の比率の差が小さいことが窺える。

さらに終局部に用いられた例を見ると、『宇治拾遺物語』では、全197話中「ぞ」16例（話数の8・1%）、「なむ」8例（同4・0%）が用いられる。『古本説話集』でも、終局部では「ぞ」5例（同7・1%）、「なむ」2例（同2・8%）で、各語が終局部に用いられる比率は少ない。これに対し、『発心集』では、終局部の用例は「ぞ」29例（同28・4%）、「なむ」13例（同12・8%）で、比率の少ない「なむ」でも『宇治拾遺物語』の「ぞ」よりは多く、「ぞ」にいたっては三分の一近くの説話に用いられていることが注目されよう。

このように、『宇治拾遺物語』『古本説話集』では、「なむ」より「ぞ」を多用しているが、終局部には「なむ」「ぞ」ともに例が少ない。一方、『発心集』では係り結びの使用量が多く「なむ」と「ぞ」の使用数に大差がなく、終局部には「ぞ」を中心に多く用いているという相違が見られる。

三作品のいずれでも「ぞ」の方が終局部で多く用いられるのは、文章構成の面から見ると興味深い。鎌倉時代の口語では、すでに係り結びが衰退しつつあったと考えられており、口語的とされる「なむ」は平安後期の物語の地の文ではすでに使用が後退している。『宇治拾遺物語』『古本説話集』では、全体に「ぞ」の比率がかなり高いのは、そのような新しい傾向の反映であると考えられる。とりわけ「なむ」による係り結びは、鎌倉時代の口頭語としてはほとんど消失していたと考えられている（北原保雄〈一九八二〉大野晋〈一九九三〉など）が、「ぞ」の係り結びは「なむ」よりは長く命脈を保ち、鎌倉期以降の『平家物語』（延慶本・覚一本）でも章段や段落の末尾に「ぞ〜ける」が夥しく用いられている。このように「ぞ〜ける」が物語叙述の中心であった時代に、終局部に「ぞ」を用い、それ以前の叙述に「なむ」を使用するという傾向があったとすれば、それは文語的文体の中で、意図的に「ぞ」「なむ」の意味・機能を活用したものと考えられる。

では『発心集』において「ぞ」「なむ」の意味をどのように捉え、文章構成に利用しているのであろうか。「ぞ」と「なむ」の用法の違いについて、大野晋（一九九三）は、平安時代の「なむ」は「礼儀のわきまえ」の気分を伴って聞き手に伝える語で、「なむ～ける」はそのような気分を伴う語りの形式であるのに対し、「ぞ」は「新情報・教示・断定として報知し強調する」語であるとした。大野の言う平安時代の語感を踏まえると、『発心集』では「なむ～ける」は聞き手に丁重な態度で物語を語り出す部分に用い、「ぞ～ける」は段落の末尾やクライマックス部分で使い強い調子で話し終える部分に用いていると説明できるであろう。

これをテクスト機能の面から見ると、『発心集』では、軽く文章を切る部分には「なむ～ける」が、大きく文章を切る部分には「ぞ～ける」が用いられやすい(4)。このように「ぞ」「なむ」の係り結びを文章中の位置によって使い分ける方法は、神宮文庫本において、より顕著に見られる。終局部の係り結びを比較すると、流布本では、神宮文庫本と一致する「ぞ～ける」15例の他、神宮文庫本の「ける」と対応する「ぞ～ける」3例、「けり」と対応する「ぞ～ける」1例など「ぞ～ける」の使用があり、同時に神宮文庫本の「なむ～けり」と対応する「なむ～ける」4例、「り」「てけり」「けり」「ぞ～ける」と対応する「なむ～ける」各1例など、「なむ～ける」を使用する例が見られる。これを神宮文庫本の側から整理すると、流布本と一致する箇所の「ぞ～ける」が15例、流布本の「ける」「なむ～ける」に対応する「ぞ～ける」が各2例・1例あるが、「なむ～ける」の例は見られない。つまり、流布本では独自箇所に「ぞ～ける」と「なむ～ける」ともに見られるが、神宮文庫本では係り結びの誤用である「なむ～けり」4例を除けば、終局部は「ぞ～ける」に限られるという顕著な傾向が見られるのである。このように神宮文庫本では、終局部に「ぞ～ける」を用いる傾向が顕著であることが窺えるであろう。

以上、『発心集』の文章構成では、冒頭文を「ありけり」で始め、冒頭段落末尾や展開部冒頭・展開部途中を「なむ～ける」の語りで展開し、展開部段落末尾や終局部で「ぞ～ける」によってまとめて終了する話型があることを指摘した。

六　まとめ

『発心集』の文章構成では、「けり」を含む係り結びが大きな役割を担っている。「なむ」と「ぞ」はテクスト機能を異にし、「なむ～ける」は冒頭段落末尾や段落途中で軽い切れ目を作るに過ぎないが、「ぞ～ける」には終局部で大きく文章をまとめる用法が見られた。『発心集』の話型をモデル化すると、典型例にも示したように、冒頭の「けり」と終局部の「ぞ～ける」「にけり」によって大きな枠を形成する話型を考えることができるであろう。

（あり）けり　（なむ～ける・ぬ）　ぞ～ける・にけり　＋評語

「ありけり」で始め、「なむ」を冒頭部や展開部に多く用い、「ぞ」を終局部に多く用いるという傾向は、室町期書写の異本である神宮文庫本においても確認できたことから考えると、右の型は原撰本の傾向を反映していると推定することも許されるであろう。[5] 係助詞「なむ」の使用は鎌倉期以降の説話集では衰退しやがて姿を消す。神宮文庫本では「なむ～けり」の誤用例が8例あり、正用の「なむ～ける」5例を上回っているのは「なむ」が鎌倉期以降に形式化しつつあったことの反映と思われる。このような誤用が長明によるものかは不明であるが、長明は文語化しつつあった係り結び「なむ」と「ぞ」の語法を使い分け説話を構成したものと推定される。

注

（1）底本として、高尾稔・長嶋正久編『発心集　本文・自立語索引』（清文堂）を用いた。ただし、踊り字は仮名に改めた。また、段落分けに関して三木紀人校注、新潮日本古典集成『方丈記・発心集』を参考にした。神宮文庫本は

『発心集〈異本〉』（古典文庫）による。

（2）Bの類は、『今昔物語集』では（一）520例中87例（16・7%）、『宇治拾遺物語』では（一）78話中14話（17・9%）に過ぎない。『発心集』では（一）29話中19話（65・5%）で枠構造が明確に現れている。

（3）『発心集』では「と」を評語に先行する終局部に用いている。この点、評語の後ろに「と」を付して話全体を括る構造の『今昔物語集』や『宇治拾遺物語』とは異なっている。『発心集』では、評語が説話本体から分離され、随想・評論・法語として独立化していることを示している。Bの型が多くなる理由である。

（4）小松英雄（二〇〇二）は、「ぞ」が小さな切れ目、「なむ」が大きな切れ目に用いる旨を述べるが、『発心集』では逆の結果が得られたことになる。

（5）伝本研究によると、流布本の巻一～六までが原撰本によるという柳瀬一雄説（『中世日本文学序説』萩原星文館一九四三）や、巻三までを初稿本とする木藤才蔵説（「発心集の成立」『文学』47-1　一九七九・一）がある。本章で示したように、巻三以前に典型例が多く現れていることからも、原撰本の傾向を受け継ぐと推測することは許されるであろう。流布本では、「なむ」を増補したり、その結びを「ける」で対応させるなどの改変を施した部分があると推定される。

参考文献

大野　晋（一九九三）『係り結びの研究』（岩波書店）
北原保雄（一九八二）「係り結びはなぜ消滅したか」（『国文学』二七-一六）
小松英雄（二〇〇二）『日本語の歴史　青信号はなぜアオなのか』（笠間書院）
阪倉篤義（一九五六）「竹取物語における「文体」の問題」（『国語国文』25-11）
鈴木　泰（一九九九）『改訂版　古代日本語動詞のテンス・アスペクト―源氏物語の分析―』（ひつじ書房）
西田隆政（一九九九）「源氏物語における助動詞「ぬ」の文末用法―場面起こしと場面閉じをめぐって―」（『文学史研究』40）
藤井俊博（二〇一一）「今昔物語集の「けり」のテクスト機能（続）―終結機能を中心に―」（『国語国文』80-10）

藤井俊博（二〇一二）「宇治拾遺物語の「けり」のテクスト機能―今昔物語集・古事談との比較―」（『同志社国文学』76）

藤井俊博（二〇一三）「古本説話集の「けり」のテクスト機能―「にけり」「係り結び」の終結機能―」（『同志社国文学』78）

第七章　沙石集の「けり」のテクスト機能

――枠づけ表現の多様化――

一　問題の所在

筆者は、これまで『今昔物語集』『宇治拾遺物語』『古本説話集』『発心集』などの説話を対象として、「けり」が文章構成上いかなる機能を持っているかについて検討してきた[1]。院政期から鎌倉初期にかけて成立したこれらの説話集では、説話の多くに話末評語が付されている。話末評語は、後日談・解説・批評・教訓・伝承などの内容であり、一説話は「説話本体＋話末評語」の構造を持っている。これらは、説話そのものの類聚を目的とした説話集であるため、説話本体が主であり、話末評語はあくまで補足的なものである。本体である説話は一つの文章として内容の完結性を持ち、冒頭や結末の部分には、説話の始まりや終わりを印象づける慣用的な表現が用いられる。現代のような形式的な段落分けがないため、説話本体と話末評語は言語表現そのものによって区分する必要があり、特に文末表現が重要な働きを持つ。筆者はこの観点から、説話の冒頭部や展開部の切れ目、あるいは説話の終局部の表現に用いられる「けり」の運用の実態に焦点を当てて検討してきた。これまでに明らかにしたように、その代表的な表現形式が冒頭の「ありけり」や終局部の「にけり」「ぞ～ける」「なむ～ける」などの表現である。これらは終止形の「けり」に比べて強調的な表現形式であり、読み手に強く訴えかける表現である。このように冒頭文と終局部に「けり」を運用した枠づけを行う点に各説話集の特徴が窺えた。

本章では、鎌倉期成立の『沙石集』を対象として取り上げ、「けり」のテクスト機能がいかなる様相を見せるかを調査・考察することにする。『沙石集』はこれまで対象としてきた説話とは大きく様相を異にしている。それは、従来の説話集が説話本体の提示を目的としており、話末評語が従属的に添えられたものであるのに対して、本作品は、撰者の無住の仏教的な思想を表出する教説部分が中心であって、説話はそれに包摂される従属的な要素と見なせる性質を持っている点である。本書の説話の提示の仕方は複雑で、説話は無住の教説を証明するための材料として位置づけられる。『沙石集』の説話は、教説部分に先行して各章段の冒頭に提示されるものが多いが、章段後半の教説部分に挿入される説話もある。長さは概して短小なものが多く、また、教説部分の一部として提示されているため独立性が弱いものも多い。このような叙述方法のために、説話の文章を構成する「けり」の用法の面でも『今昔物語集』や『宇治拾遺物語』などとは異なった叙述方法が見られると予測される。

全一〇巻（ただし巻五と一〇は本末の二巻に分かれるため、都合十二巻である）からなる本作は、各巻が章段に分けられ、総計131の章段からなっている。各章段は説話部分と教説部分とからなるが、両者の関係は複雑である。おおむねは各章段の冒頭部にその章段の主題に関わる代表的な説話が示される（以下、「冒頭説話」と称する）。それに続く教説部分においても、関連する説話（以下、「教説説話」と称する）が随時挿入される。[2] 教説説話には、冒頭説話と並列的に提示されるものと、教説の途中で随時示されるものとがある。前者の冒頭説話と並列的に提示されたものは、冒頭説話として扱うことも考えられるが、形式的に冒頭説話以降に現れ、冒頭説話と別の話と見なせるものはすべて教説説話とする。後者の教説説話の中で提示されるものも、冒頭説話と同様、事件の展開があり比較的長文のものを教説説話とし、短小なものは教説部の一部として第五節において教説部の中で扱う。冒頭説話と教説説話は形式的に出現順序で分けたものであって、いずれも説話としての評価は基本的に対等である。さらに、冒頭説話と教説説話の内容についての解説や批評と見なせるものを評語部とし、説話を離れて一般的な思想を述べる教説部と区別する。

以上述べたように、本章では、説話の章段を大きく説話と教説とに分け、説話を冒頭説話と教説説話に分ける。冒頭説話以降に現れる説話的な部分は、教説説話として扱う。説話に関わる後日談・解説・批評・教訓・伝承の部分を評語部とし、一般的な思想を述べた箇所を教説部とした。これにより、一つの章段を次の四つの部分からなるものと考えて考察していく。

○冒頭説話＝章段の冒頭に現れ、もっとも主題に関わる中心的な説話

○教説説話＝冒頭説話と並列的に現れた説話や教説に関わる挿話的な説話

○評語部＝冒頭説話・教説説話に関わる後日談・解説・批評・教訓・伝承、等の評語

○教説部＝説話を踏まえて無住の思想を述べた教説

なお、冒頭説話は章段の冒頭に見られない場合も一部見られる。全集の解説によると、当初は五巻本として完結したため巻五末の文章は序文に対応した内容であるとされるが、筆者の調査においても、巻五末ノ六などは説話と評価できず、分析ができない。この他、章段の冒頭には説話が来ないものとして、巻五末ノ六、巻六ノ一二、巻八ノ六、巻一〇本ノ三、巻一〇末ノ一三があり、これらの冒頭部分は教説部として扱った。このような説話を含まない章段が存することは、本作が説話集であるとともに、教説（法語）のための作品であるという印象を強く与えている。これを除き、各章段から抽出した冒頭説話126話と、教説説話として抽出した133話の説話とともに考察する。

なお、『沙石集』の諸本は古本系と流布本系に分けられる。本章で扱うテキストには、米沢図書館蔵本を底本とする小学館新編日本古典文学全集本の『沙石集』を用いる。米沢本は古本系の第一類十二帖本に属し、巻五と巻一〇は本末の二冊に分かれており、十二帖本系統唯一の完本である。章段の区切りや形式段落の設定は、全集の見出

し・段落分けを参考にする。

二　沙石集の文章構造の分析方法

『沙石集』の文章構成は複雑であるため、説話の認定には注意を要する。次に冒頭説話に評語が続き、さらに教説部分に教説説話と教説部を含んでいる典型例の章段を挙げ、分析方法を確認しておく。

○「蛇を害して頓死したる事」（巻九ノ五）

〔一〕蛇を射殺

【冒頭説話】

下州に、ある俗、路の傍らに大きなる木のうつほより、大蛇の、頭をさし出したるを見て、「何を見るぞ。憎き物かな」とて、頸を強く、征矢にて木に射付けたりけり。さて打ち捨てて行く程に、大きなる沼のほとりを打ちめぐりて行くに、水の上に泳ぐ物あり。見れば大蛇の一丈ばかりなるが、頸に矢立ちながら、水を泳ぎて来りけり。また待ち受けて射殺しつ。

さて、家へ返りも果てず、やがて物狂はしくて、種々の事ども云ひて、頓死しにけり。

【評語部】

詮無き事して、今生も滅亡し、来生も苦果をこそ受くらめ。此はたしかに、人の名も、所の名も承りし事なり。近きほどの勝事なり。何の社とかやの神にてなんおはしけるとぞ、沙汰し侍りし。

〔二〕串刺しの蛇

【教説説話】

同国に、ある沼にて魚を取る者あり。岸の下の穴の中より、魚多く出たり。いくらと云ふ数を知らず。よくよく是を入りて見れば、小さき瓶子の中より、魚を出づ。不思議の思ひをなす程に、果てに瓶子の中より、小蛇の一尺ばかりなる、一つ出たり。これを取りて、串に刺して、道の傍らに立てぬ。

家に返りて、魚をさばくりける処に、串に刺しながら蛇来れり。やがて打ち殺しつ。殺せばまた来り、先に殺されたるもありながら重ねて来り（きたれ）。いくらとも数を知らず。果ては、身の毛いよ立ちて心地わびしくて、やがて病狂ひて死（しに）にけり。

【評語部】

詮無き事は、いかにもすまじき物なり。かやうの僻事、即ち報ふことのなきをもて、人、因果を信ぜざるは愚かなり。

〔三〕現報・生報・後報

【教説部】

業を造りて果を感ずるに、三の様あり。一には、現報と云ふは、やがてこの生に報ふ。先の蛇の如し。二に、生報と云ふは、次の生に感ず。三に後報と云ふは、三生四生、乃至無量の生を経ても、朽ちずして感ず。あまりにも重き業なんどは、やがて感ず。軽きは久しくして感ずるなり。人の思ひも、切に悩ますも、深きはやがて今生に感じ、代々の霊となるなり。恐るべきをや。

右には全集の〔　〕による節の区分と題目を示しておいた。節内の形式段落の区分も原則的には踏襲している。ただし、筆者が終局部と判定した文に続く内容が形式段落の末尾に続く場合に、その内容が後日談、解説、批評、教訓、伝承であれば評語部として扱う。この例で言うと、筆者の処理で評語部の一文目とした「詮無き事して、今生も滅亡し、来生も苦果をこそ受くらめ」は、全集では「頓死しにけり」に続く形式段落の末尾にある文である。

これは、語り手の批評の内容であるため、評語部として扱った。

右の例では、「蛇を害して頓死したる事」という題目に対応する説話が〔一〕冒頭説話に示され、それについての評語が付されている。〔二〕には同様の主題を持つ教説説話が並列的に続き、それについての評語が付される。これらをまとめる形で〔三〕に全体をまとめる形で教説部が付されているという文章構造である。〔一〕と〔二〕は対等の内容の並列であるが、〔二〕を教説説話とする。

ここで各部の文末表現に着目すると、冒頭説話の第一文が「たりけり」であり、終局部が「にけり」である。「けり」で始まり「にけり」で終わるという形式で、これまで『今昔物語集』『宇治拾遺物語』『古本説話集』などで多く見られた典型的な形式を用いている。教説説話でも「あり」で始まり「にけり」で終わっており、やはり、「あり」「にけり」の類型的な表現を用いている。これらは、表現の上で評語部との境に見られ、文末表現によって内容が区切られていることが窺える。このような文末形式がどのような広がりを持つかを見ることが本章の主たる目的である。

次に、教説説話に和歌を含む例を挙げておく。

○「夢の中の歌の事」（巻五末ノ三）

〔一〕飛梅

【冒頭説話】

安楽寺の飛梅を、ある武士、子細も知らずして、枝を折りたりけるその夜の夢に、けだかげなる上臈の、かの御殿の縁にて詠じ給ひける。

情けなく折る人つらし我が宿の主忘れぬ梅の立ち枝を

〔二〕粉河寺の児

【教説説話】

一、相知りたる人の子息の児、粉河の寺にて身まかりて後、かの母のもとに使ひける者の、夢に見けるは、清き河の流れたる辺りに、秋の草の花の、色々に咲き乱れて、よろづ物寂しく、おりなき景せる、草村の中に、かの児の声ばかりして、うちながめける。

別れ路の中に流るる涙河袖のみひちて逢ふよしもなし

【評語部】

かの児、歌も心得、よろづ器量の仁なりしが、思ひかけぬ事ありて亡せにき。母の嘆き、云ふばかりなかりける事、哀れなる由、かの母、語り侍りき。

〔三〕大宰大弐高遠

【教説説話】

一、太宰大弐高遠、身まかりて後、ある人の夢に、

ふる里へ行く人もがな告げやらむ知らぬ山路に一人迷ふ

【評語部】

昔も、夢の歌は申し伝へたり。

右の例では、冒頭説話の冒頭文に「ける連体形終止」を用い、終局部は和歌の引用で終わっている。さらに教説説話が二つ続きそれぞれに評語が付されている。〔一〕〔二〕〔三〕は並列しているが、扱いとしては、〔一〕を冒頭説話とし、〔二〕〔三〕を教説説話とする。この章段では教説部がないので、〔二〕〔三〕は教説というのは適当ではないが、冒頭説話以降の説話の形式上の扱いとして、教説説話として扱うことにする。

なお、一つ目の説話では「ける連体形終止」で始まり終局部は和歌で終わる。二つ目の説話では、「に、」の箇所

を冒頭文に扱った場合で、終局部が和歌になる例である。冒頭説話の「詠じ給ひける」教説部の「うちながめける」は、「詠じ給ひける（歌）」「うちながめける（歌）」ともとれそうであるが、次の例の「ぞ、云ひやりける」の係り結びの例や「帰りける。」の連体形終止のように「歌」を補う必要がない場合があるため、和歌の前の「ける」はこれらと同じ表現と考え、連体形終止の例として扱う（全集の解釈も同じ）。

○「人の感有る和歌の事」（巻五末ノ二）

〔四〕叡山の児

……山僧、この事を聞き、「我が山は、他寺の児をこそ取るべきに、寺法師に取られぬる事、口惜し」とて、三塔会合して、大衆憤りののしりて、先づこの師の行人を、大講堂の前に据ゑて、事の子細を問ふに、「児共の、里に久しく候ふ事、常の習ひと存ずるばかりなり。三井寺に候ふらん事、つやつや承り及ばず。先づ状を遣して見候はむ」とて、紙と硯を取り寄せてぞ、云ひやりける。

山のはに待つをば知らで月影のまことや三井の水にすむなる

寺法師、これを見て、感じて、別の子細に及ばず、山へ送りてけり。

〔七〕和泉式部、道命阿闍梨を誘う

和泉式部は、好色の美人なりけるが、道命阿闍梨、貴き聞こえ有りて、法輪寺の辺りに、庵室して、如法に行じけるを、夜ひそかに行きて、堕とさむとて、戸を叩きけれども、心得て、音せざりければ、かく云ひかけて帰りける。

寂莫の苔の岩戸をたたけども無人声にて人も音せず

『沙石集』の説話は短小なものが多く、段落途中の切れ目に用いる「けり」の用法などを見ることは難しい。本章では、冒頭説話と教説説話の冒頭第一文と終局部の一文の文末表現に焦点を絞り、そこに含まれる「けり」表現の傾向を分析していきたい。また、冒頭説話が一文でなる場合もあるが、それらは、冒頭文と終局部が重なる場合であるから、終局部を扱う四節で別途検討することにする。

三　冒頭第一文の表現

まず、冒頭第一文の文末形式について検討する。一文で一話が構成される例は除く（次節参照）と、冒頭説話では119話、教説説話では125話が対象となる。なお、教説説話では「に、」「て、」「名詞、」などのように「、」を付した形式を挙げている。これらは、厳密には文末ではないが、次に和歌などが続く場合に、後に検討する終局部において和歌を終局部とする場合があるため、ここで便宜的に文末扱いにしたものである。二節に挙げた巻五末の教説説話においては、この用法が多く見られ、冒頭第一文が和歌の引用で終わる型が多く見られる。

次に用例数の多いものの順にすべての例を挙げて、検討する。

【冒頭説話】

「ありけり（37）」「けり（13）」「き（10）」「あり（9）」「動詞終止形（7）」「ける連体形終止（7）（「こそ」を受ける例を1例含む）」「ぬ（5）」「てけり（4）」「たりけり（4）」「ず（4）」「る・らる（3）」「たり（2）」「ぞ～ける（2）」「り（2）」「に、」（1）「たりき（1）」「にや（1）」「なり（1）」「形容詞終止形（1）」「つ（1）」「おり（1）」「はべり（1）」

【教説説話】

「に、（20）」「ありけり（16）」「ける連体形終止（12）」「けり（12）」「あり（11）」「動詞終止形（8）」「名詞、（8）」「て、（6）」「なり（5）」「ぬ（5）」「てけり（3）」「形容詞終止形なし（2）」「にて、（2）」「られけり

（2）」「ず（2）」「つ（1）」「とて、（1）」「にや（1）」「たりけり（1）」「を、（1）」「とて、（1）」「ば、（1）」「にけり（1）」「き連体形（1）」「はべり（1）」「なりけり（1）」「き（1）」「たり（1）」

冒頭説話においては、「けり」が全体として優勢で、とりわけ「ありけり」が多い。これは他の説話集と共通する傾向である。

〇鎮西に、浄土宗の学生なる俗ありけり。（巻一ノ一〇）〔一〕

〇白河院の御時、天下、殺生禁断せられて、自ら犯す者あれば、重科に当たりける比、ある山寺の僧、母の年たけて、世間貧しくして、物も食はず煩ひけるが、魚なんどなき外は、すべて物も食はぬ癖ありけり。（巻七ノ八）〔二〕

第一例のような人物提示用法が大半であるが、第二例のような事柄提示の用法が含まれる（他2例）。

一方で、他の説話集と異なる傾向がいくつか指摘できる。

まず、「けり」とともに「き」の使用がかなり認められる点が注目される。「き連体形」の「し」も見られるが、これは鎌倉期の連体形終止法の一般化による用例である。

〇和州の三輪の上人、常観房と申ししは、慈悲ある人にて、密宗を旨として、結縁の為に普く真言を人に授けらるる聞こえありき。（巻一ノ四）〔一〕

〇先年、和州片岡の、達磨の御廟に参籠して侍りしに、昔の飢人の事も、まして宗風など云ふ事も、知らぬ類も、達磨と云ふ御名を申し伝へたる事、思ひ続けられて、今の代に、禅門の盛りなるも、御方便ぞかし、と思ひ寄られ侍りしかば、拝殿の柱に書き付け侍りし。（巻五末ノ七）〔四〕

次に、冒頭第一文で「ける」を連体形終止や係り結びで用いる例が特徴としてあげられる。『今昔物語集』や『宇治拾遺物語』などでは、係り結びや連体形終止は冒頭の一文目には通常用いられない。しかし、『沙石集』においては、次のような「ぞ〜ける」の係り結びや「ける連体形終止」の例が多く見られる。

○下州にある僧、鎌倉にて馬を買ふに、片目つぶれたる馬を買ひてけるを、「いかに、片輪物をば買ひ給へる」と人云へば、「いさ、あなたの面をば見たらばこそ」と云ひける。（巻八ノ二）〔四〕

○去文永年中に、炎干、日久くして、国に飢饉夥しく聞こえし中にも、美濃・尾張、殊に餓死せしかば、多く他国へぞ落ち行きける。（巻七ノ九）〔一〕

係り結びの「ぞ〜ける」よりも、連体形終止文の方が多く見られる。これは係り結びの崩壊と連体形終止文の一般化の流れに対応する傾向と考えられるが、『沙石集』では前節に示したような巻五の和歌説話の冒頭文に偏っており、和歌の引用に見られる慣用的な表現であると言える。係り結びや連体形終止は、語り手の読者への解説・強調の心的態度を表すものであり、『沙石集』では冒頭から語りの姿勢が現れている。これは全体が撰者の教説を伝えようとする解説的な文章になっていることにも関わるであろう。説話が教説の一部であることは、説話そのものが中心として編まれる傾向の強い鎌倉初期までの説話集との違いである。教説部分との関わりについては、五節で述べる。

さらに、「てけり」「にけり」など、『今昔物語集』や『宇治拾遺物語』などでは通常冒頭第一文には用いられない要素がある。『今昔物語集』などでは冒頭段落の末尾などに用いる例はあるが、『沙石集』は短小な説話であるために、人物紹介などを簡略化し、いきなり動作を描く傾向が強いために冒頭文に用いられるのであろう。

○また、尾張国熱田の社頭に、若き下手男、今年十一月十五日、俄に両目ともに盲てけり。（巻二ノ二）〔二〕

○家隆の子息の禅師隆尊、坂東ここかしこ修行して、ある地頭の家の前栽の桜の花を、一枝折りて逃げけるを、主見つけて、「あの法師捕へよ」と、ことごとしく、ののしりければ、冠者原押へて搦めてけり。（巻五末ノ二）〔一〕

○一、和泉式部、稲荷に詣でけるに、田中の明神の辺にて、時雨しければ、せむ方なくて、田刈りける童の、あをと云ふものを借りて、うちかづきて参りにけり。（巻五末ノ二）〔四七〕

以上見たように、「ありけり」のように、これまで見た四作品に説話集と同傾向が見られる一方で、「ける連体形終止」や係り結び、「にけり」「てけり」の使用など、これまで見た説話集とは異なる傾向が見られた。

四　終局部の表現

次に、終局部の表現について検討する。冒頭説話と教説説話に分け用例の多い順で示す。

【冒頭説話】

「けり（19）」「ぞ〜ける（18）」「ける連体形終止（16）」「にけり（11）」「ぬ（6）」「動詞終止形（6）」「てけり（6）」「き（4）」「和歌（4）」「こそ〜已然形（3）」「ず（3）」「なり（3）」「り（2）」「とこそ（2）」「たりけり（2）」「ぞ〜連体形（2）」「とぞ（1）」「にける連体形終止（1）」「ざりけり（1）」「ぞ〜し（1）」「し連体形終止（1）」「にき（1）」「ごとし（1）」「となん（1）」「会話文（1）」

【教説説話】

「和歌（35）」「にけり（17）」「けり（15）」「ける連体形終止（9）」「てけり（8）」「ぞ〜ける（8）」「ぬ（5）」「り（3）」「たり（3）」「ざりけり（3）」「動詞終止形（3）」「こそ〜けれ（2）」「となむ（2）」「き（2）」「し連体形（2）」「にき（2）」「けるとかや（2）」「けるとぞ（2）」「なりけり（1）」「と〈会話引用〉（1）」「にけりとぞ（1）」「つ（1）」「ず（1）」「ぞ〜連体形（1）」

教説説話で「和歌」が最も多いのは、冒頭文に「に、」「て、」「にて、」「を、」「ば、」など助詞の例が多いことと対応している。これは、和歌説話の特徴であるから措くとして、終局部においても、他の説話集と一致する特徴と『沙石集』独自の特徴が見られる。次に特徴となる要点を指摘する。

まず、「ぞ～ける」「ける連体形終止」など係り結びなどの強調的表現が多いのは、鎌倉初期までの説話集の傾向と一致する点である。しかし、傾向が異なる点も見られる。必ずしも強調的ではない終止形の「けり」が終局部において最も多く見られる点である。

○神官どもも制しかねて、「大明神をおろし参らせて御託宣を仰ぐべし」とて、御神楽参らせて、諸人同心に祈念しけるに、一の禰宜に託して、「我天よりこの国へ飛る事は、万人をはぐくみ、助けんためなり。折による、忌むまじきぞ」と仰せられければ、諸人一同に音をあげて、随喜渇仰の涙を流しけり。（巻一ノ四）〔六〕

○「さては力無き事」と云ふ仰せにて、異類ども去りぬと見て、この僧、彼の住山の者の許に行きて、「かかる事をなむ、親り見侍りつる」と語りければ、「山王の、さやうに思し食す御事の恭なさよ」とて、本国へ下る事、思ひ止どまりて、永く住山しけり。（巻五本ノ二）〔一〕

終止形の「けり」は強調的ではない終止法であり、次の「ぬ」「き」と同じく終結機能の点では弱い用法である。「ぬ」の使用は、「けり」とともに強調的ではない終止法として本作に特徴的である。評語部が続く例を挙げる。

○この入道、妻に遅れて三年になりけるが、この地蔵に参りて、仏の御許ひに任せて契りを結ばんとて、妻もせざりけるが、地蔵堂へ参る道にてかかる事のありければ、子細にも及ばず、やがて馬に打ち乗せて帰りぬ。

田舎に所領なんど持ちて、貧しからぬ武士入道なりけり。（評語部）　（巻二ノ五）〔六〕

○その霊とて、いく程なくて、かの北の方病付きて、身ふくれ、苦病して失せ給ひぬ。

代々その霊絶えぬとぞ承る。慥に誰とも承りをかず。間近き人の御事にや。（評語部）　（巻九ノ六）〔一〕

「ぬ」は展開部での場面閉じの用法が[3]『今昔物語集』や『宇治拾遺物語』などでの一般的な用い方であるが、『沙石集』では説話の末尾に多く用いている。右の例では、一話の終結を強く印象づけるというよりも、単に場面の完了として描き、評語部の後日談的な内容に繋げている。

「き」は終止形の他、係り結びと連体形終止の「し」の形でも終局部に用いられ、『沙石集』では「けり」とともに「き」の使用がかなり定着している。

○……善阿、『実に貴き御意楽なり』と随喜して、帰りて僧都に申しければ、『智者なれば愚かなる行業あらじ、と思ひつるにあはせて、いみじく思ひはからはれたり』とて随喜の涙を流されける」と、古き遁世の上人語り侍りき。（巻一ノ三）〔五〕

○使、「しかしか」といへば、「縄なつけそ。ただ具して来よ」とて、さまざまにもてなし、かしづきて、歌なむど学問しけるとぞ聞こえし。（五末ノ二）〔一〕

○……と付けて侍りしも、「太刀に鍔もよし」と申されて侍りし。（巻五末ノ二）〔三三〕

○如夢僧都は大井河の御幸に、三衣箱の底に、烏帽子を用意して、泉の大将が、烏帽子、嵐の水に吹き入れたりける時、取り出して高名したり、とこそ申し伝へ侍りし。（巻八ノ五）〔三〕

第三例の連体形終止文は、第一例第二例と同じく引用を受ける似た文脈であり、連体形終止の定着が窺える。また、第四例は後述する、説話が一文である場合の例であるが、「こそ〜し」となる係り結びの異例であり、係り結びの形骸化していることが窺える。[4]

「ぬ」「つ」と「けり」との複合した強調的な形式としては、「にけり」とともに「てけり」も多く用いる点が指摘できる。「てけり」は『宇治拾遺物語』や『古本説話集』などでも終局部に例が見られたが、[5]『沙石集』では特に多く見られる表現である。

○この山伏、方丈へ参りて、「御説戒を承り候へば、げにもかかる形、仏法に叶ひても覚え侍らず。いかが侍るべき」と、まめやかに打ち歎きて申しければ、「さらば侍者に成りて、当寺に居給へかし」と宣ひければ、「然るべく候ふ」とて、やがて遁世してけり。（巻六ノ六）〔一〕

○　さて、弟の執行、「僅かに一期の楽しみなる執行をだにも、浦山しく思ひて、打ち取らんとしき。物を羨まんに取りては、世を遁れ、臨終目出き程の浦山しき事やばあるべき」とて、兄の執行の子息に執行をば譲りて、また遁世してんげり。（巻一〇本ノ二）〔一〕

鎌倉初期頃までは、説話でも「ぞ〜ける」「なむ〜ける」の係り結びが多く用いられるが、本作では「ぞ〜ける」「なむ〜ける」が多いものの、「なむ」の例が見られない点[6]や、「こそ〜已然形」「こそ〜けれ」「とこそ」など「こそ」を用いる文末形式が多く用いられる点は新しい傾向として指摘できる。「こそ〜けれ」は、『宇治拾遺物語』でも終局部の例が見られた[7]が、本作では「こそ〜已然形」「とこそ」の形式など表現に多様性が見られる。

○寺僧の中に一人、新羅明神へ詣でて、通夜したりける夢に、明神、御戸を開きて、よに御心地よげに見え給ひければ、夢の中に思はずに覚えて、「『我が寺の仏法を守らむ』と誓ひあるに、かく失せ果てぬる事、いかばかり御歎きも深からんと思ひ給ふに、その御気色無き事、いかに」と申しければ、「誠にいかでか歎き思し食さざらむ。されども、この事によつて、真実の菩提心を発せる寺僧一人ある事の悦ばしきなり。堂・塔・仏・経は、財宝あらば作りぬべし。菩提心を発す人は、千万人の中にも有り難くこそ」と仰せられけると見て、かの僧も発心して侍りけりとこそ申し伝へけれ。（巻一ノ七）〔二〕

○この事をつくづくと思ひ続くるに、「設ひ本意遂げて、楽しみ栄へりとも、ただ暫くの夢なるべし。悦びありとも、また悲しみあるべし、由無し」と思ひ、返り上りて熊野にて行ひけるとこそ。（巻一ノ九）〔三〕

これらは、鎌倉期には「なむ」「ぞ」の係り結びが口語で衰退し、最終的に「こそ」が係助詞として命脈を保つという時代的な変遷を反映していると思われる。「こそ」については、次節で評語部や教説部に多いことを述べる。

なお、説話が一文からなる場合が、冒頭説話・教説説話ともに相当数見られる。[8] これらは、右の終局部の結果と別扱いにしたので、ここで確認しておく。

【冒頭説話】

「ぞ〜ける（3）」「けり（1）」「けるとかや（1）」「き（1）」

【教説説話】

「にけり（2）」「ぞ〜ける（1）」「ける連体形終止（1）」「けり（1）」「あり（1）」「こそ〜し（1）」

「り（1）」「動詞終止形（1）」

一文でない場合と同じく「にけり」「ぞ〜ける」などの形式とともに、「き・し」「けり」「り」「動詞終止形」「ける連体形終止」などの例が見られる。「ぞ〜ける」と「ける連体形終止」は、ともに一文の説話をまとめる終結機能が見られる点でも共通する。次に例の多い表現を挙げておく。

○「幼稚の童子の美言の事」（巻三ノ四）

〔一〕幼児の利口

南都にある上人、世間になりて後、子息少々ありける中に、殊にいとほしくする子、五歳の時、知人の上人両三人来りて、物語りしけるに、この子父が膝の上にゐたるを、「きやつは不覚人にて候ふ。これほどに成りて候ふ物の、都て父とは寝ずして、母とのみ臥せり候ふ」と云ひければ、この子返事に、「父は、我れをば母と寝ると云へども、父もまた母とは寝るは」とぞ云ひける。（終局部）

実にさもと覚えてをかしくぞ。（評語部）

○「嫉妬の心無き人の事」（巻九ノ一）

〔二〕大事の人

遠江国にも、ある人の妻、さられむとて、既に馬に乗りて打ち出でけるを、人の妻のさらるる時は、家の中の物、心に任せて取る習ひなれば、「何物にても取り給へ」と、夫申しける時、「殿ほどの大事の人を打ち捨て行く体の身の、何物か欲しかるべき」とて打ち笑みて、惚気もなく云ひけるに、気色まめやかに糸惜しく覚えて、やがてとどめて、死にの別れになりにけり。（終局部）

人に憎まるるも、思はるるも、先世の事と云ひながら、心ざまによるべし。（評語部）

このような一文で一話になる例が相当数見られることは、説話が教説の一部であることと関わっていると思われる。例えば、巻一ノ一の例は、「去し弘長季中に、太神宮へ詣で侍りしに、ある神官の語りしは、「（語り内容）」と云ひき」という枠を持つ一文説話である。この「（語り内容）」は、全集の区分で〔一〕第六天魔王との約束〔二〕天の磐戸〔三〕真言との関係〔四〕倹約の神慮〔五〕梵網戒〔六〕生死を忌むことの六節にわたる長大な内容であるが、〔一〕から〔六〕のまとまりをつける部分は、次の〔六〕の途中で用いられた「き」である。

○　当社に物を忌み給ふ事、余社に少しかはり侍り。産屋は生気と申して五十日忌む。また、死せるをも死気とて五十日忌ませ給ふ。その故は、死は生より来たる、生は死の始めなり。されば生死を共に忌むべしとなり、とこそ申し伝へて侍れ」と云ひき。

誠に不生不滅の毘盧舎那、法身の内証を出でて、愚痴顛倒の四生の群生を助けんと、跡を垂れ給ふ本意、生死の流転を止めて、常住の仏道に入れむとなり。されば、生をも死をも忌むと云ふは、愚かに苦しき流転生死の妄業を作らずして、賢く妙なる仏法を修行し、浄土菩提を願へとなり。この故に、誠しく仏道を信じ行はんこそ、大神宮の御心に叶ふべきに、ただ今生の栄華を思ひ、福徳寿命を祈り、執心深くして物を忌み、道念なからむは、神慮に叶ふべからず。

神官の語りは当社が生死を忌む理由を述べて終わり、地の文の「き」で区切りがつけられる。それを受けて「誠に」以下に、「不生不滅」の大日如来が「生死の流転を止め」仏道に導くことを述べる無住の教説が続いている。

なお、この章段の説話内容は、〔一〕「第六天魔王との約束」の冒頭に示される傍線部分の箇所である。

○去し弘長季中に、太神宮へ詣で侍りしに、ある神官の語りしは、「当社には三宝の御名を言はず、御殿近くは僧なれども詣でざる事は、昔この国いまだなかりける時、大海の底に大日の印文ありけるによりて、大神宮御鉾さしくだして探り給ひける。その鉾の滴り、露の如くなりける時、第六天の魔王遥かに見て、『この滴り国と成りて、仏法流布し、人、生死を出づべき相あり』とて、失はんために下りけるを、大神宮、魔王にあひて、『我三宝の名をも言はじ。身にも近づけじ。とくとく帰り上り給へ』とこしらへ仰せられければ、返りにけり。

その約束を違へじとて、僧なむど御殿近く参らず。社壇にしては経をばあらはには持たず。三宝の名をも正しく言はず。……

これは、神官が「当社には三宝の御名を言はず」ということを証するための説話として傍線の説話を提示し、「返りにけり」で区切りつつ、「その約束を違へじとて」と、指示語「その」によって仏教を忌避する理由づけにしている。ここにも、「返りにけり」で説話内容を区切りつつ説話を教説へ溶け込ませる文章作法が見られる。

この巻一ノ一の例は、説話が教説と一体であることを如実に語る例と云えるであろう。このような一文説話が相当数見られることは、説話が一つのエピソードとして一息で語られ、それについての評語や教説が続く表現が多いことを意味し、説話の独立性が弱いことをしめしていると考えられる。説話と教説との関わりについては、次節でもさらに触れたい。

五　評語部・教説部の表現

ここでは、評語部と教説部の文末表現を取り上げて、冒頭文と終局部との関連を考察しておく。

評語部と教説部に見られる文末表現について各3例・5例を超える例がある表現を次に挙げる（ただし、名詞や会話・和歌で終わる例を除く）。

【評語部】（総数626文）

「なり（130）」「べし（49）」「動詞終止形（31）」「き（28）」「にや（28）」「ず（27）」「り（27）」「にこそ（23）」「あり（19）」「べからず（15）」「形容詞終止形（14）」「こそ～已然形（14）」「こそ～はべれ（12）」「けり（12）」「たり（12）」「はべり（12）」「なし（11）」「形容詞く・こそ（11）」「ける連体形終止（9）」「こそ～けれ（7）」「ごとし（7）」「こそ～なれ（6）」「べき（6）」「む（5）」「ぞ～ける（3）」「こそ～けめ（3）」「なりけり（3）」「こそ～たれ（3）」

【教説部】（2870文）

「なり（522）」「動詞終止形（356）」「り（292）」「べし（276）」「ず（176）」「あり（109）」「たり（92）」「なし（90）」「ごとし（78）」「形容詞終止形（74）」「べからず（69）」「けり（65）」「き（43）」「む（37）」「にや（32）」「ぬ（22）」「ける連体形終止（21）」「と（19）」「ぞ～ける（18）」「ありけり（18）」「形容詞く・こそ（18）」「こそ～已然形（17）」「和歌（17）」「べき（15）」「はべり（15）」「じ（15）」「事なかれ（14）」「云々（14）」「こそ～はべれ（14）」「形容詞命令形（14）」「べきをや（13）」「形容詞終止形（13）」「こそ～なれ（11）」「にけり（9）」「る（9）」「こそ～けれ（8）」「てけり（8）」「をや（8）」「むや（7）」「しむ（6）」「こそ～べけれ（6）」「こそ～めれ（6）」「ざらん（5）」「じかし（5）」

評語部と教説部の全体で上位を占めるのは、「なり」「べし」「ず」「べからず」「ごとし」「なし」「形容詞終止形」など、批評に関わる主観的な意味を表す助動詞や形容詞などで共通していることがわかる。これらは冒頭説話や教説話では用例が少ない。一方、完了・過去の助動詞はこれらより相対的には少ないものの、一定数用いられており、終局部と冒頭文との相関性を見ることができる。次にその要点を述べる。

過去完了の助動詞全体では、冒頭文や終局部では「けり」を含む表現が上位を占めたが、評語部や教説部においてはむしろ「り」「たり」や「き」の用例数が「けり」を含む表現の用例数を上回っている。過去の助動詞「けり」は物語世界を「あなたなる世界」として描く表現として説話叙述に多く用いられると言われている[9]が、これに対して、完了の助動詞「たり」「り」はことがらを無住の現実世界のこととして捉える表現であり、評語部や教説部で例が多くなる。また、過去の助動詞に事実性の強い「き」を多く用いる[10]点にも、同様に教説の実証という意図が関わると思われる。

「けり」を含む表現においても特徴が窺える。傍線を付したように、教説部では「ける連体形終止」「ぞ〜ける」より終止形の「けり」の方がかなり多く使用されている点である。教説部では、短小であるため教説話には扱わなかったものの、説話的な内容の部分がある。終止形の「けり」は、このような説話的な部分に用いられている。

○ある経の中に、魔ありて仏身を現じ、仏道を退転せしめん為に問ひて云はく、「汝が身の皮をはぎて紙とし、血出して墨とし、骨を折りて筆とせば、仏法を説くべし」と云ふ時に、信心深くして、云ふが如くする時に、実の信心ある故に、魔去りぬ。また、仏現じて法を説き給ふに、道を得と云へり。（巻二ノ二）〔四〕

また、在世に晩出家の老人、寺に来りて、信心深くして、「我に道果をたべ」と云ふに、若き沙弥、あざむきすかして、禅鞠とて、坐禅の時、眠りをさまたげん為に頂きに置く手鞠のやうなる物を、「これこそ初果よ」とて頂きに置く。深く信じて初果を得つ。「初果は已に得たり」と云ふ。また「二果よ」とて置く。次第に第四果まで実に得て、六通自在に成りにければ、沙弥ども恥ぢ恐れて、失を謝しけり。（巻二ノ二）〔五〕

○昔、天竺に、王の妃おはしけり。慈悲深くして、一切を哀れみ、信心いさぎよくして、三宝を敬ひ給ひけるを、国王、邪見にして、これをそねみ憎みて、弓を引きて、射給ひけるに、妃、少しも恨みあたむ心おはせずして、いよいよ慈悲を発して、王の邪見、当来の苦患を、哀れみ給ひける故に、矢返りて、王の胸に立ちて、死し給ひけり。

世間のことわざにも、「握れる拳、笑める面に当たらず」とて、憎いげなく、心の底より打ち笑みて向へる者には、既に握れる拳を開きて心解くと云へり。されば、仏の道に入らむ人は、慈悲を心に習ひ好むべきなり。応身の仏性のあらはるる事、偏へに慈悲にあり。（巻五本ノ四）〔五〕

第一例は「信心」の大切さを説く説話的内容を二つ並べた場合である。第二例は引用末尾の「慈悲」の教説を導く説話的内容で、これをもとに教説が導かれており、説話の終結・切れ目を特に強調する流れではない。

『今昔物語集』や『宇治拾遺物語』では終局部には係り結びなどの終結機能の強い表現が多く用いられていたが、『沙石集』では、単なる解説的な表現として終止形の「けり」が最も多く用いられていた。教説部の簡略な説話的内容においても終止形の「けり」が多い点は、叙述傾向の一貫性を示すものである。無住にとって説話の提示そのものが大事なのではなく、教説の材料の一つとして説話が提示されているのであろう。

「こそ」を含む表現も、説話の終局部と教説部に共通して用いられるものであり、教説部と説話部の叙述傾向の近さを示す例の一つと言えるであろう。次の2例は、冒頭説話の終局部において用いられた「とこそ」の例である。

○この事をつくづくと思ひ続くるに、「設ひ本意遂げて、楽しみ栄へりとも、ただ暫くの夢なるべし。悦びありとも、また悲しみあるべし、由無し」と思ひ、返り上りて熊野にて行ひけるとこそ。（巻一ノ九）〔三〕

○「しかしかの子細」と申しければ、「あさましき事なり」とて、初めて尊勝陀羅尼打ち習ひ、経なんど読みけるとこそ。（巻九ノ一八）〔一〕

次に挙げる2例は、評語部の中で「仏曰く～とこそ」「漢書に云はく～とこそ」の形で用いた例である。

○仏曰く、「二人共に、七仏の出世に会へりき。一人は、今日のごとく七仏ともに礼せずして、今日に善根の因なし」とこそ、仰せられけれ。（巻八ノ二）〔五〕

○漢書に云はく、「貧賤の知人をば忘るべからず。糟糠の妻を堂より下すべからず」とこそ。（巻三ノ三）〔一〕

次の例は、教説部の説話的内容の末尾の「とてぞ〜給ひける」に続け、評語ないし教説の内容の文に「とこそ」「にこそ」「こそ覚ゆれ」「とこそ、申されけれ」と「こそ」を連続して用いた例である（用例の処理はすべて教説部とした）。

○我が朝には、花山の院許りこそ実に御遁世有りけれ。小野宮殿の御女、弘徽殿女御に後れさせ給ひて、御歎き浅からず、世の中御心細く思し食したりける頃、粟田の関白、いまだ殿上人にて、蔵人弁と申しける時、持ち給ひける扇に、「妻子珍宝及王位、臨命終時不随者」と書きたるを、御覧じて、御心を発して、「世の楽しみは夢幻の程なり。国の宝、王の位、由なし」と思し食し取りて、たちまちに十善万乗の位を捨てて、長く一乗菩提の道に入り給へる。既に内裏を出させ給ひける夜は、寛和二年六月二十三日、有明の月くまなかりけるに、さすが御名残も残りけるにや、村雲の月にかかりければ、「我が願既に満つ」とてぞ、貞観殿の高妻戸より、踊り下りさせ給ひける。それより、かの妻戸をば打ち付けられけるとこそ。ありがたき御発心にこそ。遥かに承るも哀れにこそ覚ゆれ。覚鑁上人の詞にも、「三界無安、猶如火宅。王宮も猶火宅の中なり。常有生老、病死憂患。玉体もまた無常の形なり」とこそ、申されけれ。（巻本一〇ノ四）〔五〕

「こそ」を含む文末表現の総計は、評語部に94例、教説部に123例と多く見られるが、説話の終局部にも8例が見られた。これらの「とこそ」は、過去の言説を引用し、無住の主張を根拠づける表現となっている。

六　まとめ

以上、『沙石集』の「けり」を中心に説話の冒頭文と終局部の特徴を観察し「枠づけ」の方法を見てきた。その結果、他の説話集と同様に「ありけり」や「にけり」「ぞ〜ける」などの枠づけの表現が確認できたが、これまで見た他の説話集との差異として、次のような点も窺えた。

一、終局部の係り結びでは、「ぞ〜ける」や「こそ〜已然形（けれ）」が多く用いられている。

二、連体形終止法の一般化を背景に「ける連体形終止」が冒頭文や終局部に多く用いられている。

三、「けり」の終止形や「ぬ」「き・し」など必ずしも強調的ではない表現が終局部に多く用いられている。

四、従来の説話の終局部に多い「にけり」の他に、「てけり」が冒頭文や終局部に多く用いられている。

一の点は、鎌倉期に「なむ」が衰え「ぞ」「こそ」の係り結びが形骸化しつつ使われていたこと、二の点は連体形終止法の一般化の流れに関わる事柄である。このような歴史的な面とともに、『沙石集』の文体の面に関わるのは、三・四の「けり」「てけり」などの使用などに見られる、助動詞の多様で柔軟な使用方法である。

『沙石集』の終局部には、他の説話集と同様に「にけり」をはじめ「てけり」「ぞ〜ける」「ける連体形終止」などの強調的表現が多く見られたが[11]、一方で必ずしも強調的ではない終止形の「けり」や「ぬ」「き（し）」なども多く、枠づけに用いる表現が多様であることが窺えた。これは説話を教説に溶け込ませて叙述する本作品の文章構成上の特色によるものであり、一話一話を必ずしも強調的・明確的な表現で区切ろうとしない本作に独自の傾向である。

『沙石集』においても「にけり」「ぞ〜ける」「ける連体形終止」などの「ける」を用いる表現が、枠づけの機能を担う傾向は認められる。しかし、鎌倉期の口頭語における連体形終止文の一般化とともに、係り結びの形態は文章語的なものになりつつあったと思われる。多く見られる「にけり」にしても、もはや「ぬ」と近い表現と意識されていて、必ずしも強調的表現ではなかったかもしれない。ともかくも、物語叙述の基調として、これらの係助詞の「ぞ」「こそ」や助動詞の「けり」「き」「ぬ」を併用しながら、説話部を教説部に融合させる柔軟な表現を選択した点に『沙石集』の特徴があると見られる。

注

（1）拙稿（二〇一一）（二〇一二）（二〇一三）（二〇一四）を参照。

（2）本章で、教説説話を認めたのは次の章段である。

巻一ノ四〔五〕・巻一ノ四〔六〕・巻一ノ七〔二〕・巻一ノ七〔三〕・巻一ノ一〇〔一一〕・巻二ノ二〔二〕・巻二ノ四〔四〕・巻二ノ五〔四〕・巻二ノ五〔六〕・巻二ノ五〔七〕・巻二ノ五〔八〕・巻二ノ五〔九〕・巻五本ノ四〔三〕・巻五末ノ一〔二〕・巻五末ノ一〔三〕・巻五末ノ二〔二〕・巻五末ノ二〔三〕・巻五末ノ二〔四〕・巻五末ノ二〔五〕・巻五末ノ二〔七〕・巻五末ノ二〔八〕・巻五末ノ二〔九〕・巻五末ノ二〔一〇〕・巻五末ノ二〔一一〕・巻五末ノ二〔一二〕・巻五末ノ二〔一三〕・巻五末ノ二〔一四〕・巻五末ノ二〔一五〕・巻五末ノ二〔一六〕・巻五末ノ二〔一七〕・巻五末ノ二〔一八〕・巻五末ノ二〔一九〕・巻五末ノ二〔二〇〕・巻五末ノ二〔二一〕・巻五末ノ二〔二二〕・巻五末ノ二〔二三〕・巻五末ノ二〔二四〕・巻五末ノ二〔二五〕・巻五末ノ二〔二六〕・巻五末ノ二〔二七〕・巻五末ノ二〔二八〕・巻五末ノ二〔二九〕・巻五末ノ二〔三〇〕・巻五末ノ二〔三一〕・巻五末ノ二〔三二〕・巻五末ノ二〔三三〕・巻五末ノ二〔三四〕・巻五末ノ二〔三五〕・巻五末ノ二〔三六〕・巻五末ノ二〔三七〕・巻五末ノ二〔三八〕・巻五末ノ二〔三九〕・巻五末ノ二〔四〇〕・巻五末ノ二〔四一〕・巻五末ノ二〔四二〕・巻五末ノ二〔四三〕・巻五末ノ二〔四四〕・巻五末ノ二〔四五〕・巻五末ノ二〔四六〕・巻五末ノ二〔四七〕・巻五末ノ二〔四八〕・巻五末ノ三〔二〕・巻五末ノ三〔三〕・巻五末ノ四〔二〕・巻五末ノ五〔二〕・巻五末ノ六〔二〕・巻五末ノ六〔三〕・巻五末ノ六〔四〕・巻五末ノ六〔五〕・巻五末

ノ六〔六〕・巻五末ノ六〔七〕・巻五末ノ六〔八〕・巻五末ノ六〔九〕・巻五末ノ六〔一〇〕・巻五末ノ七〔二〕・巻五末ノ七〔四〕・巻五末ノ七〔一二〕・巻五末ノ七〔一二〕・巻六ノ一〔二〕・巻六ノ五〔二〕・巻六ノ七〔二〕・巻六ノ七〔三〕・巻六ノ一三〔六〕・巻六ノ一三〔七〕・巻七ノ四〔三〕・巻七ノ四〔四〕・巻七ノ八〔二〕・巻七ノ一〇〔二〕・巻七ノ一三〔二〕・巻八ノ一〔二〕・巻八ノ一〔三〕・巻八ノ一〔五〕・巻八ノ一〔七〕・巻八ノ二〔二〕・巻八ノ二〔三〕・巻八ノ二〔四〕・巻八ノ二〔五〕・巻八ノ二〔六〕・巻八ノ二〔七〕・巻八ノ二〔八〕・巻八ノ四〔三〕・巻八ノ五〔二〕・巻八ノ五〔四〕・巻八ノ五〔五〕・巻八ノ五〔七〕・巻八ノ五〔八〕・巻八ノ五〔九〕・巻八ノ五〔一〇〕・巻九ノ一〔二〕・巻九ノ一〔五〕・巻九ノ一〔六〕・巻九ノ一〔七〕・巻九ノ一〔八〕・巻九ノ一〔九〕・巻九ノ五〔二〕・巻九ノ一〇〔二〕・巻九ノ一〇〔三〕・巻九ノ一二〔三〕・巻九ノ一四〔二〕・巻九ノ一七〔二〕・巻九ノ一八〔五〕・巻九ノ二四〔二〕・巻九ノ二五〔四〕・巻十本八〔九〕

（3）　鈴木泰（一九九九）を参照。

（4）　地の文の「こそ」の結びが「ける連体形」になる例が3例見られる。

○夢の中に申しけるは、「我こそ御計らひも無からめ、よその御恵みをさへ御制のあるこそ、心得がたく侍れ」と申せば、御返事に、「我は小神にして思ひ分かず。彼は大神にて御坐す。『桓舜は今度生死を離るべき者なり。もし今生の栄花あらば、障りと成りて、出離し難かるべき故に、いかに申せども聞きも入れぬに、ごしにたぶ』と仰せらるれば、召し返すなり」とこそのたまひける。（巻一ノ七）〔七〕

○ある院家、俗諦不足なりければ、常には絶煙しけれども、院主仏法にすき、詩歌・管絃まで好み翫ぶ人にて、「器量の仁や出来たる」と思ひけるにこそ、児共多く取り置きける。（巻三ノ八）〔一〕

○貧窮も先世の業にて、仏神の助けも叶はぬ事にてこそ、多くはあるに、不思議なりける。（巻九ノ二二）〔一〕

また、「ける」以外の連体形の例も2例見られる。

○彼が如く、先の上人の幼子、父を恥がましく云ひけるに、またもひじらぬこそ、孝孫が父には劣りて覚ゆる。（巻三ノ四）〔二〕

○如夢僧都は大井河の御幸に、三衣箱の底に、烏帽子を用意して、泉の大将が、烏帽子、嵐の水に吹き入れたりける時、取り出して高名したり、とこそ申し伝へ侍りし。（巻八ノ五）〔三〕

（5）拙稿（二〇一二）（二〇一三）を参照。
（6）『沙石集』では係助詞「なむ」の用例は7例見られるが、5例は次のように終止形で結んでいる。
○解脱房上人、笠置に般若台と名づけて、閑居の地を卜して明神を請じ奉り給ひければ、童子の形にて、上人の頸に乗りて渡らせ給ひける、となむ申し伝へたり。（巻一ノ五）（二）
○をこがましき事になむ、世間の情は思ひ慣れたり。（巻三ノ一）（二）
○一、ある蔵人の五位の、子を山へ登せたりけるが、禅衆行人の房になむありけり。（巻五末ノ二）（四）
○一、ある公卿、石見国の国司にて、石見潟にて遊び給ひけるに、国の習ひにて、かづきする海女ども、えもいはず歌をうたひけるを、人々、「かかる事なむ侍り。召してうたはせて聞食せかし」と申しければ、「召せ」とて、召されけるに、皆逃げけるを、中間・侍共、走り散りて、少々とらへて参りぬ。（巻五末ノ二）（四二）
○故に和歌を稽古し給ひて後、倣へしめ給ひけるとなむいへり。（巻五末ノ六）（一二）
この用法は前章の発心集の考察でもとり上げた。「なむ」の形骸化によるものである。
（7）拙稿（二〇一二）を参照。
（8）次の巻の章段に見えるものである（総計15例）。
冒頭説話＝巻一ノ一ノ一・巻一ノ一ノ六・巻一ノ六ノ一・巻三ノ四ノ一・巻四ノ二ノ一・巻四ノ一二ノ一・巻一〇末ノ一二ノ一
教説説話＝巻六ノ一ノ三・巻八ノ二ノ四・巻八ノ五ノ三・巻八ノ五ノ六・巻九ノ一ノ三・巻九ノ二ノ二、巻九ノ一六ノ二・巻九ノ二四ノ三
（9）竹岡正夫（一九六三）を参照。例えば、『竹取物語』の物語世界は「けり」で叙述しているが、作品末尾の語り手の叙述は「とぞ言ひつたへたる」、『今昔物語集』でも話末は「語り伝へたるとや」である。物語作品では、物語世界と語り手の世界の対比で「けり」「たり」が用いられる面がある。
（10）加藤浩司（一九九八）を参照。なお、「けり」と「き」との使い分けは、伝承の仕方についての認識に関わる点であるが、ここでは詳しい考察には及ばない。
（11）「にけり」「てけり」「ぞ～ける」「ける連体形終止」の説話展開部（説話本体から冒頭文と終局部の一文を除いた途

中部分）での例数は、おのおの26例、31例、51例、32例である。説話展開部の総文数1165文における一文あたりの出現率は、2・2％、2・7％、4・4％、2・7％である。終局部ではおのおの31例、14例、29例、26例であり、終局部の総文数260文における一文あたりの出現率は、11・9％、5・4％、11・2％、10％である。いずれも展開部に対して出現率が高く、とりわけ「にけり」が終局部に集中する比率が高いことがわかる。「にけり」が終局部に用いられやすいのは、『今昔物語集』『宇治拾遺物語』『古本説話集』などと共通する傾向である。

参考文献

大野　晋（一九九三）『係り結びの研究』（岩波書店）
阪倉篤義（一九七五）『文章と表現』（角川書店）
阪倉篤義（一九九三）『日本語表現の流れ』（岩波書店）
加藤浩司（一九九八）『キ・ケリの研究』（和泉書院）
鈴木　泰（一九九九）『改訂版　古代日本語動詞のテンス・アスペクト―源氏物語の分析―』（ひつじ書房）
竹岡正夫（一九六三）「助動詞「けり」の本義と機能―源氏物語・紫式部日記・枕草子を資料として―」（『言語と文芸』5-6）
西田隆政（一九九九）「源氏物語における助動詞「ぬ」の文末用法―場面起こしと場面閉じをめぐって―」（『文学史研究』40）
藤井俊博（二〇一一）「今昔物語集の「けり」のテクスト機能（続）―終結機能を中心に―」（『国語国文』80-10）
藤井俊博（二〇一二）「宇治拾遺物語の「けり」のテクスト機能―今昔物語集・古事談との比較―」（『同志社国文学』76）
藤井俊博（二〇一三）「古本説話集の「けり」のテクスト機能―『にけり』『係り結び』の終結機能―」（『同志社国文学』78）
藤井俊博（二〇一四）「発心集の「けり」のテクスト機能―係り結びの使い分け―」（『同志社国文学』81）

第二部　説話の文章・文体・表記に関する論

第八章　今昔物語集の接続語

――「而ル間」「其ノ時ニ」を中心に――

一　目的と方法

ここで取り上げる接続語は、『今昔物語集』（以下、「今昔」と略称する）で、段落と段落を繋ぐのに用いた「而ル間」「其ノ時ニ」を初めとするものである。すなわち、段落冒頭で用い、指示語を含み慣用的・固定的に用いる用語を一括して接続語と称する。この二語は例えば「太子其ノ国ニ住シテ有ル程ニ、」（巻四ノ四）のように、人物の動作を具体的に叙述し形式名詞「程」で受けたような例と、時間を指定する連用修飾語である点で連続している。ただ、このような場合に比べ、「而ル間」「其ノ時ニ」等の語は、動詞に係る連用修飾語としての機能は残しているものの、その内容は指示語により先行段落を受けているのみであり、概念的な意味は希薄となって、後出の段落に続ける接続詞的機能が大きくなっている。『日本国語大辞典（第二版）』では、「而ル間」を接続詞とし、次の二つの意味を認めている。今昔から各意味に該当すると思われる用例を挙げておく。

①先行の事柄を受けて、後続の事柄に続ける。逆接的な意味を含むことも多い。

〇其ノ後、大師ニ随テ、頭ヲ剃テ法師ト成ヌ、名ヲ円仁ト云フ、顕密ノ法ヲ習フニ、少シキ愚ナル事無シ。而ル間、伝教大師失給ヒヌレバ、心ニ思ハク、（巻一一ノ一一）

○亦、□随テ、真言ノ密教ニ学ブ。而ル間、貞観十六年ト云フ年、維摩会ノ講師ヲ勤ム、元慶八年ト云フ年、律師ノ位ニ成ル。（巻一五ノ二）

②先行の事柄の当然の結果として、後続の事柄が起こることを示す。

○亦、心ヲ至シテ三七日ノ間、三時ニ懺法ヲ行フニ、夢ニ「南岳・天台ノ二人ノ大師来テ告テ宣ク『善哉、佛子、善根ヲ修セリシ』」見ケリ。其ノ後ハ、弥ヨ行ヒ怠ル事無シ。而ル間、貴キ聖人也ト云フ事世ニ高ク聞エ、……（巻一二ノ三三）

○幼稚ノ時ヨリ法花経ヲ受持テ日夜ニ読誦ス。亦、真言ヲ受ケ習テ、朝暮ニ修行ス。而ル間、堅固ニ道心硯ケレバ、永ク現世ノ名聞・利養ヲ弃テ、、偏ニ後世ノ佛果・菩提ヲ願ヒケリ。（巻一二ノ三七）

①にいう逆接的な意味とは、文脈的意味として「ところがある時」のようなニュアンスで逆接的な接続関係を作るということであろうが、その本質的な意味は、時間の経過を踏まえ次の場面への転換を図ることにあり、そこに接続詞的な機能が認めうるであろう。しかし、次のように、場面の展開部で用いる例は、転換的な意味が弱く、結果として副詞的な用法に傾いていると思われる。

○念ズル様……必ズ仏ヲ写シ経ヲ書カント。而ル間、穴ノ口ニ隙指シ破レテ開キ通タリ。（巻一二ノ九）

○暫ク枕上ニ置キ奉レリ。而ル間、夜半許ニ其ノ家ニ火出来タリ。（巻一二ノ三〇）

○往生極楽ノ事ヲ祈ケリ。而ル間ニ、彼ノ広道ガ夢ニ……見テ、……（巻一五ノ二一）

このような例は、「そのうちに」などと訳することができそうである。第三例などは「ニ」を伴っている点に副詞的（連用修飾語的）性格が窺えるかも知れない。「而ル間」には接続詞的な機能とともにこのような副詞的な機能が認められる。一方、「其ノ時ニ」は、『日本国語大辞典（第二版）』に記載がなく、一般には接続詞として見ないようであり、ほとんど助詞「ニ」を伴う点でも「而ル間」と異なり副詞的性格が強いと思われる。しかし、現代語でも「するとその時」のように用いるように「すると」の意味で後続文に繋げる機能を含んでいる。今昔においては段落冒頭部や展開部で接続詞的な用法と見られる例は多い。段落冒頭部の用法では、次のような例がある。

○今昔、佛ノ御弟子ニ阿那律ト申ス比丘有リ、佛ノ御父方ノ従父也。此ノ人ハ天眼第一ノ御弟子也、三千大千世界ヲ見ル事、掌ヲ見ルガ如シ。

其ノ時ニ、阿難、佛ニ白テ言サク、「阿那律、前世ニ何ナル業有テ、天眼第一ナルゾ」ト。（巻二ノ一九）

○今昔、天竺ノ王城ニ三寶ヲ供養スルニ蘇蜜无ケレバ供養スル事无シ。其ノ時ニ一人ノ施主有リ、山寺ニ昇テ比丘ヲ供養セムト為ルニ、蘇ヲ取リ忘レテ昇ニケリ。

其ノ時ニ、其ノ師ノ比丘ノ弟子、二人ノ沙弥有リ。師ニ奉仕スル事、片時モ怠ル事无シ。（巻三ノ一八）

これらの例では、「其ノ時ニ」は物語の発端部に用い、「ある時」ほどの意味で用いており、場面を新たに設定する機能を持った接続語と言える。また、「そのうちに」のような意味で、場面の展開部に用いる例がある。

○今昔、天竺ニ一人ノ婆羅門有ケリ、多ノ死人ノ古キ頭ヲ貫テ、王城ニ入テ音ヲ高クシテ叫テ云ク、「我レ、死人ノ古キ頭ヲ貫キ集テ持タリ。人有テ我ガ持タル頭ヲ可買シ」ト。如此ク叫ブト云ヘドモ、一人トシテ買人有ラムヤ。婆羅門、頭ヲ不賣得ズシテ悲ムヲ、見ル人、多ク集テ罵リ咲コト无限シ。

其ノ時ニ、一人ノ智有ル人出来テ、此ノ頭ヲ買取ル。婆羅門ハ耳ノ穴ニ緒ヲ通シテ持タリ、……（巻四ノ三〇）

この両語の意味用法の差異については既に論じたことがあるが、[1]「其ノ時ニ」「而ル間」の語形に「ニ」の有無がある点は両語の品詞上の意識の差異を反映していると解され、「而ル間」が接続語としての意識が強いのに対し、「其ノ時ニ」は修飾語的な側面が強いと思われる。また、文体位相の点では「而ル間」が変体漢文の用語であるのに対し、「其ノ時ニ」は漢文訓読の用語（仏典の「爾時」の翻読語）であるという違いがあり、その点は後述するように今昔の巻の分布の上にも現れている。しかし、両語とも「そのうちに」「ある時」のような意味に訳せる場合がある点で意味内容に近い面があり、また、両語の融合した「其ノ間」のような中間的な語形も54例見られる。この両語は、段落冒頭での使用頻度の多さから見ても今昔の代表的な接続語であると言えるであろう。

本章は、この二語をはじめとして、段落を繋ぐ接続語を採集し、今昔における使用傾向を明らかにすることを目的とする。接続語の機能を分析する方法として、岩波日本古典文学大系のテキストの段落設定において段落冒頭に使用されている接続語と思われるものを抜き出し、その使用順序を考察する。古典大系の段落設定は、いうまでもなく校注者の解釈によるものであって、今昔撰者の段落意識と完全に合致するかは問題である。古典大系の段落分けは、多分に接続語の使用を手がかりにされている面があると見受けられるが、形式段落を設定する習慣のなかった古代の文章において、段落分けの形式的な手がかりとして接続語に注目するのは理由のあることである。段落を構成しようとする意識は、接続詞が未発達である古代の和文体などでは不明瞭であるが、今昔のような和漢混淆文に至ると意味段落的なまとまりを示すものとして接続語が発達しているからである。今昔には、「事无限シ。而ル間」のように、段落の切れ目を強調的な表現で終わり、接続語で次の段落を始める表現が随所に見られることを述べたことがある[2]が、このような表現は内容上大きな切れ目になるもので、撰者の段落分けの意識が表現に現れたものと見られる。後述するように接続語「而ル間」や「其ノ時ニ」のような接続語を使用する点に、今昔の文章構成上の特徴があるのは明らかである。また、後述のように今昔では巻によって段落冒頭に用いる接続語の使用傾向は明らかに異なっている。すなわち、今昔では、接続語を多く使用する点と、巻によって接続語の使用傾向が異なる点に特色があると言える。これらの点から、古典大系本の段落分けの処置は今昔撰者の段落意識と完全に一致しているとは限らないとしても、古典大系本の段落冒頭の接続語に着目するのは、巻毎の接続語の使用量や使用順序などの大きな傾向を見るのに、有効な方法であると考えられる。

段落冒頭に用いる接続語として採集されたものは、次のような語や句である。展開部と結末部に分けて示す。

【展開部】あるときに・おほよそ・かかるほどに・かかれば・かく・かくて・かくのごとく・かくやうに・ここに・このときに・これよりのち・さて・されば・しかりといへども・しかるあひだ・しかるに・しかるほどに・しかれども・しかれば・すなはち・そのあひだ（に）・そのとき（に）・そののち・そのほど・そもそも・それに・それよりのち・ただ・ただし・つぎに・ときに・としごろのあひだ・のち（に）・また・まづ・まへのときに

【結末部】おもふに・これ・これをおもふに・これによりて・これをもつておもふに・これをもつてしるべし・さだめてしりぬ・このことをおもふに・まことにこれをおもふに・まことにこれ・まことにしりぬ

今昔の文体の研究では、使用量の多い表現や、用法で顕著な特徴を持つ表現に着目することが有効である。今昔の接続語も、そのような条件を持った表現の一つである。本章では、このような段落意識に関わって多く用いる接続語の面から今昔の特徴を指摘し、今昔の文章構成の方法を探る研究の一環として位置づけたい。

文章内部の構造を類型的に捕らえていくためには、接続語の機能に着目する必要がある。本章では、

一、接続語の使用順序の傾向

二、天竺震旦・本朝仏法・本朝世俗の各部ごとの使用語句の傾向

三、段落冒頭の接続語とその直後の表現内容の相関性

の三点について調査・考察を行い、とくに頻出する「しかるあひだ」「そのときに」について、文章展開の上での機能を考察していくことにしたい。また、『宇治拾遺物語』の接続語と比較し、今昔の用例の特質を考察する。

二　各巻や部毎の概観

ここでは、対象とする文章の条件をできるだけ均一なものするために、一話の段落数が同数であるものを比較する。日本古典文学大系本今昔の1040話の段落総数は6034段落であり、一話あたりの平均段落数は、５・８段落である（今回問題にする第二段落以降の段落数は4994段落）。一話のとる段落数の多い順序でいうと、五段落（221話）、四段落（214話）、六段落（138話）、七段落（114話）、……であり、五段落からなるものが最も多く、四段落からなるもの、六段落からなるものがこれに続く。そこで、本章では、段落構成として、四段落・五段落・六段落の三つの場合を取り上げ、これによる573話（全話の55％）を主たる対象とし、これらの中で、第二段落以降に用いられる接続語の分布や機能を中心に検討する。

ここで、今昔全話の全段落において、接続語を段落冒頭に用いる段落がどれぐらいあるかを見ると、右の第二段落以降の4994段落の中で、段落冒頭に接続語をとる段落は2806段落（56・２％）である。2806段落の中で、段落冒頭に用いられる接続語について、頻度順にあげると、次の通りである。

「しかるあひだ」558例、「そののち」500例、「そのときに」474例、「しかれば」349例、「しかるに」201例、「これをおもふに」181例（「これをもっておもふに」31例、「まことにこれをおもふに」５例、「まことにこれ」５例を含む）、「さて」147例、「その他、100例以下の語の合計」396例

これらを、『宇治拾遺物語』（新日本古典文学大系の段落分けによる）と比較すると、『宇治拾遺物語』の第二段落以降の総段落数は581段落であるが、接続語をとる段落数は213段落で、36・７パーセントの段落に用いているに止まる。（表１）に示したように、『宇治拾遺物語』においては、接続語は、「さて」71例、「かくて」22例、「そののち」

19例、「かかるほどに」16例、「されば」11例、「それに」9例などが多く用いられるものである。共通して多いものは「そののち」があるが、今昔に多い「しかるあひだ」「そのとき」は、それぞれわずか1例・8例に止まる。今昔に多い「しかるあひだ」に意味用法が近いと思われるものとして、『宇治拾遺物語』では「かかるほどに」「さるほどに」があるが、これらは「さて」「かくて」の用例数には及ばない。

（表1）『宇治拾遺物語』の接続語

接続語	用例数	接続語	用例数
さて	71	あるとき	3
かくて	22	しばしあれば等	3
そののち	19	そのおり	3
かかるほどに	16	かかれば	3
されば	11	ここに	3
それに	9	さりながら	1
さるほどに	8	しかるあひだ	1
そのとき	8	それをおもへば	1
かく	6	すなはち	1
また	6	とかくいふほどに	1
それより	5	ときに	1
かやうに	5	なを	1
かくのごとく	4	のちに	1
合計			213

　両者を比較すると、『宇治拾遺物語』の接続語の使用頻度が今昔に比べてかなり少ないこと、『宇治拾遺物語』では、今昔で用いる「しかれば」「しかるに」に対応する用語が「されば」「それに」のような和文脈の用語に置き換わること、また、今昔では「そのときに」「しかるあひだ」「そののち」に代表されるように「そ・しか」などの中称の指示語を含む接続語に偏っているが、『宇治拾遺物語』では「かくて」「かかるほどに」「かやうに」等の近称の指示語を含む形が用いられやすい点などに相違点が認められる。

　そこで次に、今昔において、巻や部によって接続語の使用頻度に差があるか、どのような接続語がどの部・巻に多いかを調査した。（表2）は、使用頻度の特に高かった「しかるあひだ」「しかるに」「そのときに」「そののち」と、『宇治拾遺物語』にも例の多い「かくて」「さて」の六語を取り上げ、今昔の全話を対象として、段落冒頭の接続語について、各巻毎に調査した。これにより天竺震旦部・本朝仏法部・本朝世

（表2）『今昔』の主要な接続語の分布

	しかるあひだ	しかるに	そのときに	そののち	かくて	さて
巻一	2	2	33	6	2	4
巻二	1	0	43	11	4	2
巻三	3	1	45	10	2	2
巻四	6	4	33	15	1	0
巻五	2	3	39	12	2	5
巻六	16	13	34	24	0	0
巻七	13	30	30	22	0	0
巻九	21	10	34	32	0	0
巻一〇	29	7	23	25	1	5
巻一一	29	9	18	35	0	3
巻一二	37	14	12	17	0	2
巻一三	38	13	6	27	0	0
巻一四	20	12	16	30	2	1
巻一五	48	13	3	25	0	0
巻一六	25	13	7	29	2	3
巻一七	31	27	19	38	0	1
巻一九	37	7	3	24	3	5
巻二〇	38	13	16	17	1	0
巻二二	8	3	1	1	2	1
巻二三	4	4	3	7	0	3
巻二四	20	13	11	10	2	3
巻二五	16	3	6	13	1	9
巻二六	20	7	4	16	4	15
巻二七	20	4	12	16	1	8
巻二八	25	4	10	4	2	16
巻二九	16	0	9	12	0	23
巻三〇	8	0	1	9	1	9
巻三一	25	1	3	13	0	27
合計	558	230	474	500	33	147

俗部の各部における分布の特徴について、各語毎に見られる傾向を指摘しておく。

「しかるあひだ」は、天竺部には少ないが、震旦部以降は、段落間をつなぐ言葉として多く用いられるようになる。峰岸明[3]の言うように、「しかるあひだ」は「而間」「然間」などの表記形式で、変体漢文に頻出する用語である。今昔の出典では、変体漢文の『将門記』[4]にも12例が用いられている。

「しかるに」は、本朝仏法部を中心に、巻二〇以前に多い。和文には一般に用例がみられず漢文訓読文や変体漢文に見られる用語であるためであろうが、今昔では巻二〇以降でも巻二四を始め少なからぬ用例がある。『将門記』にも12例がある。

「そのときに」は、天竺震旦部に特に多く用いるが、巻一〇を境に「しかるあひだ」と入れ替わる。これは、谷光忠彦[5]が述べるように、仏典類の「爾時」の訓読によって生まれた語であり、本邦の仏典類では「其時」の形でも用いたものである。漢文訓読文の用語であるといえるが、巻二〇以降でも、用例がやや少なくなるものの、用例がみられる。

「そののち」は、全体に用い偏りがない。変体漢文に例が多い用語である（例えば『平安遺文』に347例）。

「かくて」と「さて」は、和文調の用語であるが、全般に用例が少ない。特に「かくて」は和文調の本朝世俗部にも少なく、同じく和文調の「さて」と異なり、今昔では和文的な接続語の基調ではありえず、例外的な使用に止まると言える。『宇治拾遺物語』でも「さて」71例に対して「かくて」22例と「さて」が優勢であるが、『宇治拾遺物語』では他に「かく」を含む語として「かかるほどに」が16例見られる。今昔では「かかるほどに」は4例に止まり、この点でも近称の指示詞を用いた接続語は多いとは言えないようである。

「さて」は、和文調の用語で、本朝世俗部を中心に用いるが、天竺震旦部や本朝仏法部においても例がみられる。天竺部の巻一・巻二や、本朝世俗部の巻二九・巻三〇・巻三一など、「しかるあひだ」の例数を上回って用いる巻もある。特に巻二六以降に例が多い。

全般的な傾向を概観すると、天竺震旦部では「そのときに」、本朝仏法部では「しかるあひだ」、本朝世俗部では「さて」が、各部において最も特徴的なものであるといえる。これらは、各部において段落冒頭の接続語の機軸になっている。具体的な機能として、これらが段落展開機能の上で果たしている機能は同じものであるか、また、同じ一話で用いる場合に「そのときに」と「しかるあひだ」の機能には違いがあるか、について検討しておく必要がある。次に、接続語の使用順序や各段落における表現内容に着目し各語の機能について考察していきたい。

三　接続語の使用順序の傾向

前節では、全話を対象として、巻毎に多く用いられる接続語の傾向を見たが、ここでは、四段落〜六段落からなる説話を取り上げ、「そのときに」が用いられた段落の前後の段落の冒頭部で、どのような語句が用いられているのかを、見ておきたい。そこでまず、ある段落において用いられた「そのときに」を基準にして、前後の段落に用いている接続語の使用傾向を調査する。その際、各部においていずれの接続語が用いられ、また、どのような配列がみられるかに着眼し傾向を記述していくことにする。（以下——線は例の多いものに付し、……線は後に示す典型的な流れに対して例外的な傾向のものに付した）

次に、「そのときに」を基準として前後に用いられる接続語を挙げる。後掲の（表3）〜（表4）に示したように、「しかるあひだ」を基準にした場合は、「しかるあひだ」は第二段落においてもっとも用例数が多く見られることがわかる。ここでは、このことを踏まえ、第何段落において「そのときに」が多く用いられるか、さらにどのような接続語が前後に用いられているかを中心に見ておきたい。

Ⅰ四段落構成の場合

①第二段落に「そのときに」が用いられる場合（39例）

〈第三段落〉「そのときに」9例・「そののち」6例・「しかるに」4例・「しかるあひだ」1例・「ときに」1例

〈第四段落〉「しかれば」8例・「そのときに」4例・「これをもつておもふに」2例・「これをもつてしるべし」1例・「これによりて」1例・「そののち」1例

②第三段落に「そのときに」が用いられる場合（33例）

〈第二段落〉「そのときに」9例・「しかるあひだ」5例・「しかるに」3例・「そののち」3例・「また」2例・「かくのごとく」1例・「しかれば」1例

〈第四段落〉「そのときに」5例・「しかれば」4例・「そののち」4例・「これをもつておもふに・これをおもふに」4例・「まづ」1例

③第四段落に「そのときに」が用いられる場合（10例）

〈第二段落〉「そのときに」4例・「そののち」1例

〈第三段落〉「そのときに」5例・「さて」1例・「しかるに」1例

四段落構成では「そのときに」同士が連続して用いられる場合がきわめて多い。段落別では第二段落に用いられる場合が最も多く、「しかるあひだ」の場合と同様の傾向として確認できる。四段落構成の場合においては「そのときに」が段落展開の基本軸であることを示している。第二段落と第三段落、および第三段落と第四段落で連続使用するのは、すべて天竺震旦部の例であり、巻二ノ三二や巻五ノ二七のように「そのときに→そのときに→そのときに」と三回続ける例もある。これらは、天竺震旦部の短小な話の傾向と思われる。その他、「そのときに→そののちに」の流れが多く見られる。

Ⅱ五段落構成の場合

①第二段落に「そのときに」が用いられる場合（13例）

〈第三段落〉「しかるあひだ」3例・「しかるに」1例・「そのときに」1例

〈第四段落〉「そのときに」4例・「そののち」2例・「さだめてしりぬ」1例・「これをおもふに」1例・「しかれば」1例

〈第五段落〉「これをもつておもふに・これをおもふに」3例・「しかれば」1例・「ときに」1例
②第三段落に「そのときに」が用いられる場合（35例）
〈第二段落〉「しかるあひだ」10例・「しかるに」2例・「しかれば」2例・「そののち」2例・「そのときに」1例・「また」1例
〈第四段落〉「そのときに」10例・「そののち」8例・「しかれば」3例・「かく」1例・「これをおもふに」1例・「しかるあひだ」1例・「また」1例
③第四段落に「そのときに」が用いられる場合（34例）
〈第二段落〉「しかるあひだ」6例・「そのときに」4例・「しかるに」2例・「しかれば」2例・「かくのごとく」1例・「しかれども」1例・「それに」1例・「また」1例
〈第三段落〉「そのときに」10例・「しかるあひだ」4例・「そののち」4例・「ここに」1例・「しかるに」1例・「しかれば」1例・「ときに」1例
〈第五段落〉「しかれば」5例・「そのときに」3例・「これをもつておもふに・まことにこれをおもふに」3例・「そののち」2例・「これによりて」1例・「これ」1例・「ときに」1例
④第五段落に「そのときに」を用いる場合（6例）
〈第二段落〉「それに」1例
〈第三段落〉「そのときに」2例・「ここに」1例・「しかるあひだ」1例・「そののち」1例
〈第四段落〉「そのときに」3例・「さて」1例・「しかれば」1例・「そののち」1例
五段落構成の場合は、第三段落と第四段落でもっとも多く「そのときに」が用いられる。第三段落と第四段落とで「そのときに」を連続使用する例が10例見られるが、そのうち天竺震旦部の例が9例を占めている。巻三ノ二九には「そのときに↓そのときに↓そのときに」と続ける例がある。その他、「しかるあひだ↓そのときに」「そのときに↓そののち」という流れが確認できる。

Ⅲ六段落構成の場合

①第二段落に「そのときに」が用いられる場合（9例）

〈第三段落〉「そののち」3例・「しかるあひだ」2例・「しかるに」2例・「そのときに」1例

〈第四段落〉「そののち」3例・「そのときに」1例・「ときに」1例

〈第五段落〉「そのときに」2例・「そののち」2例・「また」1例

〈第六段落〉省略

②第三段落に「そのときに」が用いられる場合（22例）

〈第二段落〉「しかるあひだ」8例・「しかるに」5例・「しかれば」1例・「そのとき」1例

〈第四段落〉「そののち」4例・「そのときに」2例・「しかるに」1例・「しかれば」1例

〈第五段落〉「そのときに」3例・「そののち」3例・「しかるあひだ」2例・「しかれば」2例・「ここに」1例・「また」1例

〈第六段落〉省略

③第四段落に「そのときに」が用いられる場合（22例）

〈第二段落〉「しかるあひだ」4例・「しかるに」4例・「そののち」2例・「そのとき」1例

〈第三段落〉「しかるあひだ」3例・「そのときに」2例・「そののち」2例・「しかるに」1例・「しかれば」1例

〈第五段落〉「そののち」6例・「そのときに」2例・「しかれば」1例

〈第六段落〉省略

④第五段落に「そのときに」が用いられる場合（19例）

〈第二段落〉「しかるあひだ」3例・「しかるに」3例・「そののち」2例・「かくて」1例・「そのときに」1例

〈第三段落〉「しかるあひだ」3例・「そのときに」3例・「そののち」3例

〈第四段落〉「そのときに」2例・「しかるあひだ」1例・「しかれば」1例・「そののち」1例・「また」1例

〈第六段落〉省略

六段落構成でも第三段落と第四段落において「そのときに」の例が最も多く、五段落構成の場合と同様「しかるあひだ↓そのときに」「そのときに↓そののち」という流れが多く見て取れよう。

以上のように、「そのときに」の用例数は、四段落構成の場合は、第二段落にもっとも多くの例が見られたが、五段落構成の場合と六段落構成の場合では、第二段落よりは第三段落と第四段落に多く見られる傾向があることがわかった。すなわち、全体としては五段落構成・六段落構成の場合を中心に、

「しかるあひだ」↓「そのときに」

「そのときに」↓「そののち」

という流れが確認できるが、「そのときに」の用例が多い天竺震旦部では「そのときに」が連続使用される例が多い。天竺震旦部では、巻三ノ三五のように「そのときに」を第二段落から第六段落まで六連続使用の例もある。このように「そのときに」が短小な説話の多い天竺震旦部の時間表現の機軸であったが、本朝仏法部以降では「しかるあひだ」の後続段落において「そのときに」を用いる形が主になっていくのである。

四　各部の接続語の使用傾向

前節では四段落構成の場合に、「そのときに」が第二段落から多く見られたが、これは天竺震旦部に集中しているものであった。そこで次に、天竺震旦部・本朝仏法部・本朝世俗部の各部毎に傾向を詳しく見ておきたい。ここでは、五段落構成を取る話に絞り、第二段落〜第四段落の冒頭の接続語を調査し（表4）〜（表6）に示した。これによれば、天竺震旦部においては、第二段落で「そのときに」は「しかるあひだ」の数に及ばないものの、中には、巻三ノ二九のように「そのときに」が第二段落から第四段落まで連続して3例見られる場合があり、また、第三段落と第四段落で連続して用いる例が、巻二ノ一・巻三ノ三二・巻四ノ二六・巻四ノ三六・巻六ノ一・巻六ノ二一・巻七ノ四二・巻九ノ五のように9例が見られる。天竺震旦部においては「しかるあひだ」とともに「そのときに」が段落展開の基本になっていることがわかる。

一方、本朝仏法部においては、第三段落と第四段落で「そのときに」が連続使用されるのは巻一二ノ一三に見える1例にとどまり、代わって「しかるあひだ」の連続使用が、巻一五ノ一八で第二段落〜第四段落に用いる例を始め、第二段落と第三段落で連続使用する例が、巻一二ノ二・巻一二ノ二九・巻一三ノ三一・巻一五ノ一二・巻一七ノ九・巻一七ノ一〇・巻一九ノ二二の7例がある。また、本朝世俗部においては、第二段落と第三段落で「しかるあひだ」の連続使用の例が、巻二五ノ六・巻二七ノ三三・巻二九ノ三〇の3例が見られる他、「さて」が第

（表3）『今昔』各部の主要な接続語

	第二段落	第三段落	第四段落
天竺震旦部	しかるあひだ	そのときに	そのときに
本朝仏法部	しかるあひだ	しかるあひだ	そののち
本朝世俗部	しかるあひだ	しかるあひだ	さて

（表4）『今昔』五段落説話の第二段落

	しかるあひだ	しかるに	そのときに	そののち	さて
巻一	1		1	1	1
巻二				1	
巻三	1		2		
巻四	2			1	
巻五					
巻六	2	3		1	
巻七	4		3		
巻九	2		1	1	
巻一〇	3	1	1		
巻一一	1		1		
巻一二	4	1		2	
巻一三	6	2			
巻一四	1	1	1		
巻一五	4	2		1	
巻一六	1	2			1
巻一七	4	3			
巻一九	2	1			
巻二〇	4		1		
巻二二		1			
巻二三		2			
巻二四	2	1			
巻二五	1				
巻二六				1	
巻二七	1	1	2		
巻二八					
巻二九	1				
巻三〇	1				
巻三一		1			1
合計	49	23	14	9	3

（表5）『今昔』五段落説話の第三段落

	しかるあひだ	しかるに	そのときに	そののち	さて
巻一				2	
巻二			2	1	
巻三	1		2		
巻四	1		2	1	
巻五			1		
巻六	3		3	1	
巻七	1		2	1	
巻九	2		4	3	
巻一〇			3	3	1
巻一一	1	1			
巻一二	2		4		
巻一三	4		1	1	
巻一四	1	1			
巻一五	7	1	1	3	
巻一六	1		1		
巻一七	2		3	1	
巻一九	1			2	
巻二〇		1	3		
巻二二					
巻二三	1	1			
巻二四		1	2	1	
巻二五	1				
巻二六				1	2
巻二七	4				2
巻二八	4			1	2
巻二九	1		1		
巻三〇	1				1
巻三一	2				3
合計	6	6	35	22	11

（表6）『今昔』五段落説話の第四段落

	しかるあひだ	しかるに	そのときに	そののち	さて
巻一			4	2	1
巻二			1		
巻三			3		
巻四			6		
巻五			1		
巻六	1		5	4	
巻七			4	3	
巻九			1	3	
巻一〇			2	5	1
巻一一				1	
巻一二	1		1	2	
巻一三	2	1		5	
巻一四	1		1	1	
巻一五	2	1	1	6	
巻一六				4	
巻一七			1	5	
巻一九			1		
巻二〇	1				
巻二二					
巻二三				1	
巻二四	1			1	
巻二五					
巻二六					2
巻二七	1		1		1
巻二八			1		1
巻二九	1				1
巻三〇					1
巻三一	1				3
合計	12	2	34	43	11

三段落と第四段落で連続使用する例が、巻二六ノ一〇・巻二八ノ一六・巻三一ノ三五の3例がある。

三節四節の検討から、段落冒頭で用いる接続語で最も例の多いものをまとめると、（表3）のような語句を挙げることができる。（表3）のような冒頭の接続語を一話の中ですべて用いたものは、典型的な構成の話と考えることができる。そのような構成の話を求めると、天竺震旦部で「しかるあひだ↓そのときに↓そのときに」となる例は、巻七ノ四二の例があり、その他、第二段落と第三段落で「しかるあひだ↓そのときに」と展開する例が、巻七ノ三・巻七ノ四二・巻九ノ七・巻一〇ノ一六など4例がある。本朝仏法部では、「しかるあひだ↓しかるあひだ↓そののち」と展開する構成は、巻一二ノ二・巻一五ノ一二・巻一七ノ九・巻一七ノ一〇など4例がある。本朝世俗部においては、「しかるあひだ↓しかるあひだ↓さて」となる例はないが、すでに挙げたように和文系の接続語「さて」の連続使用の場合や、変体漢文の接続語「しかるあひだ」が組み合わさって、「さて↓しかるあひだ↓さて」となる例（巻三一ノ七）、「しかるほどに↓そののち↓さて」（巻二六ノ一九）のように、和文語系の「さ」と訓読語系の「しか」を交互に組み合わせた形が見られる。
以上、今昔の接続語の中でも、「そのときに」「しかるあひだ」の二つがその使用の機軸であることは、どの巻・部をとってもおおむね言い得ることがわかったが、これらの文章中での機能はいかなる点に求められるであろうか。「そのときに」と「しかるあひだ」は分布上は天竺震旦部と本朝部で相補分布的に用いられているように見えるが、何段落に用いているかを見ると傾向の差があるため、全く同等の機能を持つとは考えにくい。次に、この点について、後続の叙述内容との関わりから、この両語の意味を中心に考察をしたい。

五　接続語と表現される内容との相関

接続語の用例がどのような叙述を導いているかについて、各接続語に後続する叙述内容によって検討しておきたい。ここでは、五段落からなる説話を取り上げ、第二段落から第五段落に用いられた接続語を用いた一文の中に、内容として時間・場所・人物の登場などの内容があるかどうかによって、これを含む段落数を調査する。まず具体例を挙げておく。

而ル間、年四十ニ成ル時ニ、道心硯テ、西塔ノ北谷ノ下ニ黒谷ト云フ別所有リ。（巻一三ノ二九）
而ル間、其ノ国ニ平維茂ト云者有ケリ。（巻二五ノ五）
其ノ時ニ、其ノ斛飯王ノ弟ニ甘露飯王ト云フ人ノ子、亦、兄弟二人有リ、名ヲバ婆婆ト云フ、弟ヲバ跋提ト云フ。（巻一ノ二一）
其ノ時ニ、舎衛国ニ波斯匿王ノ一人ノ大臣有リ、名ヲバ師質ト云フ、家大ニ富テ財宝无量也。（巻二ノ三二）
其後、程ヲ経テ十二月ノ晦ノ日ノ夕暮方ニ元興寺ノ門ニ人来テ云ク、（巻一九ノ三一）

其後、四五日許有テ、此五位ハ殿ノ内ニ曹司住ニテ有ケレバ、利仁来テ、五位ニ云ク、（巻二六ノ一七）

而ルニ、其ノ時ニ、入道寂照ト云フ人有リ、俗ニテハ大江ノ定基ト云ヒケリ。（巻一七ノ三八）

而ルニ一人ノ郎等有リ、名ヲ□ト云フ。（巻一九ノ七五）

然テ、張騫未ダ返リ不参ザリケル時ニ、天文ノ者、七月七日ニ参テ、天皇ニ奏シケル様、（巻一〇ノ四）

然テ年来ヲ経ル間ニ、五条ト西ノ洞院トニ□ノ宮ト申ス人御ス。（巻二四ノ一〇）

右の例で〰〰線は場所、〰線は時間、‖線は人物の登場に関わる表現を示した。この場合、人物とは、その箇所で初めて登場する人物のことであり、今昔の表現類型として、初出の場面に「人物あり」「人物来る」「人物出来」のように表現するものである。(6)

ここでは、接続語を用いた文に、これらの要素があるかを調査し、（表7）に示した。（表7）から、次のような点が読みとれる。

（表7）『今昔』の接続語の後続内容

	時間	場所	人物
しかるあひだ	39	27	20
しかるに	19	8	11
そのときに	5	21	27
そののち	38	16	4
さて	19	8	11

「そののち」は、「時間」の表現が続く例が多い。すなわち時間の経過を描く場合が多い。

「しかるあひだ」「しかるに」「さて」は、「時間」の表現が続くことが多くその半分ほどの割合で「人物」を導く例がある点で共通した傾向を示している。「しかるあひだ」では時間の続く場合「〜間」「程」が続くことが多い。本朝部仏法部前半では「人物」が続く事も多く、用法としては、新しく場面を起こす基本的な表現であると考えられる。

「そのときに」は、他と異なり、人物登場の表現に用いる場合が最も多いが、また、場所を導く表現が時間を表す例よりも多いのも他と異なる傾向である。天竺震旦部では、「そのときに」が第二段落などにも多く見られ、人物の登場を表して場面を転じる例が多いが、本朝仏法部以降の「そのときに」は、クライマックス部の印象的な場面や会話文に先行する例が多くなることと関わる事実であると思われる。[7] すなわち、本朝部では、「そのときに」を段落の冒頭部以外の展開部でも用いることが多くなり、「すると、そのときであった」のような意味で、長大な話の中で特に焦点を当てたい場面を強調する副詞的な用法に転じていく。「しかるあひだ」「そののちに」は、時間の経過を示すものとして用いているが、「そのときに」は、「しかるあひだ」「そののち」などで措定された時間の枠内において、ある場面に焦点を当てる機能を担っている点に特徴があると言えよう。

六　宇治拾遺物語の類話との比較

最後に、『宇治拾遺物語』で多数用いている「さて」に対して、今昔の類話においていかなる接続語が対応しているかを調査した（会話文の例は除いた。傍線を付したものは段落冒頭の例、付さないものは段落中の例）。

さて↓而間　　巻一九ノ一一・巻二〇ノ一三

さて↓其ノ時ニ　　巻四ノ六・巻五ノ一・巻五ノ一

さて↓其後　　巻九ノ一八・巻九ノ一八・巻一五ノ四・巻一九ノ一三・巻一九ノ一三・巻一九ノ二〇・巻二〇ノ四四・巻二〇ノ四四・巻二三ノ二二・巻二四ノ一六・巻二六ノ一七・巻三一ノ二九

さて↓然テ　　巻二三ノ一五・巻二三ノ二一・巻二六ノ一三・巻二六ノ一三・巻二八ノ二〇・巻二八ノ二一・巻二八ノ三〇

さて↓然レバ　　巻一九ノ二・巻二〇ノ三

さて↓カクテ　　巻五ノ一

さて→接続語ナシ　巻五ノ一・巻五ノ一・巻五ノ一（シテ後）・巻一一ノ一一・巻一四ノ二九・巻一六ノ三〇・巻一九ノ二・巻一九ノ三・巻一九ノ一八・巻一九ノ一八・巻二〇ノ一〇・巻二〇ノ一〇・巻二〇ノ一〇・巻二〇ノ一二・巻二〇ノ三四・巻二四ノ一八・巻二四ノ五六・巻二六ノ七・巻二六ノ七・巻二六ノ七・巻二六ノ七・巻二六ノ七・巻二六ノ七・巻二六ノ七・巻二六ノ一六

さて→其ノ程ニ　巻一四ノ二九

今昔では、接続語ナシの例が最も多い。「さて」は、和文調の物語で多く用いるが、その用法は「そうして」ほどの意味で前段を確認しつつ単純につなぐものであるから、段落構成に関わる力が弱く、今昔では多く省略されてしまうのであろう。「さて」→「其後（そののち）」は幅広く見られ、「さて」→「而間（しかるあひだ）」は少数ながら本朝仏法部に偏っている。これらは、すでに見たような各部における接続語の使用傾向に沿ったものであると言えよう。今昔の中で「さて」→「然テ」のように対応する例は、本朝世俗部にのみ見られる。「さて」→「其ノ時ニ」は次のように天竺震旦部のみに見られる。

○其ノ時ニ、驚キ怪ムデ寄テ見レバ、御帳ノ内ニ血流レテ国王見エ不給ズ。御帳ノ内ヲ見レバ、赤キ御髪シ一ツ残レリ。其ノ時ニ宮ノ内ノ騒ギ動ズル事无限シ。（巻五ノ一）

○御帳の中より血流れたり。あやしみて御帳の中を見れば、赤き首一つ残れり。その他は物なし。さて宮の内、ののしる事たとへん事なし。（『宇治拾遺物語』九一）

「其ノ時ニ（そのときに）」は、類話の中で総数63例が用いられるが、後続内容は、人物の会話文（11例）や、人物の登場を描く場面（7例）や、右の用例のように、強い感情を表現するクライマックス部など、印象的な場面に用いており、「そのときに」の本朝仏法部以降の傾向に沿った用法が見られる。

七　まとめ

以上述べたように、今昔では「而ル間」「其ノ時ニ」「其ノ後」が、新たな段落・場面を起こす機能を持つ主なものであるが、文章機能には差があり、「而ル間」は事件の一次的な発端部に用いられ、「其ノ後」は、事件の二次的な展開部分に用いられやすい。これに対し、「其ノ時ニ」の機能は、段落冒頭で用い、単に新たな人物の登場を示すような「而ル間」に近い用法の他に、重要な場面を起こす段落冒頭の用法と、展開部のクライマックス部等、印象的な場面を強く指示する用法において使用される。今昔において「其ノ時ニ」は、天竺震旦部では接続語的に機能する例もあるが、本朝仏法部以降では場面に焦点を当てる副詞的な表現へ変容していると見られる。

注

（1）拙稿「今昔物語集の否定表現―本朝法華験記への増補をめぐって―」（『同志社国文学』41　一九九四・一一　拙著『今昔物語集の表現形成』和泉書院　二〇〇三所収）
（2）峰岸明『平安時代古記録の国語学的研究』（東京大学出版会　一九八六）
（3）古典遺産の会『将門記　研究と資料』（新読書社　一九六三）によると「而間」の例が7例、「然間」の例が5例である。
（4）谷光忠彦「今昔物語集の文体―「其ノ時」「其ノ時ニ」「時ニ」の用法をめぐって―」（『日本女子経済短期大学研究論集』11　一九六五・二）
（5）なお、接続語で特色のあるものに言及しておくと、「しかれば」は、話末評語に多いが、本朝世俗部では展開部にも多く用いる。「また」は、天竺震旦部に多いが、和歌説話で短小な段落を繋ぐのにも用いるなどの特色がある。
（6）ここで言う人物は、話の中で登場する人間の他、動物なども含める。段落冒頭の箇所に人物の登場を述べるのは場所や時間の場合と同様、場面設定の機能の一つである。

（7）クライマックス部の例は、拙稿「物語文の表現と視点」（玉村文郎編『日本語学と言語学』明治書院　二〇〇二・二　拙著『今昔物語集の表現形成』和泉書院　二〇〇三所収）を参照。

第九章　今昔物語集の複合動詞

――和漢混淆文の特徴語として――

一　はじめに

和漢混淆文の語彙の研究の一視点として、『今昔物語集』（以下「今昔」）の複合動詞の構成法の面から考察しようとするのが、本章のねらいである。

複合動詞を語彙研究の対象として取り上げる理由は、まず、語彙量の多いことにある。一般に、作品中の品詞別の語彙分布において、動詞の比率は、名詞に次いで高い(1)。その動詞語彙の大部分を占めるのは、単独動詞ではなく、動詞＋動詞の複合形式を採るものが多く見られる。複合動詞の構成法には、他に、名詞（居体言）＋す、名詞＋動詞の形式もあるが、右の形式が、複合動詞の形式の大部分を占めるのみならず、複合語全般に視野を広げても、名詞＋名詞の複合名詞に次ぐ高比率である(2)。

また、動詞＋動詞の形式は造語力が強く、容易に新語を構成し得るから、その用語の傾向を見ることによって、ある作品の文体上の個性を知るのにも適していると考えられる。夙に、竹内美智子(3)は『源氏物語』の複合動詞に、接頭辞的動詞＋実質動詞や、実質動詞＋補助動詞の形式のみならず、実質動詞＋実質動詞の形式が多数用いられていることを指摘し、これらが漢文・漢語を前提とする語彙であることを述べた。また、秋本守英(4)は、平安時代の複合動詞について、時代の下がる方が、また、漢文訓読文の影響の強いと言われるものより和文的であると言われるものの方が、複合動詞が多く、文が長くなる傾向があるとともに、その中に見える併列的複合動詞（竹内の実質動詞＋実質動詞に相当するもの）が漢文的なものであることを指摘している。筆者も、続日本紀宣命の複合動詞に同義ないし類義の動詞の組み合わせのものがあり、それらが漢文の詔勅に典拠を持つ用語として生まれたものであることを述べたことがあるが[5]、これらを考え合わせれば、和漢混淆文である今昔の複合動詞にも漢語語彙の影響による用語が多く含まれると推測される。

本章はこれらの先行研究をふまえ、今昔の複合動詞の構成上の特色を考察してみたい。それを通して、今昔の語彙の特色の一端を明らかにし、また漢文の影響で生じた和漢混淆文の特徴語を探ってみたい。

二　今昔物語集の複合動詞の分析方法

古代の動詞＋動詞の形式について、かつて、これを一語の複合動詞と見る立場と、二語の連合と見る立場があった。金田一春彦[6]は、アクセント資料の検討から、この形式は二語の連合にすぎないことを述べられた。しかし、アクセントの面から言われたことは、この形式の熟合度の弱さを示す傍証とは考えられても、熟合度という意識の面にまで論及するのは難しい。

関一雄[7]は、複合動詞の認定に語法的な観点を導入した。関は「その慣用化の程度と、意味関係の如何」を重視し、「結合順が固定したもの、助詞「て」「つつ」の介入を許さぬもの（介入によって意味の変わるもの）」を真の複合動詞であるとした。「て」が介入するか否かは動詞＋動詞の意識に関わる観点である。秋本守英[8]は、「漕ぎてめぐる」は「て」によって事象「漕ぎ」と「めぐる」が並列的に関係づけられるのに対して、「漕ぎめぐる」は一つの事象として受け取られる。そのふたつの構成要素の関係の認定は、聞き手の判断に委ねられるものであり、「より具体的で、より分析的な概念の、綜合的な表現である」としている。つまり「て」の介入はより分析的な話し手の態度がある場合であり、「て」が介入しない場合は、「綜合」化の意識が加わり一つの複合動詞として捉えたことを示すとも考えられる。動詞＋動詞の表現を観察者の立場から「て」「つつ」を介入させることができると解せたとしても、それは直ちに表現者が用いた「て」「つつ」を介入させない形の表現と同等のものであると考える根拠にはならない。むしろ、「て」「つつ」を介入させうる場合でも、それを介入させない形を用いたことに意味があり、そこに複合動詞として捉える余地がある。臨時的な結合と思われるものであっても、一語意識のもとに結合した語の連続は繰り返し使用され、複数の文献に出現するものがあるのも事実である。

金田一や関の指摘はそれぞれ観点は違うが、結果的に古代語の複合動詞には緩やかな結合のものも多いことを指摘したものと言える。複合動詞の熟合・固定化について近年の注目すべき見解として、影山太郎[9]が、複合動詞を語彙的複合動詞と統語的複合動詞に分けた分類をもとに、青木博史[10]は、語彙的複合動詞の固定化の時期を室町時代以降と推測している。青木によると、語彙的複合動詞が「語」として形態的緊密性を獲得する以前の段階である古代においては、動詞＋動詞は複合動詞としての結びつきは緩く、「句」に近いものとしている。今昔の複合動詞は独自のものが多く、文体史の面からも注目すべき点が多い（東辻保和『平安時代複合動詞索引』（清文堂出版）を参看すると、今昔に独自の複合動詞が少なからず見られるが、これは固定化した複合動詞が主流になる以前の句的な複合動詞が、今昔において自由かつ臨時的に創作されていることを推測させる）。影山や青木の論のように古代の複合動詞の多くが「句」的なものとするなら、その結合のあり方を通して個別的な表現形成の特徴を見ることができ、今昔ひいては和漢混淆文の文体上の特徴を見るのに有力な観点を提供してくれると考えられる。

二つの動詞を組み合わせることは、事態を一つの綜合化した内容として捉えることであり、そのような捉え方には撰者の表現の嗜好が現れる。したがってどのような動詞をどのように組み合わせて複合動詞を作り出しているかバリエーションを整理し、その特徴を検討することは、今昔の文体の特徴を見る上でも重要な観点を提供すると考えられる。青木の論では、語彙的複合動詞の範疇として前項が「手段」「様態」「原因」になる場合を挙げているが、今昔にはこれに当てはまらない範疇として、前項と後項とが同義的な関係の複合動詞が多く存する点も注目される。これは後述するように、漢語の影響による複合動詞として、今昔ひいては和漢混淆文の語彙の独自性を見出す観点にもなるものである。

本章では、和文と今昔の文体的な比較を主たる目的として、これらに見られる動詞＋動詞の連続した形式を広く複合動詞として認定し、次の観点から比較・考察していくことにする。

1、和文との一致度

2、訓点語を含む複合動詞

3、転倒による複合動詞

今昔と和文との一致度を見るのは、今昔の独自語彙を見出すためであり、また、訓点語（ここでは漢文訓読特有語的なもの）を扱うのは、これを通して今昔の中の漢文訓読の影響を見るためである。さらに、今昔に特徴的な造語法として前項後項の転倒した形式を取り上げて検討する。

なお、形式的に動詞＋動詞の複合動詞といっても、具体的な扱いには注意を要する場合がある。ここでは次の方針によって処理することにした。

1、「たてまつる」「たまふ」等、敬語補助動詞と考えられるものは除く。

2、「あやしむ」「あやしぶ」、「あはれむ」「あはれぶ」、「かなしむ」「かなしぶ」等、「ぶ」「む」の両形がある場合は別語とは考えない。ただし、語形は必ずしも統一せず、複合する語によっていずれかを掲示する。

3、「ゐて（将）」、「もて（持）」の例は、動詞「ゐる」「もつ」として扱う。
4、「いふ」「のたまふ」、「みる」「ごらんず」等の敬語・非敬語は、同語（非敬語に統一）として扱う。
5、「きたる」と「く（来）」は同語（きたる）として扱う。
6、接頭語的な「あひ（相）」「うち（打）」「かき（掻）」、接尾語的な「あふ（合）」「う（得）」「そむ（初）」「はつ（果）」等も複合動詞の前項後項に含めて考える。ただし、複合動詞の用例が、これらの結合によるものしかない場合は、複合動詞を構成しないものの用例に数える。
7、「はしりいできたる」「わらいののしりあふ」等の三つの単独動詞が合した場合は、意味の結合の上から2＋1または1＋2に分け、「はしり＋いできたる」「わらひ＋ののしりあふ」のごとくに分ける。さらに後者の「ののしりあふ」は6に準じ「あふ」を接辞的なものと見て単に「ののしる」と同じと見なす。
資料は、今昔は岩波日本古典文学大系本『今昔物語集』により、併せて馬淵和夫監修『今昔物語集自立語索引』を利用した。また、和文資料としたのは、宮島達夫『古典対照語い表』に収載された用例（『万葉集』『方丈記』『徒然草』を除く）を対象にしている。なお、用例を提示する際、表記の都合上、複数の用字を持つ語は適宜用字を統一し、また、送り仮名を簡略にして掲出した場合が多くある。

三　和文との一致度

ここでは、今昔の前項動詞について、前項動詞のほか後項動詞で使用するかしないかという観点から分類し、今昔と和文の一致度を概観しておく。前項動詞を中心に分類するのは、ある動詞が前項・後項に用いられる度合いが文体によって差があるという点に着目したものである。

（表1）は、今昔の前項動詞に着目し、どのように複合動詞を作っているかにより、和文と今昔の比較をしたものである。後に見る訓点語の包含率（前項動詞数に含まれる訓点語の数を前項動詞数で割った数）や転倒率（前項動詞と後項動詞が入れ替わった語形の例数を前項動詞数で割った数）も含めて次の規準で分類した。

Ⅰ、今昔の前項動詞が和文でも複合動詞をつくるもの

A今昔で前項動詞にのみ用いるもの

①和文で前項動詞にのみ用いるもの

②和文で後項動詞にのみ用いるもの

③和文で前項動詞・後項動詞いずれにも用いるもの

B今昔で前項動詞・後項動詞ともに用いるもの

④和文で前項動詞にのみ用いるもの

⑤和文で後項動詞にのみ用いるもの

⑥和文で前項動詞・後項動詞ともに用いるもの

Ⅱ、今昔の前項動詞が和文で複合動詞をつくらないもの

⑦和文で前項動詞を単独でのみ用いるもの

⑧和文で前項動詞自体が存在しないもの

（表1）を見ると、今昔と和文では前項と後項とで差がある事がわかる。今昔と和文で一致度が大きいのは、和文で前項と後項で自由に用いられている⑥と、今昔と和文でともに前項でのみ用いられる①とである。①と⑥とで前項動詞数は約半数を占め、複合動詞の総数では約三分の二を占める。大きな差を見せるのは、それ以外の場合である。

（表１）和文との比較による前項動詞の分類

合計	複合動詞を作らぬ		今昔の前項動詞が和文でも複合動詞を作る						分類
	前項か後項に用いる		今昔で前項後項ともに用いる			今昔で前項にのみ用いる			
	和文で前項動詞自体が存在しない⑧	和文で前項動詞を単独で用いる⑦	和文で前項後項に用いる⑥	和文で後項にのみ用いる⑤	和文で前項にのみ用いる④	和文で前項後項に用いる③	和文で後項にのみ用いる②	和文で前項にのみ用いる①	
525	95	67	188	37	38	43	8	49	前項助詞数
3085	149	165	1767	76	429	146	10	343	複合動詞
5.9	1.6	2.5	9.2	2.1	11.3	3.4	1.3	7	複合／前項
977	0(0%)	0(0%)	710(40%)	1(1%)	119(28%)	42(29%)	0(0%)	105(31%)	和文との一致数
71(14%)	36(38%)	15(22%)	5(3%)	3(8%)	5(13%)	0(0%)	1(13%)	6(12%)	訓点語包含率
125(24%)	8(8%)	11(16%)	78(41%)	14(38%)	14(36%)	—	—	—	転倒率

③④⑤は、一方で自由度が高く前項と後項とで用いるのに、他方では制約が見られるものである。すなわち、③は和文では後項にも用いるが今昔では前項でしか用いられない制約があり、④は和文で前項でしか用いられず⑤は和文で後項でしか用いられない制約がある。このうち③④は相当数度和文と一致する複合動詞があるが、⑤の類は一致する例が全く見られない。東辻保和[11]は後項動詞には後置率の高いものが多い事を指摘しているが、東辻が後置率100％とした「みだる」「とどまる」「のく」「ふる（触）」「おくる（送）」が⑤に含まれ、和文に特有の複合動詞を作っている。例えば⑤に含まれる「切る」は、和文では後項で「思い切る」「言い切る」のように補助動詞的な用法でのみ用いているが、次節に示すように、今昔においては「切る」を「切り入る」「切り失ふ」など前項に用いた複合動詞が22例も見られる。また、今昔では後項に用いる場合も、補助動詞的な例は「申し切る」のみであり、「射切る」「押し切る」などの実質的意味を持つ用法が11例も見られ、傾向が大きく異なっているのである。

さらに、②は今昔では前項にしか用いないのに、和文では後項にしか用いない点でまったく逆の傾向を持つ。この中には、後述する「つとめおこなふ」（今昔）「おこなひつとむ」（源氏）など同語が逆の順序で結合する例も含み、今昔と和文の語構成の方法の差異を示すものである。

⑦⑧は和文で複合動詞を作らないあるいは動詞自体がないものであるが、これは訓点語との一致率が高いことに関わっている。今昔が漢文訓読語を多く用いる語彙的な特質に関わるグループである。

以上、和文の複合動詞と比較したが、複合動詞の全体である3085例中、今昔と和文が一致するのは977例に止まり、不一致の例の比率の方がはるかに高い。これを複合動詞の構成率（複合動詞／前項動詞）との関連から見ると、①③④⑥のように複合動詞の構成比率が高いものは和文との一致度も高いが、逆に②⑤⑦⑧のように複合動詞の構成比率の低いものは和文と一致するものが見られない。後者には、②⑤のように今昔と和文で用いる位置が異なる場合と、⑦⑧のように訓読語の使用により傾向に差がある場合がある。

次節以降では、右の各分類に含まれる訓点語の使用上の特徴を分析し、さらに前項後項の転倒によって複合動詞を作る方法について検討したい。

四　訓点語を含む複合動詞

ここでは、①〜⑧の各グループに見られる複合動詞の中で和文に用いられた訓点語（ここでは漢文訓読特有語の意で用いる）を含む例を抜き出し比較する。訓点語の認定は、築島裕『平安時代の漢文訓読語につきての研究』（東京大学出版会）において漢文訓読特有語を析出するのに用いられた基準による。すなわち、『大慈恩寺三蔵法師伝古点』にあるが『源氏物語』にないもの、あるいは『源氏物語』にあっても用法や用例が限られるものである。前者は⑧に対応し、後者は①〜⑦に対応する。訓点語とされる語は、和文には用例が少ないが、複合動詞の形でも少数ながら例が認められ、今昔の複合動詞と傾向を比較することができる。次に該当する語をあげておく。なお

——線を付した語は、『源氏物語』と今昔に共通するもの、══線を付した語は、その他の平安和文作品に共通するものである。⑧の語は、用例が多いため一部のみ示した。

①和文で前項にのみ用いるもの

a、射る（和文後項・当つ・返す・殺す・取る）　※「射殺す」は『竹取物語』にあり。
（今昔後項・当つ・合ふ・顕かす・出す・落とす・懸く・切る・殺す・居う・戦ふ・立つ・付く・尽くす・次ぐ・貫く・通す・取る・臥す）

b、占ふ（和文後項・申す・寄る）
（今昔後項・相す・察す）

c、湿ふ（和文後項・渡る）
（今昔後項・汚る）

d、築く（和文後項・分く）
（今昔後項・籠む・隔つ・廻す・廻す）

e、記（しる）す（和文後項・集む・置く・続く・伝ふ・留む・漏らす）
（今昔後項・置く・遣す・付く・尽くす）

f、濯ぐ（和文後項・捨つ・果つ）
（今昔後項・浄む）

②和文で後項にのみ用いるもの

a、浮る（和文前項・思ふ）
（今昔後項・行（あり）く）

③和文で前項後項に用いるもの

なし

④和文で前項にのみ用いる

a、怪ぶ（和文後項・思ふ）
（今昔後項・疑ふ・恐る・驚く・思ふ）
（今昔前項　疑ふ・恐る・驚く・貴ぶ・見る）

b、哀む（和文後項・おはします）
（今昔後項・悲む・貴ぶ・讃む・養ふ）
（今昔前項　悲む・貴ぶ・讃む・護る）

c、恐る（和文後項・思ふ・貴む・申す・惶く）
（今昔後項・合ふ・怪ぶ・敬ふ・怖づ・思ふ・貴む・歎く・恥づ・迷ふ・喜ぶ）
（今昔前項　怪ぶ・憂ふ・恐づ・驚く・悲しむ・感ず・慎む・恥づ）

d、屈る（かがまる）（和文後項・歩く・居り）
（今昔後項・翔ふ・居る・居り）
（今昔前項　老ゆ・恐づ・凝る）

※「屈り居り」は『大鏡』にあり。

e、学ぶ（和文後項・聞く・知る）
（今昔後項・極む・知る・伝ふ・読む・畢る）
（今昔前項・受く・兼ぬ・伝ふ・読む）

⑤和文で後項にのみ用いるもの

a、覆ふ（和文前項・吹く）
（今昔前項・打つ・差す・造る・引く・降る・迷ふ）
（今昔後項・隠す・被ぐ）
b、切る（和文前項・言ふ・思ふ）
（今昔前項・射る・打つ・押す・掻く・くふ・定む・摘む・交む・喰む・引く・吹く・申す）
（今昔後項・入る・失ふ・置く・落とす・下す・懸く・刻む・砕く・食ふ・壊つ・殺す・割く・捨つ・倒す・取る・去く・放つ・払ふ・引く・聞く・塞ぐ・伏す）
c、凝る（和文前項・押す）
（今昔前項・押す・這ふ）
（今昔後項・屈る）

⑥和文で前項・後項に用いるもの

a、崇む（和文前項・思ふ・傅く（かしづく））
（今昔前項・貴ぶ）
（和文後項・傅く（かしづく））
（今昔後項・敬ふ・立つ・貴ぶ）
b、悲む（和文前項・恋ふ）
（今昔前項・愛す・哀む・痛む・厭ふ・怖づ・驚く・悔ゆ・恋ふ・貴ぶ・泣く・歎く・恥づ・讃む・喜ぶ・惜む）
（和文後項・思ふ）

（今昔後項・愛す・痛む・貴ぶ・泣く・歎く・喜ぶ）

c、畳む（和文前項・押す）
（今昔前項・打つ・押す）
（和文後項・為（な）す）
（今昔後項・納む）

d、転（まろ）ぶ（和文前項・伏す）
（今昔前項・低す・倒る・臥す）
（和文後項・入る・失す・落つ・退く）
（今昔後項・出づ・落つ・下る）

e、養ふ（和文前項・撫づ）
（今昔前項・哀む・労る・傅く・悲ぶ・取る）
（和文後項・傅（かしづ）く）
（今昔後項・繚ふ・置く・傅く・肥やす・立つ）

⑦和文で前項動詞を単独でのみ用いるもの

a、嘲（あざけ）る（今昔前項・云ふ・歌ふ・哭く・咲ふ）
（今昔後項・合ふ・咲ふ）

b、軽（かろし）む（今昔前項・蔑（あなづ）る）
（今昔後項・慢（あなづ）る・咲ふ）

c、極む（今昔前項・習ふ・成る・学ぶ）

※「養ひ傅く」は『大鏡』にあり。

（今昔後項・知る）

d、苦む（今昔前項・痛む・飢う・困む）
（今昔後項・痛む・困む・悩む・煩ふ）

e、殺す（今昔前項・射る・打つ・埋む・置く・押す・切る・喰ふ・蹴る・蹴割く・割く・差す・責む・吸ふ・突く・取る・詛ふ・踏む・干す・焼く）
（今昔後項・得・畢つ・伏す）

f、授く（今昔後項・与ふ・捨つ・畢つ・畢る）

g、退く（今昔前項・罷る）
（今昔後項・返る）

h、貴む（今昔前項・崇む・哀ぶ・敬ふ・驚く・悲ぶ・信ず・泣く・讃む・喜ぶ・礼む）
（今昔後項・崇む・哀む・合ふ・仰ぐ・怪む・敬ふ・思ふ・悲む・信ず・讃む・喜ぶ・礼む）

i、貫く（今昔前項・射る・突く）
（今昔後項・集む・入る・出づ・得・代ふ・捨つ・取る・儲く）

j、奪ふ（今昔前項・引く）
（今昔後項・返す・取る）

k、弘む（今昔前項・語る・伝ふ）
（今昔後項・置く・行ふ・伝ふ）

l、亡す（ほろぼ）（今昔後項・取る）

m、貧る（今昔後項・愛す）

n、破る（今昔前項・穿つ・打つ・押す・頽る・食ふ・蹴る・刺す・指す・叩く・摑む・引く・踏む・乱る・傷る）
（今昔後項・失す・懸る・下る・損ず・散る・残る・乱る・傷る）

o、彫る（今昔前項・刻む）
（今昔後項・顕す）

⑧和文で前項動詞自体が存在しないもの

a、浴む（今昔後項・喤る・畢つ）

b、憩ふ（今昔後項・立つ）

c、痛む（今昔前項・悲む・苦む・病む）
（今昔後項・悲む・苦む・歎く・悩む・病む）

d、賤ぶ（今昔後項・蔑る）

e、敬ふ（今昔前項・崇む・恐る・畏る・傅く・貴ぶ）
（今昔後項・思ふ・畏る・助く・貴ぶ・崇む・讃む・向ふ・礼む）

f、圧ふ（今昔前項・打つ）
（今昔後項・討つ・懸る・来る・寄る）

g、闕く（今昔前項・打つ・切る・突く）
（今昔後項・落つ）

h、買ふ（今昔後項・得・調ふ・取る・放つ・求む・持来る）

i、勘ふ（今昔後項・出す・定む・問ふ）

k、来る（今昔前項・上る・集る・歩ぶ・歩び寄る・急ぐ・出づ・入る・生る・送る・押す・圧ふ・落つ・負ふ・追ふ・下る・帰る・競ふ・下る・越ゆ・漕ぐ・挙る・騒ぐ・進む・責む・聳く・尋ぬ・近付く・伝ふ・飛ぶ・流る・成る・成り伝ふ・昇る・走す・走る・走り集る・走り入る・這ひ寄る・曳く・吹く・降る・詣づ・迷ふ・参る・見ゆ・満つ・向ふ・持つ・求む・寄す・寄る・渡る・将る）（今昔後項・遊ぶ・集る・合ふ・現る・有り・至る・入る・懸る・通ふ・下る・極ず・坐す・過ぐ・住む・責む・住す・近付く・着く・集ふ・照す・臨む・始む・向ふ・宿る・居る）

1、馳す（今昔後項・集る・至る・出づ・入る・懸く・違ふ・返る・組む・過ぐ・散す・散る・着く・上る・向ふ・行く・寄る・渡る）

（以下省略）

右の例から、傍線を付した今昔と和文とで一致するものは少ないこと、①「記す」「濯ぐ」を例外として全て今昔の方が和文より複合動詞の種類が多くなっていること、などの点が窺え、訓点語は今昔において複合動詞の形でも活発に利用されていることが窺える。ただし、和文の中でも傍線を付した『源氏物語』や『竹取物語』『大鏡』等と今昔で共通する複合動詞が見られることは、これらの作品の漢語を受容する態度の現れとして注目できる。

このような訓点語を含む複合動詞には語構成上の傾向がある。和文の複合動詞では「あはれみおはします」（修飾関係）「ときいづ」（補助関係）などのような従属関係の構成が多いが、前項と後項が対等の構成として「あがめかしづく」（源氏）「かがまりをり」（大鏡）「かなしみこふ」（土左）「なでやしなふ」（源氏）「やしなひかしづく」（大鏡）も見られる。この中で、「あがめかしづく」以外は、各々「屈居」「悲恋」「撫養」「傅養」などの漢語の訓読と考えられる例である。「あがめかしづく」は、『源氏物語』のみの語形であり転倒形の「かしづきあがむ」とともに用いている。これは、『観智院本類聚名義抄』の「崇」字に「アガム」「カシヅク」の両訓が挙げられていることから考えると、和文では「かしづく」を用いるのが一般であるところを、紫式部の「崇」字の訓読の知識によって臨時的に「あがむ」を加えて作り出した例外的な複合動詞と推測されるであろう。

これに対し、今昔では対等関係の構成による複合動詞が多くを占めている。次に分類ごとに該当例を示す。

①「占ひ察す」「湿ひ汚る」「濯ぎ浄む」

④「哀み悲む」「哀み貴ぶ」「哀み讃む」「哀み養ふ」「悲み哀む「貴び哀む」「讃め哀む」「護り哀む」・「恐れ怪ぶ」「恐れ敬ふ「恐れ怖づ」「恐れ貴む」「恐れ歎く」「恐れ恥づ」「恐れ迷ふ」「怪び恐る」「憂へ恐る」「恐ぢ怖る」「驚き恐る」・「怪び疑ふ」「怪び恐る」「怪び驚く」「疑ひ怪ぶ」「恐れ怪ぶ」「驚き怪ぶ」「貴び怪ぶ」

⑤「覆ひ被ぐ」・「哀み養ふ」「労り養ふ」「傅き養ふ」「悲び養ふ」「養ひ繚ふ」「養ひ傅く」「養ひ肥やす」

⑥「貴び崇む」「崇め敬ふ」「崇め貴ぶ」・「哀み悲む」「痛み悲む」「厭ひ悲む」「怖ぢ悲む」「貴み悲む」「泣き悲む」「歎き悲む」「恥ぢ悲む」「讃め悲む」「惜み悲む」「喜び悲む」「悲み愛す」「悲み痛む」「悲み貴ぶ」・「悲み泣く」「悲み歎く」・「養ひ傅く」「傅き養ふ」

⑦「咲ひ嘲る」「嘲り咲ふ」・「蔑り軽む」「軽め慢る」「軽み咲ふ」・「痛み苦む」「苦み困む」「苦み悩む」・「授け与ふ」・「退き返る」・「崇め貴む」「哀び貴む」「敬ひ貴む」「悲び貴む」「信じ貴む」「讃め貴む」「喜び貴む」「礼み貴む」「貴み崇む」「貴み哀む」「貴み仰ぐ」「貴み敬ふ」「貴み悲む」「貴み信ず」「貴み讃む」「貴み喜ぶ」「貴み礼む」・「突き貫く」・「奪ひ取る」・「伝へ弘む」「弘め伝ふ」・「乱れ破る」「破れ損ず」「破れ乱る」「傷れ破る」・「刻み彫る」

⑧「悲み痛む」「苦み痛む」「痛み悲む」「痛み苦む」「痛み歎く」「痛み悩む」「痛み病む」・「賤び蔑る」・「崇め敬ふ」「恐れ敬ふ」「畏り敬ふ」「傅き敬ふ」「貴び敬ふ」「敬ひ畏る」「敬ひ貴ぶ」「敬ひ崇む」「敬ひ讃む」「敬ひ礼む」・「打ち圧ふ」「圧ひ討つ」「圧ひ懸る」「圧ひ来る」・「闕け落つ」・「勘へ問ふ」等（以下略）

④は、和文で前項にのみ用いるものであるが、今昔で対等関係の複合動詞が多いことは、その制約が破られる原

因ともなる。例えば、「恐る」「怪ぶ」は、今昔では「恐れ怪ぶ」「怪び恐る」のごとく後項にも用いられる。また、「哀む」では前項にも後項にも「悲む」「貴ぶ」「讃む」という共通した動詞を用いている。このように同じ動詞を前項と後項で入れ替えて用いる例に、他に⑥の「崇む」「悲む」、⑦の「嘲る」「軽む」「貴む」「弘む」「破る」、⑧の「痛む」「敬ふ」などがある。これらの語は、前項と後項とで同義的な意味の語と結びつく傾向があり、結合順序が自由に用いられる。このように同義的な動詞を組み合わせた複合動詞については、漢語の訓読に基づいた翻読語もしくはそれを応用して造語したと考えるべきものも多いと考え得よう。とりわけ例が多いのは⑥「悲む」⑦「貴む」を含む語で、今昔の特徴的な心情語として多く用いている。和文でも漢語との関係が考えられる翻読語が見られるが、今昔に比べると漢語の影響は相対的には少ない。

今昔の複合動詞には変体漢文の用語に由来すると思われる語も含まれる。⑧の中に「来る」「馳す」など例の多いものがあるが、これらの中には峰岸明[12]が記録語の語彙とした「おそひきたる」（圧来）「はせいたる」（馳至）「はせむかふ」（馳向）などが含まれる。その他、「打ち破る」（打破）なども変体漢文に多い語である。

また、意味の面から見ると、右にあげた例は「哀む」「恐る」「怪ぶ」「崇む」「嘲る」「軽む」「貴む」「痛む」「敬ふ」などをはじめ、多くが精神作用を表す意味を持つものであることも特徴的である。今昔では、人物の心情を強調的に描くのに効果的な表現として、類義語を組み合わせた表現が多く用いられるのである。

五　転倒による複合動詞

前節で見たように、今昔の複合動詞の中には、前項後項の転倒した語形が多く見える。これは、例えば「出で立つ」（出て立つ）「立ち出づ」（立って出ていく）、「見返る」（後を振り向く）「返り見る」（気に懸ける）のごとく和文にも見える現象である。しかし、和文では括弧内に示したごとき意味の使い分けがみられるのに対して、前節に示した今昔の例は意味の変化を伴わない類義語による対等関係の構成が中心である。

（表2）

（Ⅰ）『今昔物語集』（例数2以上）

例数	動詞	結合する動詞
10	かなしむ	あいす・あはれむ・あいす・いたむ・くゆ・たすく・たふとむ・なく・なげく・よろこぶ
8	たふとむ	あがむ・あはれむ・うやまふ・かなしむ・しんず・ほむ・よろこぶ・をがむ
6	きたる	あつまる・くだる・せむ・ちかづく・むかふ・よる
	つたふ	いふ・うけたまはる・きく・ならふ・ひろむ・まなぶ
4	とる	あはす・いる・おく・かふ
3	あはれむ	かなしむ・たふとぶ・ほむ
	いたむ	かなしむ・くるしむ・やむ
	おそる	あやしぶ・おづ・はづ
	なく	かなしむ・さけぶ・なげく
	なげく	おもふ・うれふ・おぼす
	にくむ	いとふ・そしる・にくむ
	ののしる	さわぐ・とふ・もとむ
	ゆく	いづ・すぐ・すすむ
	わらふ	あざける・あなづる・いふ
2	あやしぶ	うたがふ・おどろく
	あつまる	あつまる・きたる
	うたがふ	あやしぶ・おもふ
	おふ	うつ・とらふ
	くだる	かへる・きたる
	くるしむ	いたむ・なやむ
	こしらふ	いふ・をこつる
	せむ	うつ・きたる
	たすく	かなしむ・すくふ
	つくる	あらはす・うつす
	とほる	すぐ・ゆく
	はしる	おる・たつ
	ほむ	あはれむ・たふとむ
	ゆるす	かへす・はなつ
	よろこぶ	かなしむ・たふとむ

（Ⅱ）『源氏物語』（例数2以上）

例数	動詞	結合する動詞
20	おもふ	あつかふ・あふ・いそぐ・いとなむ・いふ・いらる・うたがふ・おとす・おどろく・かかづらふ・かしづく・しのぶ・たづぬ・なげく・ねがふ・のたまふ・へだつ・みだる・むつぶ・よろこぶ
3	いづ	たつ・はなる・むかふ
	かく	すさむ・まぎらはす・みだる
	たつ	いづ・かくる・さわぐ
	とぶらふ	まゐる・みる・まうづ
	みる	おもふ・かへる・きく
2	あかる	ちる・ゆく
	いとなむ	おもふ・つかうまつる
	いふ	おどす・おもふ
	かよふ	く・まゐる
	きく	つたふ・みる
	つく	おはします・しむ
	のたまふ	おきつ・おぼす
	まぎらはす	おはす・かく
	よる	おはす・かへす

（Ⅲ）『宇治拾遺物語』（全例）

例数	動詞	結合する動詞
3	あふ	おもふ・す・みる
2	あつまる	つどふ・ゐる
	さわぐ	あわつ・まどふ
	たつ	いづ・はしる
	とる	いる・わく
1	いだす	やる
	いづ	たつ
	おもふ	あふ
	かく（書）	つづく
	かへす	やる
	きようず	みる
	さけぶ	なく
	すぐ	ゆく
	たづぬ	とふ
	つく（突）	ゐる
	つたふ	きく
	つどふ	あつまる

ら挙げた。
〈表2〉には今昔および『源氏物語』『宇治拾遺物語』の中から、前項・後項が転倒する複合動詞を上位の動詞か

既述のように今昔の転倒例は同義的な語の結合が中心である。また、訓点語であり精神作用を示す語が上位を占める点にも特徴がある。「かなしむ」「たふとむ」「あはれむ」「いたむ」「おそる」「あやしぶ」などがその典型であり、精神作用を表す類義語同士が結びつき今昔説話を形成する常套表現が生み出されている。

これに対し、今昔と多くの類話を持つ『宇治拾遺物語』には、今昔に見られるような傾向は認められない。これは、両書の内容（多く漢文に基づく仏教説話中心か和文に基づく世俗説話中心か）の差異に対応する点であり、今昔の撰者の文体の特質や独自の語彙形成の方法による面が大きいと思われる。また、『源氏物語』では『宇治拾遺物語』と同様の面があるが、「おもふ」を含む複合動詞が多く、これは紫式部の独自の心理描写の傾向である。「おもふ」によって精神作用を表す語彙形成の方法は、今昔と大きく異なっていると言える。

ただし、次のように、今昔と和文で共通して見られる転倒例も含まれている。

1あそぶ―たはぶる　2いづ―はしる　3うたがふ―おもふ　4おもふ―なげく　5さわぐ―ののしる
6かへす―やる　7きく―みる　8つたふ―きく　9とふ―たづぬ　10なむ―ゐる　11まうす―つたふ
12わたる―すむ　13よる―ゐる（「たはぶれあそぶ」は源氏の「たはぶれあそび」の名詞形のみである。）

「あそびたはぶる」「さわぎののしる」「ききみる」「つたへきく」「とひたづぬ」などは前項と後項を入れ替えても意味の変わらぬ類義関係の複合動詞である。これらは「遊戯」「喧騒」「見聞」「伝聞」「尋問」などの漢語を支えに成立した翻読語である蓋然性が高い。これらの「遊戯」「喧騒」「尋問」のように同義的な漢字を連結して作られた漢語を「連文」と称するが、小山登久は変体漢文においてそのような漢語の使用が相当数含まれていることを指摘している。[13] 今昔や和文に用いられる類義関係による複合動詞には、変体漢文にも多く用いられる連文の知識を背

景としつつ、その訓読表現を利用して作られたものが含まれていると推測されよう。前節で挙げた『源氏物語』の「あがめかしづく」「かしづきあがむ」の転倒例も、漢字「崇」の訓詁の知識に基づいて連文訓的な表現を作り出したものと考えられるであろう。このような同義的結合について、影山太郎は現代語の語彙的複合動詞に「こいねがう」「泣き叫ぶ」など「並列」の関係を挙げるが用例は少数であると言う。(14) また、青木博史は古典語の語彙的複合動詞は前項が「手段」「様態」「原因」の意味で後項を修飾するとし、同義的な関係の型は挙げていない。(15) すなわち、和文には本来的には同義語による結合は生じにくいのであり、連文の漢語の訓読語形などを取り入れたものに見られる例外的なものと考えられる。これに対し、和漢混淆文の今昔では、この型の複合動詞が文章の基調をなすほどに数多く用いられ文体上の特色になっている。

今昔ではこのような類義語を組み合わせる方法を応用し、さらに豊富な語彙が形成されている。例えば、「驚き怪む」は、漢語「驚怪」の訓読と思われるが、その構造を利用した複合動詞の語形は多様なものが見られる。『大漢和辞典』には、「驚怪」の他「驚怖」「驚悔」「驚愕」「驚歎」「驚喜」「驚騒」などの漢語が見られ、右の複合動詞には漢語に支えをもつ翻読語や、漢語的発想によって応用的に作り出されたものがあると思われる。複合動詞の前項に用いられる「驚き」は、これらの造語の軸になる要素であり強調的意味を加えている。また、

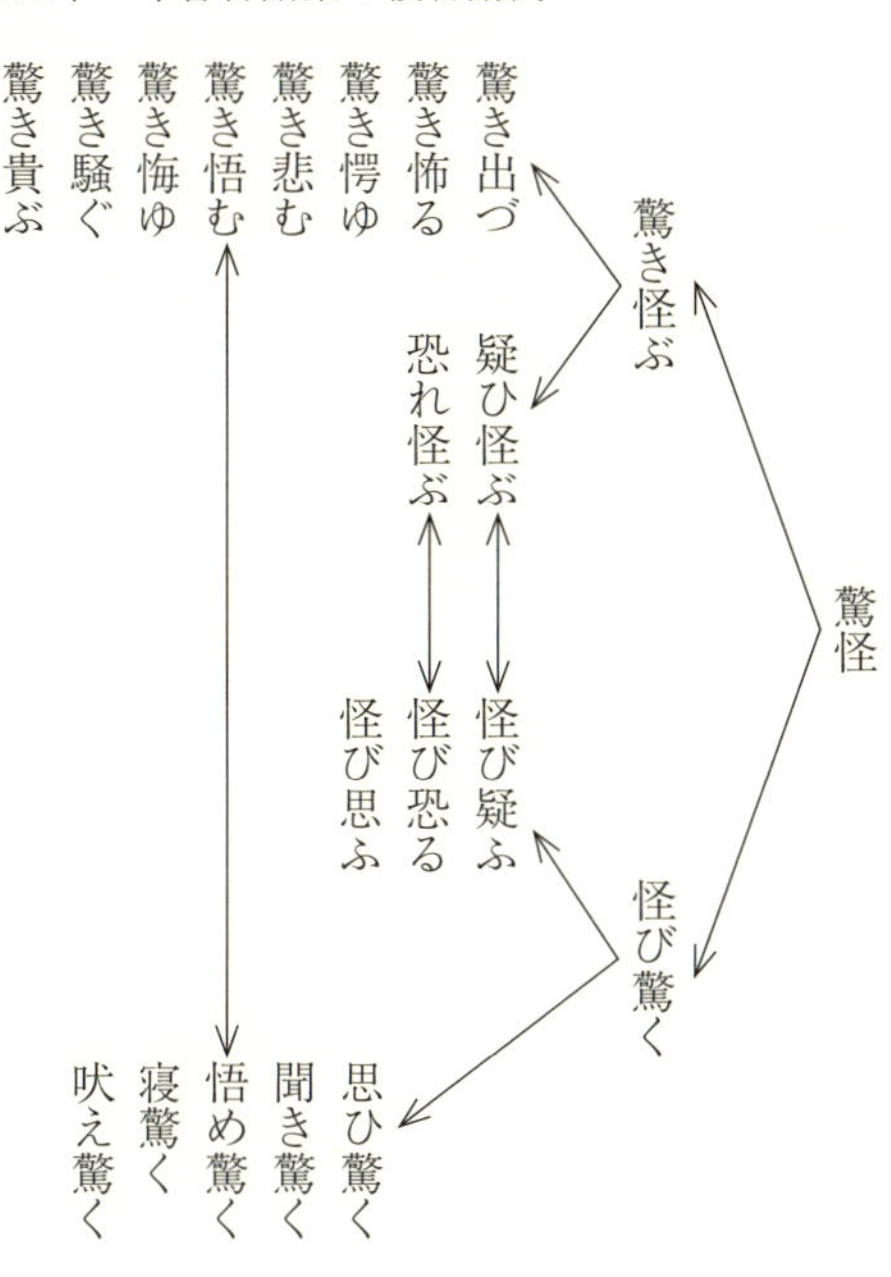

「驚く」が上接する場合は「動揺・恐怖」の意味を持つ点が共通しており、「驚く」が下接する場合は和文に多い「覚醒」の意味であるのと対照的である。これらの基盤となる「おどろきあやしぶ（む）」は今昔の他、『三宝絵』『法華百座聞書抄』『発心集』『延慶本平家物語』に見られ、仏教系の和漢混淆文の文体の特徴となる語と言える。

今昔の転倒例は、このような造語法を最大限に応用し、独自語彙を作り出す方法として意識的に多用したものと考えられる。次の例のように、今昔に転倒される組み合わせの見えるものが、和文でその一方しか見られないものがあることも、今昔の語彙形成の自由さを示している（括弧内の語形は和文での語形である）。

1　いる―きたる（いりきたる）　　8　とる―かふ（とりかふ）
2　うれふ―なげく（うれへなげく）　　9　なく―かなしむ（なきかなしむ）
3　うとむ―おもふ（おもひうとむ）　　10　まなぶ―つたふ（まなびつたふ）
4　かかやく―ひかる（ひかりかかやく）　　11　もとむ―さわぐ（もとめさわぐ）
5　かたる―つたふ（かたりつたふ）　　12　やしなふ―かしづく（やしなひかしづく）
6　さけぶ―なく（なきさけぶ）　　13　わらふ―いふ（いひわらふ）
7　とる―おく（とりおく）

右の中にも、2「憂へ歎く」4「光り輝く」9「悲み泣く」12「傅き養ふ」など、漢語の翻読語と思われる例がある。和文側の特徴として、前項の音節数が後項の音節数より必ず短いか同じである点が指摘できる。今昔でも漢文の出典の二字漢語の翻訳で短音節＋長音節の形式になるように、前項と後項とを転倒した例がある。例えば、『法華験記』の「悲泣」「悲歎」は、今昔で「なきかなしむ」（4例）「なげきかなしむ」（2例）と転倒して訳されている。一方、今昔では「かなしみなく」「かなしみなげく」のような直訳形も見えるため、漢語の直訳によって、和文での原則が破られることになる。これとは逆に、今昔が短音節＋長音節で、和文が長音節＋短音節となる例外に「つとめおこなふ」（今昔）「おこなひつとむ」（『源氏物語』4例・『大鏡』1例）がある。今昔の方は「勤行」の直訳として生じたものであろうが、和文で「おこなひつとむ」となる理由はつまびらかではない。『源氏物語』で仏道修行を表現するのに「おこなふ」が65例、「つとむ」が6例であることから考えると、「おこなふ」を主たる要素として「つとむ」を補助的に用いたと推測される。

六　まとめ

以上、今昔の複合動詞の特徴として、次の諸点を指摘した。

一、訓点語が多く混入し、同義的な語が結びついた複合動詞が多く、前項・後項の転倒する例も多いこと。

二、漢語を支えにした複合動詞（翻読語）を多く用いること。また、前項・後項の一方を漢語に必ずしも依拠しない形で類義語に置き替えて、複合動詞を形成すること。

三、多くの複合動詞を構成する動詞は、精神作用を表すものが多く、独自の心理描写を作っていること。

四、和文では短音節＋長音節の傾向があるが、今昔ではこれとともに漢語直訳による例外があること。

右のように今昔の複合動詞は、類義語を組み合わせたり、漢語を利用した語構成に特色があるのであるが、このような複合動詞の特色は今昔の語彙に止まらず時代的な広がりを持っている。古くは漢文詔勅や仏教語の影響を受けた『続日本記宣命』に例があり[16]、平安時代以降の文献でも、『東大寺諷誦文稿』や『三宝絵』『今昔物語集』『打聞集』などの仏教説話集、軍記物語の類など、仏教関連文献に多く、宣命書きを用いた漢文訓読調を含む文献に広く見られるものである。和漢混淆文の中でも仏教者によって書かれた資料群の大きな特徴とみることができるであろう。

今昔の用語・表現は、『日本霊異記』や『法華験記』のような仏教漢文の用語・表現の影響を受けた面が多いことは、拙著『今昔物語集の表現形成』でも縷々述べたところである。鎌倉期以降成立の『延慶本平家物語』においては、このような漢文説話の表現にとどまらず、変体漢文や各種の漢文資料の多様な漢語表現の影響を受けた部分が多く見られる。そのような観点によると、漢語に基づく翻読語や、その転倒による翻読語的な用語は、類型的文体としての和漢混淆文の特徴語の性質を考える有力な観点であると考えられる[17]。今昔においては、とりわけ精神作用を表す動詞に複合動詞のバリエーションが多く、漢語の訓読に基づく場合や、それを転倒させ多くの複合動詞の用例を作り出している点に大きな特徴があると言えるであろう。

注

（1）宮島達夫『古典対照語い表』（笠間書院　一九七一）の統計によると名詞の比率は54・3％、動詞の比率は36・4％であり、他の品詞は3％未満である。
（2）阪倉篤義『語構成の研究』（角川書店　一九六六）
（3）竹内美智子『平安時代の和文の研究』（明治書院　一九八六）
（4）秋本守英「語構成と文構成」（『王朝』創刊号　一九六九）
（5）拙稿「続紀宣命の複合動詞―漢語との関わりを中心として―」（『国文学論叢』34　一九八九・三）
（6）金田一春彦「国語アクセント史の研究が何に役立つか」（『金田一博士古希記念言語民族論叢』　一九五三）
（7）関一雄『国語複合動詞の研究』（笠間書院　一九七七）88頁参照。
（8）秋本注（4）の論文を参照。
（9）影山太郎『文法と語形成』（ひつじ書房　一九九三）
（10）青木博史「複合動詞の歴史的変化」（『複合動詞研究の最先端―謎の解明に向けて』ひつじ書房　二〇一三）同「文

法史研究の方法―複合動詞を例として―」（『日本語学』32-12　二〇一三・一〇）その他、百留康晴「近世複合動詞の歴史的様相」（『言語科学論集』4　二〇〇〇・一二）なども近世以降に複合動詞の固定化したものとしている。

(11) 東辻保和「いわゆる複合動詞後項の意義論的考察―源氏物語を資料として―」（『国文学攷』69　一九七五・一〇）

(12) 峰岸明『平安時代古記録の国語学的研究』（東京大学出版会　一九八六）

(13) 小山登久「変体漢文の文体史」（『講座日本語学　7　文体史Ⅰ』明治書院　一九八二）

(14) 影山注（9）の著書による。

(15) 青木注（10）の論文による。

(16) 「続紀宣命の複合動詞―漢語との関係を中心として―」（『国文学論叢』34　一九八九）を参照。宣命にも、称徳天皇の宣命をはじめ仏教的内容も多く含まれている。転倒による複合動詞も「まもりたすく（護助）」41詔43詔45詔「たすけまもる（助護）」44詔などのように例を求めることができる。『大正新脩大蔵経』データベースから「護助」218例「助護」53例が検出できる。

(17) 藤井俊博「「事限り無し」考」（『京都橘女子大学紀要』17　一九九〇・一二）で扱った「事限り無し」は、漢文訓読調の影響を受けた作品に広く見られるもので、翻訳文体の用語として代表的なものであろう。

【補説】

本章では前項と後項を転倒する今昔の複合動詞について論じたが、青木毅は「『今昔物語集』における「オヂオソル」の文体的性格について―『水鏡』との比較を通して―」（『訓点語と訓点資料』第一一四輯　二〇〇五・三）「平安時代における漢文翻訳語「なきかなしむ（泣悲）」について」（『小林芳規博士喜寿祈念国語学論集』汲古書院　二〇〇六）で「おぢおそる」「なきかなしむ」を取り上げ、「漢文訓読との関わりの中で生じた語であり、その結果、漢文を日本語に翻訳した文章（漢文翻訳文）において、文体的になじむ用語（漢文翻訳語）として、多用されている」としている。

青木は、中国漢文になく日本漢文に見られる「泣悲」の訓読により「なきかなしむ」が生じた可能性を考えている。ところが、中国漢文には「悲泣」が多いものの、本書第十章四節で指摘するように、「泣悲」や「號泣悲哀」「哭泣悲哀」「涕泣悲哀」など「なきかなしむ」と関連した例も見られるため、中国由来の漢語「泣悲」の直訳語である可能性も考えられる。すなわち、中国漢文の影響によって「かなしみなく」「なきかなしむ」いずれも生じ得たが、訓読語としては語形の安定しやすい「なきかなしむ」で定着しやすく、漢語としても日本漢文では「泣悲」が用いられやすかったと考えることができる。今昔においては、天竺震旦部に漢語サ変動詞「悲泣ス」が見られることから、全5例中の4例が天竺震旦部に見られる「かなしみなく」は「悲泣」の直訳語と考えられると同時に、「なきかなしむ」は漢語「悲泣」の訓読語の転倒形と意識されていたと推測することができる。

青木の論の主旨は、「なきかなしむ」が漢文訓読による直訳ではなく、「漢文翻訳文」という類型的文体に独自の用語として生まれ、多く使用されていることを指摘する点にあると思われる。このような傾向は、漢文訓読的表現の「感情表現＋（事）無限（シ）」が中国漢文にないのに、『日本書紀』や『菅家文草』など日本漢文に用いられ、それが今昔などの和漢混淆文で多用されている（拙著『今昔物語集の表現形成』参照）という現象と似ている。「漢文翻訳文」という文体の捉え方は、和漢混淆文の本流の一つとして、語彙語法の面から様々に検討されるべき重要な観点であると評価することができる。本章で取り上げた複合動詞にはその特徴が多く現れていると言えよう。この文体に関連する事象が僧侶や公家の文章にどのような広がりを持って現れているかさらに追究することが必要である。

第十章　今昔物語集の「カナシブ」「アハレブ」
――仏教的感動をあらわす一用法――

一　問題の所在

本章で取り上げる「カナシブ（悲）」「アハレブ（哀）」は、「悲」「哀」等の訓読語として『今昔物語集』（以下「今昔」とする）の中に多く用いられる。この両語は特に仏典の中で用いる「悲」「哀」等の意味用法と関わりが深い。仏教説話集である今昔においては「慈悲を垂れる」という仏教的な意味で多くの例が見られるが、本章ではそのような仏教的な意味に関連して見られる、次のような意味用法に着目し、その由来を検討したい。

今昔、奈良ノ京ノ薬師寺ノ東ノ邊ノ里ニ一ノ人有ケリ、二ノ眼盲タリ。年来、此レヲ歎キ悲ムト云ヘドモ、事无カリケリ。

而ルニ、此ノ盲人、千手観音ノ誓ヲ聞クニ、「眼暗カラム人ノ為ニハ、日摩尼ノ御手ヲ可充シ」ト。此ヲ深ク信ジテ、日摩尼ノ御手ヲ念ジテ、薬師寺ノ東門ニ居テ、布ノ巾ヲ前ニ敷タリ、心ヲ至シテ日摩尼ノ御名ヲ呼ブ。行来ノ人、此レヲ見テ、哀ムデ、銭・米ナドヲ巾ノ上ニ置ク。亦、日中ノ時ニ、鍾ヲ撞ク音ヲ聞テ寺ニ入テ、諸ノ僧ニ食ヲ乞テ命ヲ継テ年来ヲ経ル間、阿倍ノ天皇ノ御代ニ、此ノ盲人ノ所ニ二ノ人来レリ。此レ、本ヨリ不知ザル人也。亦、盲セルニ依テ、其ノ形ヲ不見ズ。

此ノ二ノ人、盲人ニ告テ云ク、「我等、汝ヲ哀ガ故ニ、汝ガ眼ヲ滌ハム」ト云テ、左右ノ目ヲ各治ス。治シ畢テ、盲人ニ語テ云ク、「我等ラ、今二日ヲ経テ必ズ此ノ所ニ可来シ。不忘シテ可待シ」ト云テ、去ヌ。其ノ後、其ノ盲目、忽ニ開テ、物ヲ見ル事、本ノ如シ。而ニ、彼ノ二ノ人、来ラムト契シ日、待ニ不見エズ。然レバ、遂ニ其ノ人ト見ル事无シ。「此レ、観音ノ変ジテ、来テ助ケ給ケル」ト知テ、涙ヲ流シテ悲ビ喜ビケリ。

此レヲ見聞ク人、観音ノ利益ノ不可思議ナル事ヲ貴ビ敬ヒ奉ケリトナム語リ伝ヘタルトヤ。（巻一六ノ二三）

自らが盲目であることを「歎キ悲ム」人が、千手観音を信じ薬師寺の門前で日摩尼の名を呼んでいたのを、往来の人たちは「哀ム」が、数年たって二人の人が来て「哀」れみ治療する。二日後に盲目の人は目が見えるようになり、観音の助けと思い「悲ビ喜」び、見聞した人も「貴ビ」たてまつったという。冒頭の「歎キ悲ム」は悲傷の意味、「哀ム」「哀」は慈悲を垂れる意味である、クライマックス部の「悲ビ」は「喜ビ」と複合し、話末評語の「貴ビ敬ヒ」では、観音の利益を讃仰し、喜び感動する気持ちが含まれている。右の話では「カナシブ」「アハレブ」が、要所で人物の心情を表すのに用いられており、次のような物語展開として理解できる。

カナシム（主人公の悲傷）→アハレム（仏教者の救済）→カナシブ（主人公の感動）→タフトブ（評語）

「カナシブ」「アハレブ」には仏教的意味として慈悲を垂れる行為・心情を表す用法があることはよく知られているが、その一方で、右の「カナシム」ような慈悲を受けた側の心情・行為を表す例がある。このように仏教的な奇跡に接して、讃仰し喜び感動する意味の例（以下「仏教的感動」の意味とする）は、今昔には多くの用例が見られるが、『日本国語大辞典（第二版）』『角川古語大辞典』などの大辞典類でも、このような用法については特に注目されていない。そこで本章では、今昔において、この意味用法による「カナシブ」「アハレブ」を軸に用いた複合形式の多様性を指摘しつつ、出典の『冥報記』『日本霊異記』『三宝絵』『法華験記』の影響や翻案の問題についても考察し、仏教説話に特有の語義・用法について考察したい。

二　辞書・古辞書に見られる「悲」「哀」と「カナシブ」「アハレブ」

本節ではまず、今昔の「カナシブ」「アハレブ」の表記に用いる「悲」「哀」の字義と読みの関係を確認しておきたい。なお、今昔では「カナシブ・カナシム」、「アハレブ・アハレム」の両形があるが、ここでは、「カナシブ」「アハレブ」に統一して示すことにする。(1)

「悲」と「哀」は「悲、痛也」(説文)「哀、痛也」(呂覧、禁塞、注)などの訓詁により、「悲」「哀」には悲傷の意味が共通する。古辞書では『前田本色葉字類抄』に「哀アハレブ憐愍……」とある中に「悲」は見られないが、「悲カナシブ……哀」とあり「悲」「哀」にはともに朱の合点が付されている。また『観智院本類聚名義抄』では、「悲」「憐」「愍」に「アハレブ」の訓、「悲」「哀」「憐」に「カナシブ」の訓がある。また築島裕『訓点語彙集成』によると「カナシブ」「アハレブ」の訓は「悲」「哀」「憐」「愍」に見られるので、漢文訓読文においては「悲」「哀」は「カナシブ」とも「アハレブ」とも読まれる同義的な文字であることがわかる。ただし、同書によると「悲」は「アハレビ」の形で1例用いるのみであるから、「悲」はおおむね「カナシブ」の訓が当てられていると推測できる。今昔でも、おおむね「悲」は「カナシブ」、「哀」は「アハレブ」に当てられていると見られるが、これらの実態から「哀」は「カナシブ」の用字である可能性も留保しておかねばならない。(2)

『大漢和辞典』によると、「悲」の仏教的意味として「仁恵を施し恩徳を与えること」を挙げ、『漢語大詞典』にも「悲」について、仏教語としての語義の記述がある。また、中村元『仏教語大辞典』には、「慈悲」「悲哀」「悲愍」「哀愍」「哀憐」「大悲」など「カナシブ」「アハレブ」の意味を持つ漢語が多数掲出される。「カナシブ」「アハレブ」はこれらの訳語となることで「慈悲」を施す行為・心情を表すに至ったのであろうと推測できる。

三　「カナシブ」「アハレブ」の先行研究について

冒頭に記したように、今昔の仏教的感動の語義については大辞典類などに具体的な記述がなく、また、先行研究においても触れるところがない。以下、二語についての先行研究を確認しておく。

「アハレブ」は、漢文訓読語とされ、語義の上で仏教に深く関わると考えられている。亀山泰紀（一九六九）は、「アハレブ」の意味を「仏から人間へ、君主から人民へ、強者から弱者へと、何らかの形で人倫関係に基づいており、宗教的・道徳的である」とし、訓読と関連があり、漢籍・仏典類の表現の影響を考えている。高橋貢（一九九八）も、今昔に用いられる「哀ブ」には、「慈悲」を垂れる行為すなわち「利益す」や「苦を抜く」の語義で用いる例があるとする。一方、関一雄（一九八一）は、「アハレブ」を必ずしも漢文訓読語とは考えず、その語義は動作を伴う語義を持つ「あはれがる」に対して「あはれと思ふ」意味を指摘する。しかし、このような語義の相違はともかく、亀山や高橋が指摘したように「哀ブ」は、今昔において仏教語「慈悲」等の意味に関わって用いられる用法があるのは確実であり、「慈悲」「哀憐」「悲哀」等の漢語の翻訳に「アハレブ」が用いられたことによって、仏教的な意味を受け継いだものであり、いわゆる漢語からの「意味の借用」の一例と見られる。

「カナシブ」の仏教的な語義についての研究は少ないが、「アハレブ」と同様の語義借用の用法が考えられる。阿部健二（一九八二）は「カナシブ」の語義を「悲」「同情」「感動」「愛」に分類し、「アハレブ」とは「同情」「感動」の語義が共通すると考えている。「同情」が仏教的な語義に関わる。藍美喜子（一九九四）は、漢詩系文学の

「哀」「憐」の用法は、自然・人事の美意識を表すものと捉えつつ、早く仏典の「哀・憐・愍」等から取り入れられた「アハレブ」が「慈悲・憐愍・恩寵」の意味が現在まで通史的な主流として用いられることを指摘した。その上で、人と人との関係にも用いられることもある「アハレブ」と異なり、「カナシブ」は「釈迦から衆生へ、あるいは解脱者から求道者への垂直志向の慈しみの愛を言うことに限定される」と違いを指摘している。

以上のように、先行研究で「アハレブ」「カナシブ」は仏教的慈愛の語義を含んでいるとされるが、先に挙げたような慈悲を受けた側の仏教的感動の語義には触れられていない。例えば『日本国語大辞典（第二版）』は「かなしむ」の語義に「感動をもよおす、心を打たれる」をあげ、「おやの心かはりたるにより、一人あるをのこいたづらになしたることをおもしろうつくれり。人やまの人かなしみののしる」（宇津保・菊の宴）と「郭巨、此を見て、我が孝養の心の深きを以て天の賜へる也と喜び悲（かなし）むで」（今昔・巻九ノ一）を例に挙げている。今昔の例は仏教的感動の意味（ありがたく思う意）であるが、『宇津保物語』の例は親の心変わりで一人息子を死なせたことを記した感動深い願文を聞いて、皆がいっそう悲しんだという意味であり、仏教的な喜びを表す今昔の用法などとは異なり悲しみに重点がある例である。そこで次に、今昔の例に見られるような仏教的感動の意味用法がどのような経緯で用いられるに至ったか、今昔の出典の影響を考慮しながら明らかにしていきたい。

四　中国・日本の漢文の用法

本節では後述する仏教的感動に関わる複合動詞を作る要素として、「悲（カナシブ）」「哀（アハレブ）」「貴（タフトム）」「喜（ヨロコブ）」を含む漢語を取り上げ略述しておく。具体的には「貴悲（悲貴）」「悲哀」「哀悲」「哀喜」「悲喜」「泣悲」を調査した。これらの漢籍での使用状況は、四部備要（凱希メディアDVD-ROM）によると、「悲哀」355例「哀悲」44例「哀喜」2例「悲喜」130例「泣悲」6例で、「貴悲（悲貴）」以外が見られる。

上代の日本漢文では、『古事記』に「泣悲」1例、『日本書紀』に「泣悲」3例「哭泣悲哀」1例「泣悲歎」1例「啼哭悲」1例が見られる（紀の例は、「泣ち悲しむ」「哭き泣ち悲しむ」「啼び哭き悲しぶ」などと読まれている）。

○其二柱王子、坐左右膝上、泣悲而（其の二柱の王子を、左右の膝の上に坐せて、泣き悲しみて）（『古事記』下）

○而八日八夜、啼哭悲歌。（八日八夜、啼び哭き悲び歌ふ。）（『日本書紀』神代下）

記の「悲」は悲傷の意味、紀の「悲」は感動の意味に解される。青木毅（二〇〇六）は、「泣き悲しむ」と対応する漢語「泣悲」が中国漢文になく、『日本霊異記』の「哭悲」（上の九）と見える例が古いとしたが、中国の漢籍類にも「泣悲」は少数ながら例が見られるようで、記の例などは漢籍の用法を受けた例であると思われる(3)。このような例が平安以降の和漢混淆文で多く用いられる複合動詞「泣き悲しむ」の源流であると推測できよう。

また、『播磨国風土記』に、「歓ぶ」と共起し感動を含意すると解される「哀（カナシブ）」が見られた。

○仍参上、啓如右件、即歓哀泣、還遣少楯召上。（仍りて参上りて、右件のごとく啓ししかば、すなはち歓び哀しみ泣きて、少楯を還し遣りて召し上げたまひき。）（『播磨国風土記』）

中古では、東京大学史料編纂所の古記録データベースに「悲哀」5例、平安遺文データベースに「悲哀」2例、『菅家文草』に「悲哀」1例が見られた。『本朝文粋』に例は見られない。中古の古記録や漢詩文に見られる「悲哀」は用例数も少なく、意味も悲傷の意であり、本章の扱う仏教的感動の例は見られない(4)。

中国の仏典類においては、右の漢語表現の例が多く見られる。『大正新修大蔵経』データベースによると、「悲哀」は36例（今昔の出典では、『釈迦譜』5例、『三宝感応要略録』2例、『大唐西域記』1例）、「悲喜」の例は102例（同、『釈迦譜』2例、『三宝感応要略録』7例、『冥報記』4例、『大唐西域記』2例、『弘賛法華伝』5例）、「哀喜」3例（同、『法苑珠林』1例）が見られた。なお、築島裕『訓点語彙集成』によると、「悲ビ喜ビ歎」1例が『西大寺本金光明最勝王経古点』にある。しかし、今昔の「悲しび貴ぶ」「貴び悲しび」に相当する「悲貴」「貴悲」は見られなかった。

本邦の漢文体仏教説話集においては、『日本霊異記』には「哀喜」1例「哭悲」1例があり、その他「哀哭」2例「哀啼」1例「悲哭」4例「悲泣」3例が見られた。『法華験記』には「驚貴悲」1例が見られた。また「悲泣」15例が見られたが「泣悲」は見られなかった。これらの中で「哀喜」（『日本霊異記』下一三話）、「驚貴悲」（『法華験記』一〇八話）は仏教的感動の意味の例と解される例として注目される（第七節参照）。

以上、本節の冒頭で示した漢語の中で、『法華験記』の「貴悲」の例を除いて、中国や本邦の漢文に用例があり、後述の複合動詞（翻読語）を作り出す原型と思われる漢語表現が見出された。

五　物語・日記・随筆・説話の用法

中古の和文の物語・日記・随筆・説話の類では例数が少ない。本節では、「カナシブ」「アハレブ」の意味用法の傾向を見るにとどめる。次に索引類によって確認した単独例・複合動詞の用例数を示す。(5)

「アハレブ」系

「あはれぶ」（源氏1例・大鏡1例）「あはれびおはします」（源氏1例）「めぐみあはれぶ」（大鏡1例）

「カナシブ」系

「かなしぶ」（宇津保5例・源氏3例・紫1例・大鏡2例）「かなしび」（土左1例・蜻蛉1例・源氏12例）「かなしびおぼす」（源氏1例・浜松1例）「かなしびおもふ」（源氏2例）「かなしびこふ」（土左1例）「かなしびののしる」（宇津保1例）「いつきかなしぶ」（宇津保1例・源氏1例）「おどろきかなしぶ」（浜松1例）「ききかなしぶ」（宇

津保1例）「こひかなしぶ」（宇津保2例・源氏3例・栄花1例・狭衣1例）「なきかなしぶ」（宇津保1例・多武峰1例・浜松1例）「をしみかなしぶ」（栄花1例・浜松3例・狭衣1例）

「あはれぶ」「かなしぶ」が同時に用いられるのは、『古今集仮名序』の例である。

○花をめで、鳥をうらやみ、霞をあはれみ、露をかなしぶ心　（『古今集』仮名序）

この例は、すばらしい自然を賞美する意味であり、漢詩文の「哀」に見られる自然への美意識を表す用法に影響を受けたものである。

「あはれぶ」は和文の用例が少なく、用法も偏りがある。『源氏物語』においても、「あはれぶ」は次の2例があるのみで、和文体の作品には極少ない。

○「……年ごろ老法師の祈り申しはべる神仏のあはれびおはしまして、……」　（『源氏物語』明石）

○「女は春をあはれぶと旧き人の言ひおきはべりける」　（『源氏物語』若菜下）

明石の例は仏教的な例で、若菜下の例は漢籍（毛詩「感」に対応するとされる）に関わる例とされ、『古今集』仮名序のような漢籍の美意識に関わる用法と思われる。

また、「かなしぶ」も、『源氏物語』で複合動詞を併せても10例のみである。『訓点語彙集成』に197例ものが挙げられているのと比べると例数は少ない。用法も、

○過ぎはべりにし人を、よに思うたまへ忘るる世なくのみ、今に悲しびはべるを、……　（『源氏物語』須磨）

のように現代語に通じる「悲傷する」意味が一般的である。僅かに「こひかなしぶ」「いつきかなしぶ」の複合動詞において仏教的慈愛に近い意味が見られる。なお、「かなしぶ」以外では、「かわいがる」意味の「かなしがる」や慣用句「かなしうす」も、子に対する仏教的慈愛に通じる意味があると推測される。

○にくげなるちごを、おのが心地のかなしきままに、うつくしみ、かなしがり……　（『枕草子』九六）

○ひとつ子にさへありければ、いとかなしうし給ひけり。（『伊勢物語』八四）

以上のように、和文系統の作品においては「あはれぶ」に仏教的な用法の影響が一部見られるが、「仏教的感動」の意味は見られない。これに対し、今昔の出典・類話となった説話集の類においては仏教的な意味の「カナシブ」「アハレブ」の例が見られ、さらにその中には仏教的慈愛の意味や仏教的感動の意味を含む例が多くある。詳しくは次節で示すが、複合動詞・複合形容詞の例で「貴ぶ・貴し」「喜ぶ」と結びつき仏教的感動を表すと解された語句を挙げておく。

「悲しび喜ぶ」（『三宝絵』4例）、「貴び悲しぶ」（『三宝絵』1例）、「驚き悲しぶ」（『打聞集』1例）、「悲しく貴し」（『打聞集』1例）、「喜び悲しぶ」（『打聞集』1例）、「貴み哀れむ」（『宇治拾遺物語』1例）

このように出典・類話の作品に用例が見られることが確認できたが、今昔に比べ必ずしも用例が多いとは言えない。

六　今昔物語集の用法

前節で見た和文の類に対し、今昔では仏教的な意味の用例が多い。すなわち「カナシブ」「アハレブ」は、次のように「慈悲を垂れる」行為・心情の意味の仏教的用法が天竺震旦部・本朝仏法部を中心に多く見られる。

○太子、其ノ雁ヲ見給テ、慈悲ノ心深キ故ニ此ヲ哀テ抱キ取テ箭ヲ抜テ哀ミ給フ程ニ、……（巻一ノ一〇）

○文帝、此レヲ聞テ、悲ビノ心无限クシテ、天下ノ人ニ勅シテ、毎人ニ一ノ銭ヲ令出メテ、彼ノ武帝ノ為ニ、追テ善根ヲ令修メ給ヒケリ。（巻九ノ二七）

「カナシブ」「アハレブ」の意味は、今昔にも見られる漢語「慈悲」「大悲」「哀憐」「哀愍」「愛心」等の語義に基づくと考えられる。さらに、この語義には、次の例に見られるように、仏の慈悲は親の子を思う気持ちに通じるものとされ、「子を可愛がる・愛する」の意味も仏教的な意味に準じて扱うことができる。

○仏ナム、世ニ難有キ人ノ願ヲバ満給フナル。其ノ中ニモ、観音ハ一切衆生ヲ哀ビ給フ事、祖ノ子ヲ悲ブガ如シ。（巻一六ノ一八）

○極テ愛シ傅キ給ケル娘一人御ケリ、形チ端正ニシテ心ニ愛敬有ケリ。然レバ父母此レヲ悲ビ給フ事无限シ。（巻一九ノ九）

この語義は、「母此ヲ悲愛スル事无限シ」（巻四ノ四〇）のような漢語表現でも見られる。また、「かわいそうに思う・同情する」などの語義も、次のような例から考えて、仏教的慈悲の意味と関連すると考えられる。

○此ノ人、此ノ良門ガ、邪見ニシテ罪業ヲノミ造テ三宝ヲ不知ザル事ヲ見テ、慈ビ悲ビテ、事ノ縁ヲ尋テ此ノ事ヲ教ヘガ為ニ、空照聖人、良門ガ家ニ行ヌ。（巻一四ノ一〇）

今昔において、これらの「慈悲を垂れる」およびそれから派生した意味には、動詞では「カナシブ」よりも「アハレブ」が多く用いられる。語形としては、単独動詞「哀れぶ」（122例）の他、仏教語「慈哀心」「哀心」等の直訳によると思われる名詞表現「哀れびの心」（28例）が特に多く、その他に和文化した表現と思われるものとして、「哀れと思ふ」（5例）「哀れがる」（5例）「哀れに思ふ」（4例）「哀れにす」（3例）などが見られる。

○法師、此ノ事ヲ聞テ哀ビノ心深クシテ、亦、問給ハク、「汝ヂ、家ニ有リケム時此病ヲ受テ、薬ヲ教フル人ハ无カリキヤ否ヤ」ト。（巻六ノ六）

○母ヲ助タル事ヲ仏哀トヤ思食ケム、……（巻一九ノ二七）

○其ノ寝殿ノ片端ニ、年老タル尼ノ宿テ住ケルガ、此ノ人ヲ哀レガリテ、時々菓子・食物ナド見ケルヲバ持来ツ、志ケレバ、……（巻三〇ノ四）

○実ノ母モ无者也ツレバ、我モ哀ニセバ、能孝シツベカリツル者ヲ。（巻二六ノ五）

その他、漢語を含め「アハレ」を含む例は次のような表現がある。

「哀憐す」「哀愍す」「悲しく哀れなり」（以上各2例）「哀れび」「護り哀れぶ」「助け哀れぶ」「哀れ」「哀れび助く」「哀れに悲し」「悲しび哀れぶ」「哀れび悲しぶ」「哀れび養ふ」「哀れにす」「哀れびを垂る」「哀憐を垂る」（以上各1例）

これに対して「カナシブ」は、慈悲を垂れる意味では、単独動詞「悲しぶ」（10例）の他、複合動詞「悲しび愛す」（6例）「哀れび悲しぶ」（3例）、複合形容詞「哀れに悲し」（2例）、単独形容詞「悲し」（3例）、漢語表現「慈悲」（3例）「慈悲を垂る」（5例）、「大悲心」によると思われる名詞表現「悲しびの心」（5例）、和文的な巻に見られる「悲しくす」（4例）などが見られる。その他の「カナシ」を含む表現には次のようなものがある。

「悲しと思ふ」「悲しび養ふ」「悲しく哀れなり」（以上各2例）「悲しび助く」「大慈悲の心」「慈しび悲しぶ」「悲しび哀れぶ」「大悲」「悲しび」「悲しく愛し思ふ」「翫び悲しぶ」「悲しく思ふ」「悲しさ」「愛し悲しぶ」「恋ひ悲しぶ」「悲しび傅く」「泣き悲しぶ」（以上各1例）

以上のように、慈悲を垂れる意味においては「アハレブ」を含むものが中心であると言えるが、「仏教的感動」の意味の場合は、「カナシブ」が中心となる。次に、仏教的感動の意味を含意する「カナシ」と「アハレ」を含む複合表現について、動詞とともに形容詞の表現を加えて示しておく。

「カナシ」を含む動詞・形容詞

〈動詞〉「悲しび貴ぶ」（41例）「泣き悲しぶ」（24例）「貴び悲しぶ」（23例）「喜び悲しぶ」（14例）「悲しび喜ぶ」「悲しぶ」（以上5例）「哀れび悲しぶ」（2例）「泣き悲しび貴ぶ」「喜び悲しび貴ぶ」（以上1例）

〈形容詞〉「貴く悲し」（16例）「哀れに悲し」（10例）「悲し」（5例）「悲しく貴し」（3例）

「アハレ」を含む動詞・形容詞

〈動詞〉「貴び哀れぶ」（3例）「哀れび悲しぶ」（2例）「哀れび貴ぶ」「哀れの心を成す」「哀れび讃む」「哀れがる」「哀れぶ」「哀れに貴ぶ」（以上1例）

〈形容詞〉「哀れに貴し」（16例）「哀れに悲し」（10例）「貴く哀れなり」「哀れに微妙なり」「哀れなり」「希有に哀れなり」（以上1例）

右のように、「カナシブ」の複合動詞が多く、「悲しび貴ぶ」（41例）「泣き悲しぶ」（24例）「貴び悲しぶ」（23例）「喜び悲しぶ」（14例）「悲しび喜ぶ」（5例）などの語形が特に多く用いられるものである。例を挙げておく。

○「實ニ此レ、法花経ヲ誦スル功ヲ積ルニ依テ、其ノ霊験ヲ顕セル也」ト知テ、泣々ク悲ビ貴ムデ、礼拝シテ返ニケリ。（巻一二ノ三一）

○其ノ時ニ、仏前ニシテ、観音ニ向ヒ奉テ白シテ言サク、「若シ、此ノ事、観音ノ示シ給フ所ナラバ、本ノ如クニ□申ス時ニ、皆人見ル前ヘニ、其ノ左右ノ股、本ノ如ク成□。人皆、涙ヲ流シテ□泣悲ズト云フ□□。此ノ寺ヲ成合ト云フ也ケリ。（巻一六ノ四）

○此レヲ聞ク人、皆ナ、此ノ菩薩ノ前世ノ事ヲ知テ、教へ給フ事ヲ貴ビ悲ムデ、「誠ニ此レ、仏ノ化身ニ在マシケリ」ト信ジテ、弥ヨ貴ビケリ。（巻一七ノ三七）

○父ノ夢ニ「彼ノ女子、微妙ノ衣服ヲ着テ、掌ヲ合セテ、父ニ申ク、『我レ、威力・観音ノ御助ニ依テ、立山ノ地獄ヲ出デ、、忉利天ニ生レヌ』トゾ告ゲ、ル」。父母、喜ビ悲ム事无限シ。（巻一四ノ七）

特に「貴ぶ」との共起が多い。「貴ブ」は、単独でも、次のような話末評語などを中心に39例が見られる。

○其ノ後、多ノ外道、舎利弗尊者ニ随ヒテ永ク仏ノ道ヲ貴ビケリトナム語リ伝ヘタルトヤ。（巻一ノ九）

○世ノ人此レヲ見聞テ、必ズ極楽ニ生レタル人也ト貴ビケリトナム語リ伝ヘタルトヤ。（巻六ノ一六）

「カナシブ」は一般には悲傷の意味が多いが、このような「貴ぶ」を結合させることで讃仰の意味の「カナシブ」

であることを明確にできる。あるいは、逆に「貴ぶ」の意味を「カナシブ」が強調する表現になるとも言い得よう。「悲しび貴ぶ」「貴び悲しぶ」は、巻一五（31例）、巻一七（17例）をはじめ用例はほぼ本朝部に集中し、仏教的感動を表す評価語として、出典に対して付加・意訳された箇所に用いる今昔の独自表現である。

一方、「アハレブ」との共起による「貴び哀れぶ」（3例）も見られるが、「アハレ」では、この意味では複合動詞よりも「哀れに貴し」（16例）「哀れに悲し」（10例）のような複合形容詞の例が多い。

○鬼神モ『新キ仏出給フ』トハ道祖ニハ告ルニコソ有ケレ」ト思フニ、哀レニ貴キ事无限クシテ去ニケリ。

（巻一九ノ一二）

○亦、此ノ国、本ヨリ大菩薩ノ御護リニ依テ持ツ国ナレバ、此ノ放生會ノ日、専ラ参リ會テ礼拝シ可奉キ也。此ノ日ハ、正シク御願ニ依テ雨降リ御マスト思フガ哀レニ悲キ也。（巻一二ノ一〇）

これに近い語形の「貴く悲し」（16例）も多い。「大悲」「慈悲」と共起する例もあり、仏教色が強く感じられる。

○櫃ノ面ノ塵ヲ□テ見レバ、銘有リ、「護世大悲多門天」ト。是ヲ見ルニ、貴ク悲キ事无限シ。（巻一一ノ三六）

○仏師ノ慈悲有ルヲ以テ、観音代ニ箭ヲ負ヒ給フ事、本ノ誓ニ不違ネバ、貴ク悲キ事也。（巻一六ノ五）

また、「アハレブ」「カナシブ」が合わさり「哀れび悲しぶ」のように複合動詞で用いる例もある。この語は、次のように、「愛しむ」の意味と、「仏教的感動」の意味と、両義に渉って使用されている。

○然レバ、娘ヲ亦无キ者ニ哀ビ悲ムデ、憑モシク見置ト思テ、夫ヲ合ケルニ其ノ夫去テ不来ズ。

愛しむ意味（巻一六ノ七）

○明ル日、彼ノ池ニ行テ見レバ、骸有リ。其ノ上ニ蓮花一村生タリ。父母、此レヲ見テ、哀ビ悲ム事无限シ。但シ、夢ノ教ヘニ不違ネバ、「必ズ、浄土ニ生ニケリ」ト知ヌ。

仏教的感動の意味（巻一六ノ三五）

なお、「喜び悲しぶ」や「悲しび喜ぶ」の語形が見られるが、次のように「喜」と「悲ビ」とが同じ文脈で仏教的感動を意味する例も見られることから、同義的な語句の結合と見てよいと思われる。

○我レ偏ニ、観音ノ助ケニ依テ、命ヲ生ヌル事ヲ泣々ク喜テ、五躰ヲ地ニ投テ、涙ヲ流シテ悲ビケリ。（巻一六ノ二四）

「悲しび喜ぶ」の語形は漢語「悲喜」との関連も考えられるが、これらは一見漢語の場合のように反義語的に見える語の結合でありながら、今昔では仏教的感動を強める表現を作っている。(6) つまり、「喜び悲しぶ」は「貴び悲しぶ」と同じ構成であり、「喜ぶ」「貴ぶ」を「カナシブ」が強調している表現と見られるのである。

七　出典漢文からの影響と意訳

前節で見たように、仏教的感動の用法は、単独の「悲しぶ」「哀れぶ」の他、「悲しび貴ぶ」「泣き悲しぶ」「貴び悲しぶ」の形で多く見られた。第四節では、複合動詞（翻読語）の元になる漢語が本邦の漢文に見られることを確認したが、ここでは、出典の表現から今昔の仏教的感動の表現が生成されていく翻案の様相について検討したい。

右の複合動詞のうち「泣き悲しむ」は青木毅（二〇〇六）が、「漢文翻訳文」の用語としたものである。とすれば、この語は、漢文の表現の翻案箇所で用いられる場合が多いことが想定される。例えば『冥報記』を出典とする次の話には仏教的感動の「泣キ悲ム」に訳した部分が見えるが、『冥報記』の対応箇所は「悲喜」であり、必ずしも直訳の結果ではないことがわかる。

○産武因指庭前槐樹、吾欲産時自解頭髪、置此樹穴中、試令採人得髪、主人於此悲喜。（巻中ノ一三）

○産武、寄テ、庭ノ前ニ有ル槐ヲ指テ云ク、「我レ産セムト為シ時、自カラノ髪ヲ切テ、此ノ木ノ上ニ穴ノ中ニ置テキ。于今有リヤト試ニ人ヲ令昇メテ令捜メヨ」ト。即チ、言ニ随テ、人ヲ令昇テ穴ヲ令捜ムニ其ノ髪ヲ取

リ出タリ。家主、此レヲ見テ泣キ悲ム事无限シ。　（巻七ノ二六）

今昔に多く出典話を提供し、表現にも大きな影響を与えた『法華験記』には「悲泣」が14例見られ、その中7例は「仏教的感動」の意味の例である点が注目される。その中で今昔の出典となった5例を次に示す。

○皆尽悲泣（一二話）→「皆人、涙ヲ流シテ貴ビ悲ビケリ」　（巻一五の一九）
○合掌随喜、涙下悲泣（二二話）→「涙ヲ流シテ首ヲ低テ貴ブ事无限シ」　（巻一三ノ一〇）
○悲泣随喜（二二話）→「涙ヲ流シテ貴ブ事无限シ」　（巻一三ノ一〇）
○流涙悲泣（一〇六話）→「（対応箇所なし）」　（巻一二ノ二五）
○挙音悲泣感嘆（一一五話）→「音ヲ挙テ、泣キ悲ム事无限シ」　（巻一六ノ三）

「泣キ悲ム」と転倒した例もあるが、「涙ヲ流シテ貴ビ悲ブ」「涙ヲ流シテ貴ブ」のように「貴ぶ」で意訳する例が見られる。二二話では、「悲泣」が「涙ヲ流シテ」に、「随喜」が「貴ぶ」に置き換えられている。「随喜」は「他人が善き行いを修して徳の成ずるのを喜ぶこと。他人の善事を見てともどもに喜ぶこと」（中村元『仏教語大辞典』）であり、「悲泣」と同時に用いる場合、涙を流して泣くことは喜びの涙を意味する。このような意味の近似性をもとに、「喜ぶ」「泣き悲しむ」「貴ぶ」等を適宜組み合わせた意訳的な翻案がなされている。

仏教的感動を表す「貴ぶ」「喜ぶ」「悲しぶ」を用いる表現は、本邦の漢文説話の伝承過程で現れたと思しい。

○親属見之、哀喜無比、国司問之、汝作何善、答曰如上、国司聞之、大悲　（『日本霊異記』巻下ノ一三）
○い（へ）の人これをミてかなしひよろこふことかきりなしくにのつかさおとろきとふつふさにくたりのことをまうすゝなハちおほきにたうとひかなしひて　（関戸本『三宝絵』巻中ノ一七）
○爰家人見此、哀悦無限、国司驚問、具陳上事、即驚貴悲。　（『法華験記』第一〇八話）
○家ノ人、此レヲ見テ、喜ブ事无限シ。国ノ司、此ヲ聞テ驚テ召テ問フニ、具ニ、申ス。聞ク人、皆、此ノ事ヲ

貴ビ哀ブ。（巻一四ノ九）

右の例では、『日本霊異記』の「哀喜」から『三宝絵』の「かなしびよろこぶ」が生じ、『法華験記』でも「哀悦」としている。今昔はここは単に「喜ブ」としているが、今昔では「ヨロコブ」に基づく「悲しび喜ぶ」「喜び悲しぶ」「喜び悲しび貴ぶ」などの複合動詞を多用することは前節で述べた通りである。

また、『日本霊異記』の「大悲」は『三宝絵』で「たふとび」が添えられ「たうとびかなしび」、『法華験記』では強調的な「驚」を加えて「驚貴悲」となっている。この場合の「カナシブ」も「タフトブ」と意味が類同的であり、これが今昔で「貴ビ哀ブ」として受け継がれている。これは「哀」字であるから、今昔の用字法では「カナシブ」でなく「タフトビアハレブ」と読まれる可能性もある。今昔では「アハレブ」と結合した「哀れび貴ぶ」「貴び哀れぶ」は同義的な結合の複合動詞として用いられている。

このように、『日本霊異記』『三宝絵』『法華験記』で仏教的感動を意味する「カナシブ」「アハレブ」が伝承されている。「カナシブ」「アハレブ」は「タフトブ」「ヨロコブ」とともに複合動詞を作ると、仏教的感動を意味する語彙として固定化していった。これを使った複合動詞は、「悲しび喜ぶ」「貴び悲しぶ」が『三宝絵』に、「喜び悲しむ」が『打聞集』に、「貴み哀れむ」が『宇治拾遺物語』に見られる[7]。今昔もこれらを用いつつ、さらに「哀れび悲しぶ」や「悲しび貴ぶ」「哀れび貴ぶ」「喜び悲しび貴ぶ」などの語形も文脈に応じて用いている。

八　まとめ

以上、今昔の「カナシブ」「アハレブ」の用法の特徴として、意味の上では中国漢文や和文の物語でほとんど見出しがたい仏教的感動の意味で多く用いており、語形の上では、「タフトブ」「ヨロコブ」などの類義語と組み合わせて独自の複合動詞を多数生み出している点を指摘した。また、このような仏教的感動の意味は、今昔の出典文献にも見出され、今昔の案出した意味用法というわけではないことも併せて確認した。
　この仏教的感動の意味は日本の仏教漢文に発生した用法であると推測される。すなわち、この用法は、『日本霊異記』のような仏教漢文の中で発生し、それが翻案されて行く中で、意味や語形が固定化して用いられるに至ったと思われるのである。今昔の出典の中では『日本霊異記』『三宝絵』『法華験記』等の用例を今昔の用法の源として指摘したが、今昔では、これをもとに文脈に応じて様々な複合形式を作りだしている。今昔説話では、本章冒頭に示した巻一六ノ二三話のように、一話の中の冒頭で主要人物が悲傷する意味（非仏教語的な意味）で「カナシム」を用い、クライマックス部分で仏教的な慈悲や奇跡を享受した結果、同人物が仏教的感動をする意味で「カナシム」を用い、対応させる例が散見する。これらの単独あるいは複合動詞の表現は、今昔において人物の心情を盛り上げる重要な語句であるとともに、漢文の翻訳を基盤にして生じた和漢混淆文の文体的特質を表す特徴的な表現の一つと考えられるのである。

注

（1）本章では、「カナシブ」と「カナシム」、「アハレブ」と「アハレム」は、各々、意味用法が同義的であり、かつ、同じ動詞に結びつく複合動詞が見られることから、同語の異形として扱うことにする。なお、本章で使用した資料は、『古事記』『日本書紀』『風土記』『菅家文草』『日本霊異記』『今昔物語集』『宇治拾遺物語』は岩波日本古典文学大系によるが、新字体に直して引用した。その他の主な資料は、藤井俊博『本朝文粋総索引』（おうふう）、小泉弘・高橋伸幸『諸本対照三宝絵集成』（笠間書院）、東辻保和『打聞集研究と総索引』（清文堂出版）、小林芳規『法華百座聞書抄総索引』（武蔵野書院）、井上光貞・大曽根章介『往生伝法華験記』（岩波書店）、説話研究会『冥報記の研究』（勉誠出版）である。

（2）岩波日本古典文学大系本では、巻四ノ一四・二一・二二・二八・三七「哀む」、巻九ノ四「哀び感ず」「哀び讃む」、巻九ノ五「讃め哀む」「哀ぶ」、巻九ノ六「讃め哀む」、巻九ノ八「哀ぶ」、巻九ノ九「哀び」、巻一〇ノ一四「哀ぶ」、巻一〇ノ一五「哀ぶ」、巻一〇ノ一七「讃め哀ぶ」など天竺震旦部の「哀」に「カナシブ」の読みがある。これらは本章では除外した。

（3）漢籍類では「四部備要」（凱希メディア）によると、「泣悲」が『三国志』他に6例、「号泣悲哀」が『儀礼』他に5例「哭泣悲哀」が『礼記』他に10例、「涕泣悲哀」が『後漢書』に1例見られ、少数ではあるが『古事記』や『日本書紀』への影響が考えられる。「泣悲」は例の多い「悲泣」（217例）と同義であり、訓読語としては後項が長く安定した「泣き悲しむ」が好まれたと推測できる。

（4）藍美喜子（一九九四）は平安期の漢詩文に用いられる「哀」は、哀傷の傾向を帯び、中国漢詩の影響を受けて自然への美意識に基づく例が多いことを指摘している。

（5）宮島達夫『古典対照語い表』（笠間書院　一九七一）東辻保和『平安時代複合動詞索引』（清文堂出版　二〇〇三）を参考に、独自に用例を検索し直した例数である。

（6）『冥報記』に2例ある「悲喜」は、今昔では第七節で示した「泣キ悲ム」（巻七ノ二六）と訳す例の他、「且ハ母ヲ見テ喜ブ、且ハ苦ヲ受クルヲ見テ悲ブ」（巻九ノ一四）とする例があり、『大漢和辞典』が「悲喜」を「悲しみと喜び」とする意味に対応する。今昔の仏教的感動の用法の「喜び悲しむ」は反義語的な語句を同義語的に使用しており、これと異なる意味用法である。

（7）時代の近い『法華百座聞書抄』には、「ラコラヨロツノ人ヲカキワケテ仏ノ御ヒサノウヘニヰタマヘリケレハ、見ル人アハレカリカナシヒテ、實ニ太子ノ御子ナリトナム信シケル」（オ二一八）のような「哀れがり悲しぶ」が見られる。

参考文献

藍美喜子（一九九四）「『源氏物語』あはれ詞考―哀・憐の文字史からみた―」（『国語語彙史の研究』14　和泉書院）
青木　毅（二〇〇六）「平安時代における漢文翻訳語「ナキカナシム（泣悲）」について」（『小林芳規喜寿記念　国語学論

集』汲古書院）
阿部健二（一九八二）「「かなしぶ・かなしむ」攷―『今昔物語集』を中心に―」（『新潟大学国文学会誌』25）
亀山泰紀（一九六九）「「あはれがる」と「あはれぶ」」（『研究紀要（尾道短大）』18）
寿岳章子（一九五二）「多義成立の一考察―「かなし」の語史と関聯して―」（『西京大学学術報告：人文』1）
関　一雄（一九八一）「「かなしぶ」「かなしむ」「かなしがる」小考―中古仮名文学の用例について―」（『山口国文』4）
高橋　貢（一九九八）『中古説話文学研究』（おうふう）

第十一章　物語テキストの視点と文末表現

一　表現者と語り手

文章の叙述内容は、大きく「現実世界に存在する事実に基づく叙述」と「現実世界には存在しない虚構的内容による叙述」に分けることができる。前者は表現者が現実世界の事実・体験等に基づいて表現を構成する文章で、論文・報告・説明・随想などがこれに当たる（これらを以下総称的に「論文的文章」と呼ぶ）。一方、後者は表現者が属する現実世界と直接的な関わりを持たない事柄を表現する虚構的な文章であり、小説・物語・戯曲などの文学作品がこれに当たる（これらを以下「文学的文章」と呼ぶ）。ここでは、文学的文章と論文的文章がどのような視点から叙述されるのかという点から考えてみたい。

文学的文章においては、「表現者（作者・創作主体）」とは異なる人格として仮構された「語り手」の視点から仮構的な世界が叙述される。論文的文章における表現者の視点が「現実世界に拘束される」視点であるのとは対照的に、語り手の視点は通常の人間が現実世界を認知する視点領域を逸脱し、物語世界の中で融通無碍に視点を移動し、表現者の視点ではあり得ない表現を実現してしまう。文学的文章では、語り手の視点から作品世界を俯瞰的に眺めたり、現場近くに視点を移して迫真的に描いたり、人物の視点に入り込み共感的に描いたりする。

その仮構的世界を構築するために用いられるさまざまな文法的判断も、基本的には語り手の視点からなされるものである。たとえば、文学的文章では、作品内容を過去の事柄として「た」「けり」で叙述されるのが一般的だが、そのような過去形の叙述形式も、語り手の視点による認識を示したものである。ただ、仮構された語り手の存在はそもそも時間の基盤を持たないものであるために、文学的文章の「た」「けり」は、単に過去形の表現を借りたものであり、実質上はその事柄が現実の時空とは異なる世界のものであることを示しているという面が強い。これは、竹岡正夫（一九六三）が「けり」の役割として「あなたなる世界」のことであることを示すとされた解釈に通じるものであるが、この解釈は現代語の文学的文章において用いられる「た」の説明としても的を射たものであろう。

このため、助動詞「た」「けり」の機能は論文的文章とは異なってくる。すなわち、虚構を描く文学的文章では表現者が表現する時点は表現内容と直接関係を持たない。なぜなら、語り手の視点そのものは時間的な基盤を持っていないからである。時間的基盤を持たない語り手の視点から用いられた「た」「けり」はテンス的な意味を失い、語り手が対象を「あなたなる世界」と捉えるかどうかという物語世界との距離感を示す機能が強くなるのである。

論文的文章においては、現実世界に存する表現者の立場から現実の事実が叙述され、それに対する文法的な判断もまた表現者の立場からなされるのが基本である。したがって、過去に体験した事柄を述べる場合にも、過去のある時点における表現者の視点によって経験した範囲内で描写がなされる。過去のことを述べる時には、過去のある時点に視点を移動する必要があるが、過去の世界は現在の世界と一続きであると認識されているため、過去の事柄は表現者のいる現在時点を基準として過去のことであると認識される。したがって、論文的文章で用いられる「た」は、表現時点を基準として過去のことであるという意味を表す純粋なテンス的用法であると解釈できる。

また、文学的文章では語り手の視点と人物視点との間で視点の共有化が頻繁に起こるが、これとは対照的に、論文的文章においては他者による表現内容や意見と表現者による表現内容や意見が区別されて叙述されるのが原則で、表現者の視点と他者の視点とが同化しないことが極力要求される。ただし、論文的文章でも、表現者の視点以外からなされる場合がないわけではない。例えば、学術的な文章では客観的な視点から普遍的な判断を述べることも多い。客観的な視点とは、表現者の視点が、いわば「無数の他者」の視点に共感したものであり、誰が見てもそうであるという立場による表現であると言えるであろう。

以上のように、文学的文章は語り手の視点による表出が基本であり、論文的文章は表現者の視点による表出が基本であることを前提にする必要がある。これに関連する事柄を、1叙述をする主体、2主体のふるまい方、3表現内容に加えられる文法要素の性格の順に、整理しておこう。

【文学的文章】

1、表現者（作者）が仮構的に作り出した語り手が叙述主体である。

2、語りの場と仮構的世界の中を、語り手の視点は自由に行き来し、時には他者の視点にも移動する。

3、表現内容に加えられる文法表現は、語り手の視点に基づくものである。

【論文的文章】

1、現実世界の事実を体験した表現者（筆者）自身が叙述主体である。

2、過去の事柄は、それを実際に体験した表現者の視点、またはそれを実際に体験した他者の見聞からのみ叙述される。他者の視点と共感的に叙述することは、避ける傾向が強い。

3、表現内容に加えられる文法表現は、原則的に表現者の視点に基づくものである。

文学的文章の言語の研究では、どのような語り手の視点のあり方に基づいて表現がなされているかを分析していくことが必要である。

二　語り手の立場の表現

観念的な語り手の視点は文学的文章に特有のもので、語り手の立場から、観念的な聞き手に向けて働きかける表現が内部に含まれる場合がある。特に古典の物語で多く見られるものとして、次のような場合が挙げられる。

1、係り結び、主観性の高い副詞・助動詞・終助詞

2、展開部の挿入的な表現、いわゆる「はさみこみ」「草子地」

3、説話の話末評語

1や2の場合は、物語世界を描写・解説する文の内部に、語り手の主観的判断を付け加えるものである。

1の係り結びは、古典の物語では「なむ（ぞ）〜ける」のような表現により、聞き手にとりたてて解説する役割を持つ。『竹取物語』の冒頭で「……その竹の中に、もとひかる竹ひとすぢあり、あやしがりて、よりて見るに、つつの中ひかりたり」（古本）とある「竹〜あり」は、後続の文の文末「ひかりたり」と並ぶものとして人物視点から捉えた動詞の裸の形式をとっている。一方、「竹なむ〜ありけり」（武藤本・吉田本・古活字十行本）「竹〜ありける」（大秀本）などの本文は、直前の文の文末「〜ありけり。〜つかひけり。〜なむいひける。」等の解説的表現と並ぶ部分と理解し語り手の視点から「なむ」「けり・ける」を付加したものである。このように「けり」や係り結びの表現は、語り手の立場を直接表すものであり、物語の内容や文章展開の意図を理解する上でも特に重要な要素である。この他、代名詞や主観性の高い副詞・助動詞・終助詞も語り手の立場を反映する表現である。『源氏物語』冒頭の「いづれの御時にか」では、「いづれ」「か」のように話者の視点に基づく代名詞と助詞を含んでいる。

2の「はさみこみ」や「草子地」はそのような語り手の表現が長大化したものである。このような聞き手目当て

の表現は、現代の作品でも、童話作品などで「するとどうでしょう」のような聞き手に対する問いかけがしばしば見られ、また、一般の小説でも意図的に用いられることがある。芥川の「羅生門」から挙げると、「作者はさつき、『下人が雨やみを待つてゐた』と書いた」「旧記の記者の語を借りれば、「頭身の毛も太る」やうに感じたのである」「いや、この老婆に対すると云つては、語弊があるかも知れない」「この時、誰かがこの下人に、さつき門の下でこの男が考へてゐた、饑死をするか盗人になるかと云ふ問題を、改めて出したら、恐らく下人は、何の未練もなく、饑死を選んだ事であらう」のように、下人の状況や心情を描写する部分に、語り手の立場があらわになった例が見られる。

3の場合は、語り手が物語世界の描写を終えてから内容を解説批評する場合で、中古・中世の説話作品に特徴的なものである。例えば、『今昔物語集』などに見られる話末評語の「此ヲ思フニ～トナム語リ伝へタルトヤ」のように語りの一部として織り込まれている場合もあるが、これらも語り手の視点による解説・論評であるといえる。中世の説話（『発心集』『雑談集』『沙石集』など）では、説話内容に対して随想的批評が加わることがあるが、この場合の随想的内容は、語り手というよりむしろ表現者自身の立場によると考えるのがよさそうである。

物語や小説に用いられる「けり」や「た」は語り手の視点に関わる表現である。すなわち、聞き手に過去の時間を指定するテンス的な表現というよりは、語り手の視点から内容を確認するというムード的な側面が強い。現在形で終わる文は、語り手の視点が物語世界に留まって叙述を終わる文であるが、「た」「けり」で終わる文は、物語世界を描いた語り手の視点が語りの場へ移動し、「た」「けり」の直上に述べられた事柄は、「あなたなる世界」の事であったのだと語りの場から確認・解説をする意味を持つのである。

三　物語テキストの視点の解析

ここでは古典の物語テキストを取り上げ、語り手の視点がどのような文末表現の形に現れているかを調査し、文法表現や文章展開の面から特徴を概観しておく。例文を多く採れるよう、比較的長文の説話の『今昔物語集』巻一六ノ七を取り上げる。

物語テキストにおける視点の分類として、甲斐睦朗（一九八〇）や三谷邦明（一九九四）などもあるが、ここでは拙稿（二〇〇三）で示した物語世界を構築する語り手の視点の分類に基づきつつ、次の7種に分類する（第十二章参照）。

Ⅰ物語俯瞰視点（物語の筋の叙述）
ⅡA物語描写視点（迫真的描写）
ⅡB物語説明視点（説明的表現）
ⅢC人物共感視点（視覚・聴覚）
ⅢD人物共感視点（感情・思考）
Ⅳ人物完全同化視点（直接話法による会話）
Ⅴ語り手の視点（批評・解説・草子地）

Ⅰ～Ⅳの視点は、物語世界を構築する表現に関わる視点であるが、ここではこれに加え、物語世界を離れて読み手に解説・批評を加える語り手の視点として、Ⅴを加えた。次に、右の分類記号を文頭に示し、全文を掲示する。テキストは岩波日本古典文学大系を用いることとし、句読点の付け方もこれに従う。

1（ⅡＢ）今昔、越前ノ国、敦賀ト云フ所ニ住ム人有ケリ。

2（ⅡＢ）身ニ財ヲ不貯ズト云ヘドモ、構テ世ヲ渡ケリ、娘一人ヨリ外ニ亦子无シ。

3（ⅡＢ）然レバ、娘ヲ亦无キ者ニ哀ビ悲ムデ、憑モシク見置ト思テ、夫ヲ合ケルニ其ノ夫去テ不来ズ。

4（ⅡＢ）如此ク為ル事、既ニ度々ニ成ヌ、遂ニ寡ニテ有ルヲ、父母思ヒ歎テ後ニハ夫ヲ不合ザリケリ。

5（Ⅰ）此テ、居タル家ノ後ニ堂ヲ起テヽ、此ノ娘助ケ給ハムト為ニ、観音ヲ安置シ奉ル。

6（Ⅰ）供養シテ後チ、幾ク不経シテ父死ニケリ。

7（Ⅰ）娘、此レヲ思ヒ歎ケル間ニ、程无、亦、母モ死ニケリ。

8（ⅡＢ）然レバ、弥ヨ、娘泣キ悲ムト云ヘドモ、甲斐无シ。

9（Ⅴ）聊ニ知ル所モ无クシテ世ヲ渡ケルニ寡ナル娘一人残リ居テ、何デカ吉キ事有ラム。

10（Ⅰ）祖ノ物ノ少シモ有ケル限ハ、被仕ル、従者モ少々有ケレドモ、其ノ物共畢テ後ハ、被仕ル、者一人モ不留ズ成ニケリ。

11（ⅡＡ）然レバ、衣食極テ難ク成テ、若シ求メ得ル時ハ自シテ食フ、不求得ザル時ハ餓ノミ有ケルニ、常ニ此ノ観音ニ向ヒ奉テ、「我ガ祖ノ思ヒ俸テシ験シ有テ、我ヲ助ケ給へ」ト申ス間ニ、夢ニ「此ノ後ノ方ヨリ老タル僧来テ告テ云ク、『汝ヂ、極メテ糸惜ケレバ、夫ヲバセムズト思テ、呼ビニ遣タレバ、明日ヲ此ニ可来キ。然レバ、其ノ来タラム人ノ云ハム事ニ可随シ』ト云フ」ト見テ、夢覚ヌ。

12（ⅡＡ）「観音ノ、我レヲ助ケ給ハムズル也ケリ」ト思テ、忽ニ水ヲ浴テ、観音ノ御前ヘニ詣デ、礼拝ス。

13（ⅡＡ）其ノ後、此ノ夢ヲ憑テ、明ル日ニ成テ、家ヲ揮テ此レヲ待ツ。

14（ⅡＢ）家、本ヨリ広ク造タレバ、祖失テ後ハ住ミ付タル事コソ无ケレドモ、屋許ハ大ニ空ナレバ、片角ニゾ居タリケル。

15（ⅡA）而ル間、其ノ日ノ夕方ニ成テ、馬ノ足音多クシテ人来ル。

16（ⅢC）臨テ見レバ、人ノ宿ラムテ此ノ家ヲ借ル也ケリ。

17（ⅢC）速ニ可宿キ由ヲ言ヘバ、皆入ヌ、「吉キ所ニモ宿リヌルカナ。此、広クテ吉シ」ト云ヒ合タリ。

18（ⅢC）臨テ見レバ、主ハ卅許有ル男ノ、糸、清気也。

19（ⅢC）従者・郎等・下臈取リ加ヘテ、七八十人許ハ有ラムト見ユ、皆入テ居ヌ。

20（ⅢC）畳无ケレバ不敷ズ、主人、皮子裹タル莚ヲ敷皮ニ重テ敷テ居ヌ、廻ニハ屏縵ヲ引キ廻シタリ。

21（ⅡA）日暮レヌレバ、旅籠ニテ食物ヲ調テ持来テ食ヒツ。

22（ⅡA）其ノ後、夜ニ入テ、此ノ宿タル人、忍タル気色ニテ云ク、「此ノ御マス人ニ物申サム」トテ寄リ来ルヲ、指セル障モ无ケレバ、入来テ引カヘツ。

23（ⅡA）「此ハ何ニ」ト云ヘドモ、辞ナビ可得クモ无キニ合セテ、夢ノ告ヲ憑テ、言フ事ニ随ヌ。

24（ⅡB）此ノ男ハ、美濃ノ国ニ勢徳有ケル者ノ一子ニテ有ケルガ、其ノ祖死ニケレバ、諸ノ財ヲ受ケ伝ヘテ、祖ニモ不劣ヌ者ニテ有ケル也ケリ。

25（ⅡB）其レガ心指シ深ク思タリケル妻ノ死ニケレバ、寡ニテ有ケルヲ、諸ノ人、「聟ニセム」「妻ニ成ラム」ト云ヒケレドモ、「有シ妻ニ似タラム女ヲ」トテ過シケルガ、若狭ノ国ニ可沙汰キ事有テ行ク也ケリ。

26（ⅢC）其レガ、昼、宿ツル時、「何ナル人ノ居タルゾ」ト思テ臨ケルニ、只失ニシ妻ノ有様ニ露違フ事无カリケリ。

27（ⅡB）「只、其レゾ」ト思エテ、目モ暮レ心モ騒ギテ、「何シカ、日モ疾ク暮レヨカシ、寄テ近カラム気色ヲモ見」テ、入来ル也ケリ。

28（Ⅰ）其レニ、物打云タル気色ヨリ始テ、万ノ事、露違フ事无カリケリ、喜ビ乍ラ、深キ契ヲ成ス。

29（Ⅰ）「若狭ノ国ヘ不行ザラマシカバ、此ノ人ヲ見付ケシヤハ」ト、返々ス喜テ、其ノ夜モ曉ヌレバ、若狭ヘ行クトテ、女ノ着物ノ无キヲ見テ、衣共着セ置テ、超ニケリ。

30（ⅡB）郎等・四五人ガ従者共、取リ加ヘテ、廿人許ノ人ヲゾ置タリケル。

31（ⅡA）其レニ物食スベキ方モ无ク、馬共ニ草可飼キ様モ无カリケレバ、思ヒ歎テ居タル程ニ、祖ノ仕ヒシ女ノ娘、世ニ有トハ聞キ渡ケレドモ、来ル事ハ无キニ、不思懸ズ、其朝テ来タリケレバ、「誰ニカ有ラム」ト思ヒテ、問ヘバ、女ノ云ク、「我ハ君ノ祖ニ被仕シ女ノ娘也。年来モ心ノ咎ニ参ラムト思ヒ乍ラ、世ノ中ノ忩サニ交ギレテ、過ギ候ヒツルヲ、今日ハ万ヲ棄テ、参ツル也。此、便无クテ御マストナラバ、恠クトモ己ガ住所ニ通テ御マセカシ。志ハ思ヒ奉ルト云ヘドモ、踈乍ラ明暮レ訪ヒ奉ムハ、愚ナル事モ可有シ」ナド、細々ト語ヒ居テ、「抑モ此ノ候フ人々ハ何ニ人」ト問ヘバ、「此ニ宿タル人ノ若狭ヘ今朝行ヌルガ、明日此ニ返リ来ラムトシテ、留メ置タル也。其等ニモ可食キ物ノ无ケレバ、日ハ高ク成ヌレドモ、可為キ様モ无クテ居タル也」ト云ヘバ、女ノ云ク、「知リ奉ラセ可給キ人ノ御共人ニヤ」ト参テ云ク、「態トハ不思ネドモ、此ニ宿リタラム人ニ物ヲ不食セデ過サムモ口惜カルベシ。只思ヒ可放キ人ニモ非ズ」ト。

32（ⅢC）女ノ云ク、「糸、不便ニ候ケル事カナ。今日シモ賢ク参リ候ヒニケリ。然ラバ、返テ、其ノ事構テ参ラム」ト云テ出ヌレバ、亦、「何ニモ此ノ観音ノ助ケ給フ也ケリ」ト思テ、手ヲ摺テ弥ヨ念ジ奉ル程ニ、即チ、此ノ女、物共ヲ持セテ来タリ。

33（ⅢC）見レバ、食物共、様々ニ多カリ、馬ノ草モ有リ。

34（ⅡA）「无限ク喜シ」ト思テ、心ノ如ク此ノ者共ヲ饗応シツ。

35（ⅡA）其ノ後、女ニ云ク、「此ハ何、『我ガ祖ノ生返テ御シタルナムメリ』トナム思フ。恥ヲ隠シツルカナ」ト云テ、泣ケバ、此ノ女モ打泣テ云ク、「年来モ『何デ御マスラム』ト思ヒ乍ラ、世ノ中ヲ過シ候フ者ハ心ノ暇无キ様ニテ過ギ候ヒツルヲ、今日シモ参リ合テ何デカ愚ニハ思ヒ奉ラム。若狭ヨリ返リ給ハム人ハ、何返リ給ハムズルゾ。御共人、何人許ゾ」ト問ヘバ、「不知ヤ、実ニヤ有ラム、『明日ノ夕方、此ニ可来シ』トゾ聞ク。共ニ有ル者・此ニ留タル者ノ、取リ加テ七八十人許ゾ有シ」ト云ヘバ、女、「其ノ御儲ヲ構ヘ候ハム」ト云フニ、「今日ダニ不思係ヌニ、其ナラバ何ガ可有キ」ト云ヘバ、女、「何ナル事也トモ、今ヨリハ何デカ不仕ザラム」ト云ヒ置、去ヌ。

36（ⅡA）其ノ日モ暮レヌ、亦ノ日ニ成テ、申時許ニゾ若狭ノ人来タル。

37（ⅡA）其ノ時ニ、此ノ女、多ノ物共ヲ持セテ来レリ。

38（ⅡA）上下ノ人ヲ皆饗応シツ。

39（ⅡA）男ハ□□入臥シテ、明日ニハ美乃ヘ具シテ可行キ由ナド語フ。

40（ⅡA）女、「何ナル事ナラム」ト思ヘドモ、偏ニ夢ヲ憑テ、男ノ言フニ随テ有リ。

41（ⅡB）此ノ来レル女ハ、暁ニ立ムズル儲ナムド営ムデ有ルニ、家主ノ女ノ思ハク、「不思係ヌニ此許ノ恩ヲ蒙ヌ。此ノ女ニ何ヲカ取セマシ」ト思ヒ廻セドモ、更ニ取ラスベキ物无シ。

42（ⅡA）但シ、「自然ラノ事モヤ有ル」トテ、紅ノ生ノ袴一腰持ケルヲ、「此ヲ取セム」ト思テ、我ハ男ノ脱ギ置タル白キ袴ヲ着テ、此ノ女ヲ呼ビテ云ク、「年来、然ル人ヤ有ラムトモ不思ザトツセニ、不思係ズ、此ル時シモ来リ合テ、恥ヲ隠シツル事ノ世々ニモ難忘ケレバ、何ニ付テカ知セムト思テ、志許ニ此レヲ」トテ袴ヲ取スレバ、女ノ云ク、「人ノ見給フニ、御様モ異様ナレバ、我レコソ何ヲモ奉ラムト思ヒツルニ、此ハ何デカ給ラム」トテ不取ヌヲ、「此ノ年来ハ、『倡フ水有ラバ』ト思渡ツルヲ、不思係ズ、此ノ人、『具シテ行カム』ト云ヘバ、明日ハ不知ズ、随テ行キナムズレバ、形見ニモ為ヨ」トテ泣々ク取ラスレバ、「此、形見ト仰セラル、ガ、忝ケレバ」トテ得テ、去ヌ。

43（ⅢＣ）程ド无キ所ナレバ、此ノ男、虚寝シテ、此云フヲ聞キ、臥タリ。

44（ⅢＣ）既ニ出立テ、此ノ女ノ調ヘ置タル物共食テ、馬ニ鞍置テ引出シテ、此ノ女ヲ乗セムズル程ニ、女ノ思ハク、「人ノ命定メ无ケレバ、此ノ観音ヲ亦礼ミ奉ラム事難シ」ト思テ、観音ノ御前ニ詣デ、見奉レバ、御肩ニ赤キ物係タリ。

45（ⅢＣ）「恠シ」ト思テ、吉ク見レバ、此ノ女ニ取セツル袴也ケリ。

46（ⅢＣ）此ヲ見テ、「然バ、此ノ女ト思ヒツルハ、観音ノ変ジテ助ケ給ヒケル也ケリ」ト思フニ、涙ヲ流シテ臥シ丸ビ泣クヲ、男、其ノ気色ヲ「恠シ」ト思テ、来テ、「何ナル事ノ有ルゾ」ト見廻スニ、観音ノ御肩ニ紅ノ袴係タリ。

47（ⅡＡ）此レヲ見テ、「何ナル事ゾ」ト問ヘバ、女、初ヨリ事ノ有様ヲ泣々ク語ル。

48（ⅢＤ）男、「虚寝シテ聞キ臥シタリツルニ、女ニ取ラセツル袴ニコソ有ナレ」ト思フニ、悲シクテ同ジク泣キヌ。

49（ⅢＤ）郎等ノ中ニモ、物ノ心ヲ知タル者ハ、此レヲ聞テ、貴ビ不悲ズト云フ事无シ。

50（Ⅰ）女、返々ス礼拝シテ、堂ヲ閇納メテ、男ニ具シテ美乃ヘ越ニケレ。

51（Ⅰ）其ノ後、夫妻トシテ、他ノ念无ク棲ケル程ニ、男女ノ子息数生テケリ。

52（Ⅰ）常ニ敦賀ニモ通テ、懃ニ観音ニ仕ケリ。

53（ⅡＢ）彼ノ来レリシ女ハ、近ク遠ク令尋ケレドモ、更ニ然ル女无カリケリ。

54（Ⅴ）此レ偏ニ、観音ノ誓ヲ不誤給ザルガ至ス故也。

55（Ⅴ）世ノ人、此レヲ聞テ専ニ観音ニ可仕シトゾ云ケルトナム語リ伝タルトヤ。

三・一　文末表現の概観

総数55文について、右の分類を文末形式ごとにまとめたのが（表1）である。太線で区切った前半は「けり」を含む文（18文）であり、後半の「けり」を含まない文（37文）とに分けて示した。さらにその中を、動詞に関わる形式、名詞に関わる形式、形容動詞・形容詞に関わる形式の順に挙げ、その他、引用形式の「と」「とや」の順に挙げた。

拙稿（二〇〇三）（二〇〇四）で述べたように、近代小説では、主筋を叙述するⅠと背景を解説するⅡBが主要な表現要素であるのに対して、本話ではⅡA・ⅡB・ⅢCに大きな比重があることが窺える。話の筋を進めるⅠの要素よりは、特に場面を迫真的に描写するのに効果的なⅡAやⅢCが多く用いられ、そこでは「動詞終止形」「つ」「ぬ」「たり」「り」が様々な機能を担う文末形式として用いられているのである。

細かく見ると、「けり」以外で多く見られる助動詞は、断定判断の「なり」、否定判断の「ず」や形容詞「无し」、完了の助動詞「つ」「ぬ」「たり」「り」がある。近代小説ではⅠは「過去形」、ⅡAは「動詞終止形」、ⅡBは「ている」「（の）である」などの特定の形式で特徴づけることができた。そこで、古典作品である本話において顕著な特徴を持つ具体的な形式を挙げると次のようなものが指摘できる。

（表1）表現の分類と文末形式

	Ⅰ	ⅡA	ⅡB	ⅢC	ⅢD	Ⅳ	Ⅴ	合計
あり＋けり			1					1
動詞＋けり	3							3
動詞＋ざりけり			1					1

《Ⅰ》「けり」（「つ」「ぬ」）
《ⅡA》「動詞終止形」「つ」「ぬ」
《ⅡB》（状態）「たりけり」
（説明）「なりけり」
《ⅢC》「たり」「なりけり」
《Ⅴ》「なり」

動詞＋たりけり	動詞＋てけり	動詞＋なりけり	動詞＋にけり	名詞＋なりけり	なかりけり	動詞終止形	動詞＋ず	動詞＋たり	動詞＋つ	動詞＋ぬ	動詞＋む	動詞＋り	名詞＋なり	形容動詞	なし	と	とや	合計
	1		3			2												9
						6		1	4	4		1				1		17
2		3			1		1								3			12
		1		1	1	1		6		1				1				12
										1					1			2
																		0
											1		1				1	3
2	1	4	3	1	2	9	1	7	4	6	1	1	1	1	4	1	1	55

右の中でⅠに「けり」の他「つ」「ぬ」を補っているが、これは後述するように、本話で「つ」「ぬ」が近代小説の「た」の場合と同じく筋書き的な描写において用いられる傾向もあるためである。また、ⅡBで「なりけり」を挙げたが、ⅢCの文末形式でも「なりけり」が特徴的なものとして挙げられる。これらの「なりけり」の用法の差異についても後に述べる。

三・二　文末表現の用法

次に、視点の分類毎に特徴的な用法を、本話の用例を挙げながら見ていく。

(1)、Ⅰ物語俯瞰視点

Ⅰは、「動詞＋けり」(3例)、「動詞＋てけり」(1例)、「動詞＋にけり」(3例)など「けり」を含むもの7例の他、「動詞終止形」(2例)など「けり」を含まないものがあった(1)。物語の主筋を進める表現は「けり」「て

けり」「にけり」が主なものであり、主人公の身の上や後日談等を説明する場合もある。「にけり」は、次の冒頭部の例、

6（Ⅰ）供養シテ後チ、幾ク不経シテ父死ニケリ。

7（Ⅰ）娘、此レヲ思ヒ歎ケル間ニ、程无、亦、母モ死ニケリ。

末尾部の例、

50（Ⅰ）女、返々ス礼拝シテ、堂ヲ閇納メテ、男ニ具シテ美乃へ越ニケレ。

51（Ⅰ）其ノ後、夫妻トシテ、他ノ念无ク棲ケル程ニ、男女ノ子息数生テケリ。

52（Ⅰ）常ニ敦賀ニモ通テ、懃ニ観音ニ仕ケリ。

のような例が見られる。50は説話本体の終局部であり、51・52は後日談の内容である。

50のように、特に「にけり」の形は、内容が大きく切れる箇所に用いられる傾向がある。冒頭部分にも次の例がある。

10（Ⅰ）祖ノ物ノ少シモ有ケル限ハ、被仕ル、従者モ少々有ケレドモ、其ノ物共畢テ後ハ、被仕ル、者一人モ不留ズ成ニケリ。

10の文に続いて11の「然レバ」、50の文に続いて51の「其ノ後」のような接続語が続き、内容の切れ目が明確に示される。10の例は、女の身の上の解説を終え、具体的な事件描写の冒頭部に当たる11の文へ転換する節目になっている。50の例は事件そのものの締めくくりの箇所である。今ひとつ展開部に、次の例がある。

29（Ⅰ）「若狭ノ国へ不行ザラマシカバ、此ノ人ヲ見付ケシヤハ」ト、返々ス喜テ、其ノ夜モ曉ヌレバ、若狭へ行クトテ、女ノ着物ノ无キヲ見テ、衣共着セ置テ、超ニケリ。

やはり男の行動を描いた場面の終結部に当たっており、「にけり」は終結機能を担う形式と言える。

（2）、ⅡＡ物語描写視点（迫真的描写）

ⅡＡは、緊密な場面展開を描く場合である。「動詞終止形」6例の他に、「つ」「ぬ」の各4例が特徴をなす。

11（ⅡＡ）然レバ、衣食極テ難ク成テ、若シ求メ得ル時ハ自シテ食フ、不求得ザル時ハ餓ノミ有ケルニ、常ニ此ノ観音ニ向ヒ奉テ、「我ガ祖ノ思ヒ俸テシ験シ有テ、我ヲ助ケ給へ」ト申ス間ニ、夢ニ「……」ト見テ、夢覚ヌ。

12（ⅡＡ）「観音ノ、我レヲ助ケ給ハムズル也ケリ」ト思テ、忽ニ水ヲ浴テ、観音ノ御前ヘニ詣デ、礼拝ス。

13（ⅡＡ）其ノ後、此ノ夢ヲ憑テ、明ル日ニ成テ、家ヲ揮テ此レヲ待ツ。

14（ⅡＢ）家、本ヨリ広ク造タレバ、祖失テ後ハ住ミ付タル事コソ无ケレドモ、屋許ハ大ニ空ナレバ、片角ニゾ居タリケル。

15（ⅡＡ）而ル間、其ノ日ノ夕方ニ成テ、馬ノ足音多クシテ人来ル。

右の箇所は、14の家の説明を挟みながら、比較的緊密な展開として描く意識が認められると考えⅡＡとした。ただ、13「其ノ後」15「而ル間、其ノ日ノ夕方ニ成テ」などの時間の経過を示す語句があることから、時間に間隔のある事柄を筋書き的に描写した面も認められる。このように、ⅡＡとしたものでも迫真的に描くとまでは言えず、Ⅰの筋書き的描写に近い点も認められる。

21（ⅡＡ）日暮レヌレバ、旅籠ニテ食物ヲ調テ持来テ食ヒツ。

22（ⅡＡ）其ノ後、夜ニ入テ、此ノ宿タル人、忍タル気色ニテ云ク、「此ノ御マス人ニ物申サム」トテ寄リ来ルヲ、指セル障モ无ケレバ、入来テ引カヘツ。

23（ⅡＡ）「此ハ何ニ」ト云ヘドモ、辞ナビ可得クモ无キニ合セテ、夢ノ告ヲ憑テ、言フ事ニ随ヌ。

右の例でも、「日暮レヌレバ」「其ノ後」などの時間表現とともに「つ」「ぬ」の文末表現が用いられ、事件の進展がスピーディーに描かれる。このような例から、本話においては「つ」「ぬ」が筋の進展に関わる表現を作っている面があると見られる。本話で男の登場する15～30の場面を例に取ると、15～20の女の視点からの描写（15はⅡAとしたが、女の視点によるとも解せる）や、24・25・27・30の語り手による説明的部分、26の男の視点からの描写の部分などを除くと、語り手の視点から男の行動を描きストーリーを展開させているのは、右に引用した21・22の「つ」の文と23の「ぬ」の文であり、その他は、28の「動詞終止形」の文、29の「にけり」の2文があるだけである。この他「つ」では34・38などに、筋の進展に関わる例がある。

また、35や42のように長大な会話文の連続を受けて「去ヌ」とする例は、迫真的な会話場面を閉じる役割と言える。右に引用した11の「夢覚ヌ」なども「夢」という場面を締めくくるもので、鈴木泰（一九九九）西田隆政（一九九九）のいう場面閉じの典型例である。[2]右の話では、23や29の「ぬ」「にけり」にも場面閉じの役割が窺える。

なお、31のように「ト」で文を終始する例はここに入れておいたが、これは後に続く「云フ」を略した表現である。会話部分を簡潔に終わらせる『今昔物語集』に特徴的な表現である。

(3)、ⅡB物語説明視点（説明的表現）

ⅡBは、冒頭部で、主人公の女性の身の上を述べた箇所に集中して見られる。

1（ⅡB）今昔、越前ノ国、敦賀ト云フ所ニ住ム人有ケリ。

2（ⅡB）身ニ財ヲ不貯ズト云ヘドモ、構テ世ヲ渡ケリ、娘一人ヨリ外ニ亦子无シ。

3（ⅡB）然レバ、娘ヲ亦无キ者ニ哀ビ悲ムデ、憑モシク見置ト思テ、夫ヲ合ケルニ其ノ夫去テ不来ズ。

4（ⅡB）如此ク為ル事、既ニ度々ニ成ヌ、遂ニ寡ニテ有ルヲ、父母思ヒ歎テ後ニハ夫ヲ不合ザリケリ。

1の「有ケリ」と53の「无カリケリ」は相呼応し、説話の冒頭部と結尾部において「けり」を使って表現する今昔説話の典型的な文章構造を作っている。[3]このような説明的な叙述が話全体の枠になるのである。

また、展開部の中で顕著な表現としては、「なりけり」3例「たりけり」2例が挙げられる。

ⅡBの「なりけり」は後出のⅢCにおける人物共感視点の用例ではなく、語り手の視点による表現であって、現代語で言うノダ文的な役割を果たしている。ここでは次のように、男の説明をする部分に用いている。

24（ⅡB）此ノ男ハ、美濃ノ国ニ勢徳有ケル者ノ一子ニテ有ケルガ、其ノ祖死ニケレバ、諸ノ財ヲ受ケ傳ヘテ、祖ニモ不劣ヌ者ニテ有ケル也ケリ。

25（ⅡB）其レガ心指シ深ク思タリケル妻ノ死ニケレバ、寡ニテ有ケルヲ、諸ノ人、「聟ニセム」「妻ニ成ラム」ト云ヒケレドモ、「有シ妻ニ似タラム女ヲ」トテ過シケルガ、若狭ノ國ニ可沙汰キ事有テ行ク也ケリ。

26（ⅢC）其レガ、昼、宿ツル時、「何ナル人ノ居タルゾ」ト思テ臨ケルニ、只失ニシ妻ノ有様ニ露違フ事无カリケリ。

27（ⅡB）「只、其レゾ」ト思エテ、目モ暮レ心モ騒ギテ、「何シカ、日モ疾ク暮レヨカシ、寄テ近カラム気色ヲモ見」テ、入来ル也ケリ。

26の文は微妙だが、[4] 24の主題的主語「此ノ男ハ」は25・27の述語の「也ケリ」にかかっており、男が女の所へ来たいきさつを語り手の立場から説明している内容と言えるであろう。

「たりけり」は、次のように、語り手の視点から説明するのに用いており、後出のⅢCに特徴的な「たり」が人物共感視点で用いられるのとは異なっている。

14（ⅡB）家、本ヨリ広ク造タレバ、祖失テ後ハ住ミ付タル事コソ无ケレドモ、屋許ハ大ニ空ナレバ、片角ニゾ居タリケル。

30（ⅡB）郎等・四五人ガ従者共、取リ加ヘテ、廾人許ノ人ヲゾ置タリケル。

（4）、ⅢC人物共感視点（視覚・聴覚）

ⅢCは、説話に頻出するもので、人物の視点に共感したいわゆる「描出話法」となる場合である。「たり」6例「なりけり」2例が特徴的である。


16（ⅢC）臨テ見レバ、人ノ宿ラムテ此ノ家ヲ借ル也ケリ。

17（ⅢC）速ニ可宿キ由ヲ言ヘバ、皆入ヌ、「吉キ所ニモ宿リヌルカナ。此、広クテ吉シ」ト云ヒ合タリ。

18（ⅢC）臨テ見レバ、主ハ卅許有ル男ノ、糸、清気也。

19（ⅢC）従者・郎等・下臈取リ加ヘテ、七八十人許ハ有ラムト見ユ、皆入テ居ヌ。

20（ⅢC）畳无ケレバ不敷ズ、主人、皮子裹タル莚ヲ敷皮ニ重テ敷テ居ヌ、廻ニハ屏縵ヲ引キ廻シタリ。


右の例では、連続してⅢCの箇所が見られる。16や18の「臨テ見レバ」をうけて、人物の視点によって知覚された内容を描き、「たり」「なりけり」で文末を結んでいる。


44（ⅢC）既ニ出立テ、此ノ女ノ調ヘ置タル物共食テ、馬ニ鞍置テ引出シテ、此ノ女ヲ乗セムズル程ニ、女ノ思ハク、「人ノ命定メ无ケレバ、此ノ観音ヲ亦礼ミ奉ラム事難シ」ト思テ、観音ノ御前ニ詣デ、見奉レバ、御肩ニ赤キ物係タリ。

45（ⅢC）「恠シ」ト思テ、吉ク見レバ、此ノ女ニ取セツル袴也ケリ。

46（ⅢC）此ヲ見テ、「然バ、此ノ女ト思ヒツルハ、観音ノ変ジテ助ケ給ヒケル也ケリ」ト思フニ、涙ヲ流シテ臥シ丸ビ泣クヲ、男、其ノ気色ヲ「恠シ」ト思テ、来テ、「何ナル事ノ有ルゾ」ト見廻スニ、観音ノ御肩ニ紅ノ袴係タリ。


右の連続使用の箇所でも、「見レバ」等をうけて「たり」「なりけり」で結んでいる。「たり」は人物の視点からの状況描写で、鈴木泰（一九九五）が「メノマエ性」と称した用法である。「なりけり」は人物の視点から詠嘆・気づきの用法で用いた例である。これらの表現は、

「見レバ（見ると）～タリ（ている〈のが見える〉）」
「見レバ（見ると）～也ケリ（だったのだ〈と見える〉）」

のように図式化できる。このような用法の「たり」「なりけり」の後ろには、「見ユ」のような動詞を補うことができる。

(5)、ⅢD人物共感視点（感情・思考）

ⅢDは次の二例のみである。ⅡAに続く例であるが、「悲シクテ」「貴ビ～悲」の箇所に基づいて分類した。しかし、文末の「泣キヌ」「ズト云フ事无シ」の箇所は、それぞれⅡA、ⅡBに属する要素である。これは人物視点に共感しながら語り手の視点にもどって文末を締めくくる形式であると言えよう。

47（ⅡA）此レヲ見テ、「何ナル事ゾ」ト問ヘバ、女、初ヨリ事ノ有様ヲ泣々ク語ル。
48（ⅢD）男、「虚寝シテ聞キ臥シタリツルニ、女ニ取ラセツル袴ニコソ有ナレ」ト思フニ、悲シクテ同ジク泣キヌ。
49（ⅢD）郎等ノ中ニモ、物ノ心ヲ知タル者ハ、此レヲ聞テ、貴ビ不悲ズト云フ事无シ。

(6)、Ⅳ人物完全同化視点

（Ⅳの会話文のみで成り立つ文は存在しない）

(7)、Ⅴ語り手の視点

展開部に用いられる草子地的表現は、必ずしも本文の筋と完全に独立して現れると限らず、本文の展開・描写と関係して用いられることも多い。本説話でいうと、9の「何デカ吉キ事有ラム」は語り手の視点による推量表現であるが、「不幸である」という状況描写の意味を同時に表している。

54の「故也」は話末評語の例で、理由を表す抽象名詞「ゆゑ」を承け、「名詞＋なり」の形をとっている。「なり」が「けり」を伴わずに用いられる唯一の例である。最終文の55も話末評語であり、語り手による伝聞表現である「トヤ」を文末に用いている。この「トヤ」は語り手の視点から伝承内容を捉えた表現で、「ということであるよ」という意味に解される。この文中に「世ノ人〜云ケル」のように「ケル」を含んでいるが、これは教訓内容を世の人の言葉として後日談的に示すため、説話本体と同様に「けり」が採られたものと解される。

四　物語テキストの問題点

以上、古典作品の『今昔物語集』を例にとって、語り手の視点が文末表現にどのように現れるかについて見てきた。このように、物語テキストの文法現象を検討する際は、どのような語り手の視点による表現であるかを踏まえることが必要である。文法的研究においても、表現者（作者）の意図として語り手の視点をどこに位置させているのかという点まで考えた解釈が必要であると言うことである。

語り手の視点を基準とする表現は、論文的文章とは異なる特質を持つことが既にいくつか知られている。文法論では「花子は悲しかった」のような例がしばしば取り上げられ、これが文学的文章では文として成り立つが、論文的文章あるいは会話などでは成り立たない文であるなどとして示されることが多い。また、工藤真由美（一九九五）では、テンスと人称などを考察するに際して、「かたり」と「はなし」は異なる構造を持つものとして区別するべきことを指摘されている。しかし、問題は、このような形容詞述語文や、テンス・人称の問題に止まらないであろう。たとえば、指示語の機能の問題、動詞や形容詞で主体の立場に関するものの問題（移動動詞、思考動詞・感覚動詞など描出話法に関わる動詞、感情形容詞・評価形容詞など）、主観性に関わる副詞の類、受身や使役などの助動詞や「やりもらい」の動詞、敬語の敬意表出の問題など、関連分野は多岐にわたる。

表現者と語り手とを区別することは、文学研究者にとってはすでに常識となっている事柄であるにもかかわらず、残念なことに、語学研究者にとっては必ずしも前提とはなっていない場合がある。文法的な問題を考えるのに、表現者イコール語り手として扱ったり、文学的文章と論文的文章とを区別せず共通の性質を持つものとして扱っている論文を見かけることが多い。しかし、語り手の想定される文と想定されない文とを分け隔てなく例に取り上げて文法現象を論じることはすこぶる危険なことである。文法の問題を考える例文として、論文的文章の他、小説の会話文や、談話文などを例文として取り上げる限り語り手の問題は生じにくい。物語テキスト独自の文法・文章の問題を明らかにし、論文的文章と区別して考察すべきである。

注

（1）Ⅰに入れた「動詞終止形」の例は、5と28の2例である。5は前後の文に「けり」があり、28は文中に「けり」がある。

（2）本話においては、11・23・42などのヌに場面閉じの機能が認められる。これに対して、ツは21・22・34・38など筋の展開部分に用いられやすいと言える。

（3）拙稿（二〇〇三）を参照。

（4）26は、「臨ケルニ、只失ニシ妻ノ有様ニ露違フ事无カリ」の部分を「見ると～ない」という人物共感視点ととってⅢCと見た。それに続く「けり」は「なかりけり（ないのだったなあ）」と男の視点による詠嘆的用法と解するべきか、語り手の視点から「けり」と捉えたものであるか、二通りの解釈が考えられる。ここでは27まで男の説明が及んでおり、しかも二つの「なりけり」に挟まれていることから考えて、語り手の視点による判断であると見、「露違フ事无ク（少しも違うことがない）アリケリ（のであった）」という意味に解したい。

参考文献

糸井通浩（一九九二）「物語言語の法―表現主体としての語り手―」（糸井通浩・高橋亨編『物語の方法』世界思想社）

甲斐睦朗（一九八〇）『源氏物語の文章と表現』（桜楓社）

工藤真由美（一九九五）『アスペクト・テンス体系とテクスト―現代日本語の時間表現―』（ひつじ書房）

鈴木　泰（一九九五）「メノマエ性お視点（1）　移動動詞の～タリ・リ形と、～ツ形・ヌ形のちがい」（『築島裕博士古稀記念国語学論集』汲古書院）

鈴木　泰（一九九九）『改訂版　古代日本語動詞のテンスとアスペクト―源氏物語の分析―』（ひつじ書房）

竹岡正夫（一九六三）「助動詞「けり」の本義と機能―源氏物語・紫式部日記・枕草子を資料として―」（『言語と文芸』5-6）

西田隆政（一九九九）「源氏物語における助動詞『ぬ』の文末用法―場面起こしと場面閉じをめぐって―」（『文学史研究』40）

野村眞木夫（二〇〇〇）『日本語のテクスト―関係・効果・様相―』（ひつじ書房）

藤井俊博（二〇〇三）『今昔物語集の表現形成』（和泉書院）

藤井俊博（二〇〇三・二〇〇四）「物語文の表現と文末形式―芥川作品を通して―（上・下）」（『同志社国文学』59・60）

藤井俊博（二〇〇四）「物語文の指示語と視点―今昔物語集を通して―」（『同志社国文学』61）

三谷邦明（一九九四）『源氏物語の〈語り〉と〈言説〉』（有精堂）

山岡　実（二〇〇一）『「語り」の記号論』（松柏社）

第十二章　今昔物語集の視点と文末形式

——巻一六を例として——

一　はじめに

物語文におけるいわゆる語り手の視点は文末表現に顕著に現れる。筆者はこれまで、拙稿（二〇〇三）において物語文に現れる視点について分類案を示し、拙稿（二〇〇三・二〇〇四）において現代小説の「羅生門」を取り上げ、拙稿（二〇〇五）において『今昔物語集』巻一六ノ七を取り上げ、解析例を示しておいた。本章では、古典作品の様相を具体的に知るために、『今昔物語集』巻一六の全話を対象として調査し、視点の内容毎に特徴的に見られた文末形式を整理し、現代小説の場合と対照する。巻一六は、漢文の出典（『日本霊異記』『法華験記』『扶桑略記』）による21話と、出典未詳の18話とからなっている。巻一六を取り上げるのは、漢文を典拠とする場合と、和文的な出典によると推測される出典未詳話[1]とを分けて文末表現の傾向を比較し、文体による叙述方法の相違点と共通点を確認することが可能であると考えるためである。

筆者の視点内容による分類方法については、拙稿（二〇〇三）においてその基本となるところを述べた。ここでは、第十一章で述べた視点の呼称について、図とともに内容の説明を示しておく。

Ⅰ物語俯瞰視点　（物語の筋の叙述）

ⅡA物語描写視点（迫真的描写）
ⅡB物語説明視点（説明的表現）
ⅢC人物共感視点（視覚・聴覚）
ⅢD人物共感視点（感情・思考）
Ⅳ人物完全同化視点（直接話法による会話）
Ⅴ語り手の視点（批評・解説・草子地）

これらは物語世界に関与しているかどうかで、物語構築に関わらないⅤと、物語構築に関わるⅠ～Ⅳに大きく分けられる。後者については、人物視点との関わり、語り手の視点の在り方、内容の描き方によってさらに分類することができる。これを次頁に図示するとともに、Ⅰ～Ⅴの内容を現代小説の場合に即して説明しておく。

Ⅰは語り手の俯瞰的な視点から話の主筋となる行為を描くものである。Ⅰの表現を繋いで読むと、そこに描かれる事柄の時間的な間隔は、現実的な時間の展開に比べて緊密度が低く、時間的に大きな間隔があるのが通常である。

ⅡAは、語り手が視点を物語の現場に接近させ、その様子を迫真的に描くものである。Ⅰが話の主筋的内容を大きな時間の流れを捉えて描写するのに対し、ⅡAの文が並んだ表現は現場の動的な様子を現実の時間の進行に近い緊密な展開によって描写するものになる。ⅠとⅡAは文末に「た」を採るか採らないか、すなわち語り手の視点に戻るか戻らないかという点で差があるが、行動を緊密に描いているか描いていないかという点は決定的には区別できない。すなわち、「た」を文末に採っていても緊密な時間の流れの描写もあり得るし、「動詞終止形」を採っていても緩やかな時間の流れを描くこともあり得る。

ⅡBは、冒頭部分や末尾部分における人物・状況の解説部分や、展開部のある時点における存在・状況や関係・背景を、詳細に説明するものである。冒頭・展開・末尾のいずれにおいても解説的表現として現れ得るが、物語の

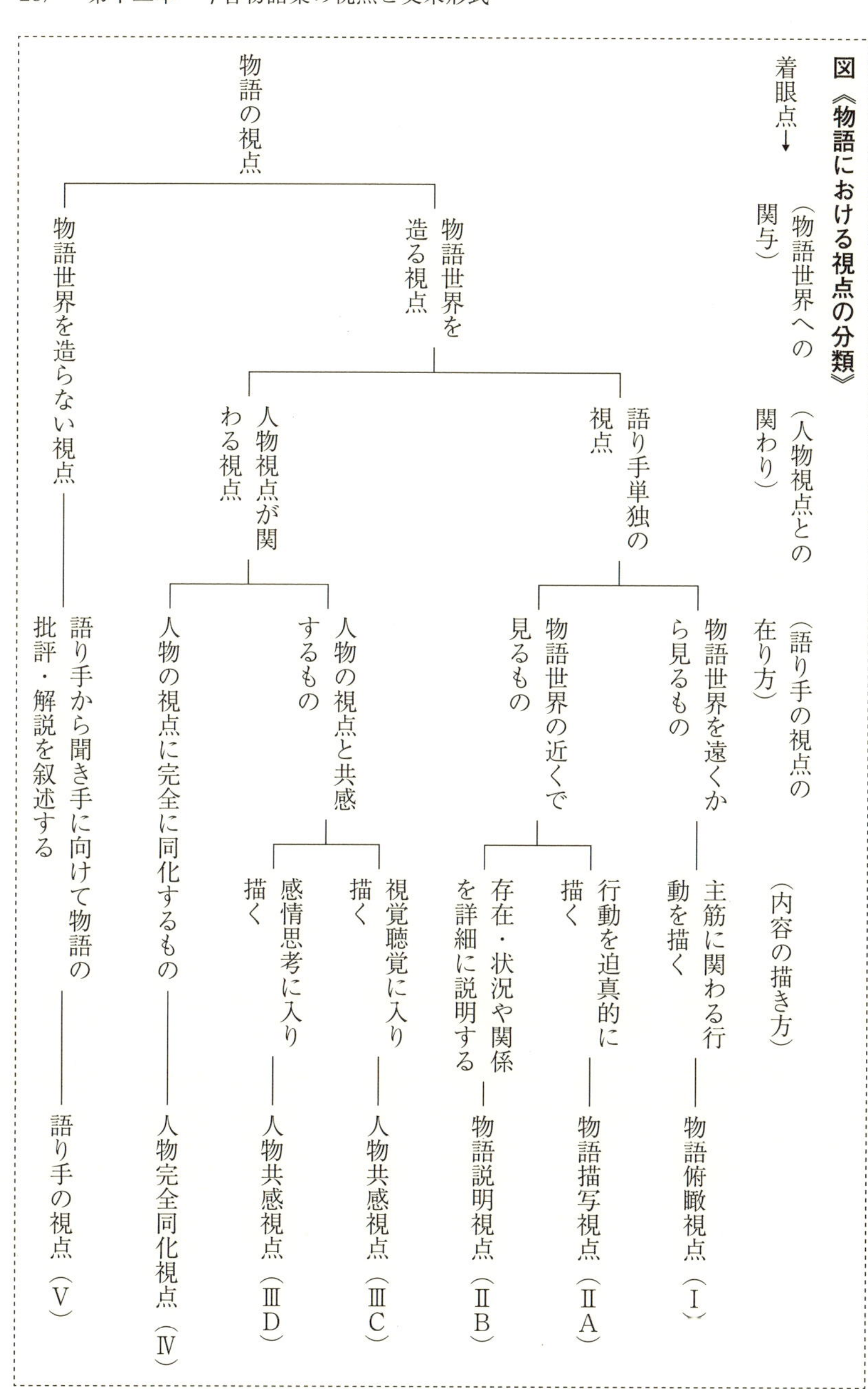

図《物語における視点の分類》

時間を進行させない点で共通している。物事の存在を表す「名詞＋ある・いる」、状況を動的に説明する「動詞＋ている・てある」や静的に説明する「動詞＋ない」「形容詞・形容動詞」、事物の関係を名詞述語で説明する「名詞＋である」、事物の背景を動詞述語で説明する「動詞＋のである」などのいわゆる判断文による。これらの叙述では、語り手の視点は人物・事態の裏側までをよく知る立場であり、いわゆる「神の視点」にあたる。

ⅢC・ⅢDは、「見る・聞く」「感じる・思う」等を述語とする文であり、物語の筋を人物視点と共感しながら述べる形である。「見る」「思う」等の動詞にⅡBの「ている」「のである」が続く場合は人物視点と語り手の視点が二重化している場合である。「見ると〜ている」のような例が多く、これは「見ると〜ている〈と見える〉」のように解釈され、「見る」を述語とするものと同列に扱うことができる。

Ⅳは「と」で導かれる直接話法の会話・心話部分であり、この場合は語り手の視点は背景化し零になる。文末が「といふ」などの述語の地の文に包摂される場合は、ⅡAに分類される。心話部分もあるが、「悲しく思ふ」のように間接話法的になる場合は、ⅢDと分類される。

Ⅴは、観念的な語り手の立場から観念的な聞き手に向けて批評・解説などを叙述する表現である。これは、物語世界の構築には直接関わらず、それを取り除いても物語世界の理解に全くマイナスのないものである。いわゆる「はさみこみ」「草子地」と言われるものは、語り手から聞き手に向けてなされる表現で、物語内容の構築に関わらない場合を典型とするが、物語内容の構築に間接的に関わる場合もある。全く物語世界の内容に付け加える情報がない明確なものとして、『今昔物語集』の説話末の評語のようなものが挙げられる。これは類話の『宇治拾遺物語』に見られないものが多いことから、物語世界の枠外の情報として付け加えられたものであると言える。

二　文末形式の概要

次に、右のような現代小説の表現に対応するものとして、古典の物語の基本的な文末形式を記述していく。具体的な調査結果によりこれのバリエーションについても指摘する。

まず、動詞を中核としたものとして、次のようなものがある。

①「動詞」（現在形）、「動詞＋けり」（過去形）

②「動詞＋つ・ぬ」（現在形）、「動詞＋てけり・にけり」（過去形）

③「動詞＋たり」（現在形）、「動詞＋たりけり」（過去形）

④「動詞＋なり」（現在形）、「動詞＋なりけり」（過去形）

⑤「動詞＋ず」（現在形）、「動詞＋ざりけり」（過去形）

また、名詞を述語の中核とするものは、

⑥「名詞＋あり」（現在形）、「名詞＋ありけり」（過去形）

⑦「名詞＋なり」（現在形）、「名詞＋なりけり」（過去形）

⑧「名詞＋なし」（現在形）、「名詞＋なかりけり」（過去形）

この他に、形容詞・形容動詞を中核としたものや、推量の助動詞の付されたものが見られる。

⑨「形容詞」「形容動詞」（現在形）、「形容詞＋けり」「形容動詞＋けり」（過去形）

⑩「動詞＋べし」「動詞＋む」「動詞＋けむ」

ここで、これらの基本的な文末形式について、視点のどの分類に対応するかについて、基本的な対応関係を示しておく（第十一章も参照）。

Ⅰ＝①「動詞＋けり」②「動詞＋てけり・にけり」が当てはまる（動詞が「視覚・聴覚」の内容ならⅢCとして、「感情・思考」ならⅢDとして扱う。「ありけり」はⅡBとして扱う）。

ⅡA＝①「動詞」（現在形）②「動詞＋つ・ぬ」（現在形）が当てはまる（動詞が「視覚・聴覚」の内容ならⅢCとして、「感情・思考」ならⅢDとして扱う）。

ⅡB＝③「動詞＋たり」（存在継続）④「動詞＋なり」⑤「動詞＋ず」（否定的状態）⑥「名詞＋あり」（存在）⑦「名詞＋なり」（断定）⑧「名詞＋なし」（非存在の状態）⑨「形容詞・形容動詞」（状態）の現在形と過去形が当てはまる。

ⅢC＝視覚・聴覚に関わる動詞が用いられた場合が当てはまる（①の現在形と過去形、および⑤の現在形を文末形式に採るものに加えて、「見レバ」等に続いて③④⑥⑦⑧⑨の過去形・現在形を採り「視覚・聴覚」の内容を表す場合がある）。

ⅢD＝述語に「感情・思考の形容詞」「感情・思考の動詞」などが来る場合が当てはまる（文末形式に①⑤の現在形・過去形、⑨の現在形を採る場合がある。また、これらを「事无限シ」で承ける場合も含める）。

Ⅳ＝直接話法の会話部分が当てはまるが、『今昔物語集』では投げ出し型の会話文は存在しないため、用例数は零になる。

Ⅴ＝⑩などのような形式をはじめとする語り手の立場からの判断を表す助詞・助動詞を採る文が当てはまる。

次に、巻一六の表現を記述するのに際して具体的に留意した細部の点を記しておく。

一、Ⅳとして会話文のみから成る文は『今昔物語集』においては存在しない。会話文の引用では「云ク『〜』ト。」で終止する場合が多いが、このような「ト。」で終止する文を「ト云フ」の略と見て、ここではⅡAに入れて扱うことにする。

二、ⅢＤに関わる形式としてあげた「事无限シ」も、『今昔物語集』では感情を表す動詞・形容詞に付いて強調する特徴的な形式である。「騒グ事无限シ」「泣ク事无限シ」「光リ輝ク事无限シ」のような動作・状態を強調した例はⅡＢに入れたが、「心細キ事无限シ」「怖シキ事无限シ」「喜キ事无限シ」のように感情を強調したと解せるものはⅢＤに入れた。

三、ⅢＣ・ⅢＤに関わる類例として「无シ」を含む述語形式がある。「不貴ズト言フ事无シ」（六話）「貴ビ不悲ズト云フ事无シ」（七話）「恨ミ申スヨリ外ノ事无シ」（三一話）のように感情表現を強調していると解釈できるものもⅢＤとし、「見ルニ、翁モ不見エズ、船モ无シ」（一話）「見ルニ、何シニカハ有ラムズル、今年ハ樸食タル跡モ无シ」（六話）「尋ヌルニモ无シ」（一七話）「捜リ求ルニ、无シ」（三五話）「見ルニ妻无シ」（三八話）などのように、人物視点によると解釈できるものはⅢＣとした。

四、説話末の「ケリトナム語リ伝ヘタルトヤ」という定型的な表現の中には「けり」を含んでいるが、ここでは、文末の「トヤ」を「ということであるよ」の意味に解し、Ⅴに分類した。

これらを踏まえ、漢文の出典のある話を（表１）（「けり」を含む形式）・（表２）（「けり」を含まない形式）に分けて示し、同様に、出典の未詳の話を（表３）（「けり」を含む形式）・（表４）（「けり」を含まない形式。ただし「けるなり」「けるにや」を含む）に分けて示した。

（表１）漢文の出典のある話（「けり」を含む形式）

文末形式	Ⅰ	ⅡA	ⅡB	ⅢC	ⅢD	Ⅳ	Ⅴ	合計
動詞＋けり	31		1		6			38

動詞＋ける	3						1	4
動詞＋けむ							2	2
動詞＋ざりけり			1					1
動詞＋たりけり			1					1
動詞＋たりける			1					1
動詞＋にけり	8							8
動詞＋なりけり			1				1	2
名詞＋ありけり			14					14
名詞＋ありける			1					1
名詞＋なかりけり			5					5
合計	42	0	25	1	5	0	4	77

（表2）漢文の出典のある話（「けり」を含まない形式）

文末形式	Ⅰ	ⅡA	ⅡB	ⅢC	ⅢD	Ⅳ	Ⅴ	合計
動詞＋たり		1	7	19				27
動詞＋たる					1			1
動詞＋り		3	2	2				7
動詞＋るなり			1					1
動詞＋つ		22						22

	1	2	3	4	5	6	7	8
動詞＋ぬ		48		3	4			55
動詞＋べし			1				4	5
動詞＋じ							1	1
動詞＋ず		1	15	5	4		2	27
動詞終止形		55	4	5	8		3	75
形容詞終止形			1		1			2
形容詞命令形							1	1
形容詞＋なり							2	2
形容詞（かたし）			2					2
形容詞（ならびなし）			1					1
形容詞（ことかぎりなし）			7		22			29
ごとし			4					4
形容動詞				1			1	2
名詞			1					1
名詞＋なり			13	3			6	22
名詞＋にてあり			1	4				5
名詞＋あり			21	5			3	29
名詞＋なし			17	7	1			25
会話＋と		31						31

文末形式	I	ⅡA	ⅡB	ⅢC	ⅢD	Ⅳ	V	合計
とや							21	21
会話		1						1
合計	0	162	98	54	41	0	44	399

（表3）出典の未詳の話（「けり」を含む形式）

文末形式	I	ⅡA	ⅡB	ⅢC	ⅢD	Ⅳ	V	合計
動詞＋けり	28				5			33
動詞＋ける	5		3				1	9
動詞＋けむ							1	1
動詞＋けめ							1	1
動詞＋けるなりけり			1					1
動詞＋たりけり			1					1
動詞＋たりける	1		2					3
動詞＋たるなりけり			2					2
動詞＋てけり	7							7
動詞＋にけり	20							20
動詞＋にけれ	1							1
動詞＋にけるなりけり					1			1
動詞＋ざりけり			4					4

文末形式	Ⅰ	ⅡA	ⅡB	ⅢC	ⅢD	Ⅳ	Ⅴ	合計
動詞＋なりけり			3	5				8
形容詞＋けり			1					1
名詞＋ありけり			15	2				17
名詞＋ありける			4				1	5
名詞＋なかりけり			9	1				10
名詞＋なりけり			3	2				5
名詞＋にてありけるなりけり			1					1
合計	62	0	49	10	6	0	4	131

（表４）出典の未詳の話（「けり」を含まない形式）

文末形式	Ⅰ	ⅡA	ⅡB	ⅢC	ⅢD	Ⅳ	Ⅴ	合計
動詞＋けるなり			2					2
動詞＋けるにや							1	1
動詞＋たり		1	6	23			1	31
動詞＋たるなり		1						1
動詞＋り			1	7				8
動詞＋つ		18			1			19
動詞＋ぬ		79	2	1				82
動詞＋む							1	1

動詞＋むや							1	1
動詞＋むやは							1	1
動詞＋めり				1	1			2
動詞＋べし							2	2
動詞＋まし		1						1
動詞＋ず		1	8	6	6		2	23
動詞終止形		44		9	2			55
動詞＋しむ		1						1
動詞＋なり							1	1
形容詞終止形			4	2	5			11
形容詞連体形			1					1
形容詞（かたし）			1					1
形容詞（ことかぎりなし）			5		14			19
ごとし			2				1	3
形容動詞				2				2
名詞＋なるなり				1				1
名詞＋にてあり				2				2
名詞＋にやあらむ							1	1
名詞＋なし			21	2	2			25

名詞＋あり	名詞＋ある	名詞＋なり	会話＋と	とぞ	とや	会話	合計
							0
			81			5	232
6		6					65
12	1	3					72
							31
							0
		4		1	17		34
18	1	13	81	1	17	5	434

三　巻一六における文末形式の様相

前節で整理した各視点毎に見られる文末形式には、現代小説に見られるものと『今昔物語集』など古典作品に特有のものとがある。そこで次に、現代小説の場合と照らし合わせながら、視点毎に基本的な文末形式を整理する。各項の冒頭に「主たる文末形式」として挙げたのは、出典の見られるものと見られないものに共通する形式である。なお、第十一章においては出典未詳話を例とした解析例を示したので、ここでは漢文説話を出典とした巻一六ノ第二話（出典は『日本霊異記』巻上ノ一七）を例として挙げることにする。本文および句読点は岩波日本古典文学大系に従う。

巻一六ノ第二話の解析例

(1) ⅡB	今昔、□天皇ノ御代ニ、伊予ノ国、越智ノ郡ノ大領ガ先祖ニ、越智ノ直ト云フ者有ケリ。
(2) Ⅰ	百済国ノ破ケル時、彼ノ国ヲ助ケムガ為ニ、公ケ、数ノ軍ヲ遣ス中ニ、此ノ直ヲ遣シケリ。
(3) ⅡA	直、彼ノ国ニ至テ助ケムト為ルニ、不堪ズシテ、唐ノ方ノ軍ニ被取テ、唐ニ将行ヌ。
(4) ⅡB	此ノ国ノ人、八人、同ク有リ。
(5) ⅢD	一ノ洲ニ籠メ置タレバ、同ジ所ニ八人有テ、泣キ悲ム事无限シ。
(6) ⅢC	今ハ本朝ニ返ラム事望ミ絶タル事ナレバ、各、父母・妻子ヲ恋ル程ニ、其ノ所ニシテ観音ノ像一軀ヲ見付奉タリ。
(7) ⅡB	八人、同ク此レヲ喜テ、心ヲ発シテ念ジ奉ル様、「観音ハ、一切ノ衆生ノ願ヲ満給フ事、祖ノ子ヲ哀ガ如シ。而ニ、此レ、難有キ事也ト云フトモ、慈悲ヲ垂給テ、我等ヲ助テ、本国ニ令至メ給へ」ト泣々ク申シテ、日来ヲ過ル程ニ、此ノ所ハ、余方ハ皆可逃キ様无ク、人皆有ル方也、只後ロノ方、深キ海ニシテ、辺リニ多ノ木有リ。
(8) ⅡA	八人同ク議シテ構へ謀ル様、「蜜ニ此ノ後ロノ海ノ辺ニ有ル大ナル松ノ木ヲ伐テ、此レヲ船ノ形ニ刻テ、其レニ乗テ蜜ニ此ヲ出デ、、人不通ヌ海也ト云フトモ、只海ノ中ニシテ死ナム。此ニテ死ナムヨリハ」ト議シテ、八人シテ此ノ木ヲ伐テ忽ニ刻リツ。
(9) ⅡB	此ニ乗テ、此ノ観音ノ像ヲ船ノ内ニ安置シ奉テ、各、願ヲ発シテ、泣々ク念ジ奉ル事无限シ。
(10) ⅡB	国ノ人、後ロヲ疑フ事无クシテ此レヲ不知ズ。
(11) ⅡB	而ル間、自然ラ、西ノ風出来テ、船ヲ、箭ヲ射ガ如ク直シク、筑紫ニ吹キ着タリ。
(12) ⅢD	「此レ偏ニ、観音ノ助ケ給フ也」ト思テ、喜ビ乍ラ岸ニ下テ、各、家ニ返ヌレバ、妻子此レヲ見テ喜ビ合ヘル事无限シ、事ノ有様ヲ語テ貴ビケリ。

(13) ⅡA	其ノ後、公ケ、此レヲ聞食シテ、事ノ有様ヲ被召問ルニ、有シ事ヲ不落ズ具ニ申ス。
(14) ⅡA	此レヲ公ケ聞シ食テ、哀ビ貴ビ給テ、申サム所ノ事ヲ恩シ給ハムト為ルニ、越智ノ直申シテ云ク、「当国ニ一ノ郡ヲ立テヽ、堂ヲ造テ此ノ観音ノ像ヲ安置シ奉ラム」ト。
(15) Ⅰ	而ルニ、公ケ、「申スニ可随シ」ト被仰下ヌレバ、直、思ノ如ク、郡ヲ立テ、堂ヲ造テ、其観音ノ像ヲ安置シ奉ケリ。
(16) Ⅴ	其ヨリ後今至ルマデ、其ノ子孫相伝ヘツヽ、此ノ観音ヲ恭敬シ奉ル事不絶ズ。

以下、各視点の主たる文末形式を示すとともに、漢文の出典による話と出典未詳の話を対照しながら各視点の表現の特徴を確認していく。

(1)、Ⅰ物語俯瞰視点（物語の筋の叙述）

（主たる文末形式）「動詞＋けり」「動詞＋にけり・てけり」

Ⅰは、現代小説では過去形の「た」によって事件の展開部の主筋を進めるものであった。『今昔物語集』では過去形の「けり」がこれに対応する表現であると考えられる。例に示した第二話の場合では、「けり」の使われる内容は、冒頭部で人物の身の上を示す部分（第1文・ⅡB）や事件のきっかけになる文（第2文・Ⅰ）であり、また事件の結末の部分（第15文・Ⅰ）に用いている。これらは「けり」文により、説話の枠づけとする典型例である。拙稿（二〇〇五）で述べたように、出典未詳の第七話では、展開部においても、人物の身の上を解説的に述べる部分に限り「けり」を用いていた。ちなみに、漢文説話を出典とする21話中で、「けり」で終止する文は31例であり、「にけり」で終止する文は8例のみである。これに対して、出典未詳話の18話中で、「けり」で終止する文は33例であり、「にけり（にける）」で終止する文は21例にのぼり、また、出典未詳話のみに見られる形式として「てけり」

で終止する文が7例ある。漢文説話を出典とする場合は「けり・にけり・てけり」の使用率が少ないが、これは第二話の例のように、漢文を出典とする話において、人物の背景や事件のきっかけを説明する冒頭部や、事件の結末や後日談的な内容を述べる結尾部にのみ「けり」を付加する枠づけ用法に傾くためと見ることができる。

(2)、ⅡA物語描写視点（迫真的描写）

（主たる文末形式）「動詞終止形」「動詞＋つ」「動詞＋ぬ」

ⅡAの形式は、現場に接近した視点を保っている点が、Ⅰと相違する点である。現代小説で、ⅡAが連続するときは時間進行の緊密度が高く、現場の実際の時間の流れに近い形で描写されるのに対し、話の主筋を進めるⅠは時間の流れが緊密ではなく、比較的大きな場面の展開を表現する場合が多い。ただし、ⅡAとⅠとは時間を追って話の筋を進める点で共通しており、ただ時間進行の緊密度の点に相対的な違いがあるのである。

これに対し『今昔物語集』のⅡAは、拙稿（二〇〇五）でも指摘したように、アスペクト助動詞「ぬ」を用いる場合は時間的な緊密度が比較的低く、Ⅰに近い側面があると考えられる。第二話では、第3文の「ぬ」を含む文は事件のきっかけを表す、いわゆる場面起こし的な用法である。これに対し、「忽ニ」を含む第8文（〜ツ）、会話文を含んだ第13文（動詞終止形）・第14文（〜ト）は、迫真的な描写の部分である。この例から分かるように、動詞終止形や「つ」の表現と「ぬ」の表現とでは、時間展開の緊密度に差が認められる。すなわち、『今昔物語集』の「けり」「つ」「ぬ」には（表5）に示したような差があると思われる。現代小説のような「た」による一元的な表現と異なり、「けり」と「つ」「ぬ」とが話の中で多元的に使い分けれられる点に特色があるのである。

Ⅰの「けり」とともにⅡAの「ぬ」「つ」においても、いずれも時間軸に沿って事件を進める機能を持つが、表に示したように、「けり」よりは「ぬ」、そして「ぬ」よりは「動詞終止形」「つ」の方が時間関係の緊密さが強まっていくと考えられる。このように、「けり」だけでなく現場に接近した視点をアスペクト助動詞である「ぬ」

「つ」や「動詞終止形」によって調整しながら話の筋を進める点が、古典語に独自の特徴として指摘できる。
本朝世俗部になると展開部でも「けり」を用いて話を進める巻も多くあるが、本朝仏法部においては「けり」は冒頭部と結尾部にのみ使われる傾向が強い。しかし、巻一六の説話では、全般に「けり」の使用が人物の解説をする冒頭部や事件の結末部に限られるため、それに代わってⅡAの「ぬ」が事件展開部の主筋を示す役割を担うことになっていると思われる。

例に挙げた第二話の場合では、「ぬ」が「将行ヌ」（第3文）のように用いられている。この「行く」のように移動に関わる動詞は、Ⅰで用いる場合は「にけり」の形をとって大きな場面の転換を表す例が多い（終結機能）。次に挙げた動詞は、Ⅰの「にけり」とⅡAの「ぬ」と両方がつくものの巻一六[2]での例数であるが、次のように動詞の意味は「移動」「変化」に偏って現れる。

（移動）行く（Ⅰに2例、ⅡAに8例）・出づ（Ⅰに1例、ⅡAに5例）・落つ（Ⅰに1例、ⅡAに1例）・返る（Ⅰに2例、ⅡAに5例）・来る（Ⅰに2例、ⅡAに3例）・通ず（Ⅰに1例、ⅡAに1例）・参る（Ⅰに1例、ⅡAに1例）

（変化）失す（Ⅰに3例、ⅡAに3例）・成る（Ⅰに6例、ⅡAに8例）・止む（Ⅰに1例、ⅡAに1例）

「移動」や「変化」の意味の動詞は、場面を大きく進める表現に関わることが多い。「移動」や「変化」の動詞を使うのに、展開部で事件の展開を進める時には通常「ぬ」を用いるが、場面の大きな切れ目（いわゆる「場面閉じ」）では語り手の立場が現れ、「けり」を伴った「にけり」を使うことになるのである。「ぬ」の文章展開上の機能については、これまで鈴木泰（一九九九）や西田隆政（一九九九）などが場面起こ

（表5）

	視点	展開緊密度
（Ⅰ）「動詞＋けり」	遠い	低い
（ⅡA）「動詞＋ぬ」	やや近い	やや低い
（ⅡA）動詞終止形・「動詞＋つ」	近い	高い

し、場面閉じなどの機能を指摘しているが、これらの傾向を踏まえると、「ぬ」は状況の発生という文法機能に基づき展開部で場面や状況の変化を表現する文に用いると総括できる。なお、「ぬ」の使用は、漢文を出典とする話では48例で動詞終止形より少ないのに対して、出典未詳の話では79例で動詞終止形44例の倍近くも見られることから、「ぬ」は和文的な文体の文末表現の基調と言えよう。

(3)、ⅡB物語説明視点（説明的表現）

（主たる文末形式）「名詞＋ありけり」「動詞＋たり・たりけり」「動詞＋なり」「動詞＋ず」「名詞＋あり」「名詞＋なり・なりけり」「名詞＋なし」

ⅡBは、事件の時間的な展開を止めて、その時の状態や事柄の関係を詳細に説明するものである。第二話の冒頭部の第一文には、

今昔、□天皇ノ御代ニ、伊予ノ国、越智ノ郡ノ大領ガ先祖ニ、越智ノ直ト云フ者有ケリ。

のような「名詞＋ありけり」による人物紹介の例があり、展開部では、

此ノ国ノ人、八人、同ク有リ（第4文）

此ノ所ハ、余方ハ皆可逃キ様无ク、人皆有ル方也、只後ロノ方、深キ海ニシテ、辺リニ多ノ木有リ。（第7文）

此ニ乗テ、此ノ観音ノ像ヲ船ノ内ニ安置シ奉テ、各、願ヲ発シテ、泣々ク念ジ奉ル事无限シ。（第9文）

国ノ人、後ロヲ疑フ事无クシテ此レヲ不知ズ。（第10文）

のように指示語「此」によって前文の内容を承け、補足的な情報を説明する文に用いている。また、

而ル間、自然ラ、西ノ風出来テ、船ヲ、箭ヲ射ガ如ク直シク、筑紫ニ吹キ着タリ。（第11文）

のように、「而ル間」で時間の経過を示し、「たり」により新たな事態を提示する場合もある。これは物語の背景となる新たな情報を提示するという点で、冒頭部の「ありけり」の用例に通じる用法である。

なお、右のような文末形式は出典未詳の話と漢文を出典とする話とに共通して見られるものであり、巻一六において主要な形式として存在しているものである。拙稿（二〇〇三）（二〇〇四）において、現代小説のⅡBの表現内容および文末形式として、

「状態」（継続状態の「ている」「てある」、否定的状態の「ない」）
「説明」（肯定判断の「である」、背景説明の「のである」）
「存在」（「名詞＋いる・ある」）
「非存在」（「名詞＋ない」）

を挙げた。これに対比して示すと、『今昔物語集』にも、

「状態」（継続状態の「たり」「り」、否定的状態の「ず」）
「説明」（肯定判断の「なり」、背景説明の「なりけり」）
「存在」（「名詞＋あり」「名詞＋ありけり」）
「非存在」（「名詞＋なし」）

などの文末形式が存在し、基本的な内容として現代小説と共通する要素を指摘できる。

これに加え、出典未詳の話ではこれらの組み合わせによる独自のバリエーションが多く、「けるなり」「けるなりけり」「たるなりけり」「にてありけるなりけり」「形容詞」「形容詞＋けり」「ごとし」「名詞＋なりけり」などの表現が見られた。和文的文体の表現のバリエーションと言えよう。

（4）、ⅢC人物共感視点（視覚・聴覚）

（主たる文末形式）「動詞（見ル・見ユ等）＋ず」「動詞終止形（見ル・見ユ等）」「動詞＋たり・り」「名詞＋あり・ありけり」「名詞＋なり」「名詞＋なし・なかりけり」

ⅢCは、登場人物の「視覚・聴覚」に関わる表現で、現代小説と同様に多様な文末形式が見られる。出典の有無に関わらず見られる表現である右の形式が主要なものとして挙げられる。これらは述語に「見る」「聞く」を用いて「不見ズ」「見ル」のように用いる場合と、「見ルニ〜也ケリ」「見ルニ〜有リケリ」「見ルニ〜タリ」のように見た内容を述語とする場合とがある。後者の場合は「ト見ユ」のような動詞が省略されていると解釈されるものであり、表現内容として「見ル」等を述語とするものと連続していると言える。第二話の例では第六文に「見付奉タリ」の例がある。これに続く第七文の「後ロノ方、深キ海ニシテ、辺リニ多ノ木有リ。」は語り手の視点によるⅡBの表現としておいたが、第六文をうけて人物視点から見た内容を叙述した文（ⅢC）とも解される。

この他、出典未詳の話に特有の文末形式として、「動詞＋なりけり」「動詞＋めり」「形容詞」「形容動詞」「名詞＋なりけり」「名詞＋ありけり」「名詞＋なかりけり」など、見た内容を述語とする形式にも多様性が見られた。

(5)、ⅢD人物共感視点（感情・思考）

（主たる文末形式）「動詞＋けり」「動詞＋ず」「動詞終止形」「名詞＋なし」「形容詞」「事无限し」

ⅢDは、登場人物の「感覚・感情・思考」に関わる表現で、「永キ契ヲ思フ」（八話）「妬ク悲シ」（二〇話）のように感情を表現する動詞・形容詞による場合と、「起キム心地モ不為ズ。」（八話）「思フニ、為ム方无シ」（二〇話）のように感覚・感情・思考の内容そのものを表す場合がある。中でも、第二話に2例が見られる次の例（ただし、二例目は、文中のため表の数値には含めていない）、

一ノ洲ニ籠メ置タレバ、同ジ所ニ八人有テ、泣キ悲ム事无限シ。（第5文）

妻子此レヲ見テ喜ビ合ヘル事无限シ、……（第12文）

の例のように、感情を表す「形容詞」「動詞」に「事无限し」が続く例が漢文の出典のある話を中心に36例と多く見られる点が、文体上の特徴として注意される。感情表現の客観的描写と言えよう。

この他、出典未詳の話には「つ」「めり」「にけるなりけり」、出典がある話には「たり」「ぬ」などが見られた。

(6)、Ⅳ人物完全同化視点

『今昔物語集』では、会話文のみから成る文は存在しない。第二話の例には存在しないが、『今昔物語集』では、「主語＋云ク『～』ト。」の形式を採る例が多く、会話内容を承ける「云ふ」が省略される例が多い（これはⅡＡに分類したが、ⅡＡの393例中、113例が「ト。」で終止する例である）。これによって会話内容の範囲を明らかにしながら、自然な会話の連続を作りだしている。これによって、完全同化視点による投げ出し型の会話文が連続する現代小説のスタイルに近い効果を実現していると言えよう。

(7)、Ⅴ語り手の視点

（主たる文末形式）「動詞＋けり」「動詞＋けむ」「動詞＋べし」「動詞＋ず」「名詞＋なり」

これらは主として話末評語に見られる語り手の視点による解説部分であり、「けむ」「べし」など推量の助動詞がⅤの独自の文末形式である。

これらの形式を出典の有無で見ると、漢文の出典のある説話に特有のものは「動詞＋なりけり」「動詞＋じ」「動詞終止形」「形容詞＋なり」「形容詞命令形」「形容動詞」「名詞＋あり」などであり、助詞助動詞による複雑な表現は見られないが、出典未詳の話のみに見られる形式として、「けめ」「ありける」「けるにや」「ごとし」「たり」「とぞ」「にやあらむ」「む」「むや」「むやは」「動詞＋なり」など助詞・助動詞の組み合わせによる多様な表現が見られた。

四　まとめ

以上、巻一六を例として、『今昔物語集』における視点の在り方と文末形式の実態を検討した。巻一六では漢文の出典のあるものとないものがあるが、各視点において、出典未詳話には漢文の出典にあるものに比べて、より多くの表現形式が見られることが確認できた。出典のあるものとないものに共通する文末形式は『今昔物語集』における基本的な文末形式であると推測されるものである。現代語との対比では、視点の表す表現内容の面では、ⅡＢのような多様な文末形式の見られる場合でも、おおむね現代小説のⅡＢの表現内容に対応していることも明らかになった。

ただし、個々の助動詞の使い分けには現代語に比べてより複雑な様相が現れており、このような使用法に古典語に特有の叙述傾向があることが推測される。文法史的あるいは文体史的な観点からこれらを考えるために、さらに多くの作品の調査や、現代小説の表現との比較を行うなど残された課題は多い。

注

（1）出典のある話は、一・二・三・四・五・六・八・一〇・一一・一二・一三・一四・一六・一七・二三・二五・二六・二七・三五・三六・三八の総計21話、出典未詳の話は、七・九・一五・一八・一九・二〇・二一・二二・二四・二八・二九・三〇・三一・三二・三三・三四・三七・三九の総計18話である。

（2）拙稿（二〇〇三・二〇〇四）において、芥川の小説でⅠには発言・移動・働きかけに関わる動詞が多いことを指摘した。『今昔物語集』では、「けり」に付く動詞で約30％、「ぬ」の付く動詞で約60％が移動に関わる動詞で占められている。

参考文献
甲斐睦朗（一九八〇）『源氏物語の文章と表現』（桜楓社）
鈴木　泰（一九九九）『改訂版　古代日本語動詞のテンスとアスペクト―源氏物語の分析―』（ひつじ書房）
西田隆政（一九九九）「源氏物語における助動詞「ぬ」の文末用法―場面起こしと場面閉じをめぐって―」（『文学史研究』40）
藤井俊博（二〇〇二）「物語文の表現と視点―今昔物語集の文章を通して」『日本語学と言語学』（明治書院）
藤井俊博（二〇〇三）『今昔物語集の表現形成』（和泉書院）
藤井俊博（二〇〇三・二〇〇四）「物語文の表現と文末形式―芥川作品を通して―（上・下）」（『同志社国文学』59・60）
藤井俊博（二〇〇四）「物語文における指示語と視点―「羅生門」を通して―」（『同志社国文学』61）
藤井俊博（二〇〇五）「物語テキストの視点と文末表現」（『日本語学』24－1）

【補説】本章は、「今昔物語集の視点と文末形式―巻十六を例として―」（『同志社国文学』62　二〇〇五・三）に基づくが、「物語の視点の分類」における視点の名称は、本書で改めたところがある。

第十三章　宇治拾遺物語の文章構造

――話末評語を手がかりに――

一　はじめに

『宇治拾遺物語』は、『今昔物語集』との間に多くの類話を持っていることが知られているが、画一的な表現をとる『今昔物語集』とは違い、『宇治拾遺物語』では冒頭句の種類や話末評語の有無やその様相において、多様な形式・内容が見られる。そのような多様さは、本作が『今昔物語集』のように一つの方針によって統一的に編集を加え表現を調整するという面が少なく、様々な出典の本文をある程度踏襲したためであると解される。そこに見られる種々の表現には、画一的に整備された『今昔物語集』よりも、説話の表現構造を多様な角度から見ることができるという利点があるのである。

本章では、『宇治拾遺物語』の各説話の最末尾の一文を取り上げて、それがどのような文末形式をとって終わっているか、また、それが、話末評語の表現内容とどのように関わっているかについて考察することにする。その観点としては、話末文の文末形式を助詞・助動詞の組み合わせの形式として整理する。また、話末評語と冒頭句との関わりを考察し、『宇治拾遺物語』説話の文章構造について私見を示したい。なお、テキストには岩波日本古典文学大系本を用いた。

二　説話の話末文の文末形式

ここではまず、『宇治拾遺物語』の全197話の話末文の文末形式を、助詞・助動詞の組み合わせを主とし、名詞・動詞・形容詞で終わる場合も含めて整理する。『宇治拾遺物語』の話末の一文は大きく、「と」「とぞ」「とか」「となん」「とかや」等の「と（＋係助詞）」を承けて終わる形式と、これらを承けずに終わる形式とに分けられる。ここでは、「と」に上接する表現形式に着目し、「と」を承けない場合の表現形式と比較することにする。なお、「と」のあとに付く「ぞ」「なん」などの係助詞の助詞の種類については煩を避けて区別せず、「と」で受ける場合として一括する。

【「と」で承けない文末形式】（127例）

けり　「けり（係り結び）」18例・「けり（連体止め）」4例・「けり（終止形）」17例・「けり（係り結び流れ）」3例・「にけり」7例・「にけり（係り結び）」3例・「なりけり」3例・「にてありけり」1例・「にてありけり（係り結び）」1例・「てけり」2例・「れけり」1例・「たりけり（係り結び）」2例・「りけり（連体止め）」1例（合計63例）

なり　「なり」9例・「けるなり」7例・「し（こと）なり」4例・「まじき（こと）なり」3例・「るなり」1例・「べきなり」1例・「たりけるなり」1例・「けるにや」3例・「にこそ」1例・「なりかし」2例・「なり（係り結び）」1例・「ざりけるなり」1例（合計34例）

たり　「たり」1例・「たり（係り結び）」3例・「れたり」2例（合計6例）

形容詞　「形容詞（終止形）」2例・「形容詞（連用形）」1例・「形容詞（連用形）＋こそ」1例・「形容詞＋やな」

1例・「形容詞（係り結び）」1例（合計6例）
ず「ず」2例・「ずぞ」1例・「べからず」1例（合計4例）
む「む」1例・「やらむ」1例・「べからむ」1例（合計3例）
き「き」（連体止め）1例・「き（係り結び）」1例（合計2例）
べし　2例
り　2例
る「る」1例・「る（係り結び）」1例（合計2例）
けむ　1例
名詞　1例
動詞　1例

【「と」で承ける表現の文末形式】（70例）
「けり＋と」
「けり（連体止め）＋と」23例・「けり＋と」10例・「けり（係り結び）＋と」6例・「にけり＋と」5例・「たりけり（係り結び）＋と」2例・「たりけり（連体止め）＋と」2例・「てけり＋と」2例・「てけり（係り結び）＋と」1例・「なりけり＋と」1例・「たるなりけり＋と」1例・「りけり＋と」1例（合計54例）
「動詞＋と」4例
「なり（断定）＋と」3例
「名詞＋と」2例
「ぬ＋と」1例

「たり（連体止め）＋と」1例
「なり（伝聞）＋と」1例
「り＋と」1例
「ず＋と」1例
「じ＋と」1例
「形容詞＋と」1例

これらの「と」に上接した助動詞の使用状況は、「と」を付さない場合の助動詞の使用状況と大きな傾向では一致している。すなわち、「けり」がその主流であり、その内訳として「けり」（終止形）「けり」（係り結び）「けり」（連体止め）の三者が多い点が共通する。一方で、「と」で承けない場合は「けり」（係り結び）が多く、「と」で承ける場合は「けり」（連体止め）が多いという相違点も認められる。また、「と」で承けない場合には「む」「べし」「けむ」などの推量系の助動詞や「き」が用いられるのに対して、「と」で承ける場合に独自のものとして「ぬ」「なり（伝聞）」「じ」が用いられる点が相違点として上げられる。

「と」を付す形式は、後ろに係助詞を伴っている場合が多いが、その結びの述語が表現される例はない。また、係助詞のない単独の「と」で終わる例も2例あることから考えると、現代に伝わる昔話で「～とさ」というのと同じように、意識としては「と＋詠嘆の終助詞」と捉えられると思われる。「と」は「けり」の後に続くものであることから、「と」は「けり」のさらに外側にある枠組みとして、説話全体を包摂して纏める役割を持つと考えるが、「と」と文章構造との関わりについては四節で詳しく考察したい。

三　話末評語の内容と文末形式

前節の調査により、「と」を付す場合と付さない場合に分けて検討した結果、どちらの場合においても、文末形式は「けり」を中心として見られることがわかった。しかし、その他の助動詞も含めて、どのような文末形式で、どのような内容を表しているのかが問題である。ここでは、「と」の有無や助動詞の表現形式と話末評語との関わりについて考察する。

次に、『宇治拾遺物語』における話末評語の内容と文末形式との関わりを見ておきたい。『宇治拾遺物語』における話末評語は、先学の研究[1]を踏まえると、次のような内容に整理することができる。

後日談　説話本体が終わりその後の人物の動向を述べるものである。説話本体の内容と連続的で区別しにくい場合もあるが、「その後」などの導語がその目印になる。

教訓　説話本体の内容を受け、どのように考えたり行動すべきであるかを述べる。

批評　説話本体の内容に対して語り手の立場から主観的な批評を述べる。

解説　説話本体の事件・人物に対して語り手の立場から解説を加えるものである。

伝承　誰による語りであるか、あるいは書物の出典を明記するものである。

また、これらの評語がある説話の他に、右の五つの内容を持たない説話がある。以下「評語無し」と称する。『宇治拾遺物語』では説話本体と話末評語の内容が一文に繋がって書かれている場合もあるが、話末文の文末形式を見ることで話末評語の文末として扱うことができる。また、話末評語には、これらの複数の内容が複数の文に分けて書かれていると見られるものがあるが、ここでは話末の一文の内容と形式のみを扱う。

また、伝承を表す例では、その伝承内容として他の評語の内容が含まれる場合もあるが、処理としては伝承として扱う。さらに、教訓や批評が語り手の立場から書かれたものと他人の言の引用によって書かれたものとがあるが、区別せずに扱う。

次にあげる（表1）（表2）は、前節であげた助詞・助動詞を含む文が、右の各評語内容のいずれに用いられているかによって区別したものである。（表1）は後ろに「と」を伴わない形式をまとめ、（表2）は後ろに「と」を伴う形式をまとめたものである。なお、前節では活用語について、「終止形」「連用形」「係り結び」「連体止め」など活用形や用法による区別をしているが、表の項目では区別していない。

次に「と」を伴う場合と伴わない場合を通して、説話本体（評語なし）と各話末評語に特徴的な文末形式をまとめておく。

説話本体　けり　にけり　てけり
後日談　けり　にけり
教訓　べし　まじきなり　べきなり　べからず
批評　なり　む　けむ　「うたてし」「おそろし」「こころうし」「めでたし」「をかし」などの形容詞。
解説　なり　けるなり　なりけり
伝承　き　しなり　るなり　たり

これらの助動詞には、偏って現れて評語内容を特徴づけているものがある。次のようなものである。

○話末評語無しと後日談では、説話本体と傾向が近く「けり」を中心にしており、また「にけり」「てけり」など事件の終結を印象づける表現が見られる。

○教訓は「べし」「まじ」を用いて、行為を勧めたり諫めたりする表現を採る。

○批評は、「む」「けむ」など主観的な助動詞を用いるのが特徴である。「なり」によって「おぼゆるなり」（一七七話）のように語り手の言説が顕わに見られる例もある。
○解説は、「なりけり」「にてありけり」（終止形）「にてありけり」（係り結び）など、「なり」による説明的な形式が特徴である。
○伝承は、「なりけり」「けるなり」を取る点などは解説に近いが、「かたりし」のように「き」系統の表現をとる点に特色がある。

（表1）

	後日談	教訓	批評	解説	伝承	評語無し
けり	10		2	3	5	21
にけり	5					5
なりけり				2	1	
にてありけり			1			1
てけり						2
れけり						2
たりけり						2
りけり						1
なり（断定）		1	6	3		
なりかし			2			
けるなり	1		1	4	1	
し（こと）なり				1	3	
まじき（こと）なり		3				
るなり					1	
べきなり		1				
たりけるなり				1		
けるにや			2	1		
にこそ		1				
ざりけるなり				1		
たり		1			3	
れたり			1		1	
形容詞			5			1
ず	1		1			1
べからず		1				
む			1			
やらむ			1			
べからむ			1			
き					2	
べし		2				
り	1			1		
る			1	1		
けむ			1			
名詞			1			
動詞				1		
合　計	18	10	27	19	17	36

（表2）

	後日談	教訓	批評	解説	伝承	評語無し
けり＋と	13		4	3	5	14
にけり＋と	2					3
たりけり＋と	3					1
てけり＋と						3
なりけり＋と	1					
たるなりけり＋と				1		
りけり＋と						1
動詞＋と	1			2	1	
なり（断定）＋と		2		1		
名詞＋と		1				1
ぬ＋と						1
たり＋と	1					
なり（伝聞）＋と			1			
り＋と	1					
ず＋と	1					
じ＋と	1					
形容詞＋と				1		
合　計	24	3	5	8	6	24

以上の話末評語全体の傾向を纏めると、「けり」「にけり」「てけり」「りけり」など「けり」によるものは、説話本体の末尾と後日談に多く用いられ、説話本体と後日談とが表現内容としては連続的なものであることを示している。また、解説と伝承とはともに「けるなり」「なりけり」などの形式を持っており、表現内容としては近いものであることを暗示している。

伝承の話末評語において、「かたりしなり」のように用いた「しなり」「き」や「申し伝たる」のように用いた「たり」「る（なり）」など、語り手のいる時間を基準にした「過去」の表現、あるいは語り手の時間における「存続」「完了」などを意味する助動詞が見られる。これらには「と」を付する例が見られず、「と」を伴う場合は、登場人物や物語世界に関連する人を主語として「かたりけるとぞ」のように「けり」を伴って用いるのである。この「けり」は語り手の時間から見て過去であるというよりは、「あなたなる場」[2]の虚構空間であることを指示する機能を持っていると言われている。これに対して、「き」は現実の過去を想起させるものであり、そのために伝承に真実味を与えることにもなる。このような性質を持つ「き」は、「と」とは結びつきにくいのであり、話末文の表現内容によっては、「と」を付するのを避ける場合があると見られる。

そこで、さらに「と」と結びつきにくい場合を確認しておく。（表1）を見ると、「と」を採らない場合は「けり」以外の助動詞にも広がりが見られる（「けり」は63例・50％）。すなわち、「き」「たり」などの過去・完了の助動詞の他、「なり」「べし」「む」「けむ」など語り手の判断が強く現れた助動詞を中に含む文末形式の場合においては、「と」を伴わない場合に偏っている。一方、（表2）を見ると、「と」を採る場合は、「けり」を受ける場合に多く集中していることがわかる（「けり」は53例・78％）。とりわけ「後日談」と「評語無し」に「けり」が集中していて、後日談以外の話末評語を承ける「と」の例は少数である。このことは、「と」が「けり」で枠づけられた説話本体と親和度が高く、また後日談などの話末評語も容易にこれを包摂することもできるが、話末評語の表現内容に語り手の立場からの主観的な表出があるときには、「と」によって包摂しようとしていないと考えられる（表2）で「じ」1例「なり」3例が主観的なものの例外であるが、この中で「なり」による解説の話末評語を「と」を承けた2例は、『古本説話集』に対応する例があることを四節で後述する）。

以上から、撰者が付した話末評語をも含めて話全体を伝承の「トヤ」でまとめてしまおうとする『今昔物語集』に対して、『宇治拾遺物語』では「と」を最末尾に用いることを一つの型としてはいるが、主観的な立場からの話末評語がある場合には、無理に「と」を付して統一はしないという柔軟な態度を示していると解される。

四　冒頭句と話末評語との対応の検証

次に、『宇治拾遺物語』に見られる冒頭句「今は昔」「是も今は昔」「昔」「是も昔」などが、話末評語の内容とどのような関連にあるかを見ておく。『今昔物語集』では、冒頭句「今（ハ）昔」が話末の「トナム語リ伝ヘタル」という伝承の表現に係って（修飾して）、「昔から今まで言ひ伝へてある話に」の意味を表すとする春日和男（一九七五）の説がある。しかし、『宇治拾遺物語』の「今は昔」で始まる83話中、「と」で終わるのは21話にとどまる。これは、「昔」で始まる33話中、「と」で終わるのが8話であるのとほぼ同じ低い比率であり、春日の説には疑問がある。

（表3）は、これらの冒頭句と話末評語の内容との関係を示したものである。これによると、各冒頭句と話末評語の表現内容との間には特別な相関性は見出し難いことが分かる。「今は昔」では伝承との対応は特に多い方ではなく、どの評語も平均的に現れている。「是も今は昔」ではむしろ伝承と対応する例は少ない方である。『今昔物語集』ではほとんどすべての説話で「今（ハ）昔～トナム語リ伝ヘタルトヤ」となるので、あたかも緊密な対応関係があるかのように見られがちなのであるが、後述のように、出典の表現を踏襲する傾向の強い『宇治拾遺物語』の実態によると、そのような対応関係があるとは言い難いのである。一方、次に示すように、『宇治拾遺物語』では「今は昔」と「昔」と、どちらにおいても「語り伝へ」の表現と共起している例を指摘することができる。

○今は昔～とぞかたりつたへたる（二一話）
○今は昔～かたりつたふるなりけり。（九七話）
○今は昔～とぞ申伝たる。（一七二話）

○今は昔～とぞかたり伝たる。（一七三話）
○昔～となん申つたへたる。（九一話）

「今は昔」の意味を「昔から今までずっと」のように解する説は、話末の「となむ語り伝へたるとや」に係る（修飾する）という解釈に立脚しているのであるが、「今は昔」と「と」が対応する例は多くなく九一話[3]のような例もあることからすると、「今は昔」が「語り伝へ」とそのような関係にあるとは言えないであろう。

『宇治拾遺物語』の特有の冒頭句として、「是も今は昔」という草子地的表現（語り手の立場から解説的に述べた表現）があるが、これは「今は昔」自体が草子地的な性格を持つ表現であることを示している。筆者は、馬淵和夫の説により「今は昔」を草子地的表現（解説的挿入句）として「これは実は昔のことなのだが[4]」という意味であると解する。この冒頭句は、構文上は説話内容の一部をなす冒頭第一文に包摂されるが、語り手の場を起点とした時間表現として文章の冒頭の枠となり、末尾の「たる」「かたる」「と」のような語り手の今に戻ったことを示す表現とともに文章の大枠をなすと考えられる。これらの枠同士は修飾的な関係ではなく、各々が独立した語り手の立場を示す表現であり、場合によっては一方が欠けることもあり得るものであると考えられる。

（表3）

	後日談	教訓	批評	解説	伝承	評語無し	合計
今は昔	19	9	12	12	13	18	83
是も今は昔	8	3	12	8	4	32	67
昔	8	1	6	6	4	8	33
是も昔	1	0	0	0	0	0	1
冒頭句無し	5	0	2	2	2	2	13

なお、『宇治拾遺物語』の伝承の表現には、個別の出典を表す場合も見られる。例えば次の例は、「是も今は昔[5]」を用いる説話で末尾に伝承の話末評語を採っている例であるが、これらはそれぞれ『続本朝往生伝』『日本霊異記』が出典とされている説話である。

○是も今は昔～往生伝にいるとか。（七三話）
○是も今は昔～供養してけりとぞ。日本の法華験記に見えたるとな

ん。（八三話）

これらは、口承ではなく書承であることを付加して表現している。特に八三話の例は、「とぞ」で説話内容を結び、さらに話末評語を加えて「となん」で承けており、二重に「と」を用いた例である。これらの伝承を内容とする話末評語は、説話内容の枠外に加えられたことが明らかなものであり、冒頭句と直接的な結びつきがあるとは言えない例証ともなろう。

五　宇治拾遺物語説話の文章構造について

『宇治拾遺物語』の説話には話末評語がないものと話末評語があるものとがあるが、前者においては、話末文は説話本体の各種の表現形式が現れ、また後者においては、話末評語の特徴的な文末形式を見ることができた。次に、説話本体と話末評語に分けて考察する。

説話の展開部において内容の骨格をなすのは動詞文であるが、その各文の文末形式には説話内容に対する語り手の視点が現れてくる。すなわち、動詞終止形やそれに「つ」「ぬ」「たり」「り」等が付された文では、説話内容そのものを捉えた表現として叙述されているだけで、語り手の視点は積極的に示されていない（Ⅰ文とする）。これらにさらに「けり」が付された文は、表現内容を「あなたなる世界」の表現として捉えた語り手の立場を表現するものと解される（Ⅱ文とする）。すなわち、説話本体で事件の展開を表す各文は、次のⅠ・Ⅱ文のいずれかで表される（丸括弧内は表さないこともある語）。

Ⅰ文　「動詞（＋つ・ぬ・たり・り）」

Ⅱ文　「動詞（＋つ・ぬ・たり・り）＋けり」

説話では、各文の文末の全てを「けり」で表現する場合（すべてⅡ文の場合）もあれば、冒頭や結尾において「けり」を伴う形式を採っておいて、展開部の途中では適宜「けり」を採らない表現を入れる場合（冒頭や結尾でⅡ文を採り展開部では適宜Ⅰ文を採る場合）もある。後者のような、展開部で「けり」を採らない場合は、冒頭部と結尾部で「けり」を採ることによって、一文ごとに「けり」を用いる場合と同様に説話内容に対する語り手の立場を表現するのであり、この型が多くの説話の常套的な構成方法となっている。例えば『今昔物語集』の天竺部の説話などでは、結尾部にのみ「けり」を一回用いるような例が多く見られ、これらの説話においては冒頭部、展開部でずっと「けり」がなく現在形で進められた事件の内容について、結尾部の「けり」によって全ての内容を受け止める形を採るが、これらは、特に話末の「けり」が説話本体の枠として重要なものであることを示す端的な例である。特に、最終段落に現れやすい「てけり」「にけり」などは内容の区切れに現れやすい表現形式であり、それをもって説話本体の終わりという目印になる場合が多い。

一方、話末評語では、説話本体を受けて、「けり」を用いて後日談を述べたり、「べし」「まじ」「む」「なり」「き」など語り手の立場を表す主観的な助動詞を用いて教訓・批評・解説・伝承などの内容を読み手に伝えようとする。「なり」には、さらに「けり」が下接することもあるが、これは説話全体を統括する語り手の表現として「けり」を用いるためである。

以上を纏めると、説話全体の文章の表現構造を、次のような入れ子構造で示すことができる。

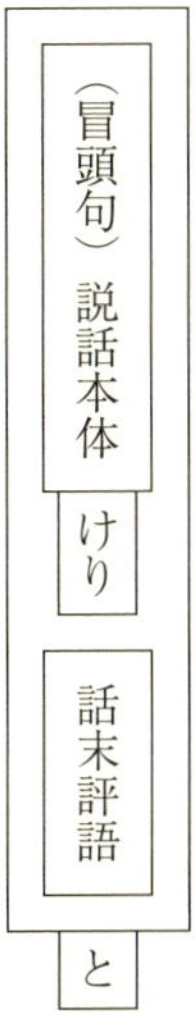

（冒頭句）説話本体
けり
話末評語
と
語りの場

『宇治拾遺物語』において、説話本体と話末評語をさらに外側から最後に受け止めるのが「と」であると考える。

「と」が話末評語の外にあるというのは、話末評語が『宇治拾遺物語』で付加されたのではなく、出典から伝承されたものであることを示唆している。

話末評語の後に「トヤ」を付す形は、『今昔物語集』ではほとんど徹底していると言える。しかし、説話本体が伝承の内容となるのは当然としても、『今昔物語集』で新たに付された話末評語が「トナム語リ伝ヘタルトヤ」という伝承表現に包まれた形になっているのは表現の整合性から言うと問題を孕んでいる。例えば、鎌倉期の説話集『閑居友』に多く見られるように、撰者による話末評語が語りの内容と区別する形で表現される場合は、「むなしく命をはりぬとなん。このことは……」（『閑居友』一）のごとく、「と」の枠外に置く方式の方が、自然であると考えられるからである。『今昔物語集』では「けりとなむ語り伝へたる」とあるように、「と」の前は「けり」、後は「たる」となる。「けり」は「過去」もしくは「あなたなる場」の認識を示すのに対して、「たり」はメノマエの世界を表す助動詞である。すなわち、「と」の前は物語世界に身を置いた表現、「と」の後は語りの場における表現であることを意味する。このように説話の終末表現は、物語世界の表現「けり」から語りの場の表現「たり」に戻って終了するのであるが、ここに語り手の視点が語りの場に移動したことで話が終了するという説話の終末の仕方が端的に現れている。しかし、「となむ語り伝へたる」の「と」がある上に、さらに末尾に「とや」が二重に付く『今昔物語集』のような話末表現は、他の物語・説話に例を見ない。これは、伝承そのものを語りの場から異化しようとする表現であると言えよう。

次に、『宇治拾遺物語』の「と」で終わる説話の中から『古事談』『古本説話集』と出典・類話の関係にある話を取り上げ、それらに見られる話末評語の内容と、「と」の付加との関わりについて考察しておく。

まず、『古事談』を出典とする場合、『宇治拾遺物語』で「と」で終わる話は8話ある。内訳は、「とぞ」「とか」が出典の「云々」に対応する例が3例（六〇・六一・一一六話）、「とぞ」「とか」に対応する語句がなく翻案に際して付したと思われる例が5例（六四・六六・六八・六九・一三五話）である。『古事談』の「云々」に対応する3例の中で六〇話と一一六話の2話は『古事談』に後日談の話末評語を含み、『宇治拾遺物語』でもそれを踏襲している（その他の6話は『古事談』にも『宇治拾遺物語』にも話末評語が存在しない）。

次に、『古本説話集』の類話に当たる説話の場合、『宇治拾遺物語』で「と」で終わる話が4話ある。その中で、『古本説話集』に「と」がない2例（八九・九六話）は、『古本説話集』の後日談の話末評語が『宇治拾遺物語』でも同様に見られる。この場合は、『宇治拾遺物語』で後日談に「と」を付したと推測できる。また、『古本説話集』でも「と」で終わる話が2例（一〇一・一五〇話）あり、いずれの話でも『古本説話集』の解説の話末評語が『宇治拾遺物語』でも同様に見られる。

一〇一・一五〇話のように、類話の『古本説話集』において後日談以外の話末評語に「と」を付した形があり、『宇治拾遺物語』でも同様の形が対応している。これらは両書の共通祖本の表現が踏襲されたものであると推測することができる場合である。一方で、六〇・一一六話のように出典の『古事談』の「後日談＋云々」を承けた例や、『古本説話集』の後日談が見られる八九・九六話の例から推測されるように、出典の後日談の話末評語に『宇治拾遺物語』で独自に「と」を付したと見られる例があるのである。

これらの出典との比較から、『宇治拾遺物語』の後日談の話末評語には「と」が付されやすいことがわかる。『宇治拾遺物語』の話末評語には、出典・類話の『古事談』『古本説話集』とほぼ同じ内容が対応して見られ、撰者独自のものであるとは見られない。この場合、『宇治拾遺物語』の説話本体と話末評語がともに出典にあるのであり、最末尾に「と」を付すことも不自然ではない。しかし、『宇治拾遺物語』では「と」を付さず説話本体で終わる話も多く見られ、後日談を含んだ話以外では積極的に「と」を付すことはなかったようである。『宇治拾遺物語』では、出典の話末評語の内容を考慮し、伝聞であることを表わす「と」を付すのは後日談的内容とする独自の規制が働いていたものと推測される。

注

（1）話末評語の種類は、松尾拾（一九八二）によりつつ、菅原利晃（一九九七）によって後日談を含めた。

（2）竹岡正夫（一九六三）の考えに従う。筆者は、語り手のいる時間から見て過去を表す「き」に対して、「けり」は語り手のいる時空から見て異次元の時空にいることを意味すると考える。

（3）井島正博（二〇〇五）は、「今は昔」で始まる物語は表現時現在の出来事に言及することによって結ばれる（そしてそこにしばしば表現時現在の「今」が現れる）とするが、『宇治拾遺物語』（九一）は「昔」で始まり「今は〜申つたへたる」で終わっている。このような例は『打聞集』や『法華百座聞書抄』などの説話にも見られる。『今昔物語集』のように意識的に表現が統一された作品だけを根拠にするのは危険である。なお、春日和男（一九七五）は話末の「と」との関連を述べるが、『宇治拾遺物語』で「と」との共起例は、「今は昔」21例、「是も今は昔」37例、「昔」8例であり、特別の関連はないと見られる。

（4）筆者は、「この話の時は実は昔のことなのだが」の意味の草子地的表現であると解する。詳しい立論の根拠は、藤井（二〇〇三）を参照のこと。なお、「今では昔のことだが」と解する草子地に解する場合でも、「今は昔」は、挿入句として説話内容の一部として理解することができる

（5）「是も今は昔」は『古事談』など、冒頭句を持たない漢文説話を典拠とする場合に付け加えられた例がある。

参考文献

井島正博（二〇〇五）「中古和文の時制と語り―「今は昔」の解釈に及ぶ―」（『日本語学』24―1）
春日和男（一九七五）『説話の語文―古代説話文の研究―』（桜楓社）
菅原利晃（一九九七）「『宇治拾遺物語』の教訓の独自性―評語から見る教訓的要素の可能性―」（『札幌国語研究』2）
竹岡正夫（一九六三）「助動詞「けり」の本義と機能―源氏物語・紫式部・枕草子を資料として―」（『言語と文芸』5―6）
藤井俊博（二〇〇三）『今昔物語集の表現形成』（和泉書院）

松尾　拾（一九八二）『今昔物語集注文の研究』（桜楓社）
馬淵和夫（一九五八）「説話文学を研究する人のために」（『国文学　解釈と教材の研究』3-11）
渡瀬　茂（一九九八）「『今昔物語集』の枠構造における「けり」の古代的特質とその変容」（『富士フェニックス論叢』中村博保教授追悼号）

第十四章　宇治拾遺物語の語彙と文体

——古事談との比較を通して——

一　はじめに

中世の文体には、片仮名を用いるものとして『延慶本平家物語』や『太平記』などのように漢字を主体とする文体や、『大福光寺本方丈記』のように片仮名を主体として漢字を交える文体があり、和漢混淆文の系統をなしている。この系統では、片仮名表記を用いる程度や漢文訓読の影響にも様々なバラエティーが生じた。これに対して、平仮名によるものは、女房日記や物語など中古の和文体を継ぐものがある一方で、『徒然草』のような擬古文とよばれるものが生じている。ここに取り上げる『宇治拾遺物語』の文章では、表記法は中古の和文体に近い傾向を見せるが、漢文訓読語や漢語をも含んでおり和漢混淆の傾向が見られる。片仮名による文章の系統に比べて、本作における漢文訓読調の要素は少なく従属的なものと言えるが、これを中古の『源氏物語』などの文章と比べると漢文訓読調の要素は必ずしも少ないとは言えず、むしろ、一定量の漢文訓読調の要素を含む点を特質として捉えることができる。中古の平仮名文は和文体の文体に対応するものであったが、中世の平仮名文では、漢字の量も増え、語彙・語法の面では漢文訓読調の要素を多く含むものが出てくる。桜井光昭は、このような表記法と語彙・語法の観点を総合して文体をとらえる立場から、『宇治拾遺物語』のように和漢混淆現象が見られる文章（言語作品）で、し

かも、中古の和文体の表記法の体系を有する文体を「中世和文体」と称することを提唱した。(1)

和漢混淆現象そのものはすでに上代の宣命や『万葉集』の一部の和歌などにさえ見られ、古くから普遍的に見られる現象であるが、(2)中古以降の平仮名文で書かれた和文体の作品に漢文訓読調の要素がある場合、これを用いる理由は様々な面から説明できるであろう。たとえば、和文的な性質が強いと思われる『源氏物語』でも、僧侶や博士などのような男性の漢文に馴れた人物の会話文に用いる事例(3)などが指摘されているのは顕著な例の一つである。しかし、男性作者による『竹取物語』『宇津保物語』(俊蔭巻)『土左日記』などの平仮名文で、地の文で漢文訓読調の要素が用いられている理由については、成立事情に応じて種々に検討していくべきであろう。

平仮名文の表記体系が和文体に対応するものであるとするなら、平仮名を主とした『宇治拾遺物語』に漢文訓読調の要素が混入するのはいかなる理由によるのであろうか。右に挙げた中古の作品群と異なり、『宇治拾遺物語』の場合はいくつかの出典を編集してできた説話集であるため、その中の漢文訓読調の要素が、出典となる文献からの影響によるのであるか、撰者独自の表現によるものであるかということが問題になる。本章で比較に用いる『古事談』は、益田勝美(4)によって出典の一つとして確実視されるようになったもので、片仮名書きを適宜含むが、語彙・語法の点では典型的な変体漢文の要素を持った文体であり、漢文訓読調の要素に影響を与えたことが予想される。『宇治拾遺物語』において、『古事談』という変体漢文の文献を平仮名文の和文体に翻案するに際して、いかなる文体の変換が行われたのであろうか。『宇治拾遺物語』は変体漢文から和文ないし和漢混淆文が生み出される一つの例として、格好の材料を提供する例として考えられるであろう。本章では、『古事談』と『宇治拾遺物語』の用語を取り上げ、右の点を検討したい。

二　古事談から宇治拾遺物語への翻案

山岡敬和[5]は、『宇治拾遺物語』の文体が『古事談』をいかに翻案して成立したかについて、「漢文訓読文・記録文で使われる語句、表現を和文体の語句、表現へと書き改めており、この改変は各話に重複して見られる」「宇治拾遺編者は、『古事談』における漢文表現の難解な箇所に関して、徹底した削除・簡略化を試みて、和文体の文脈に取り込んで、新たに再生しているのである」と述べた。

さらに、桜井光昭[6]は、山岡の挙げた例に対して、「あひだ」のように『古事談』の表現を受け継いだ記録語の表現があることや、独自に漢文訓読調の語法である「して」を使用していることなど、和文化の傾向には例外があることを指摘し、説話によって漢文訓読調と和文調が様々に混在していることを指摘している。ただし、桜井の論においては、出典の影響についての考証は本格的になされておらず、部分的な指摘に止まる。本章では片仮名混じりの変体漢文である『古事談』を出典とするものを取り上げて、両書の表現の対応箇所を比較し、漢語や変体漢文特有語・漢文訓読特有語がどのように翻案されているかを検討していきたい。

なお、『宇治拾遺物語』は岩波新日本古典文学大系本、『今昔物語集』は岩波日本古典文学大系本によることとし、『古事談』の漢語の認定ならびに本文の引用については小林保治校注『古事談　上・下』（現代思潮社）を用いた。その他の作品の用例の有無については、宮島達夫『古典対照語い表』を手がかりとし、『万葉集総索引』（正宗敦夫）『九本対照竹取物語語彙索引』（上坂信男）『伊勢物語総索引』（大野晋・辛島稔子）『大和物語語彙索引』（塚原鉄雄・曽田文雄）『土左日記総索引』（日本大学文理学部国文学研究室）『かげろふ日記総索引』（佐伯梅友・伊牟田経久）『枕草子本文及び総索引』（榊原邦彦）『宇津保物語本文と索引』（宇津保物語研究会）『源氏物語大成　索引篇』（池田

亀鑑）『三宝絵自立語索引』（馬淵和夫）『紫式部日記用語索引』（東京教育大学中古文学研究部会）『更級日記総索引』（東節夫・塚原鉄雄・前田欣吾）『校本大鏡総索引』（秋葉安太郎）『浜松中納言物語総索引』（池田利夫）『栄花物語本文と索引　自立語索引篇』（高知大学人文学部国語史研究会）『方丈記総索引』（青木伶子）『徒然草総索引』（時枝誠記）『平家物語総索引』（金田一春彦・清水功・近藤政美）『CD‐ROM版　平安遺文』（東京大学資料編纂所）『古本節用集六種研究並びに総合索引』（中田祝夫）に依った。

【漢語の踏襲】

まず、『古事談』の漢語がそのまま継承されたものをあげておく。『古事談』で用いられた漢語が『宇治拾遺物語』の対応本文でそのまま踏襲されたもののうち多くを占めるのは具体的な人や事物を表す名詞の類であるが、ここではサ変動詞や、動作性・状態性の意味を含み持つ名詞に限ってあげることにした。（括弧内の数字は新日本古典文学大系本『宇治拾遺物語』の説話番号）

不食（六〇）、加持す（六一）、蘇生す（六一）、安置す（六三）、御感（六六・一一六）、誦す（六八）、談ず（六八）、修す（六九）、請ず（六九）、数刻（一一七）、啓白す（一一七）、会釈す（一三五）、子細（一三五）、無礼（一三五）、建立す（一八四）、呪咀す（一八四）、御覧ず（一八八）

これらのうち、中古・中世の平仮名文の和文体の作品において見られるものが大半を占める。「加持す」（蜻蛉日記・枕草子・源氏物語・紫式部日記）、「誦す」（枕草子・源氏物語）、「談ず」（徒然草）、「修す」（徒然草）、「請ず」（大鏡）、「会釈す」（浜松中納言物語）、「子細」（源氏物語）、「無礼」（源氏物語・大鏡）、「建立す」（大鏡）、「啓白す」（栄花物語）、「御覧ず」（竹取物語・蜻蛉日記・枕草子・源氏物語・紫式部日記・更級日記・大鏡）

また、この他のものでも、「蘇生す」が『観智院本三宝絵』、「安置す」が『方丈記』『徒然草』、「御感」が『平家物語』、「呪咀す」が『観智院本三宝絵』など、漢文訓読調の要素が多く混じる中古・中世の資料に範囲を広げると、用例が見られるものがある。

なお、「不食」「数刻」はこれらの作品にも用例が見出せないが、「不食」は『饅頭屋本節用集』に、「数刻」は『明応本節用集』『天正本節用集』『黒本本節用集』『易林本節用集』に掲載されている。この二語は例外であるが、その他の『宇治拾遺物語』で踏襲された漢語は、和文体や和漢混淆文体において見られるものと言える。

【漢語の翻案】

次に、『古事談』の漢語が『宇治拾遺物語』で別の語に翻案された場合をあげる。これには和語に翻案される場合と、別の漢語に翻案される場合がある。なお、ここでは人物や事物を表す名詞も含めてあげる。各用例の下の数字は新日本古典文学大系の説話番号である。

①漢語から和語へ翻案する場合

これは、さらに、A逐語的な翻訳の場合、B漢語の一部の要素をとる場合、C別語に置き換える場合、に三分類することができる。

A逐語的な翻訳の場合

無双（→ならびなき）六四　　乱入（→入乱れたり）一一七
死者（→死ぬるもの）六七　　路傍（→路のかたはら）一三五
参向（→参りむかひて）六七　　懐紙（→懐より紙を）一八四
他事（→こと事）六九

B漢語の一部の要素をとる場合

参詣（→参りける）六〇・六四　　転読（→読たてまつりたる者也）六〇

及死門（↓死なんとする）六〇
女房（↓女な）六〇
＊「女房」は『蜻蛉日記』『枕草子』
『源氏物語』『更級日記』『大鏡』に例がある。
来臨病室（↓来れり）六〇
病僧（↓此僧）六〇
造立（↓作れる）六三
依微運（↓運おろそかにして）六四
過分之（↓身に過たる）六四
祈請（↓祈申に）六四
後日（↓後に）六五
御寝（↓御とのごもり）六六
不覚悟（↓おぼえざる）六六
魚肉（↓魚）六七

C別語に置き換える場合
体（↓ありさま）六〇
普通事（↓うちまかせたる事）六〇
不廻時刻（↓程なく）六〇
寵愛（↓思はれ参らせて）六〇

下向之（↓下る）六七
魚味（↓魚）六七
後日（↓後には）六七
使者等（↓使）六七
帰路（↓帰るに）六八
末文（↓末の句）六八
数輩（↓その数）一一七
任国（↓国）一三五
下向（↓下ける）一三五
老翁（↓翁）一三五
愚父（↓父）一三五
寺門（↓門）一八四
罪科（↓咎）一八四

卒去之（↓死〔ぬ〕る）六一
遺言事（↓いひを〔お〕くべき事）六一
数体（↓おほくの）六三
窮屈シテ（↓くづお〔ほ〕れて）六七

疾病（↓ゑ〔え〕やみ）六七
難（↓事）六七
子細（↓よし）六七
　（↓かゝる事のあるはいかゞと）一八四
*「子細」は、【踏襲】でも挙げたように
　『源氏物語』に例がある。

引率（↓おこして）六九
所作（↓する事）一一七
賊徒（↓盗人共）一一七
有御出仕（↓まい〔ゐ〕らせ給けるに）一八四
毎日（↓いつも）一八四
白状（↓語〔かたり〕を）一八四

以上のように、漢語から和語に置き換える場合は、漢語をそのまま踏襲する場合に比べて多くの例が見られる。もとになった『古事談』の漢語は、『源氏物語』などに見られる「女房」「子細」などを除けば、中古の平仮名文の和文体作品には見られないものである。これらは、『宇治拾遺物語』で踏襲された漢語と性質が違い、和文では一般的でないものと思われ、山岡敬和が指摘したように、『宇治拾遺物語』では、漢文訓読臭のある難解な漢語に対しては、平易な和語に置き換えようとする態度があることが窺える。

②漢語から別の漢語へ翻案する場合

八旬（↓八十）六〇、気（↓けしき）六〇、制止シテ（↓制して）一三五、引率（↓具して）一三五、施術（↓呪咀）一八四、御見物（↓御覧）一八八

『宇治拾遺物語』で用いている「けしき」（『竹取物語』『伊勢物語』『古今集』『蜻蛉日記』『源氏物語』『紫式部日記』『更級日記』『大鏡』）、「制す」（『竹取物語』『枕草子』『源氏物語』『紫式部日記』『大鏡』）、「具す」（『竹取物語』『伊勢物語』『蜻蛉日記』『枕草子』『源氏物語』『紫式部日記』『更級日記』『大鏡』）、「御覧」（『竹取物語』『蜻蛉日記』『枕草子』『源氏物語』『紫式部日記』『更級日記』『大鏡』）はいずれも和文体の作品にも用例が見られるものである。「八十」と「呪咀」（『観智院本三宝絵』にある）を除けば、一般の和文体に見られるものと言える。

【和語から漢語への翻案】

『古事談』で仮名書きの和語を用いるものを『宇治拾遺物語』では漢語の形式に翻案する場合をあげておく。

キコエムトテ（→の料に）六九、マメ（→大豆）六九、ケタミテ（→気色して）一八八

「料」は、もともとは「目的・用途に合わせて用意した材料」の意味で『竹取物語』『枕草子』『源氏物語』など中古の平仮名の和文体の作品に用例があり、「目的」を表す例も『大鏡』などにおいて見られる。「大豆」は、和文体の資料には用例は見出せないが、『正倉院文書』『和名抄』など、古い時代から用例が見られる。『古事談』でも、同じ話で「大豆」と「マメ」を併用しているのを、『宇治拾遺物語』では「大豆」に統一したのであろう。また、『古事談』の「ケタミテ」は、貴人に挨拶をするという意味で、『古事談』以前に用例が見られず、『義経記』『運歩色葉集』等に見られる中世の俗語と思われる語であるため、中古から和文体に用いた「気色〔けしき〕」を継ぐ「気色〔きしょく〕して」に翻案したのであろう。

【助詞・助動詞の翻案】

漢文の助字にあたるものを翻案している箇所をあげる。

（助詞）於（→にて）四・六七・一八八、雖（→とも）六〇、哉（→ぞ）六九・六九・一三五

（助動詞）不（→で）六〇、如（→たてたるやうにて）六〇、不異（→のごとく）六〇

助詞においては、『古事談』の用いた漢文の助字に対して、漢文訓読調の「において」「といへども」「かな」などのような直訳的な表現を採らず、いずれも和文的な語法に翻案していることが窺える。

助動詞でも、「不」「如」を、「ずして」「ごとし」とせず、各々「で」「やうにて」と和らげて翻案しているが、漢文訓読調の「ごとし」のみは和文体においても少数用いられる語法として、「不異」の翻案に用いているのが注意されるところである。

【変体漢文特有語の踏襲と翻案】

令~給（↓せ給ふ）九（3例）・六〇（2例）・一八四

間（↓あひだ）六〇・六四、間（↓~に）一八四・一八八

處（↓所に）四・（↓処に）六七

変体漢文特有の「令~給」を「しめ給ふ」と直訳した例はなく、「せ給ふ」（九に3例、六〇に2例、一八四に1例）の翻案が多く、和文化の方向が窺える。他に「給ふ」（一八四に2例）「おぼしめす」（六〇に1例）「せおはします」（六四に1例）「敬語省略」（一八四に1例）で翻案する例がある。

「間」はそのまま「あひだ」とする例が3例（六〇に2例、六四に1例）あり、他に「~に」とする例が3例（一八四に2例、一八八に1例）見られる。「處」は「ところ」とする例が2例（四と六七に各1例）あるが、「已然形+ば」に翻案する例が3例（六六に1例、一八四に2例）、「~程に」に翻案する例が3例（四に2例、一八八に1例）、「~時に」に翻案する例が1例（六〇）ある。「間」「處」の接続助詞的な用法は変体漢文に源があると言われている(7)が、『宇治拾遺物語』ではこのような様々な翻案形式によって変体漢文的な用法を和らげようとしたのであろう。ただし、別の表現に翻案をせず「あひだ」「ところ」をそのまま接続助詞的に用いた例もある。まず、「あひだ」は、「~時・~うちに」などのような時間を指示する用法もある（『古事談』を典拠とする例では四・九・六〇・六九・一〇三・一三四）が、次のように「~ので・~から」と解せる接続助詞的な例が(8)、『古事談』を典拠とする例に見られる。

○此女房を見て、欲心をおこして、たちまちに病となりて、すでに死なんとするあひだ、弟子どもあやしみをなして問ていはく、「この病のありさま、うちまかせたる事にあらず。……」（『宇治拾遺物語』六〇）

見此女房発欲心忽病成、已及死門之間、弟子等成奇問云、此御病体非普通事……（『古事談』一九一）

○病者、かしらもそらで年月を送たるあひだ、ひげ、かみ、銀の針をたてたるやうにて、鬼のごとく、……

病者不剃頭、送年月之間、鬚髪已銀針、其陣不異鬼形。（『宇治拾遺物語』六〇）

（『古事談』一九一）

前者は、日本古典文学全集（小学館）のように「たちまち～死のうとするので、弟子が不審に思って」と解され、後者も「頭を剃らずに年月を送ったので、～鬼のようである」の意味に解される。

次の「ところ」の場合でも、『古事談』を典拠とする例で、接続助詞的な「～すると・～したところ」の意味の例が見られる。(9)

○善男、おどろきて、よしなき事を語てけるかなとおそれ思て、主の郡司が家へ行向ふ所に、郡司きはめたる相人也けるが、日来はさもせぬに、事の外に饗応して、わらうだとりいで、……（『宇治拾遺物語』四）

善男ヲドロキテ、無由事ヲカタリテケルカナト恐思テ、主ノ郡司宅へ行向之處、郡司極タル相人ニテアリケルガ、日ゴロハ其儀モナキニ、事ノ外饗応シテ、円座トリテ、……（『古事談』一四九）

○その辺の在家をしるしけるに、我家しるしのぞきければ、たづぬる処に、使のいはく、「永超僧都に魚たてまつる所也。さて、しるしのぞく」といふ。（『宇治拾遺物語』六七）

在家ヲ注ケルニ、我家ヲ注除ケレバ、問子細之處、使者等云ク、永超僧都贄立之所ナリ。仍注除之云云。（『古事談』二五九）

これらは、和文体を基本とする『宇治拾遺物語』が変体漢文特有の語法をそのまま取り込んだ例として注目すべきであろう。

【漢文訓読特有語の踏襲と翻案】

次に、漢文訓読特有語の「いはく」の使用状況について、『古事談』の「云」を踏襲して「いはく」を用いた場合、『古事談』に対する増補箇所に「いはく」を用いた場合、また、「いふやう」が増補箇所や、『古事談』の「曰」

の翻案に用いた場合に分けて用例をあげる。

（踏襲の例）

○妻のいはく「そこのまたこそ、裂かれんずらめ」とあはするに、……（『宇治拾遺物語』四）

妻云ク、ソノマタコソハサカレンズラメト合ニ、……（『古事談』一四九）

○郡司がいはく、「汝、やむごとなき高相の夢見てけり。それに、よしなき人に語りてけり。かならず、大位にはいたるとも、事いで来て、罪をかぶらんぞ」といふ。（『宇治拾遺物語』四）

郡司云ク、ナンヂハ無止高相ノ夢ミテケリ。而無由人ニカタリテケリ。カナラズ大位ニハイタルトモ、定依其徴不慮之事出来、有坐事歟云云。（『古事談』一四九）

○心誉僧正に祈られんとて、召につかはすほどに、まだ参らざるさきに、女房の局なる小女に、物つきて申ていはく、「別の事にあらず。きと目見いれたてまつるによりて、かくおはしますなり。僧正参られざる先に、護法さきだちて、参りて、追い〔ひ〕はらひさぶらへば、逃をはりぬ」とこそ申けれ。（『宇治拾遺物語』九）

心誉僧正ニイノラセムトテ召遣之程ニ、速参以前女房局ナル小女ニ物ツキテ申云ク、非別事。思、キト目ヲ依奉見入如此御坐也。僧正不被參之前、護法前立テ参テ、追払候ヘバ逃候トコソ申ケレ。（『古事談』二五二）

○弟子どもあやしみをなして、問ていはく、「この病のありさま、うちまかせたる事にあらず。おぼしめす事のあるか。仰られずは、よしなき事也」といふ。（『宇治拾遺物語』六〇）

弟子等成奇云、此御病體非普通事。有令思給事歟。不被仰者、自他無由事也云云。（『古事談』一九一）

（以上の他に、「いはく」の例は、『宇治拾遺物語』六〇に2例、六二に1例、六九に1例、一三五に1例がある）

（増補の例）

○僧正のいはく「いかなりとも、なじかは、はさまぬやうやあるべき。投げやるとも、はさみ食ひてん」とありければ、……

（『宇治拾遺物語』六九）

僧正、イカナリトモ、ナジカハハサマヌ様ハアルベキ。投遣トモハサミ食テントアリケレバ、……

（『古事談』二―五）

一方、「いふやう」は、『宇治拾遺物語』で増補した例が1例、『古事談』の「曰」を翻案した例が1例見られる。

（増補の例）

○されども、この女な、おそる、けしきなくして、いふやう、「年来たのみたてまつる心ざし浅からず。なに事にさぶらふとも、いかでか仰られん事、そむきたてまつらん。御身くづお〔ほ〕れさせ給はざりしさきに、などか仰せられざりし」といふ時に、……

（『宇治拾遺物語』六〇）

然而此女敢無怖畏之気、年来奉憑之志、不浅。雖何事候争不奉貴命哉。如此御身クヅヲレサセ不給之前、ナドカ不被仰哉云云。

（『古事談』一九一）

（翻案の例）

○念珠をとりて、を〔お〕しもみていふ様、「うれしく、来らせ給たり。（中略）僧を生ませたまはば、法務の大僧正を生せ給へ」といひお〔を〕はりて、すなはち死ぬ。

（『宇治拾遺物語』六〇）

執念珠ヲシモミテ曰、ウレシク令来給タリ。（中略）僧ヲ令生給バ法務大僧正ヲ生給ベシト祈畢。即以命終云云。

（『古事談』一九一）

『宇治拾遺物語』全体で見ると「いはく」47例、「いふやう」139例であって、全体に「いふやう」[10]の使用が大きく勝っている。また、『今昔物語集』との類話で見ると、『今昔物語集』が「云ク」を用いる箇所で『宇治拾遺物語』が「いふやう」をとる例が3例（五六・一八三・一八五）あるが、『今昔物語集』が「云フ様」を用いる箇所で『宇治拾遺物語』が「いはく」「いふやう」をとる例はない。ところが、『古事談』との比較で言えば、「いはく」の使用は、『古事談』の表現を踏襲した例が全体で9例あるのに対して、増補箇所には1例用いているのみである。用例の多い『宇治拾遺物語』六〇話をとりあげると、『古事談』の「云」を踏襲した箇所に「いはく」を用いた例が3例あるのに対して、増補の箇所と、『古事談』の「曰」を翻案した箇所に「いふやう」を用いた例が各1例ずつ見られる。『古事談』以外での「いはく」の例は出典未詳話の例が多いのであるが、このような『古事談』の翻案状況から考えると、「いはく」の使用は出典の表現の踏襲によって用いる例が多いと言えよう。「いはく」の用例は、中古の物語でも和文調の強い『伊勢物語』に「いはく」1例、「いふやう」1例(「たばかりたまふやう」の形)、『大和物語』で「いはく」0例、「いふやう」9例(「いひけるやう」「申すやう」「仰せたまふやう」を含む)、『源氏物語』で「いふやう」4例、「いはく」0例のような状況で用例は少ないのであるが、漢文訓読調の強い『竹取物語』で、「いはく」30例、「いふやう」7例、『大鏡』で「いはく」1例、「いふやう」9例、『宇津保物語』で「いはく」8例、「いふやう」13例が見られる。『宇治拾遺物語』のように多くの例を用いるのは和文体の文章としては新しい傾向といえようが、『古事談』による説話では出典の踏襲による例が大半であることから考えると、出典の内容を忠実に受け継ぐことに重点があったために、漢文訓読特有語を踏襲する場合があったと思われる。

三　まとめ

以上見たように、『古事談』との比較で見る限りでは、『宇治拾遺物語』の語彙・語法は、旧来の平仮名による和文体に用いられている範囲を大きく出るものではない。しかし、語法的な面では、「あひだ」「ところ」や「ごとし」「いはく」など、『古事談』の影響で用いた変体漢文や漢文訓読文の要素が確認された。『古事談』に用いられた語彙・語法のうちで、和文体にも用いられるものは『宇治拾遺物語』にも踏襲される傾向があるが、難解なものについては平易な和語に変換しようとしており、全体としては和文体の表現に置き換える意識はかなり強いと思われる。

右の考察によって、『宇治拾遺物語』の語彙・語法は、基本的には和文体を意識したものであり、例外的に含まれる変体漢文や漢文訓読文の語法は、翻案の過程で『古事談』の要素を直接取り入れた場合が中心であることがわかった。このように、漢文的な文献を資料にして和文（平仮名文）が書かれる機会が多くなったのは、中世の和文体の質の変化をもたらす要因の一つになったと言えるのではないか。『宇治拾遺物語』では和文体を基本としつつも、漢文訓読文の要素が混じる要因は、和文体を基調とする文体を用いながらも、出典の内容を忠実に踏襲しようとしていることが大きい。『宇治拾遺物語』の場合、すべてを和文体の用語に改変したのではなく、和文体にもなじみやすい変体漢文や漢文訓読文の用語の一部が踏襲された結果として、『宇治拾遺物語』に和漢混淆現象が見られるようになったと解することができる[11]。

本章では、『宇治拾遺物語』を取り上げ、出典の『古事談』の漢語・変体漢文特有語・漢文訓読特有語などの翻案の状況を考察した。『平家物語』などの中世の和漢混淆文の成立には、『今昔物語集』のような漢文訓読文と関わりの深い漢字片仮名交じり文の系統が深く関わるが、一方で、和漢混淆文を作る一つの要素として、このような変体漢文や漢文訓読文の影響を受けた和文の存在が関わることにも注意する必要がある。

注

（1）桜井光昭「敬語の表記から見た『宇治拾遺物語』の文体」（『国語語彙史の研究』11　和泉書院　一九九〇）

（2）山田俊雄「和漢混淆文」（『岩波講座　日本語　文体』岩波書店　一九七七）

（3）築島裕『平安時代の漢文訓読語につきての研究』（東京大学出版会　一九六三）

（4）益田勝美「古事談と宇治拾遺物語の関係」（『日本文学史研究』5　一九五〇・七）。ただし、本章で扱った話は、岩波日本古典文学大系、岩波新日本古典文学大系で同文的内容とされたものに限った。
（5）山岡敬和「聖と俗への志向—宇治拾遺物語編者の採録意識をめぐって—」（『国学院雑誌』85-3　一九八四・三）
（6）注（1）の桜井論文参照。
（7）峰岸明『平安時代古記録の国語学的研究』（東京大学出版会　一九八六）を参照。
（8）「あひだ」で接続助詞的な用法と解せる例は、他に2例ある（一五話の出典未詳話と、三二話の今昔との類話）。
（9）「ところ」で接続助詞的な用法と解せる例は他に1例ある（一一三話の今昔との類話）。
（10）「～やう」の語法は「いふやう」以外に「みるやう」の例が2例あり、いずれも『古事談』の「見様」の踏襲の例である。
（11）例えば、『宇治拾遺物語』に24例見られる「べからず」なども、中世和文体においてはなじみやすい訓読語の一つである。

第十五章　打聞集の表記と単語意識

――宣命書きの例外表記を中心に――

一　片仮名宣命書きと打聞集の表記

表記論の基本的な視点は、「単語」を表記の単位として捉え、それをどのように書き表すかを明らかにする点にある。現代では「単語」を書き表す規則として、仮名遣い・送り仮名・常用漢字などの制約があるが、さらに複数の漢字からどれを選ぶか、漢字を採るか仮名を採るかといった選択の問題があり、また、古代の宣命書きでは文字を大書するか小書するかといった選択にも「単語」表記の問題点を見出すことができる。本章では、『打聞集』の大書・小書の問題を取り上げ、そこにどのような単語把握の意識が反映しているかを考察してみたい。

『今昔物語集』と同時期に成立した『打聞集』の表記は、いちおう片仮名宣命書きとは言うもののかなり奔放な面があり、従来の研究でもそのような点に着目されることが多かった。特に本書に見られる大量の宛字が古辞書類に見出せない特異な表記を採っていることを、本書が書名通りの打聞きであるか書写によるかという問題[1]と絡めて論じられることが多かった。また従来の研究では、『打聞集』の捨て仮名や送り仮名の実態や片仮名と漢字の選択の揺れについての研究[2]はあるが、片仮名表記の文字の大きさの実態やそれを決定する要因については、十分に調査・考察はなされていない。本書は、『今昔物語集』などに比べると宣命書きの例外が多く、付属語であっても片仮名で大書されることや、自立語でも片仮名小書にされる例が多いことに注目したい。なお、資料としては、東辻保和（一九八一）『打聞集の研究と総索引』（清文堂出版）を用い、用例末尾には同書による行数を示す。

二　「振り仮名」「捨て仮名」「送り仮名」の機能

『打聞集』では、名詞の捨て仮名の例が多い。捨て仮名の機能は、本書に見られる振り仮名とともに語の読みを確定するための意識が強いことを示すであろう。ただ、東辻保和（一九八一）が、付訓される語と漢字の結びつきは日常の常用漢字の範囲であるとしており、特に難読の字についてと言うよりは、文脈上での読みの確定に目的があったと思われる。山本秀人（一九九一）では、『打聞集』では捨て仮名の例は後ろに助詞・助動詞を伴わない例が多く、伴う場合は同音の助詞類が多いことを指摘し、格関係を明示するという機能があると指摘している。

ここでは、名詞類の部分訓捨て仮名と動詞の送り仮名を中心に、それらが小書されるか否かという実態と、小書によってどのような機能が与えられているかについて検討しておきたい。

まず、名詞の部分訓捨て仮名の大書・小書の別に注目すると、次表のように小書にする例が圧倒的に多い。大書の例「鬼ニハ」（250）「皮ハハ」（254）もあるが、前後に片仮名大書が多い箇所での例外的な使用と考えられる。

小書の例数	24
大書の例数	2

名詞の全訓捨て仮名の例は、右の他「獄ヒトヤニ」（23）「音ヲトス」（310）「音ヲトシテ」（393）があり全て小書である。

全訓捨て仮名と部分訓捨て仮名は本文を書いたときに記したものと言えるが、振り仮名は本文を書き終わってから付したか本文を書きながら付したかは不明である。しかし、次の例のように、全訓捨て仮名・部分訓捨て仮名・振り仮名が同じ語に用いられている場合があることから、捨て仮名と振り仮名は、語に対しての注記という点で連続するものとして理解される。

銭ゼニ（342）・銭ニ（345）　昼ヒル（149）・昼《ヒル》（152）　王《ミカ》ド（22・108・135）

次に、動詞の送り仮名を表記する場合であるが、小書にされる場合が圧倒的に多いものの大書の例も見られる。

小書の例数	206
大書の例数	24

動詞が全訓捨て仮名で表記される場合は、「縛シバテ」（309）「次ツギテ」（335）のように、小書の例が2例ある一方、「思ヲボエズ」（318）のように、大書の例も1例見られる。また、動詞の送り仮名でも、振り仮名と同じ語に用いている場合があり、送り仮名と振り仮名も語に対しての注記として連続する面があると思われる。

契リマウシテマシ（18）・契《チギ》テ（70）　流サレヌ（9）・流《ナガシ》ツカハス（139）

生《ウマレ》（63）・生ルベキゾ（263）・生ル、天（267）

それでは、このような小書による捨て仮名や送り仮名の表記には、どのような機能が考えられるであろうか。

その機能の一つは、その語の読みを確定させるための「注釈」の役割が考えられる。次節で述べるように、片仮名の大小は前後の語句の大小に引かれる面があるのであるが、例えば「衿デカヒノゴヒ」（138）「力ラクラベヲシテ」（363）「夜ルアルキストテ」（396）の例のように、部分訓捨て仮名の場合は、後出の語句が片仮名の大書であってもそれに引きずられて大書にならずに小書を用いている。むしろ「水ヅギハニ」（129）のように後出の自立語を小書に同化させたかと見られる場合さえある。捨て仮名の読みを確定させる役割は、振り仮名とともに注釈として行われるために、小書の表記を取るべきという意識が強かったものと思われる。「注釈」のための捨て仮名や送り仮名は、漢文訓読文における訓点や傍訓に源があり、片仮名宣命書きの文章ではそれが本文に取り込まれて小書にされたものである。

小書にはこの他に、自立語の表す意味に細かな意味を添える「補足」の機能が考えられる。漢文訓読の際には、原漢文に対応しない語句を補う場合があるが、それらはもともと原文にないものであるから、漢文との対比からすれば単語以下の要素と見られやすく、漢字のみでは表し得ない意味を補ったものという意識で捉えられるであろう。漢文訓読文では、漢字表記「也」「令」「如」を訓読して「なり」「しむ」「ごとし」のような助動詞が用いられるが、一方で、これらの助動詞や一部の自立語は補読において用いられる。また、漢字に対応するものがなくもっぱら補読によってのみ用いられる付属語もある。補読に用いるような語句を小書して書き添え、漢字表記される単語の意味を補足するのは、「注釈」の役割とも連続している。漢文訓読に慣れた人が片仮名宣命書きの文章を書く際には、このような漢字との対応のない助詞・助動詞を小書にして書き記すのは自然なことである。

以上、「注釈」の機能を持つ捨て仮名・送り仮名、「補足」の機能を持つ助詞・助動詞は、漢文訓読文の中では単語以下のものとして捉えられやすいため、その流れを汲む片仮名宣命書きの文章では小書されやすいと考えた。

三　付属語の大書例について

柴田雅生（一九八八）は、『打聞集』の漢字表記と片仮名表記の選択は、前後の字種の傾向に引きずられる傾向があることを指摘している。このように語の表記が前後の表記に影響を受けるのは、字種の選択の場合だけでなく、片仮名の小書・大書の選択の際にも前後の文字の大小が影響する場合がある。片仮名宣命書きの例外となる付属語の大書例は、「ヲシヘタイマツラム」(85)などの例のように、大書された自立語(仮名書き)に後接した場合が多い。これは、前の自立語が片仮名大書である場合にそれに引きずられて大書になったものと考えられる。また、逆に「南殿ノ御橋ヨリ下テ、ヘヰノ南ニ北向ニ立テ」(53)のように、後ろの自立語が片仮名大書であるのに引かれて大書されたかと思われる例もある。ところが、前には小書の片仮名があるのにも関わらず、片仮名大書されることのある助詞・助動詞(⼆切伏テケレバ」(233)などの例)の一群がある。そこで大書されることのある助動詞について、それが「前に小書」の環境で用いるか否かによって分類してみると、次のようである。

Ⅰ　前に片仮名の大書の語句が来る場合とともに、前に片仮名の小書の語句が来る場合が併存する助動詞

「けり」「ごとし」「べし」「たり」「なり」「まし」「ず」「す・さす」「しむ」

Ⅱ　前に片仮名の大書の語句が来る場合のみである助動詞

「む」「ぬ」「つ」「る・らる」「り」「き」「じ」「むず」「まじ」「めり」「らむ」

Ⅰの特徴は、「ごとし(如)」「べし(可)」「なり(也)」「ず(不)」のように本書で漢字で表記される助動詞がある点と、「ごとし」「べし」のような形容詞型の助動詞や「す・さす」「しむ」のように動詞の直後に下接する接尾辞に近い助動詞があること、「けり」「なり」「たり」などラ変型のものを含め二音節以上の助動詞が多いことなどである。これに対して、Ⅱの特徴は、本書で漢字で表記される例がないこと、一音節語が多いこと、推量系の意味を持つ助動詞が多いことなどである。

Ⅱのように、前に大書の語句が来る場合のみのものは、前に片仮名の大書があるために引きずられただけであると考えられ、それを一語として意識する語が強いとは考えにくいであろう。これに対し、Ⅰのように、前に片仮名の小書にされる語(送り仮名や付属語)があり、その後ろに大書される助動詞が続く場合は、大書される助動詞は一つの意味を担う単語として捉える意識が強いと考えられる。このような単語意識は(3)、漢文訓読の場で漢字に対応

するものとして捉えられた語に顕著であると考えられる。

そこで次に、付属語では、「前に小書」の例があるものとないものという点と、漢字表記の有無を目安に、単語としての意識を検討していきたい。

三・一　Ⅰのグループの助動詞の大書について

まず、（表1）に「前に小書」の例があるⅠの助動詞の総数、大書例数とその内訳を「前に小書」の多い順に挙げておく。

総数の中の34％が大書になっているが、そのうち「前に大書」の仮名がある例は63％であり、「前に小書」の仮名がある例は8％、前に漢字のある例は29％とばらつきがある。これらは、「前に大書」があるからそれに引かれた場合もあろうが、それに加えて自立した単語と捉える意識が強く働いたために大書された場合があるのではないか。そこで次に、各語の大書・小書の実態と、本書での漢字表記の有無について記述しておく。

【けり】「前に小書」の片仮名がある例が12例と多く見られ、単語として捉える意識が強い語であると思われる。「前に小書」の内訳は、「送り仮名」3例、「ぬ」3例、「つ」2例、「たり」1例、「り」1例、「なり」1例、「あり」1例など多様である。同じ過去の助動詞でも、「き」の場合は「前に小書」の例が見られないのと異なった傾向が見られる。漢字表記は持たないが、単語意識が強く現れていると考えられる。

【ごとし】「前に大書」2例の中の1例、「前に小書」3例の中の2例が、返読しない漢字表記「如シ」で表記されている。「前に小書」の仮名書き例は「思ノゴトク」(159)の1例である。この他に「如」を返読して用いる例が15例見られ、「ごとし」自体を漢字表記しようとする意識は強いようである。「如」を返読表記で用いる場合に『今昔物語集』に一般的な「如＋名詞＋シ」のような送り仮名を用いた例がない。「ごとし」は漢文の「如」に対

（表1）「前に小書」のある助動詞〈I〉

	総数	大書例数	前に大書	前に小書	前に漢字
けり	142	72（51%）	38（53%）	12（17%）	22（30%）
ごとし	22	5（23%）	2（40%）	3（60%）	0（0%）
べし	74	27（36%）	14（52%）	2（7%）	11（41%）
たり	138	57（41%）	39（68%）	2（4%）	16（28%）
なり（形動）	109	45（41%）	43（96%）	2（4%）	0（0%）
なり（断定）	317	55（17%）	27（49%）	1（2%）	27（49%）
まし	9	5（56%）	4（80%）	1（20%）	0（0%）
ず	107	46（43%）	32（70%）	1（2%）	13（28%）
す・さす	21	6（29%）	3（50%）	1（17%）	2（33%）
しむ	8	4（50%）	2（50%）	1（25%）	1（25%）
合計	947	322（34%）	204（63%）	26（8%）	92（29%）

（表注）上欄は総数とその中での大書例数を示した。下欄の「前に大書」「前に小書」「前に漢字」は、該当助動詞が大書の時、直前の文字が片仮名の大書・小書および漢字の場合の数値を示す。

応する単語として意識されていたと思われる。

【べし】「べし」の漢字表記「返ス不可ズ」(23)が1例見られる。「前に小書」の例が「啓ルベキ也」(14)「下スベシ」(144)の2例があることを考え合わせると、単語意識が強い語であったと思われる。

【たり】「前に小書」の2例は「老ニタリ」(158)「得サセタラバ」(274)のように、助動詞が先行する場合である。「去ニタルナリ」(177)のように、同様の条件でも先行助動詞が大書の例もあり、不統一な面もある。

【なり】（助動詞）【なり】（形容動詞の活用語尾）助動詞「なり」の漢字表記「也」は68例と多く見られる（（表1）の大書の数値には含めていない。なお、形容動詞では終止形は1例のみで「也」表記を取らない）。助動詞と形容動詞語尾の場合で差があるのは、形容動詞の場合は、前に漢字表記の場合がないという点と、前に大書の例がほとんどであるという点である。つまり、助動詞では漢字に後接して大書になる場合が多くあるが、形容動詞では語幹部分が片仮名書きされる場合に大書になる場合がほとんどである。

【まし】「前に小書」の1例「老人候ザラマシカバ」(142)の例は、「マシカバ」の部分から行頭に変わるために大書になったとも考えられる。漢字表記もなく、小書される助動詞に近い意識であるかも知れない。

【ず】宣命書き特有の「不＋動詞＋ズ」は3例見られる。表には含めていないが、返読による漢字表記「不」が21例ある。「付不ズ」(243)のように動詞に「不」「ず」を下接した例さえ見られ、「ず」と「不」との結びつきの強さを表している。

【す・さす】「前に小書」の例が1例「伝ヘサセム」(159)のように見られる。漢字表記もなく、「たり」で示した「得サセタラバ」(274)の例では小書になっており、単語意識はそれほど強くないと思われる。

【しむ】「前に小書」の1例は「問ハ令メ給」(5)の漢字表記の例で、仮名書きの例ではないが、漢字表記で「アガメムト令メ給ヘバ」(357)のように「セシメ」を「令メ」で表記した例もあり、単語意識は強いと思われる。

以上の中で、本書に漢字表記が見られ、かつ、「前に小書」の環境で用いる「ごとし」「べし」「なり」「ず」「しむ」は、単語としての意識が強かったのではないかと思われる。また、漢字表記がないものでも、「けり」は前に小書の例が多く、その小書の語句も多様であることから、一語として捉える意識が強かったと推測される。総じていえば、「けり」「なり」「たり」のラ変型の助動詞は、一語的に把握されやすい傾向があるとも言える。

三・二　Ⅱのグループの助動詞の大書について

ここで、「前に小書」の例がないⅡの助動詞の使用例数を挙げ、Ⅰとの差異を確認しておく。(表2)に示したように、Ⅱの助動詞では、大書例の使用比率は「前に小書」のある場合と大差はないが、それらの中で「前に大書」がある例が全体の九割を占める点と、「前に漢字」が少数である点は、Ⅰと比べると大きな相違点である。これは、

Ⅱでは、前の片仮名大書に引きずられて大書されたものが大半であるためであると推定できる。逆に言えば、Ⅱの類の助動詞は、片仮名の大書の表現がこない限りは小書にされるのが原則であることになる。

（表2）「前に小書」のない助動詞〈Ⅱ〉

	総数	大書例数	前に大書	前に漢字
む	74	34（46%）	33（97%）	1（3%）
ぬ	94	26（28%）	20（77%）	6（23%）
つ	55	17（31%）	15（88%）	2（12%）
る・らる	48	14（29%）	13（93%）	1（7%）
り	40	9（23%）	9（100%）	0（0%）
き	31	9（29%）	7（78%）	2（22%）
じ	7	4（57%）	4（100%）	0（0%）
むず	7	2（29%）	2（100%）	0（0%）
まじ	2	1（50%）	1（100%）	0（0%）
めり	3	1（33%）	1（100%）	0（0%）
らむ	7	1（14%）	1（100%）	0（0%）
合計	368	118（32%）	106（90%）	12（10%）

（表注）上欄は総数と大書例数を示した。下欄の「前に大書」「前に漢字」は、該当助動詞が大書の時、直前の文字が片仮名の大書か漢字である場合の数値を示す。掲出順位は「前に大書」が多い順に挙げる。

　たとえば、「る・らる」は、前に片仮名大書か漢字がない限り大書にならず、片仮名小書に続くときは「食ハレズハ」（245）のように小書になる。この例では、さらにⅠの助動詞「ず」が続いているが、Ⅱは大書にならずⅠの助動詞からは大書になっているのである。

　この傾向を、用例数上位3語の「ぬ」「つ」「む」で確認すると、（表3）に示したように、いずれも、「前に漢字」か「前に小書」の環境では小書になる傾向が強く、「前に大書」の環境では大書になることがわかる。その他、総数は少ないが、「じ」「むず」「まじ」「り」「めり」「らむ」[4]でも、「前の大書」の環境においてのみ大書となっており、前の語句の大書表記に引かれて大書になっていると考えられる。

三・三　助詞の大書について

　次に大書される助詞について述べる。「前に小書」で用いるか、漢字表記されるかどうかという点に着目する。

（表3）助動詞「む」「ぬ」「つ」の大書・小書

	む		ぬ		つ	
	大書	小書	大書	小書	大書	小書
前に漢字	1	5	6	54	2	36
前に大書	33	0	20	0	15	0
前に小書	0	26	0	12	0	0

　次の語は「前に大書」「前に漢字」の他、「前に小書」の環境でも大書になる助詞である。助動詞と同様に「前に小書」のあるものは、単語意識の強いものと推測される（括弧内には、「前に小書」の例数を示した）。

　「なむ」（5例）「て」（2例）「と」（1例）「とて」（1例）
　「の」（1例）「ば」（1例）「も」（1例）「より」（1例）

この中には、漢字表記されることのある語として、「の」（「之」〈9例〉）、「より」（「自」〈1例〉）が含まれており、漢字表記するものに単語意識の強いものがあると思われる。総数の多い「の」を例に取ると、331例のうち、117例（35・3%）が大書であり、大書例数の比率では助動詞Ⅰの平均に近い数値を示している。

　一方、「前に小書」で大書にならず、「前に大書」「前に漢字」の環境でのみ大書になる助詞は次のようである。

　「か」「が」「かな」「こそ」「して」「しも」「ぞ」「だに」「つつ」「で」「ど」「とも」「ども」「ながら」「など」
　「に」「のみ」「は」「まで」「や」「を」

この中で例の多い「は」「を」を例に取ると、「は」は総数235例のうち49例（20・9%）が大書であり、「を」は総数353例のうち80例（22・7%）が大書である。これらは、先に見た助動詞Ⅱに比べても小書にされる傾向が強いと言えるが、これらの助詞においては、どのような条件で大書になるのであろうか。

　助動詞に比べると「前に小書」の環境で用いる助詞は少数であるが、その中で、漢字表記を持たない「なむ」が「前に小書」の例が5例見られるのは注目される。4例は、「申す」「云ふ」と共起する類似の表現である。

「名ハ三井トナム申ス」（62）「ニフノ明神トナム申ス」（90）「嫉ガリテカカル事ヲナム申」（366）「猶守ヲナム具奉ケ

ル」(402)「名ハ起経トナム云シ」(412)

「と」「を」を承けて大書で用いるのは、「なむ」が「強調」の語義を担う語と意識されたためではなかろうか。

その他の語は、特に顕著に語として意識されるものはなく、前に「大書」がある場合にそれに引かれて大書される傾向が強い。この点について、会話や心話を引用する用法の「と」を例にとって見ておこう。(表4)は引用部分の末尾が仮名の大書・小書・漢字である場合に、大書になるか小書になるか調査したものである。

これによれば、引用文の末尾が片仮名大書である場合に「と」が大書になり、片仮名の小書であるか漢字であるならば「と」が小書になる傾向が強く、先述の「む」「ぬ」「つ」と同様の傾向が見られる。引用文末尾の小書を承けて「と」が大書になる1例「『……事共ノ見ハ』ト大師問給ッ」(311)は、引用文の末尾を明示する意図によるのであろうか。また引用末尾が漢字の場合に「と」が大書になる例も10例あるが、

『……同身ヲ以テ、他ヲキタナガルベキニアラズ。我、汝ガ身ヲスヒネブリテ、汝ガ病ヲ拔』ト云ヲキキテ、……(182)

『害シテ物ニセムトスル也』ト云バ、……(344)

『此銭亀ニカヘツル由語』ト思程ニ、祖云様『ナドテ此銭ヲバ返ヲコセタルゾ』ト問。(349)

『……力ラクラベヲシテ、勝方ヲ貴ガラセ給ベキ也』ト申ヲ、……(363)

『……然バ、此ノ度只相テ御覧ズベシ。イトウレシ事也』ト申セバ、帝王モイミジウウレシト思食テ、……(368)

のように、前後に片仮名大書が多いのでそれらに牽引されて用いられたと思われる例が多い。これらを臨時的なものと考えると、

(表4) 引用「と」の大書・小書(総数170例)

条件	大書例	小書例
引用末尾に仮名大書	59	3
引用末尾に仮名小書	1	53
引用末尾に漢字	10	44

通常の宣命書きに近い箇所で漢字で終わる引用文は「と」を小書する傾向が強いと言えよう。

四　自立語の小書例について

動詞・形容詞・名詞においても片仮名の小書になるものがある。それらを挙げ、特徴を考察する。

四・一　動詞・補助動詞の小書について

動詞・補助動詞で、小書になる語は、次の語である。

「あり」「いぬ」「いふ」「いる」「かく」「かふ」「かる」「きく」「く」「ころしむ」「さす」「しずまる」「す」「たてまつる」「たまふ」「とふ」「とらふ」「のたまふ」「のぶ」「はふ」「はべり」「ふとる」「ふる」「まいる」「まく」「まじろく」「やぶる」「ゆるがす」「よる」「ゐなむ」「をはす」

右の中で、複数の例のあるものは、「す」（43例）「あり」（9例）「く」（2例）「のたまふ」（2例）「たてまつる」（2例）「たまふ」（2例）などのような抽象的な意味のものと、「まじろく」（4例）「かふ」（2例）などのような具体的な意味のものとがある。

もっとも多くの例のある「す」を取り上げると、「奏ス」（2）「拝セサセム」（3）「加持セム」（408）などのような漢語サ変動詞に用いる例が23例で最も多く、その他に、「香ス」（172）「音ヲトス」（310）「音ヲトシテ」（393）「食ルマネシテ」（316）「嫉物シテ」（406）などのように名詞を動詞化する用法が見られる。その他に、「打トテス」（236）「便トシテ」（238）のような文法性の高いもの、「宝ニセシ」（265）「盗ヲセザラマシカバ」（283）「構ヘヲシ給」（317）「衆人ノ止事无物ニシ給ヌルニ」（356）「軸（ニ）シテ」（420）のような目的語を取るものなどが見られる。目的語を取る例では前にある小書の助詞に引かれて「す」が小書になったという面もある。「す」「あり」「いふ」「のたまふ」「たまふ」「たてまつる」などは、漢文訓読文では訓点によって補助的に用いる語であり、そのために小書にする意識が強いのではなかろうか。例えば「たまふ」では、「失ハム（うせたまはむ）」(214)「問フニ（とひたまふに）」(220)「参ヘリ（まゐりたまへり）」(221)のように語尾のみを表記したと考えられる例があることもその現れであろう。

なお、「『…生ルベキゾ』ト、フ」(263)は、踊り字を含む例ではあるが、先行する付属語の小書に影響されて動詞が小書されたと思われる例[5]である。また、「目マジロク、天ニハマジロカズ」(282)は、同語の小書が連続する異例の箇所であるが、僧侶の読んだ経典の詞章に基づく部分であり、原文の漢字の注記のような意識があると憶測する。

四・二　形容詞の小書について

形容詞で小書になる語では、次の語が見られた。

「なし」(5例)「かしこし」(1例)「いみじ」(1例)「たふとし」(1例)

「なし」は「験ナシ」(196)「露隠シタル事ナク」(272)「不見給所ナシ」(308)「人ナシ」(340)「云ム方ナシ」(415)など、漢字表記の主語の述語となるものである。なお、反義語の「あり」の場合も「聖人アリ」(3)「思様アルナメリ」(9)など漢字の主語に対して述語に用いていることから、一対の語句としての意識があったとも考えられる。

四・三　名詞・形式名詞の小書について

名詞・形式名詞では、次の語が小書に用いられていた。

「きは（際）」「こと」「これ」「さま」「しるし」「すぢ」「そ（其）」「そこ」「ため」「とき」「とも」「なに」「ほく（反古）」「ほど」「また（股）」「まね」「まま」「むく（木）」「もと（本）」「もの」「をり」

右の中で、複数の例があるのは「をり」（4例）「まま」（3例）「こと」（2例）「さま」（2例）「もの」（2例）の4語でいずれも抽象的な内容の語（形式名詞）ばかりである。「をり」は漢文訓読で補読に用いる「とき」に通じる和文語であり、類義語「ほど」も小書される。「こと」「もの」も漢文訓読で補読に用いる語であって、漢文訓読時の意識の投影が考えられる点は動詞の場合と同じである。これらに対して「ムク蓮子（木蓮子）」（411）「ホクノ聖（反古聖）」（412）などの具体的な事物に用いた例もあるが、これらは動詞で見られた「まじろく」や、「ころしむ」の小書例と同じく、漢字が即座に思いつかない場合の便法として小書にしたものかも知れない。

五　打聞集の表記の特徴

以上の調査を通して、『打聞集』の表記方法には次のような特徴が認められた。

1、前後の文字との関わりによって助動詞の大書・小書が決定される傾向がある。

「む」「ぬ」「つ」「と」などに顕著なように、助詞・助動詞は、「前に漢字」「前に小書」の環境では小書にするという意識は強いが、先行する自立語が片仮名大書である場合は、それに引きずられて大書になる。したがって、助詞・助動詞の大書される例の原因の多くは、『打聞集』に片仮名自立語が多い点にある。逆に、前の付属語に引かれて自立語が小書になったと思われる例もある。

2、単語として意識されやすい付属語がある。

相対的に単語意識の強いものは大書される率が高くなる。「けり」「たり」のようなラ変系の助動詞や、「ごとし」「なり」「しむ」などのように漢字表記と結びつくものは、単語として意識されやすいであろう。これに対して、「つ」「ぬ」など漢字表記がなく、短い語形のものは単語として意識されにくいのではないか。助詞の中にも「なむ」などのような単語としての意識が高いと思われるものがある。

3、漢文訓読の補読との関わりのある表記がある。

自立語では抽象的な形式名詞が小書されることが多く、漢文訓読の意識との関連が考えられる。「もの」「こと」などは漢文訓読で補読される形式名詞であり、「をり」「ほど」なども漢文訓読で補読される「とき」に準じる和文系の形式名詞である。動詞では、漢語サ変動詞に用いる場合の「す」、漢文で補助動詞として補読される「たまふ」「たてまつる」などがある。その他、動詞の「あり」も補読される語である。

田島清司（一九八四）は、『打聞集』では動詞類の送り仮名が低率であることを特徴として挙げているが、本章で指摘した助詞・助動詞の表記でも、「如」「不」などにおいて宣命書き特有の「不＋動詞＋ズ」のような二重の表記をあまり採らない点に特徴が認められた。漢字と訓を一対一で対応すると理解する意識が強いのは、本書の短小な説話に見られる変体漢文的な表記に連続する意識を持つことがその原因にあると思われる。

右に列記したような例外表記の要因が重なり合って、この文献全体の傾向として片仮名大書を許す傾向が芽生えていたと考えられる。たとえば、動詞の送り仮名は大部分は小書にされているものの、一方で少数ながら大書の例も見られ、大書小書の書き分けの意識には「揺れ」も見られた。また、本書の「小書」と言うものには「大書」と字形の大きさにおいてそれほど極端な差は認められない。このようなことから示唆されるのは、この文献自体に片仮名の大書を志向する時代的な趨勢が窺えるのではないかという点である。鎌倉期には、片仮名を大書する表記を主体としたスタイルが『大福光寺本方丈記』などに現れてくるが、本書はその前段階の表記体として評価できる面がある。すなわち、古代の片仮名宣命書きから中世の漢字片仮名交じり文へ変質する中間的な様相を見せる文献として本書を評価したい。

本章では、『打聞集』の宣命書きの例外表記される語を考えることで、表記の面から中世の『延慶本平家物語』

などの和漢混淆文への道のりを考えようとした。中世の和漢混淆文が宣命書きを一部残した漢字片仮名交じり文の表記を用いる前段階には、『打聞集』のように片仮名の大書が多くなり、宣命書きの例外が増える文献が関わると予測できる。このような表記上の変化は、語彙の面で和語や俗語の要素が漢文訓読的な文章の中に取り入れられることと連動しているであろう。『打聞集』の他、『金沢文庫本仏教説話集』『法華百座聞書抄』『中山法華経寺本三教指帰注』など類似の表記をとる作品を調査し、語彙や表記の変化の実態をさらに明らかにしていく必要がある。

注

（1）貴志正造（一九七一）、田中武久（一九六三）、拙稿（一九八五）などを参照。

（2）東辻保和（一九八一）は、『打聞集』の漢字と訓の対応状況や一語多漢字表記について考察し、高山寺古往来などに比べ一語多漢字表記が多く見られること、「完全附訓漢字」「部分附訓漢字」について『色葉字類抄』に照らして日常常用漢字と言い得るものであること、などを指摘している。田島清司（一九八四）では『打聞集』の送り仮名表記が他の片仮名文献の中でも低率であることを指摘している。山本秀人（一九九一）では、名詞の捨て仮名の例は後ろに助詞・助動詞を伴わない例が多く、伴う場合は同音の助詞類が多いことから、後ろに助詞・助動詞を伴わないことを明示する格表示機能があると指摘している。柴田雅生（一九八八）は『打聞集』の漢字表記と片仮名表記の揺れが見られるのは前後の文字列が影響していることを指摘している。

（3）本章では単語意識を、漢字表記があることや「前に小書」で用いることから把握しようとした。これを、表現主体の側から言えば、その部分の有無によって文全体の意味に増減があるという認識があり、明瞭な意味を把握できるものが、単語として意識されると考える。

（4）「らむ」は7例のうち5例は漢字「覧」で表記されていることから、単語として捉える意識は強いと思われる。

（5）「マジロク」は、類話の『今昔物語集』巻五ノ三には「瞬」、出典の『撰集百縁経』巻八ノ八〇には「眴」で表されている。

参考文献

貴志正造（一九七一）「『打聞集』における宛字の意味―成立論への試みとして―」（『打聞集研究と本文』笠間書院）

柴田雅生（一九八八）「『打聞集』に見える表記のゆれについて」（『活水論文集（日本文学科編）』31）

田島清司（一九八四）「送り仮名表記の諸相―梅沢本古本説話集と打聞集―」（『九州大谷研究紀要』10）

田中武久（一九六三）「「打聞集」の宛字―「今昔物語集」との比較―」（『王朝文学』9）

東辻保和（一九八一）『打聞集の研究と総索引』（清文堂出版）

藤井俊博（一九八五）「打聞集の仮名書語彙をめぐって」（『国文学論叢』30）

山本秀人（一九九一）「院政・鎌倉時代の片仮名文における捨仮名の機能について―和化漢文における附訓法との比較より―」（『福岡教育大学紀要（文科編）』40）

第十六章　法華百座聞書抄の宣命書きについて

一　法華百座聞書抄の表記の問題

漢字片仮名交じり文は、僧侶が漢文訓読を基盤として作り出した実用的な表記体で、ヲコト点や振り仮名で示される要素を小書の仮名で本行に取り込んだ宣命書きがもとである。すでに平安初期には『西大寺本金光明最勝王経古点』の欄外の注釈文に見られ、独立した一書としては『東大寺諷誦文稿』が知られる。これら初期のものは返読による漢文的な表記をとっているが、院政期になると『今昔物語集』のように、自立語を漢字表記、付属語・送り仮名の類を片仮名小書で表記しながら、奈良・平安時代の万葉仮名による宣命書きと同様に国語の語順で単語を並べるものが現れる。『金沢文庫本仏教説話集』のように、説話部では国語の語順、説教部では漢文の語順が中心になる例もある。院政期には、『打聞集』『法華百座聞書抄』『中山法華経寺本三教指帰注』など宣命体をとりつつ片仮名大書の部分を多く含む資料も現れてくる。鎌倉期になると、宣命書きは次第に後退し『観智院本三宝絵（中・下）』『大福光寺本方丈記』『延慶本平家物語』のような片仮名大書を主体とした表記法が定着する。片仮名の宣命書きは、『平松家本平家物語』などの真名本に受け継がれ（片仮名は極小に書かれる）、『延慶本平家物語』のような片仮名大書を中心とする漢字片仮名交じり文でも、助詞や送り仮名の小書などに宣命書きの名残が見られる。このような流れの中で、『法華百座聞書抄』は、院政期の片仮名小書を基準とする宣命書きから片仮名大書を主体とした表記に展開する中間的な姿を留めたものとして注目できる。

院政期の漢字片仮名交じり文の『打聞集』では宣命書きの部分を多く留めるが、自立語を片仮名で大書するのに伴い付属語を大書する場合がある。筆者は、拙稿（二〇〇七）で、『打聞集』における自立語の小書表記と付属語の大書表記を取り上げて、そこに見られる単語意識を考察した。その結果、漢字に続く助詞・助動詞は小書される傾向が強いが、前に片仮名大書があれば大書される傾向があること、付属語であるが独立性があり大書されやすいものとして助動詞の「けり」「たり」「ごとし」「なり」「しむ」、助詞の「なむ」などがあり、自立語では漢文訓読において補読される形式名詞「こと」「もの」、サ変動詞「す」や「あり」などが小書される傾向があること、を指摘した。これらは、『今昔物語集』のような宣命体表記を基盤に展開した新たな表記の方法と思われ、鎌倉期の漢字片仮名交じり文の前段階の表記と見られる。本章ではこれを受け、『法華百座聞書抄』（以下、『法華』と略称する）を取り上げて検討する。宣命書きを多く留める『打聞集』に比べ片仮名表記の多い『法華』の特徴を見るためには、いかなる語が小書されるかに着目することが有効である。そこで、ここでは小書表記が用いられやすい漢字表記語の直後の語の大小に着目することにした。それによって、捨て仮名、送り仮名、助詞・助動詞・名詞・動詞などの小書表記される語を検討し、過渡期の漢字片仮名交じり文に見られる傾向を明らかにしたい。なお、資料としては小林芳規編『法華百座聞書抄総索引』（武蔵野書院）の本文により調査しつつ、山岸徳平開題『法華修法一百座聞書抄』（勉誠社）の写真版により仮名の大小を確認した。

二　捨て仮名の機能

『法華』の小書表記の中には、捨て仮名が多く含まれている。これは『今昔物語集』や『打聞集』など片仮名宣命体文献に広く見られる傾向である。これまで先学に指摘されているように、捨て仮名の例は特に難読の語に限るわけではなく、平易な語句でも用いられる場合がある。ここでは、捨て仮名がどのような意図によって用いられるか実例に則して検討してみたい。

本書には延べ語数で169例の捨て仮名が見られる。捨て仮名が大書された例は、「我レ」(ウ334)「昔シ」(オ166)「為メ」(ウ276)「大キニ」(オ190)「極メテ」(ウ287)の5例のみで、原則として捨て仮名は小書で表記する原則が窺える。次に漢字の訓みの全てを本行に示す全訓捨て仮名と、漢字の訓みの一部を示す部分捨て仮名の例を頻度順に挙げておく(以下、個別の引用例でない場合は平仮名で示し、清濁も書き分ける)。

【全訓捨て仮名】(異なり語数で31例　延べ語数で38例)

説とか(3)・見み(3)・得え(2)・子こ(2)・識しき(2)・(以下1)官くわん・殊こと・馴し・宍しし・霜しも・躰すがた・度たび・給たまへ・偸ちう・勅ちよく・共とも・何なに・旱魃ばつ・侍はむべり・父ふ・母ぼ・御み・妻め・楊やう・世よ・楽らく・乱らん・楼ろう・我われ・桶をけ・男をとこ

【部分捨て仮名】(異なり語数で58例　延べ語数で131例)

或は(8)・昔し(7)・我れ(7)・命ち(6)・若は(5)・年し(5)・時き(5)・極めて(4)・度ひ(4)・汝ぢ(4)・仏け(4)・以て(4)・間だ(3)・来ろ(3)・許り(3)・諸ろ(3)・同じ(2)・思ぼえ(2)・大きに(2)・併ら(2)・即ち(2)・其れ(2)・所ろ(2)・但し(2)・後ち(2)・偏に(2)・先づ(2)・道ち(2)・夜る(2)・(以下1)相ひ・今ま・彌よ・上へ・同じ・各の・数す・風ぜ・形ち・髪み・此れ・前き・然ば・尤も・類ぐひ・喩とへ・為め・力ら・父ち・使ひ・幷に・母は・林し・一と・仏つ・皆な・南み・吉く・由し・利益く

捨て仮名を用いる理由は一通りではない。難読語の訓みを示す意図、複数ある訓みを一つに確定させる意図、意味の切れ目を示す意図などが考えられるが、複数の意図が重なる場合もあるであろう。まず、複数の訓みを確定させるための例としては、次のような例が挙げられる。

説とき（2）説のり（1）・仏つ（1）仏け（4）・父ふ（1）父ち（1）・母ぼ（1）母は（1）・我れ（6）我が（18）

全訓捨て仮名には、「説」「見」「得」など頻度の高い動詞の例が見られる。このような語に全訓捨て仮名を用いるのはなぜであろうか。例えば「繪ニカケルヲ見ミ人ノカタルヲ聞クタニモ」（ウ290）の例では、「見」「人」の間に「ミ」を入れることで「見ミ」と「聞ク」と対応させていると見ることができる。この場合、宣命書きにすることで意味の切れ目を明確にする意図があるであろう。また、多く用いる「われ」には「我われ」「我れ」のように、全訓捨て仮名と部分捨て仮名の両様が見える語もあるが、同じく頻出語の「我が」との訓み分けの意図があるであろう。

全訓捨て仮名には「官」「駟」「識」「偸」「勅」「魃」「楊」「楽」「乱」「楼」など漢語名詞の訓みを示したものが多く見られる。これらには、難読語の訓みを注記する機能が考えられ、振り仮名と通じる機能であると思われる。

次に『法華』の振り仮名の全例を挙げ検討を加える。

為陵〈レウ〉オ8・屠〈ト〉者オ52・公〈ヲホヤケ〉オ114・平〈ヘイ〉州オ142・頗梨〈ハリ〉オ162・度〈タヒ〉オ197・亡〈マウ〉相天道オ252・但〈タタ〉シオ255・霜〈シモ〉オ259・行往坐臥〈クワ〉オ327・文〈フミ〉オ358・百練〈ハクセン〉オ367・玉〈タマノ〉オ421・玉躰〈タマノスカタ〉ウ4・先孝聖朝〈センカウシヤウテウ〉ウ12・父御門ト〈チチノミカ〉ウ16・七日〈ナヌカ〉ウ19・震〈シン〉動ウ26・説〈ノリ〉ウ42・我〈ワカ〉ウ49・旱〈カン〉祓ウ101・世〈ヨ〉ニウ123・善友〈センウ〉ウ135・恩〈ヲン〉ウ141・給〈タマ〉ヒウ153・血〈チヲ〉ウ164・賞〈シヤウ〉ウ168・女〈ヲムナ〉ウ169・安置〈チ〉ウ201・勅〈チヨク〉ウ203・男

官〈ナムクワン〉ウ219・等〈トウ〉ウ224・口〈クチニ〉ウ226・雍〈ヲウ〉ウ227・溫〈ウン〉ウ232・孫居〈ソンコ〉ウ223／224・鬼魅〈ミ〉・魍〈マウ〉兩ウ278・三途〈ツ〉ウ286・銅柱〈チウ〉・鐵〈テツ〉裾〈コ〉ウ291・御〈ヲン〉ウ303・十〈ト〉度ヒウ362・國〈コク〉ウ411・疾〈シツ〉疫〈ヤク〉ウ411・懐任〈ニン〉ウ412・寝屋〈ネヤ〉ウ414

捨て仮名と同じく、振り仮名にも漢語の例が多く、和語でも「躰〈スカタ〉」「御〈ヲン〉」「十〈ト〉」などを始め訓みに注意するべきものに付されている。また、「玉《タマノ》躰スカタ」（オ421）「旱《カン》祓ハツ」（ウ101）のような振り仮名と全訓捨て仮名の組み合わせも見られ、全訓捨て仮名と振り仮名とが連続したものであることが窺える。この例は、難読語に対し、少し後から訓みをつける場合に振り仮名にするが、後続語を書く前に漢字の訓みを示そうと思いついたときには全訓捨て仮名で処理しているのではないかと推測させる。「血《チヲ》イケナカラトリテ」（ウ164）「口《クチニ》トナフル」（ウ226）のように助詞を含む例があり、また「父《フ》母《ホ》タマハレル」（ウ22）「山林《ヤマハヤシ》ニモ」（ウ344）のように振り仮名に続く部分が漢字の右下にはみ出した例がある。前者の助詞を含む例は書写の際の書き落としを後から振り仮名で補ったものとも解せる。後者は、振り仮名と捨て仮名の中間的な形態であるが、振り仮名を補入して捨て仮名表記に近づけようとしたものかとも推測される。

一方、部分捨て仮名は、訓みの確定という基本的な機能とともに、大書の漢字に助詞・捨て仮名・送り仮名等の仮名の小書を交え、宣命書きに整理しようという表記上の意図が考えられる部分に例が多い。とりわけウラの面には宣命書きの典型例となる例が多い。典型例を次に挙げる。

汝カ家ニ安置セリ。基経、年シ来ロ、風セ雨ノタメニ、クチウセタリトイヘドモ（ウ253）

此ノ品ノ心ハ、仏ケ、化城ノ喩ヒヲカリテ、二乗成道ノ旨ヲ説キ給ヘルナリ（ウ264）

我レ昔シヨリ无量百千万億恒河沙ノ衆生ヲ教化シテ（ウ273）

三　送り仮名の諸相

『法華』の送り仮名について田島清司（一九八二）は、平安初期から江戸時代までの様々な文献の送り仮名の実態を調査し、『法華』の送り仮名が表記史上で最も送り仮名の定着度が高い文献であるとした。ただ、『法華』の送り仮名の場合、「申ス」のように動詞の語尾になる場合の他、「供養ス」のように漢語サ変動詞のサ変動詞に相当する場合がある。田島氏の調査では、示された基準や用例数から見て、漢語サ変動詞の場合はサ変動詞を語尾として調査されているようであるが、サ変動詞は単独動詞と同等のものとも考えられ、また、動詞の送り仮名のように省略される例がサ変動詞にはないことを考えると、動詞の送り仮名と同じ扱いにすることは適切ではないと思われる。ここでは両者を区別した上で、さらに大小の別によって分けて用例数を示しておく。

動詞の送り仮名の場合は、いずれの活用形でも小書が優勢で、大書と小書の比率は約1対8である。漢語サ変動詞の場合は大書も多く、同比率は約1対2で、未然形や命令形では大書が上回っている。動詞の送り仮名の場合に小書が中心であるのは、捨て仮名の場合と近い傾向であり、捨て仮名と送り仮名の機能に相関があることを感じさせる。逆に漢語サ変動詞の場合に大書が多いのは、サ変動詞の部分が語尾でなく独立した動詞と見られやすいことに関わるであろう。また、送り仮名の場合は、捨て仮名の場合ほど小書に偏っていない点も見られる。田島の調査によると、未然形、已然形、命令形などにおいては、それ以前の和文等においても送り仮名を書くことが習慣として定着しているという。もともと、捨て仮名は漢文訓読的な文章の表記習慣であるのに対し、送り仮名は和文においても古くから例があり、日本語表記の中で定着していたのであろう。つまり、捨て仮名の発達の中で送り仮名が定着したのではなく、未然形・已然形・命令形のように用法上注意を要するものには和文においても用いられたものがあったのであろう。

田島は、すべての活用形の送り仮名が定着するまでの経緯について、中世以前は送り仮名を用いる活用形に偏りがあるが、近世の『かたこと』の段階で六活用形のいずれかへの偏りが減少し、近代の『学問のすすめ』などに至って各活用形が100％表記されるようになるという。このような歴史的変遷を背景に、活用形の中で連用形の語尾表記の多い点が『法華』において特筆すべき点とした。田島は『法華』の連用形の多さについて、元来活用形の中で連用形が多く用いられることを理由にあげているが、これは漢語サ変動詞において連用形が極端に多いことを差し引いて考えるべきであろう（主たる後続語は「たまふ」26例「て」20例「たてまつる」9例など敬語が多い）。一方、動詞の送り仮名のみで見た場合、連用形以外にも偏りなく見られる。漢語サ変動詞の場合に比べ、『法華』の各活用形の送り仮名は平均的な使用が見られる。

次に、『法華』の宣命書きを志向する表記傾向を指摘しておく。ここでは、動詞の送り仮名の場合を取り上げ、漢字に次ぐ送り仮名Aとそれに続く語Bを「漢字＋A＋B」として大小の表記の型を分類して示す。また、送り仮名Aが連用形である場合の例数を示した。

漢字＋A小＋B大　122例　（A連用形　54例）
漢字＋A小＋B小　89例　（A連用形　30例）
漢字＋A大＋B大　25例　（A連用形　7例）
漢字＋A大＋B小　0例　（A連用形　0例）
総計236例（Bがない2例を除く）

【動詞の送り仮名】

	未然形	連用形	終止形	連体形	已然形	命令形	合計
大書	8	8	0	3	7	1	27
小書	23	84	14	46	38	6	211

【漢語サ変動詞のサ変動詞】

	未然形	連用形	終止形	連体形	已然形	命令形	合計
大書	16	20	0	4	2	2	44
小書	8	64	3	4	3	1	83

「漢字＋A小＋B大」の場合が最多である。「聞クママニ」（オ3）のように、後続語が大書される場合である。それに次ぐ「漢字＋A小＋B小」の場合も「コヒウケ給フツトイフニ」（オ66）のように、B小の後には必ず大書が来る。これらのような形式によって、送り仮名を表記する場合は、236例中の89％が宣命書きになっているのである。

「漢字＋A小＋B大」の型の中で、Aが連用形となる54例中で、B大として来るのは、「給」19例、「候」7例、「タマフ」3例、「タテマツル」2例、「申ス」1例など敬語が後続する例が上位を占める。また、これらの後続する敬語動詞にも送り仮名を持つ例が多い。送り仮名の多い順で挙げると、次のように「給ふ」等の敬語が上位である。3例以上のものを次に挙げる。

給ふ（84）・申す（35）・候ふ（28）・思ふ（15）・説く（17）・御す（6）・侍り（6）・聞く（5）・吉し（5）・来る（4）・見る（4）・悦ぶ（4）・遠し（4）・入る（3）・渡る（3）・久し（3）・喩ふ（3）

これによって「悦ヒ給フ」（ウ14）「思ェ候ヘ」（ウ262）のように、敬語補助動詞の前後に小書の仮名が用いられる。このように、動詞と敬語補助動詞の組み合わせで「漢字＋小書仮名＋漢字＋小書仮名」の形式がとられ、宣命書きの表記が作られることがわかる。

以上、宣命書きを作る要因について考察した。二節で述べた捨て仮名と、本節で述べた送り仮名の使用によって宣命書きになる場合が多いことが指摘できる。

四　付属語の大書・小書

次に付属語について、漢字に続く場合の大書と小書の傾向を述べる。付属語は小書される傾向が強いため、これも宣命書きをとる原因になるものである。次に助詞と助動詞に分け考察する。

四・一　助詞の大書・小書

まず、助詞については、大きく格助詞・副助詞・係助詞・終助詞の類と、接続助詞の類とに分けて見ていく。次に大小の用例数を小書の例数の多い順に示しておく。

【格助詞・副助詞・係助詞・終助詞】

助詞	小	大	助詞	小	大
「の」	小　672例	大　81例	「ぞ」	小　6例	大　1例
「を」	小　406例	大　47例	「なむ」	小　4例	大　3例
「に」	小　345例	大　21例	「のみ」	小　3例	大　2例
「は」	小　152例	大　21例	「して」	小　2例	大　0例
「と」	小　143例	大　34例	「そら」	小　1例	大　0例
「も」	小　58例	大　9例	「だに」	小　1例	大　2例
「が」	小　43例	大　4例	「もて」	小　1例	大　0例
「より」	小　14例	大　11例	「かな」	小　0例	大　3例
「へ」	小　13例	大　1例	「とも」	小　0例	大　2例
「にて」	小　7例	大　0例	「とて」	小　0例	大　1例

【接続助詞】

助詞	小	大	助詞	小	大
「て」	小　65例	大　10例	「を」	小　2例	大　0例
「に」	小　26例	大　1例			

格助詞・副助詞・係助詞・終助詞の類では、「の」「を」「に」「は」「と」「も」「が」「へ」「ぞ」など1音節で例数の多い助詞は小書される傾向が強い。一方、「なむ」「のみ」「かな」「だに」など、2音節で例数の少ない助詞は

大書される比率が高い。このように、助詞の種類あるいは1音節か2音節かによって大きく傾向が分かれている。

接続助詞は、いずれも1音節であり、小書の傾向が強い。なお、送り仮名の後にこれらの助詞が続く場合は、すべて小書されている。漢字に接続助詞が直接続く場合は、接続助詞は大書の場合もあるのであるが、小書の送り仮名には小書の接続助詞が続く原則がある。

「漢字＋送り仮名（小書）＋て（小書）」16例
「漢字＋送り仮名（小書）＋に（小書）」9例
「漢字＋送り仮名（小書）＋を（小書）」2例

以上見たように、漢字を受ける場合、『法華』では1音節の助詞において小書の傾向が顕著である。さらに、この1音節助詞の小書の傾向は、漢字に後続する場合のみならず、片仮名大書の自立語に助詞が続く場合においても多く見られる。『打聞集』では、「自立語（仮名大書）＋助詞（仮名小書）」の例は、次の2例のみである。

カウギハヲ断テ、ヒキヌキテ逃ヌ（252行）
夜ルヨルアルキストテ（396行）

『打聞集』では原則的には自立語が片仮名大書であれば、助詞の片仮名も同じく大書にされるのである。逆に言えば、『打聞集』では小書を用いるのは漢字の後ろに限るという強い原則があって、中には大書でよいはずの副詞の類が、次のように、漢字の後ろでは小書になっている例さえ見られるのである。（『法華』にも例がある。五節を参照）

王、「ゲニサモ云ハレタリ」ト仰給テ（116行）
走帰テ去。「ナドテ縛ヌ」トテ（389行）

これに対し、『法華』においては、「自立語（仮名大書）＋助詞（仮名小書）」の例が多く見られる。この表記法は『打聞集』には見られない傾向である。小書される助詞は、「に」（18）「を」（12）「と」（11）「は」（5）「の」（4）

「も」（3）「て」（2）「が」（1）「ば」（1）「か」（1）「なむど」（1）「く（あまねく）」（1）「よ（あたへよ）」（1）「し（して）」（1）など、ほとんど1音節の助詞に限られる。複数例のある助詞を挙げておく。

ユメニ閻魔王ノ人ノ罪サタムルトコロニマカリ渡リシカハ（オ87）
一人ハワカタマシヒイレタルフクロヲヒサケタリ（オ61）
イヨイヨ法花経ヲタモチタテマツレトイフニ（ウ249）
コノヒト文字カキヲヘテ、セニハトラセム（オ37）
カレカ書ルトコロノ法花経ノ文字コレナリ（オ22）
ツミヲモ功徳ヲモツクル事ニテ候ヘキナリ（ウ162）
太子ニタツネテタテマツレトノタマウニ（ウ145）

このような表記方法が多いのは、『打聞集』との相違点であり、『法華』では、1音節の助詞を小書する傾向が前の文字種に関わらず強くなっていると言えよう。ただし『法華』で片仮名を受ける場合の小書の度合いは小さく、やや右に寄せる程度の場合もある。これは、大きさのみならず位置のずれによって文の意味の切れ目を示す意図もあるのであろう。

『法華』に見られるような、助詞の「ニ」「ヲ」「ト」「ハ」等を小書する表記は宣命書きの特徴を利用したもので、鎌倉期以降では『延慶本平家物語』などの漢字片仮名交じり文において、広く見られるものである。

四・二　助動詞の大書・小書

次に助動詞の大書・小書の傾向について述べる。

助動詞の中には漢字表記の語に続ける場合に必ず「漢字＋送り仮名＋助動詞」の形式で用いられるものがある。

「り」「む」「ず」の3語である。

「り」は「思ヘル」（オ204）「給ヘリ」（ウ62）のように必ず送り仮名を伴って用いられる。「り」は「たり」が生まれる以前に用いられた助動詞で、漢文訓読文では文末詞として多く用いられるが、院政期においては文語的な助動詞になっていたと考えられる。『法華』では「り」は136例もの多くの例が見られ、「けり」の178例よりは少ないが「き」の88例を上回って用いている。表記としては、漢字に続く場合は27例で、内訳は次のようである。

「漢字＋送り仮名（大書）＋り（大書）」（4例）

「漢字＋送り仮名（小書）＋り（小書）」（23例）

送り仮名とともに小書される傾向が強く、小書の送り仮名に大書の「り」を続ける例はない。1音節の語であることも前節の助詞の場合と同じ条件であり、また、当時の人にとって送り仮名と「り」を分離して分析しにくいことなどから、送り仮名とともに小書されたのではなかろうか。なお、三節で「給ふ」の送り仮名の表記率が高いことを指摘したが、「り」のつく動詞は「給へ」（24例）「思へ」（2例）「来れ」（1例）で、「給ふ」が多くを占めている。

「む」については、1例のみ「書ムトテ」（オ10）のように直接漢字に続けた例が見られるが、9例は「ナリ給ハムマテ」（オ260）のように送り仮名に続けて用いる。内訳は、次のようである。

「漢字＋送り仮名（大書）＋む（大書）」（1例）

「漢字＋送り仮名（小書）＋む（小書）」（8例）

やはり小書される傾向が強く、小書の送り仮名に大書の「む」を続ける例はない。上記の「り」と同じく1音節の助動詞であり、やはり動詞の部分と区分できないと意識されたのであろう。「む」も「り」と同じく語尾の延長のような意識があり語としての独立性が弱く感じられるため、送り仮名に続ける必要があるのであろう。「む」のつく動詞は、「給は」（7例）「申さ」（1例）「説か」（1例）で、やはり「給ふ」に続く例が多く見られる。

「ず」も、「サツケ給ハサラム」（オ207）「世ニ候ハスシテ」（ウ77）のように、漢字表記に続く場合は全て送り仮名を伴って用いている。『法華』では、この他に、片仮名自立語（大書）に「ず」を片仮名大書で続ける場合と、『今昔物語集』や『打聞集』などで多く見られる「不＋漢字」の返読表記の場合が2例が見られる。

コレヨリ後カ本ヤフレテ不見（ウ32）

委ク説ニ不能（ウ40）

しかし、『法華』では、『打聞集』に多く見られる「漢字＋ず」や「不＋漢字＋ず」の形式が見られないため、後述するような、漢字に直接続ける形を持つ助動詞に比べると独立性が弱いと思われる。ただ、「アキラメ申シ候ハサラム」（オ331）「出家シ給ハサリシ」（ウ267）のように小書の送り仮名に大書の「ず」を続ける例も4例見られることから、「り」「む」と比べると一定の独立性は認められる。

「漢字＋送り仮名（大書）＋ず（大書）」（5例）

「漢字＋送り仮名（小書）＋ず（小書）」（7例）

「漢字＋送り仮名（小書）＋ず（大書）」（4例）

「漢字＋送り仮名（小書）＋ず（小書）」の7例は「ず」（4例）「ぬ」（3例）で1音節であるが、「漢字＋送り仮名（小書）＋ず（大書）」の4例は「ざら」（3例）、「ざり」（1例）で2音節の場合である。このように『法華』では「ず」の活用形で仮名大書する志向をもっているのは、助詞の場合と同じように、2音節の語形であることがわかる。この点は、『打聞集』では「食ハレズハ」（245行）のように1音節の「ず」の場合でも大書の例があるのと異なる傾向である。なお、「ず」がつく語としては、「給は」（7例）「候は」（7例）「侍ら」（1例）「申さ」（1例）で、いずれも敬語動詞につく例に限られている。「ず」が送り仮名に続ける傾向があるのは、これらの語の送り仮名の表記率が高いこととも相関している。

【なり】（連用形の括弧内の数は「に」の語形の数）

	未然形	連用形	終止形	連体形	已然形	命令形	合計
大書	1	3（5）	28	6	7	0	50
小書	0	1（60）	32	1	4	0	98

【べし】

	未然形	連用形	終止形	連体形	已然形	命令形	合計
大書	0	0	0	8	0	0	8
小書	0	0	2	15	0	0	17

【けり】

	未然形	連用形	終止形	連体形	已然形	命令形	合計
大書	0	0	0	13	3	0	16
小書	0	0	1	3	1	0	5

【らむ】（連体形と已然形の括弧内は「ら」が小書「む」「め」が大書の数）

	未然形	連用形	終止形	連体形	已然形	命令形	合計
大書	0	0	6	0	0	0	6
小書	0	0	7	1（2）	1（1）	0	12

以上述べたような、送り仮名に続ける傾向の強いものに対して、漢字表記語に助動詞を直接続ける場合は、送り仮名が省略されている場合である。この形式には総計261例が見られるが、これは送り仮名に続けて助動詞が示された例数40例（「り」「む」「ず」の例の総数52例を除く数）を大きく上回っている。次に、この場合の大書小書の傾向について、語毎に活用形の数値を示す。なお、助動詞としては、この他、「む」「る」「たり」「つ」「ぬ」の例が見出されたが、例数が5例以下であるため扱わない。また、断定の助動詞「なり」には、「更に」「誠に」の「に」の例数を含めて示している。

表の中に括弧を付して示しているように、「らむ」「き」「まじ」などにおいては語の内部に大小をつけた例も見られる。これらは助動詞のまとまりについて誤解

【き】（已然形の括弧内は「し」が小書「か」が大書の数）

	未然形	連用形	終止形	連体形	已然形	命令形	合計
大書	0	0	0	0	1	0	1
小書	0	0	1	7	1（2）	0	11

【けむ】

	未然形	連用形	終止形	連体形	已然形	命令形	合計
大書	0	0	1	1	0	0	2
小書	0	0	2	1	0	0	3

【まじ】（連体形の括弧内は「まじ」が小書「き」が大書の数）

	未然形	連用形	終止形	連体形	已然形	命令形	合計
大書	0	0	1	2	0	0	3
小書	0	0	0	1（1）	0	0	2

【めり】

	未然形	連用形	終止形	連体形	已然形	命令形	合計
大書	0	0	0	0	1	0	1
小書	0	0	1	0	4	0	5

に基づく分析をした結果と思われるが、すべて「小＋大」の組み合わせである。

以上の8種類の助動詞において、いずれも大書と小書の両様の表記が見られる。しかし、「けり」「まじ」以外の助動詞において、いずれも小書の方が多く見られる。前節までに見たように1音節の助動詞として「なり」の連用形の「に」、あるいは助動詞「き」などにおいては特に小書の傾向が著しいことが確認できる。助動詞の場合は、このような音節数による傾向もあるのであるが、2音節の「なり」「べし」「らむ」「めり」においても小書傾向が強い点で助詞の場合とは異なっており、これらの語が助詞とともに文を作る補助的な語であると意識されていたことを示すと思われる。

それらの助動詞の傾向の中で、「けり」のみが大書による例が多く見られる点は注目される。過去の助動詞でも「き」は小書が多く見られるのと対照的である。このような「き」を小書し「けり」を大書する傾向は『打聞集』においても見られた傾向であった。拙稿（二〇一〇）（二〇一一）（二〇一二）（二〇一三a）（二〇一三b）などで述べているように、説話や物語の文末詞として文末に「けり」が用いられ、段落の切れ目や話の終局部を表す重要な助動詞である。『法華』においては、説話の冒頭部分を「き」で導入し、展開部分では基本的に「けり」で語るという傾向を小松英雄（二〇〇五）が指摘している。「けり」を大書する傾向は、このような機能面の特徴を意識した書き分けではないかと考えられる。「けり」は他の助動詞とは異なって、説話の文章の基調を作る文末詞として重要な語であるために、大書表記がなされる傾向があるのではないかと推測する。

五　自立語の小書

最後に、自立語の小書表記について一言しておく。『法華』は小書表記をとる場合、原則的には付属語を小書にしているが、例外的に自立語が小書表記される場合がある。次の語である。

動詞　あり（10例）いづ（2例）なる（2例）う（2例）いふ（1例）くもる（1例）
　　　うす（1例）しかる（1例）のる（1例）よむ（1例）をこなふ（1例）

名詞　こと（1例）もの（2例）をば（1例）

形容詞　なし（2例）

動詞においては、『打聞集』と同じく「あり」の小書が多く見られる。これらは漢文訓読において補読される要素として、漢字片仮名交じり文においても小書されるのではないかと思われる。

舎衛国ニ層者アリキ（オ52）

昔、ヒトリノ聖人ノモトニ十五歳ノ沙弥アリケリ（オ76）

ワカ身ニ仏性アリトシラヌモノヲ（オ318）

その他の動詞では、特に漢文訓読と関わらないものも用いられている。小書にされる理由は明確ではないが、四・一で挙げた『打聞集』の副詞の場合と同じく、漢字の後続語を小書にするという宣命書きの表記が形式的に適用されたもので、臨時的、恣意的に用いられた表記と考えられる。

其ノ名ヲ為陵トイヘリ（オ6）

為綾カスム一人ノ司馬ナリテ来レリ（オ9）

ケイツマ寺ノやさ久へるとイフ人ツ五通エテ（オ387）

タチマチニ天クモリ雨クタルコトヲエタリ（ウ104）

薬草品ヲナム定テ二遍ヨミタテマツリケル（ウ106）

其後ニ人イテキタリテ（ウ117）

身ノ光ノ皆ウセテ、クラキヤミニ衆生ノマトヒ候ケム（ウ120）

又重テ二百日ヲコナハセタマフ御功徳ハ実ニ申シツクルヘクモ候ハヌ事ナリ（ウ216）

孫居シカリテ悪心ヲオコシテ杖木ヲ以テウチハリケル時キ（ウ237）

……我カ尺迦牟尼如来ナリトナム名ノリ給ヒシ（ウ272）

最後の「名ノリ」は送り仮名のような意識であったかもしれない。名詞・形容詞においても、小書されるものが存する。

コノ事ヲ聞モノ、チカキモトホキモ随喜シテ（オ170）

信州ノ女人ノミヤハ法花経ヲヨミテ（ウ108）

其利益エスト申ス事ナシ（ウ227）

仏ノ御ヲハニマシマス（ウ333）

コ、ニイサ、ノ疑ヒ候コトハ、五逆罪ヲオカシタラムタニ（ウ392）

「コト」「モノ」は「アリ」と同じく漢文訓読において補読する要素の小書と思われる。他の例の理由は明らかではないが、「ミヤ」「ヲバ」の例は「モノ」などに準じた意識によるもので宣命書きの形式的適用によると思われる。形容詞においては「なし」が小書で用いられるが、「あり」と対応する語として小書されるのかもしれない。これらの名詞や形容詞の例も、宣命書きの形式化による面が大きいと推測される。

六　まとめ

漢字片仮名交じり文の表記として見ると、『法華』の表記は、『今昔物語集』『打聞集』の宣命書きの表記をさらに進めて、鎌倉期の漢字片仮名交じり文に近づけたものと評される。その要点をまとめると以下のようである。

1、捨て仮名は基本的には漢字の訓みを確定するための例が多い。特に、全訓捨て仮名は振り仮名の機能と近く、漢語の訓みを確定するための例が多い。部分捨て仮名も漢字の訓みの確定に関わるが、同時に宣命書きへの志向によって用いられる場合もある。

2、送り仮名は各活用形に広く見られるが、漢語サ変動詞の連用形で特に例が多い。サ変動詞以外で送り仮名の例数が多いのは敬語補助動詞などの頻出語であり、動詞と補助動詞の組み合わせにおいて宣命書きを志向した表記が多く見られる。

3、助詞も宣命書きの習慣により小書されるものが多いが、語によって傾向が異なる。宣命書きの特徴である片仮名の小書は、1音節の助詞に多く、2音節の副助詞は大書される傾向がある。1音節の助詞は、片仮名大書に続けて小書される例も見られ、文の意味の切れ目を示す意図があると考えられる。

4、助動詞においては、必ず送り仮名と組み合わせて用いられる「り」「む」がある。「ず」も送り仮名に続きやすいが、大書傾向が見られる点で異なる。2音節以上の助動詞を含めて全般に小書される傾向があるが、説話で重要な「けり」のみが大書で多く用いられる。

5、自立語では、動詞の「あり」、名詞の「こと」「もの」など、漢文訓読で補読される語が小書になる場合がある。漢文訓読に関わらないものも、漢字の後続部分で小書になる場合もあり、宣命書きへの形式的適用によると推測される。

この他、『今昔物語集』『打聞集』のような片仮名宣命体に特徴的な返読表記がほとんど見られないことも、本書の特徴であると言えよう。

全体としては、『法華』の宣命書きは形式的なもののように見える。2音節の助詞が大書される傾向があるのに対し、1音節の助詞が小書される傾向が強いという点、またこれにより「自立語（仮名大書）＋助詞（仮名小書）」の形が用いられる点などは、宣命書きの形式的な運用の結果と言えよう。さらにまた、漢字に続く自立語の小書は、「漢字＋仮名小書」という宣命書きの表記に形式的に従ったためと思われる例外的な表記である。

しかし、形式的な宣命書きの運用は必ずしもこの様式の退化を意味するわけではない。『法華』では、『今昔物語集』『打聞集』に比べて一段と片仮名大書の部分が増えており、鎌倉期の漢字片仮名交じり文に通じる新たな傾向を見せている。そのような片仮名大書の多い表記の中で、『法華』が宣命書きを用いるのは、1音節の助詞を小書右寄せにすることによって、文の内容上の切れ目を示すことを意図していると思われる。鎌倉期以降の漢字片仮名交じり文（『延慶本平家物語』など）にも宣命書きが部分的に受け継がれていくのは、漢文訓読調の影響という文体上の理由だけではなく、このような内容識別の機能を利用する意図があるのであろう。
本章では、『法華』について見たが、院政鎌倉期の多くの資料の表記法についてさらに整理し、これらの表記の変遷を追求していく研究が必要である。

参考文献

窪田恵理奈（二〇〇七）「『法華百座聞書抄』における名詞語彙の表記」（『国語語彙史の研究』26　和泉書院）
窪田恵理奈（二〇〇七）「『法華百座聞書抄』の動詞の表記（一）」（『同志社国文学』66）
小松英雄（二〇〇五）「助動詞キの運用で物語に誘い込む」（『日本語学』24-1）
田島清司（一九八一）「近世期語学書『かたこと』の表記法」（『九州大谷研究紀要』8）
田島清司（一九八二）「『法華百座聞書抄』の表記法―表記法の変遷―」（『九州大谷国文』11）
田島清司（一九八三）「『法華百座聞書抄』の表記法（二）」（『九州大谷研究紀要』9）
田島清司（一九八四）「送り仮名表記の諸相―梅沢本古本説話集と打聞集―」（『九州大谷研究紀要』10）
田島清司（一九八七）「西大寺本『金光明最勝王経古点本』の送り仮名表記」（『九州大谷研究紀要』13）
藤井俊博（二〇〇七）「『打聞集』の表記と単語意識―宣命書の例外表記を中心に―」（『国語語彙史の研究』26　和泉書院）
藤井俊博（二〇一〇）「今昔物語集の「けり」のテクスト機能―冒頭段落における文体的変異について―」（『古典語研究の焦点』武蔵野書院）
藤井俊博（二〇一一）「今昔物語集の「けり」のテクスト機能（続）―終結機能を中心に―」（『国語国文』80-10）
藤井俊博（二〇一二）「宇治拾遺物語の「けり」のテクスト機能―今昔物語集・古事談との比較―」（『同志社国文学』76）
藤井俊博（二〇一三a）「古本説話集の「けり」のテクスト機能―終結機能の諸相―」（『同志社国文学』78）
藤井俊博（二〇一三b）「今昔物語集の「にけり」―テクスト機能の諸相―」（『表現研究』98）

初出一覧

本書は左に記した既発表論文に基づいている。一書にする際、体裁面でできるだけ統一を図った。章によっては内容を大幅に加筆修正している。

第一章　「今昔物語集の「けり」のテクスト機能―冒頭段落における文体的変異について―」
『古典語研究の焦点』（武蔵野書院　二〇一〇年）

第二章　「今昔物語集の「けり」のテクスト機能（続）―終結機能を中心に―」
『国語国文』80-10（二〇一一年一〇月）

第三章　「今昔物語集の「にけり」―テクスト機能の諸相―」
『表現研究』98（表現学会　二〇一三年一〇月）

第四章　「宇治拾遺物語の「けり」のテクスト機能―今昔物語集・古事談との比較―」
『同志社国文学』76（二〇一二年三月）

第五章　「古本説話集の「けり」のテクスト機能―「にけり」「係り結び」の終結機能―」
『同志社国文学』78（二〇一三年三月）

第六章　「発心集の「けり」のテクスト機能―係り結びの使い分け―」
『同志社国文学』81（二〇一四年一二月）

第七章　「沙石集の「けり」のテクスト機能―枠づけ表現の多様化―」
『人文学（同志社大学）』194（二〇一四年一一月）

第八章　「今昔物語集の接続語―「而ル間」「其ノ時ニ」を中心に―」　『国語語彙史の研究23』（和泉書院　二〇〇四年）

第九章　「今昔物語集の語彙形成―複合動詞の構成を通して―」　『同志社国文学』33（一九九〇年三月）

第十章　「今昔物語集の「カナシブ（悲）」「アハレブ（哀）」―仏教的感動をあらわす語彙―」　『国語語彙史の研究32』（和泉書院　二〇一三年）

第十一章　物語テキストの視点と文末表現　『日本語学』24―1（二〇〇五年一月）

第十二章　「今昔物語集の視点と文末形式―巻十六を例として―」　『同志社国文学』62（二〇〇五年三月）

第十三章　「宇治拾遺物語の文章構造―話末評語を手がかりに―」　『同志社国文学』66（二〇〇七年三月）

第十四章　「宇治拾遺物語の語彙と文体―古事段との比較を通して―」　『同志社国文学』54（二〇〇一年三月）

第十五章　「打聞集の表記と単語意識―宣命書の例外表記を中心に―」　『国語語彙史の研究25』（和泉書院　二〇〇七年）

第十六章　「法華百座聞書抄の宣命書き」　『同志社日本語研究』18（二〇一四年九月）

索引（主要語句・人名・事項）

1、本文や注で示した主要な語句、主要な人名、引用した書名や術語などの事項について所在頁数を示した。ただし、特に頻度の高い語句や事項は省略した。
2、語句の掲載順序は、漢字を含む場合、歴史的仮名遣いの読みによって五十音順に配列した。同じ語句で表記の違う場合は適宜統合して示した。

あ

あとがき

前著『今昔物語集の表現形成』（和泉書院）を二〇〇三年に上梓して以来の論文集を提出することになった。本書では、前著で端緒をつけた「けり」の表現性をめぐる論についてさらに考えを進め、「けり」の文章中での運用の問題として「枠づけ」の機能の追究に多くを費やした。その間、文章中での「けり」の運用の仕方は、係り結びの運用の仕方の問題と不即不離の面があることに気づき、「ぞ」「なむ」「こそ」の係り結びが文章の構造や展開といかに関わっているのかという点の分析にも注力した。文法研究では、係り結びは重要な研究課題の一つであるが、文レベルの分析が主であり、文章論的な観点から追究する研究はほとんど見られない。阪倉篤義氏が「けり」の文章的機能を指摘して以来、「枠づけ」の観点は定着したように見えるが、「けり」や係り結びの運用を文章文体研究の方法として本格的に導入し、各作品の具体的様相を詳細に論じたのは本書がはじめてと自負している。

文章文体の歴史を追究することはそれ自体が研究対象として分野をなしているのは言うまでもないが、近年明らかにされているように、文章文体の実相を知ることは、文法史や語彙史を記述する際の前提となる重要な研究分野となってきている。そこでは、文法や語彙の面から得られた知見をもとに文章史が記述されるとともに、逆に文章文体の類型把握による知見が、文法や語彙の研究の新たな観点を生み出していると言ってもよかろう。旧来のような和文中心の言語史記述を脱し、漢文訓読文や変体漢文の文体に関する基礎的な知見も充実してきて、各種の文章文体の実態が着々と明らかになりつつある。口頭語の歴史を再構築するために和文の資料を用いるとしても、そこには文章語としての条件や制約があることも明らかになってきたのである。これは、文章の歴史そのものが日本語史研究の一つのカテゴリーとして正当に理解されるようになってきた現れと言ってよいであろう。話し言葉と書き言葉を峻別しつつ、総合的に古代日本語の像を描こうとする研究が広がりつつある。

近年、筆者が関心を抱いているのは、いわゆる「和漢混淆文」の文章文体に関する問題である。本書に収めた論考の中には、発表年次の古いものも含まれているが、大幅に修正して本書に取り入れ、現在の筆者の考えを示した。和漢混淆文は、「和漢混淆現象」の大なり小なり見られる作品について言われる文体上の特徴づけであるが、この現象は作品によって違いが大きいために、類型的文体としての「和漢混淆文体」はないのではないかという認識が現在の学界で何となく広がりつつある認識のように思われる。しかし、安易にそのような前提に立ってしまうと「和漢混淆文の文体」の追究は手詰まりになりかねない。筆者は、和漢混淆文の本流を仏教関連の作品群に求め、文体として共通する要素を類型化することによって、和漢混淆文といわれるものの内実をより明らかにできると考えている。和漢混淆文の文体の研究は、各種の文章についての研究が充実し、資料も調ってきた今日こそ本格的に論じるべき段階に入ったと考えている。本書で論じたことを起点にしながら、今後も、この課題に対し取り組んでいくつもりである。

本書を成すまでに、大学院時代に薫陶を受けた秋本守英先生が逝去された。本書の内容のいくつかは研究会や学会で先生にも聞いていただいたが、発表した際の帰りの道で、貴重なご意見を賜わったことなど思い出す。その他、多くの学会や研究会でお教えをいただいた諸先生方にも改めて感謝申し上げげたい。また、困難な本書の刊行を快く引き受けていただいた和泉書院・廣橋研三社長にも御礼申し上げる。なお、本書刊行に際しては、独立行政法人日本学術振興会平成二七年度科学研究費助成事業（科学研究費補助金）（研究成果公開促進費）（ＪＳＰＳ科研費　15HP5075）の交付を受けたことを記しておく。

平成二七年一一月

藤井俊博

■著者紹介

藤井俊博（ふじい　としひろ）

京都橘女子大学専任講師、助教授を経て、現在、同志社大学教授、博士（文学）。専攻、日本語学。二〇〇四年、第三十二回金田一京助博士記念賞を受賞。

（主な著書）

『今昔物語集の表現形成』（和泉書院）
『大日本国法華経験記校本・索引と研究』（和泉書院）
『本朝文粋漢字索引』（おうふう）
『日本霊異記漢字総索引』（笠間書院）

研究叢書468

院政鎌倉期説話の文章文体研究

二〇一六年一月二五日初版第一刷発行
（検印省略）

著者　藤井俊博
発行者　廣橋研三
印刷所　亜細亜印刷
製本所　渋谷文泉閣
発行所　有限会社　和泉書院

大阪市天王寺区上之宮町七－六
〒五四三－〇〇三七
電話　〇六－六七七一－一四六七
振替　〇〇九七〇－八－一五〇四三

ISBN978-4-7576-0776-7　C3381

研究叢書

研究叢書

451	近世武家社会における待遇表現体系の研究 桑名藩下級武士による『桑名日記』を例として	佐藤志帆子 著	一〇〇〇〇円
452	平安後期歌書と漢文学 真名序・跋・歌会注釈	鈴木徳男・北山円正 著	七五〇〇円
453	天野桃隣と太白堂の系譜並びに南部畔李の俳諧	松尾真知子 著	八五〇〇円
454	現代日本語の受身構文タイプとテクストジャンル	志波彩子 著	一〇〇〇〇円
455	対称詞体系の歴史的研究	永田高志 著	七〇〇〇円
456	心敬十体和歌 評釈と研究	島津忠夫 監修	一八〇〇〇円
457	語源辞書 松永貞徳『和句解』本文と研究	土居文人 著	一一〇〇〇円
458	拾遺和歌集論攷	中周子 著	一〇〇〇〇円
459	『西鶴諸国はなし』の研究	宮澤照恵 著	一三五〇〇円
460	蘭書訳述語攷叢	吉野政治 著	一三〇〇〇円

（価格は税別）